DONGFANG DA SHENPAN

SHENPAN QINHUA RIJUN
ZHANFAN JISHI

东方大审判

审判侵华日军战犯纪实

郭晓晔◎著

中国文史出版社

目 录

引　子

漫漫流逝的岁月

既会揭开一切鲜为人知的秘密

也会埋葬一切人所共知的事实

——索福克勒斯

在日本伊豆的鸣泽山菩提树和樱树长势茂密的山腰里，静静地站立着一座三米高的铁褐色陶制合掌观音像，它的旁边有一座简陋的殿堂。观音像与殿堂之间的小径左侧浓荫下，竖立着日本前首相吉田茂题写的"七士之碑"。第二次世界大战结束后，东条英机等七名大战犯被判以绞刑处死，他们掺杂着尘芥的细碎骨殖就被秘密地埋藏在这里。他们的灵位被悄悄地供奉在靖国神社。

广布日本各地的靖国神社、护国神社、忠魂碑、慰灵碑等，是国家的军事祭坛。它的"神"，是在战争中阵亡者的灵魂。其大部分是死于侵华战争及第二次世界大战中的二百三十四万余亡灵。

1975 年 8 月 15 日正午 12 时过后，在东京靖国神社的灵堂里，一张脸自默哀中缓缓抬起。他是日本首相三木武夫，是战后第一个参拜靖国神社的总理大臣。

水流风转。此后，这张脸迭变为福田赳夫、大平正芳、铃木善幸、

1

中曾根康弘等历届首相的脸。

时至 1994 年 8 月 15 日。

东京的上空没有一片云。上午 10 点过后，气温上升到摄氏三十五度，靖国神社被沉闷焦躁的气氛所笼罩。外苑步道上，正在召开第八届追悼战殁者中央国民集会。主持人抓着麦克风嘶喊："大东亚战争是日本自卫的战争！"他脖子上的筋脉像蚯蚓一样拱动。嘈杂的人群里有人用手帕擦拭眼窝和额头。一个老和尚身披袈裟，头戴一顶棒球帽，在烈日下木愣地举着标语牌。大殿入口处的陈列窗里，展示着一个"在江苏省战死"的陆军中尉的家书。离此处不远的一棵树下，高木拉着素不相识的人与他合影。他刚满十八岁，严严整整地穿着 20 世纪 40 年代的日军军服，湿透的脊背上散发出霉腐的气味。

中午 12 时，喇叭里响起《君之代》的乐声，参拜的人群垂首默哀。接着，闹哄哄的喧哗和口号声打破了静默。一个佩带指挥刀的旧军官率领一拨子年过七十的旧军人来到大殿前。他们有的身穿"大日本帝国海军"白色军服；有的是着绿军衣、背钢盔的陆军士兵装束；还有的穿着飞行服，头戴狗皮帽子，类似旧时的飞行员。前面一队吃力地举着三八大盖枪，打开的刺刀直刺青天，中间一队哩哩啦啦地掺和着吹奏军号，后边一队端臂敬礼，操演得煞有介事。他们的头上还垂萎着一面旗儿，老胳臂颤巍巍地一挥，才露出"关东军第十七方面军鬼魂部队"的旗号来。

在靖国神社的旁门，停满了高级车辆，光是上午就有六名内阁大臣和六十八名国会议员来此参拜。

在这个闹腾腾的场景后面，有一个阴暗的声音久久不散。就在这一年的 5 月 3 日，它又借羽田内阁法务大臣永野之口说道：日本侵略亚洲国家是"解放殖民地"，南京大屠杀是"捏造"的。稍晚，它再假村山内阁环境厅长官樱井之口说出如下的话："与其说是侵略战争，毋宁说

2

几乎所有的亚洲国家托它的福，从欧洲殖民地的支配下获得独立"，"只不过半个世纪，整个亚洲便出现经济繁荣的气势，也使它们的民族强盛起来"。

天地又变得混沌无序了。每当这个时候，历史老人就走了出来，固执地进入了回忆。

时光回溯到 1945 年 8 月 15 日。

凌晨。

在东京国会大厦附近的陆相官邸里，阿南惟几身穿担任侍从武官时天皇赐给的衬衣，与内弟竹下中佐盘坐对饮。他们之间的卧桌上摊开两张纸，有一张被撕去半截，溅上了酒水。竹下默读着纸上的文字。

> 深沐皇恩之身，无后事可托。
>
> 我以一死谦恭地向皇上忏悔我的大罪。
>
> 　　　　　　　　　　1945 年 8 月 14 日夜　陆军大臣阿南

他们又对饮了一杯御赐清酒。竹下不动声色地说："你这样做也许是合适的。"阿南沉吟有顷，语音幽闷地说："我很高兴。"他知道内弟原是想来商议政变之事的。在他看来已无此必要。

远处传来一记枪响，门外走过重靴嘈杂的声音。已是凌晨 4 点多钟了，竹下低着脑袋说："将军，天快亮了。"说完便起身离开了房间。

开天辟地的天照大神啊，起于海水之上的飓风啊，忠勇威猛的武士道精神啊，已不能救我于厄运了。"八纮一宇"的理想像春之危冰一样战栗着脆弱的晦光。此时，阿南的身体里升腾起昏暗哀切的《安

邦曲》:

> 长眠在靖国之宫的神灵啊,
>
> 你要经常回到母亲的梦中……

时候到了。在悲凉的旋律中,他缓步走到门外的走廊里坐下,面朝皇宫的方向,按照武士道的方式,把寒冷的匕首顶住腹部深深地捅了进去。忍着淋漓的痛楚,他向右剜了一下,又把刀尖向上一挑,沁着猩红血液的肠子流了出来。猛然间他又痉挛着拔出匕首,僵硬地插进了喉管。创口竟然没有出血。伴随着朦胧的知觉,他发出了兽类的呻吟。

这一切被并未离去的竹下看在眼里。他走过来,垂睬着姐夫痛苦抽搐的脸,摘下姐夫手中的血刃,往他的颈背使劲刺了下去。按照武士道的"介错"规矩,他本应砍下姐夫的头颅。事毕,他把挂满勋章的军服披在阿南凉下去的身体上。

是日中午12时整,广播里奏过庄严的国歌《君之代》之后,传送出天皇哽涩而苍凉的玉音。天皇以"忍其所难忍,堪其所难堪"的心情宣读了《终战诏书》。

大日本帝国沉沦了。

恶魔导演的战争落下了血腥大幕,另一幕紧接着开启了。1945年9月11日,盟军司令部下达了逮捕战争罪犯的命令。继而在东京、南京等地设立了审判战犯的军事法庭。昔日高举红日图腾,茹毛饮血、野蛮凶残至极的东方霸主;把战火燃遍整个亚洲东部和太平洋地区,几乎烧焦半个地球的暴徒;在中国实行"三光"政策,制造了无数惨绝人寰凶案的千古罪孽,被押上了历史的被告席。

三年之后。1948年12月23日凌晨,东条英机、土肥原贤二、板垣征四郎等七名罪魁被绞死。还有统军大元帅天皇裕仁、疯子理论家大川周明、鸦片贩子星野直树、诡计多端的冈村宁次、血腥刽子手谷寿夫、手舞鬼头刀的田中军吉、汉奸头目陈公博、"男装丽人"川岛芳子等，数千名大大小小形形色色的战犯，他们罪行不一，下场各异，但在这三年多的时间里，都无一例外地经历了他们从热昏的峰巅向黑暗渊薮坠落的命运。

列宁将日本帝国主义称为"军事的封建的帝国主义"。自19世纪下半叶以来，这头集封建专制和军事强权于一身的双头怪兽，张开血口獠牙，裹带着滔滔海浪、熊熊火山、萧萧台风的狂暴激情，频频扑向它的邻邦，企图吞食掉那里的资源和市场，吞食掉亚洲，征服整个世界。这个疯狂的梦彻底破灭了。然而这个梦的破灭是以千万人的血海尸山、千万里的废墟焦土，以荼毒人的感情、扭曲人的本性的人间旷古劫难作为代价的。

历史胸口的创伤深入记忆，痛比永恒。

第一章　帝国落日

晦暗的巨头会议

偷袭珍珠港大捷。狂妄的东条英机腰佩战刀，踏着铺满美国星条旗的阶梯登上了讲坛。大日本帝国要征服大东亚！要向全世界开战！要成为世界第一巨人！伴着炸弹般的演讲，他展示出一张照片：美国总统罗斯福神情得意地把玩着一个在南方岛屿战死的日本兵头盖骨。听众疯了，飓风般的呼叫声把讲坛抬上了云端。唰的一声，东条英机拔出了寒光闪闪的军刀。唰的一阵风，台下竖起战刀的森林，一片霜雪白光。

曾几何时，这种场面跌落下来，成了小丑的表演，成了被讽刺、嘲弄的话柄。

纪元进入 1945 年。战争的庞大齿轮仍然钢齿相咬地运转。欧亚两大洲仍漫卷着齿缝间挤轧出的烽火硝烟、腥风血雨。但战争的刀柄已握在人民手中，残酷的刀锋朝向了残酷的法西斯。

在欧洲战场，苏联红军迅速向西挺进，美英盟军亦挥师东伐，对柏林形成合围之势。4 月 30 日，德国法西斯头目希特勒自杀，在他的地下室里被烧成焦炭。5 月 2 日苏军攻克柏林。8 日，纳粹德国无条件投降。

昔日狂肆亚洲和太平洋战场的日本法西斯，在反法西斯力量的沉重打击下，亦节节败退，"濒临死亡的状态"。

2月19日，美军于硫磺岛登陆，一个多月后，3月26日，日本守军被全歼。

2月25日，东京遭到大空袭，宫内省和皇太后住所被烧毁。3月3日，美军占领马尼拉，马尼拉的日军覆灭。

3月9日午夜前后，数以百计的美军B-29轰炸机尖啸着掠过东京上空，往下倾泻了数以千计的燃烧弹。一时间火焰滔滔，浓烟滚滚，巨大的火球像狂风暴雨席卷了一幢又一幢建筑物，一千八百度的炽热气温吞噬了十三万人的生命。此后，东京、名古屋、横滨、大阪、神户等工业和政治中心连连遭到大面积燃烧弹的狂轰滥炸，血沃废墟。

3月26日，美军在作为进攻冲绳的跳板的庆良间列岛登陆，4月1日开始强攻冲绳岛。为保住这个守卫日本本土的最后堡垒，日军调集了残存的战舰，在岛上建筑了坚固的工事，组织了"铁血勤皇队"，采用自杀性的"神风"肉搏攻击。尽管穷其赌注，也终未能挽回失败的命运。6月23日，日本输掉了这场本土外的最后、也是最大的战役，损失战斗机二千二百三十八架，守岛的十一万军队全军覆没。

8月6日清晨，一具巨大的降落伞自广岛上空款款下落。刹那间强烈的白光爆闪，震耳欲聋的爆炸声抓住了整个城市，巨大的蘑菇云腾向天空，黑暗的烟火淹没了一切。接着几百根火柱喷发，广岛市沉入汹涌的火海。这是人类战争史上使用的第一颗原子弹。炸死及失踪者计二十万人，伤者三万五千人。

8日傍晚，苏联外长莫洛托夫召见日本驻苏大使佐藤，通知他"从9日零时起，苏联将认为自身对日本处于战争状态"，苏联对日宣战。9日零时一过，苏军飞机突然空袭关东军各处阵地，接着重型大炮铺天盖地地齐发，百万红军分四路突入中国边界，以绝对的优势，向关东军展开了狂飙般的攻击。关东军兵败如溃。

经过中国人民八年的浴血抗战，在中国战场的侵华日军死伤近二百万，兵源无续，物资匮乏，军心委顿，已成颓疲之师。

1945年春，中国正面战场军队开始酝酿对日反攻，拟定了"白培计划"。与此同时，日军开始全面退缩，抽调兵力支援运输通道和日本本土的守备。为隐匿此企图，掩护撤退与转移，日军大本营于1945年4月实施"湘桂撤退作战"。中国军队在美国空军的配合下，奋勇作战，逼迫日本中国派遣军总司令官冈村宁次下令停止作战。中国军队穷追猛打，至6月3日，给敌以重大杀伤，取得了湘西反攻作战的胜利。嗣后，又一鼓作气收复了南宁、柳州、桂林等南方重镇。反攻序幕拉开后，国民党陆军总部于7月制订了反攻广州的计划，欲以四十万大军与日军展开复仇大战，终而议复未果。

在辽阔的敌占区，中国共产党领导的人民军队出生入死，团结奋战，就像一大把钻入敌人穴脉的钢针，纵横交织，把敌人的白天和黑夜扎得千疮百孔。八年中，人民军队与敌博杀10余万次，毙伤俘及纳降日伪军150万。至1945年夏，武装力量已由当初的4万人发展到91万人，民兵220万人；解放区遍布华北、华中和华南各地，总面积达95万平方公里，人口1亿。

解放区依靠小米加步枪，也昂起了大炮。

进入1945年，解放区军民全线出击，歼杀敌寇，收复领土，捣毁敌巢，截断交通，攻势波澜壮阔。延安总部于7月7日公布，自上年7月7日至此的抗战第八个周年里，八路军、新四军又毙伤俘日、伪军三十三万五千人。

8月9日，毛泽东发出《对日寇的最后一战》的庄严号令。这划时代的声音在充满苦难和希望的广大国土上激荡：

中国人民的一切抗日力量应举行全国规模的反攻，密切而有效地配合苏联及其他同盟国作战。八路军、新四军及其他人民军队，应在一切可能条件下，对于一切不愿投降的侵略者及其走狗实行广泛的进攻，歼灭这些敌人的力量，夺取其武器和资财，猛烈地扩大解放区，缩小沦陷区。

日本统帅集团被逼上悬崖绝壁。他们面临的两种选择，就是他们面临的两种命运：一是顽抗到底，祭出"一亿玉碎"的战幡，把民族推向毁灭；一是接受《波茨坦公告》，立刻结束战争。

1945年7月17日至8月2日，美国总统杜鲁门、英国首相丘吉尔（7月28日后为新首相艾德礼）、苏联统帅斯大林在德国柏林西南的波茨坦举行会议，在这次会谈中通过了《波茨坦公告》。7月26日夜9时20分，以丘吉尔、杜鲁门和蒋介石的联合名义发表。8月苏联对日宣战后，即成为四国对日宣言。

会议的第一天即7月17日早晨，美国新任总统哈里·杜鲁门收到一份仅有六个字的密码电报："婴儿顺利降生。"这是指在新墨西哥州秘密靶场三十三米高的金属塔顶试爆的原子弹获得成功。英国首相丘吉尔也于当天知悉。他们手中握住了巨大的筹码，对日本的态度变得更加强硬。

《波茨坦公告》指出："美国、英帝国及中国之庞大陆海空部队，业已增强多倍，其由西方调来之军队及空军，即将予日本以最后之打击，彼等之武力受所有联合国之决心之支持及鼓励，对日作战，不至其停止抵抗不止。"

公告最后勒令："立即宣布所有日本武装部队无条件投降，并对此种行动诚意实行予以适当之各项保证。除此一途，日本将迅速完全毁灭。"

公告向日本法西斯发出了最后通牒。日本外务省防空洞里的莫尔斯收报机于 7 月 27 日凌晨收悉。

7 月 27 日至 8 月 1 日，几百万张五颜六色的公告和传单，与果冻似的燃烧剂飘满了日本各大城市的夜空。

对于这把"停战的钥匙"，铃木贯太郎首相代表日本决策机构的主导势力，以"不予理睬"断然回拒。

然而，历史不可违抗的意志，决定了日本终将走上结束战争的道路。

8 月 9 日上午 10 点 30 分左右，在皇宫文库地下一间 5.5 米×9 米的密室里，铃木首相根据天皇的授意，在主持召开最高战争指导会议。与会的有"核心内阁"的东乡外相、阿南陆相、米内海相、梅津参谋总长和丰田海军军令部总长。

铃木坐于主持席。这位日俄战争时备受爱戴的老英雄，而今年迈昏庸，耳朵重听，睡意蒙眬。

"在目前的形势下，"铃木环视一下众人，"我的结论是，唯一的办法就是接受《波茨坦公告》，结束战争。于此我想听听诸位的意见。"

在幽暗的光线中，首相低沉的语音消失了。会场陷入痛苦的沉默。

实际上，关于战与降，这个"大六人团"已经过激烈的交锋，虽然每个人的内心是复杂的，但大致的倾向形成了三比三的局面。铃木首相、东乡外相、米内海相为主降派。他们以悲观的目光，看到了战争险恶的局势，也看到了国内衰竭的情状。钢铁、煤炭、运输和制造业等生产急剧下降，与前一年比较，飞机仅及其一半，钢铁仅及其四分之一。十一岁至六十岁的平民每天只配给六两六钱大米。内阁会晤时喝粗茶，首相问迫水书记官长："不能拿出点好茶吗?"市场上物价飙升腾贵，黑市横行，民不聊生，工人起而罢工反战，怒骂天皇。当年6月6日日本政府提出的《国力之现状》承认：民心"对指导阶层之信任，渐有动摇之倾向"。

另一方面，阿南陆相、梅津参谋总长和丰田海军军令部总长则坚持强硬态度，阿南是中坚。他们决心实施"狠毒残忍到极点的"总决战计划。他们依仗的赌注是残存的三百五十万军队、一万架飞机及三千三百艘"人间鱼雷"等特攻船舰。他们还叫嚣要"一亿玉碎"，以无辜的全体日本人民做抵押。

还不仅于此，他们还有深入气血的武士道精神强力支撑。哪怕以卵击石，也要杀身成仁。

血腥的总决战计划分为三个阶段：

第一阶段：撤退中国华中、华南日军，毁灭（南）京、沪、杭三角洲内的一切建筑物，毁灭广州、武汉等江南繁华地区。

第二阶段：从事日本本土及中国黄河以南之防御战。

第三阶段：即最后决战阶段，亦即日本、伪满、朝鲜的整个毁灭阶段。包括全力保卫东京，以自杀战术阻抗盟军。如东京陷落，即向盟军投降，而在中国华北、东北及朝鲜的日军仍必须继续决战，直至全军覆没，不许一兵一卒投降。

会场里仿佛埋着炸弹，在刀剑悬顶似的气氛中，潜伏着深刻的矛盾和危机。

此时铃木的眼皮低垂，像在打瞌睡，但掩饰不住内心的恐慌无着。阿南大将满面杀机，却也透出苦恼和疲惫之色。坐在阿南身边的梅津大将剃着光头，眼睛收成一道缝，厚厚的嘴唇噘起，活脱一个东方的墨索里尼。梅津蛮悍的麻脸上压着铅云。

"只是沉默就能有办法吗?"米内海相打破了沉默，"如果接受了

《波茨坦公告》，是无条件承认呢，还是提出我们希望的条件？这个问题，我想必须讨论。"具有长老资格的米内以老辣的政治手腕，压制了主张决战到底的陆军的意见，先入为主地以接受《波茨坦公告》为前提，把会议主题集中到接受公告附加什么条件上来。同时这也是米内对主战派的妥协。《波茨坦公告》促令日本政府：必须"立即宣布所有日本武装部队无条件投降"。

关于附加条件，米内提出四个议题：一、政体的维护；二、对战犯的处罚；三、解除武装的方法；四、占领军的进驻问题。会议便围绕这四个议题进行讨论。

放在第一位的国体即皇权的维护，与会六人一致同意为"绝对条件"。所谓国体，可以理解为与宗教神话相融合的封建的军事的帝国体制。二是战犯问题，参谋总长梅津认为应由日方自己处理。至于第三条解除武装问题，阿南陆相、梅津总长和丰田军令部总长强调用自主的方法。在讨论占领军进驻问题时，陆相和参谋总长说应交涉占领军不在日本本土登陆，迫不得已时也要"小范围、少兵力、短日期"。

阿南等人逐步形成了以下的四项条件：

一、绝对尊重天皇主权；

二、在外日军不采取无条件投降形式，作为自动撤兵做复员处理；

三、对战争负有责任者由日本自行办理；

四、联合国对日本不实行保护性占领。

这四条的核心是维护日本陆军的荣誉。

会议正在进行的时候，美国轰炸机"博克之车"又在长崎投下第二颗原子弹，尘雾和碎石飞到五万米高空，十万人在数秒钟内丧命。一名军官拿着刚收到的电报轻轻地走进来，把巨大的震波送到了会场。

会议的气氛是燥热的。铃木、东乡和米内一直阴沉着脸，很少说话。在他们看来，公告里没有明确提出要取缔皇室，能保住皇室就是万幸，其他的议论终究是白费口舌。而保住了皇权，一切希望就没有破灭。他们主张仅以承认天皇地位这一唯一条件接受公告，与主张绝不放弃四项条件的阿南陆相等严重对立。

最高战争指导会议开到下午一点。议而未决。

下午两点半又召开了临时内阁全体会议。接着上午的议题，以阿南陆相和米内海相、东乡外相为中心，继续进行激烈的争论。

东乡外相说："日本民族能永远置于皇室的领导下，就不会灭亡。只要维护了政体，所有的痛苦都能接受——这就是拯救日本的道路。《波茨坦公告》不包含是否承认皇室存在的内容。因此除了全部接受公告以图结束战争外，别无办法。"

阿南陆相立即反驳："保障占领后，言行就会不自由，对方就会为所欲为。战局不分上下，不经互相角逐，不能看作失败！"

米内海相紧接着说："作为科学战、武力战，不是明显失败了吗？局部的武勇传奇暂且不说，自布干维尔岛战以来，所有的会战都失败了。"

阿南陆相气急败坏地吼道："在会战中失败了，可战争并没有失败！陆海军之间的感觉不同！"他力称若进入本土决战阶段，至少可击退敌人，可于死中求生。

会间，军需、大藏（财政）、农商、运输、内务等大臣陈述了经济国力的状况，见解均极悲观。

内阁会议一直开到夜里10点半，什么也没定下来就散了。最后的办法只有"仰求圣断"，请天皇做最终的裁决。

天皇被逼上崖角

一个古老的声音唱道："大君为神，如在云端。"深夜11时55分，裕仁天皇君临御文库地下深深的防空会议室。

突然召开这次御前最高战争指导会议，又是老谋深算的铃木耍的一个手腕。下午的会议开了三个小时仍然毫无结果，铃木宣布暂时休会。

就在当天上午 7 时半，铃木已去过皇宫，和天皇商量好：必须在当天接受《波茨坦公告》。他还对天皇说，在天皇打破僵局前，内阁不会做出最后决议。

利用休会的间隙，铃木找到内大臣木户，向他陈述了会议的情况，提出一个酝酿已久的解决问题的办法。

"只有一个解决办法，"他凑近木户的耳根，压得很低的声音里充满了感情，"我们请天皇做出决定。"

早在冲绳守军全军覆没的时候，天皇的恐慌就加剧了。次日，即召开"六巨头"会议宣布："关于指导战争，前此御前会议虽有所决定，但在结束战争上，目前亦应不为以往观念所束缚，希速做具体研究，努力使之实现。"天皇的倾向趋向明朗。

在此之前，木户已相继收到了前首相近卫、前外相重光葵等人反对"四项条件"并"仰求圣断"的意见。在侵华战争期间，曾三次担任首相的近卫直谏道："战败是必然的，比战败更可怕的是引起革命。仅限战败还能维持国体，所以应及早投降以避免革命，维护国体。"木户也憎恨军人的专横无忌，深感只有天皇采取破例的行动才能拯救日本。他已于下午将这一意见上奏天皇。所以，当铃木向天皇奏请召开御前会议并让支持尽快结束战争的平沼枢密院长参加，天皇当即同意。

神色疲苦的天皇走进会议室，吃力地在御座前坐下。他的臣下们起立向天皇鞠躬。军人们的佩刀发出轻脆刺耳的叮当声。

参加会议的有最高战争指导会议的"六巨头"和枢密院议长平沼骐一郎，另有迫水等四人列席。

天皇虽然衣冠楚楚，但神情忧戚，头发也没梳，散乱地耷拉在额前。众人看到他们心目中的"神"竟如此模样，心头不禁升起了惊愕、凄切、同情交织的感情。阿南的胸中还郁积着恼愤。

按照规定，召开御前会议的程序应该是以首相和陆、海两总长三人签名的文件奏请。如果是这样，阿南是会知道的，也好有个心理准备。事情如此突然，肯定是有人设了圈套。阿南愤愤地想。

的确如此。上午的会议结束之后，迫水书记官长即遵照铃木首相的命令，若无其事地对两总长说："不久将要召开御前会议，请在奏请文件上签个名。"两总长当即嘱咐迫水在使用此件时要事先打个招呼，迫水含糊应允，便预先征得了他们的签名。此时的御前会议，就是用这个文件奏请的。

会议桌上放着尖锐对立的两种议案。以东乡外相为代表的甲方案，主张仅以承认天皇地位作为唯一条件接受公告。阿南陆相坚持乙方案，绝不放弃四个条件。米内海相和平沼枢密院长支持前者，而梅津参谋总长和丰田海军军令部总长则坚定地支持后者。形势是三比三。

阿南恶向胆边生，他斜视着桌上的议案，勾头对梅津耳语道："停止条件问题的讨论，把战争进行到底！"

铃木主持会议，他让书记官长再念一遍《波茨坦公告》。迫水遂以"悲感交集，内心痛苦，无以言宣"的心情念了公告。

狭窄的会议室虽然安装了换气设备，仍然感到闷热。擦拭额头汗水的白手绢时而晃动。

铃木接着让外相发言，东乡患有贫血症，近来又这么劳累，但他振作精神站起来，对天皇鞠了一躬，陈述了争论的情形。最后，他用果断的口吻申诉了自己的立场："我们必须接受《波茨坦公告》，唯一条件是天皇的地位不能改变。"

"我反对外相的意见！"东乡的话音未落，阿南就跳了起来，声色俱厉地咆哮，"日本战力未灭，我们还有足够的勇气和力量，乘敌来犯本土之机会，予以痛击！即使并排死去，也应成于大义！战到最后，就会使日本的道义、正义和勇气永留后世，同时也就保持了国体！"

在昏暗的光线下，阿南的脸上闪着泪光。

米内海相："完全同意外相意见！"

梅津参谋总长："完全同意陆相意见！"

平沼枢密院长毕竟是八十岁了，他戴着深度眼镜，左顾右盼，费了好大劲才弄清对苏联交涉的经过，最终表示"赞成甲案"。直到昨天，日本还寄希望于苏联，企图拉苏联做调解人，体面地结束战争，孰料苏联几乎是不宣而战，昏朽的枢密院长委实消息不灵。

这位老皇族由于在询问时被军人顶撞，心中不平，末了又补了一句："按皇祖皇宗遗训，陛下也有责任防止国内不安。"锋芒直指陆军。

丰田海军军令部总长："前线的将兵中间还充满着特攻精神，固不能期其必胜，然未必失败。当宁为玉碎，毋为瓦全！"他与阿南、梅津的意见一致。

惯常之御前会议，可谓仅系一种仪式，根据政府与统帅或两者协议后所决定者，向天皇做一种特别形式之奏请而已，天皇几近不发一言。然而此次会议，意见水火不容，各人皆率直披沥其主张，气氛紧张而焦虑。

天皇细心地倾听着各方的陈述。近一个时期，他尽管孤独地在战败的噩梦中颤抖，患上了神经衰弱症，但像溺水者欲抓住一根稻草一样，越是坐立不安，越是把希望寄托在"下一次会胜利"的押赌上。此时他的内心里洪水滚滚，他在这洪流中挣扎，看不到稻草的迹象。

他克制住坠落的内心。虽时至深夜，他却强作精神，唯时露忧容。

情势是三比三，如果铃木首相能直言阐述己见，事情即会出现转机，但生性多虑、狡诈的首相不敢。

时针已指向了10日凌晨2点。从气氛上看，讨论仍不会得出结论。

会议令人既累又亢奋。与会者的目光投向了首相。这时，铃木慢慢地站起来，说道："会议已进行数小时了，很遗憾仍不能做出结论，但是事态已不允许有一刻拖延。在此作为例外，拜请天皇陛下为会议做出圣断。"

铃木离席向天皇走去。他步履蹒跚，腰背驼得更厉害了，显得衰老不堪。大家都感到吃惊，不知他要干什么，阿南竟至情不自禁地喊出了声："首相——"

铃木似乎没有听见，慢腾腾地一直走到天皇面前，恭恭敬敬地施了一礼，说："会议的情况，说起来令人异常惶恐，我想祈求您的指示。"

至尊的第124代天皇正襟端坐，稍稍动了动上身，嘴唇嗫了嗫。聋聩的首相用手拢着右耳仰询天皇。四十四岁的天皇遂又低低地重复了一遍："您可以回到座位上去。"待首相坐定，天皇稍稍向前探了探身子，站了起来，语调平静地说：

"朕赞成外相之主张。"他停下来，用戴着白手套的手擦了擦眼镜。接着以五倍于寻常说话的速度，缓慢地说下去。

"试顾吾国现状与列国形势，继续战争意味着民族的毁灭，延长世界人类的流血和残酷行为。我不忍目睹无辜国民再受苦受难。故此际唯有忍受一切，结束战争。"沮丧的暗流在桌子周围蔓延，有人伏在桌上哭泣起来。

"我想，让忠勇的军队投降，解除他们的武装，是难以忍受的事情；处罚战争责任者，因为他们也是尽忠之人，所以也是难忍之事。但是，要拯救全体国民，维护国家大政，对此必须忍受。当我回忆起甲午战争后明治天皇在三国干涉时的心情，我只能咽下眼泪批准接受《波茨坦公告》。"

事关重大的"圣断"下达了。这是10日凌晨2点30分。

会议室里又恢复了宁静，但可以从中听到河海下的暗涌。

天皇扫了阿南一眼，以内含着怒火的口气说："战争开始以来，陆海军所进行者，与计划相差甚远，若继续战争，今后岂非同样乎！"

说完，天皇怫然离去。

3时，内阁会议再次召开，通过了关于接受《波茨坦公告》的案文。

阿南又给会议打上一个楔子——他咬字咬句地说："只要不确定保全皇室，陆军将继续战争。"会议结束时，东条英机的同党吉和正雄向走出会议室的首相猛冲过来。"你高兴了吧！这下你满意了吧！"他拼命喊叫着。阿南迅速插到两者之间。狂怒的军官被人架走。

叛军攻入皇城

8月的南京，午后的空气就像阳光本身，闪烁着炙烫的白焰。日本中国派遣军总司令冈村宁次大将走进办公室。自从前天他的情报课从欧洲、重庆等地的无线电中收听到了有关日本投降的消息，他就不再于这个时间到兵器厂的大水池钓鱼了。

他匆匆翻阅一沓呈件，目光停在一则消息上："日本通过瑞士、瑞典政府，向美、英、苏、中各国政府提出，如允许维护天皇制，则接受《波茨坦公告》。"

冈村宁次铁青着脸，焦躁地来回踱步。

不觉已至晚上9点。他用双手将两扇百叶窗"哗"地推开。

平时早该打烊的店铺居然燃着灯火。8月10日是夜，三五成伙的市民像大年夜走喜神一样，轻快地游走，有的驻足街头交耳谈论，兴奋于形。附近外国租界的酒吧里，依稀传来露西亚和犹太各族侨民呜哇呜哇的闹嚷声。这一切像浓湿的雾，包裹着那个明确的不祥的消息。

重庆、延安、上海等地，人群中响起了鞭炮声。

然而，无论对谁来说，形势都正悬于危崖上。

10 日晚 6 时 45 分左右，日本政府把接受公告的正式通知急电驻中立国瑞士和瑞典的大使，指令其送瑞士、瑞典政府转达中美英苏四国："帝国政府关于 1945 年 7 月 26 日，由中美英三国首长共同决定发表，而后又由苏联政府参加之对本邦之共同宣言所举之条件中，在并未包括要求改变天皇之国家统治大权在内之谅解下，帝国政府接受此宣言。"云云。

而与此同时，阿南陆相以维护国体之条件联合国是否接受尚不可知为由，向陆军发表了张狂的训示：

"即令啃啮草木，伏尸荒野，亦决战到底，信能死里求生。是即楠公七生报国、'即剩我一人'之救国精神，亦即时宗之'莫烦恼''勇往直前'击灭丑敌之斗志。全体将士应人人体现楠公之精神，重现时宗之斗志，为击灭骄敌而勇往直前！"挟令军人要像古代武将楠公那样，即使转生七世也要尽忠报国。

当天下午 4 时，广播电台播发了真意在两可之间、但毕竟透露了投降可能性存在的《情报局总裁谈》，向国民吹风。而当晚 7 时的广播在播出勇猛雄壮的进行曲之后，广播了穷凶极恶的《陆军大臣训示》。

在次日的《每日新闻》等报纸上，也并列揭载了上述两件文告，形成了奇妙的对称。

驻各地日军产生了普遍的困惑，沮丧、绝望、屈辱、震怒的情绪像瘟疫一样蔓延。

中国派遣军总司令冈村宁次，这个清醒而又奸诈的老牌军棍，不用去苦苦思考，他凶残狂妄的性格便会做出选择。他急电军部，提醒军部"绝不得惑于敌之和平攻势及国内之消极议论"，而应以"派遣军百万之精锐，振起斗魂，踊跃击灭骄敌"。并进而说，百万精锐八年来连战连胜，不战而降，无论如何不能听从。具有悠久的三千年历史、富有尊严的我国的国体，应尽全体国民的死力来维护。冈村的电文轰动了日本朝野。

南方军总司令寺内寿一大将也致电叫嚣，要战至一兵一卒，以显现皇军之真姿。

几天里皇宫内外渲沸翻腾，浊浪飞溅，各种势力明里争斗，暗地较力，潮涌频叠。陆军军部像一个强大的病灶，向四周逸散着致命的毒素。以阿南为首的将领继续在高层游说、逼胁，力主决战。美国飞机又尖啸着投下炸弹。在阿南和东条等人的暗示和怂恿下，以竹下和畑中为骨干的少壮派官佐，密谋策动政变，埋葬政府要员。东京上空飘撒着大量的传单，像白色的纸雨。阿南的办公室聚集着谋反的疯子，像一个加热的火药桶，一触即爆。当美国对日本乞降照会的复文到达后，借口难保国体，军部内外一阵骚狂，逆动达至顶峰。在持续的疾风骤雨中，铃木也发出了新的声音："如果强迫我们解除武装，那只好继续战争。"

阿南陆相东奔西走，苦心游说。他钻进一个防空洞去见三笠宫亲王，试图说服他去做工作，改变他皇兄的决定。亲王怀着敌意接待和拒绝了他。阿南邀同盟者梅津参谋总长议事，但梅津的心理起了戏剧性的变化。梅津不阴不阳地说："我现在同意接受《波茨坦公告》。"去找内大臣木户，木户的态度斩钉截铁。

在阿南的暗示下，陆军打算发表一个电文："皇军收到新敕令，已重新开始对美国、不列颠联合王国、苏联和中国发动进攻。"然而电文被强令禁止发出。

14日上午10点50分，天皇身着大元帅服装，走进喷泉御苑地下很深的防空洞里，做第二次决断。天皇用白手套由上往下擦了几次眼泪。他说，我可以站在麦克风前宣读停战诏书。

阿南号啕大哭。六百万陆军的最高统帅，武士道精神与大和魂的象征——阿南，彻底绝望了。

下午 2 点，陆军军部的军官们集中在一号会议室。阿南用颓败的口气传达了御前会议情况。军事课的井田中佐追问道："难道阁下忘记了你本人的名言：只有断头之将，没有屈膝之将？"

有人大吼："与其投降，莫如一死！"

砰的一声，阿南把手枪掼于桌上："不满者先斩阿南！"

这个复杂的军人。

谋反的少壮派军官们对阿南失望了。

他们决定自己干。军务局课员椎崎中佐和畑中健二少佐按照他们预定的计划，要动用东部军及近卫师团，封锁皇宫，切断通信联络，占领电台、报馆和政府部门大楼，软禁天皇，逮捕铃木、东乡、木户等人。

宫内省二楼御政务室内，两扇绣有狮子滚绣球的屏风里架起录音设备，天皇正在录终战诏书。声音太低，又念了一遍。录音唱片放入一只金属盒子，交给了侍从德川良弘。这是 14 日晚 11 时半前后。

阿南拜访了铃木，对他的强硬态度做了解释，并表示歉意，告辞时送给首相一支上好的雪茄。

反叛行动分几路，在黑暗中同时展开。

在由横滨至东京的二号公路上，一辆卡车在夜色中疾驰。车上乘坐着四十名横滨警备队的敢死队员，还装着几桶汽油和两箱手榴弹。车头上架着两挺机枪。他们由佐佐木大尉率领，要以青春的灵肉和热血，捧持军旗，走向毁灭或辉煌。

此时近卫师团师团长森赳中将巡视过宫城的戒备，回到宫城外的师团长室。畑中少佐等一拥而入。畑中要森赳师团长参与叛乱，森赳未

21

允。畑中即刻拔出手枪击中森赳前胸。上原大尉于鞘中抽剑，砍中森赳的锁骨。倒进血泊的还有随侍畑元帅来东京、正与师团长晤谈的白石参谋。白石尸首分家。

东条英机的女婿、近卫师团参谋古贺秀正少佐这时赶到，他也是想来对付他的上司的。畑中拼命叫喊："因为时间紧迫，就干掉了!"古贺抬手向上司的未凉的尸体致军礼。

畑中从桌屉里取出师团长的印章。

佐佐木率队的卡车驰达首相官邸，首相不在，愤怒的士兵们点燃了大火，向首相私邸驰去。住在丸山的铃木接到告警，衣履不整地钻进汽车逃命。途中与佐佐木的卡车交错而过。佐佐木们破门而入。他嚓地抽剑，在女佣百合子的鼻尖晃动："铃木在哪儿? 不说就杀了你!"士兵们闯入每个房间，用刺刀在壁橱和立柜上乱捅。大火再起。

与此同时，其他几个地方在猛烈交火。七名"思想宪兵"组成的团伙想杀掉内大臣木户幸一，但他们在内大臣的官邸遭到了顽强的抵抗。

枢密院议长平沼骐一郎的官邸的房顶上也蹿起了腾空的火流。一批军人用轻重武器狂扫滥射，把临街的门窗打得稀烂，并投掷了燃烧弹。平沼从后花园溜走，慌乱中连假牙也遗在桌上。

枪杀森赳的畑中少佐向宫城奔去。井田中佐赶往日比谷的东部军司令部。古贺、石原等人起草了"伪"近卫师团命令。近卫步兵二联队包围了皇宫，占领了皇宫卫兵本部，莲沼侍从官长被监禁。天皇居室义库附近架起了机枪，枪口指向天皇居室窗口。通信切断。近卫步兵的一个中队占领了东京广播局，中止广播。

他们的行动目标不言而喻，就是要用武力夺取藏在宫内的录音唱片，中止天皇《终战诏书》的广播。

古贺少佐挥刀高喊："天亮以前一定要找到天皇的录音唱片，要搜遍皇宫的每个角落！"

士兵们在皇宫里乱窜。木户内大臣、石渡宫相等仓皇逃入地下金库避难，侍从把"女官浴室"的牌子置于金库入口。几个手持战刀的士兵窜至，看看牌子离去。

对叛军构成最大威胁的是担任东京卫戍任务的东部军。古贺一边打电话给东部军司令部，以求支持；一边让井田中佐去东部军田中大将处，力图说服他。

田中大将带着副官，乘坐插着将官旗的小车赶往皇宫。车至坂下门，并不减速，直开进去。

田中大将走进卫兵本部。此时是 5 点左右，天已放亮。

"是谁下达的作战命令？"田中大将脸色铁青，杀气袭人，"把他抓起来，交军事法庭处置！"伪造的"师团命令"败露。

在乳白色的广播协会大楼里，畑中用手枪威逼正在广播的馆野，要自行广播，"我必须向国民转达我们的感情"。这时电话铃响了，是东部军司令部打来的。畑中颓丧地放下话筒。兵变失败。

阿南在他的官邸自杀。

天皇推开御文库的百叶窗，沿着地坪看过去。菩提树的阴影下，明晃晃的刺刀撤去。

自毁和狂欢的风暴

1945 年 8 月 15 日 12 点整，广播里送出播音员和田信贤饱含着复杂感情的声音："这次广播极其重要，请所有听众起立。天皇陛下现在向日本人民宣读诏书，我们以尊敬的心情播送玉音。"这在日本是有史以来头一次，人们将直接听到"神"的声音。

随之播出日本国歌《君之代》。

此刻，在东京大本营一座昏暗的礼堂里，数百名军官在梅津带领下，身穿整洁的军服，戴着白手套，佩挂勋章军刀，肃立恭听。

冈村宁次率领中国派遣军司令部的全体人员，聚集在南京鼓楼广场的东侧。就像平时做遥拜天皇的仪式一样，面朝东北方向笔立。人们的神情像死人的脸在冷却。

散布在各地的日军和举国上下的国民，都守着收音机和大喇叭，在寂静中或立或跪，等待着神圣的玉音，等待着耻辱和光明的来临。

只有一个人坐着，那就是"至尊至明"的裕仁天皇。

朕深鉴于世界大势及帝国之现状，欲采取非常之措施，以收拾时局，兹告尔等臣民，朕已饬令帝国政府通告美英中苏四国愿接受其联合公告。

如仍继续交战，则不仅导致我民族之灭亡，并将破坏人类之文明。如此，则朕将何以保全亿兆之赤子，陈谢于皇祖皇宗之神灵。

朕对于始终与帝国同为东亚解放而努力之诸盟邦，不得不深表遗憾；念及帝国臣民之死于战阵、殉于职守、毙于非命者及其遗属，则五脏为之俱裂。

然时运之所趋，朕欲忍其所难忍，堪其所难堪，以为万世开太平。

宜举国一致，子孙相传，确信神州之不灭，念任重而道远，倾全力于将来之建设，笃守道义，坚定志操，誓必发扬国体之精华，不致落后于世界之进化。尔等臣民其克体朕意。

主和派精心策划导演的，前外相重光葵所称的"鹤声一鸣"，像积郁已久的霹雳，在堆垛着铁块的天空炸响。整个日本晕眩着，颤抖着，脸上混杂着滂沱大雨、污浊的泥泞和裂开的天空射出的金子般的阳光。这是噩梦和苏醒之间的一瞬。

这是历史的决议。

"山河失陷，蝉雨妄然。"

午后，畑中健二少佐和椎崎二郎中佐从宪兵拘询处出来后，径直来到二重桥和坂下门之间的草坪上。畑中面向皇宫，冷峻的脸上挂着两行热泪，缓缓抬起枪口，抵住自己的眉心扣动了扳机。椎崎面朝皇宫跪了下去，抽出仪礼短剑，猝然剖开自己的腹部。剧烈的疼痛使他的面孔扭曲了。他又颤抖着举起手枪，对准自己的脑袋。在他身边，畑中的脸浸在血泊里，暴张的双目直勾勾地盯着宫门。在此之前，古贺参拜了皇宫内的内殿后，在森赳师团长的遗体旁剖腹自杀。

他们追随阿南"玉碎"，奏响自毁狂潮的序曲。

下午5时，海军"神风"部队的司令官宇垣中将，怀着必死的决心和帝国永存的武士道信念，亲率十一架满载炸弹的特攻机从九州东北部的大分航空基地起飞，向冲绳的美国军舰做自杀攻击。投死者的血液里还鼓荡着六十三名少女的激情："我们，弱质的少女，唯愿跟随你们——伟大的勇士，神风而下光荣而死！"岩手县一初中的六十三名女生咬破手指，用鲜血绘成十面日章旗，献给关东军总部。

次日黎明，军令部次长、"神风特攻队"的创始人大西泷次郎在家中切腹，并在自己的胸口和喉部戳了几刀。他握住同道儿玉的手说："我要对你说的话都写在遗嘱上。"生命的余烬仍闪烁着凶残的光焰。

之后，前参谋总长杉山元元帅、东部军司令官田中静一大将、前关东军司令官本庄繁大将等十数名高级将领相继自决。曾三任首相的近卫文麿亲王服毒身死。东条英机试图用枪自毙。

当时在中国上海、吉林、天津、台湾等地的安藤利吉大将、中村次喜藏中将、城仓义卫中将、人见秀三中将等，在天皇的投降圣谕广播后，为逃避人民和历史对他们的惩罚，亦纷纷以自杀的方式结束了罪恶的生命。然而，用沾满血腥的手结束自己血债累累之生命的剑，正是历史和人民的冷静之剑。

驻华侵略军中下层的狂热之徒，也在这突至的风寒凌袭下碎裂了。当时即有数十人自毙。出于为武士道精神"殉节"的虚枉之誉，各部队对自杀者均倒填日期，按战死处理。

> 樱花肖人，非草非木，美丽蝴蝶，便是妻子。
> 樱花盛开，落英缤纷，随风而去，永作芳魂。
> 今晨飘飘，明日冉冉，樱花樱花，我将效汝。

空中荣誉突击队之歌，激发和安慰之歌，在天空和地下弥漫。末世怆凉的气氛紧紧地包裹着岛国。

8月22日黄昏，适逢倾盆大雨，十名自称"尊皇攘外义军"的青年，头缠白布，聚集在与英国大使馆遥对的爱宕山上。他们脸上奔流着雨水和泪水，相拥高歌《君之代》，三呼"天皇陛下万岁"，最后拉响了五颗手榴弹，缓缓倒地。几日后，三名反叛者的妻子，也在这里追逐她们丈夫的尸魂而去。

属于佛教某教派的十一名成员，23日在皇宫前自杀。十四名青年学生在代代木练兵场切腹。与公布《陆军大臣训示》有关的亲泊大佐全家自毁。

这一切仅仅是由于他们的愚忠和绝望吗？

日本民族生活于生存空间狭小的岛国，历史上又频遭火山与地震的毁灭性打击，使日本人自古以来就有一种宿命的观念。他们以自怜的感情关怀着樱花：一旦开放，美得惊心，艳得夺目，而在顷刻之间便会凋谢飘零，落花如雨。

但他们毕竟是这场战争的牺牲品，终究是为这场战争的发动者所杀。

中国已然泪雨如注。但这是痛苦之后欢乐的堤溃。

中国共产党和八路军总部所在地延安城沸腾了。街上张灯结彩，旗帜飞卷，街两面的墙壁上刷满了标语。人不分男女老幼统统会聚街头和集会场所。欢呼声、口号声、鼓锣声、唢呐声拧绞在一起上下腾舞。人们眼眶里涌出的泪水把这一切洗得鲜明透亮，把阳光、空气、蓝天、土地洗得格外爽洁。妇女们身穿新裤褂，戴着红色或银色的头饰，十分艳目。入夜，全市灯火辉煌。实验工厂、联政宣传队、大众剧院、延大、完小等十余支秧歌队一路狂扭，在新市场的十字街口冲激起欢潮。市民们点燃用柴棍扎起的火炬，汇进了火焰与光明的河流。郊外的篝火彻夜燃烧。

一位拄拐的荣誉军人低着头，用粗大的手抚着一个扎羊角辫的女孩的脑袋，半天才抑制住奔涌的感情，抬起泪花花的脸，吃力地向簇拥着他的群众说："八年啦，我的血没白流！"面对这位在平型关大战中负伤致残的英雄，人们被巨大的感动攫住了。正在这时，几只梨子从天而落，砸在人们的头上。只见一个推车的瓜果小贩，一边把筐里的桃梨向空中抛掷，一边长腔短调地吆喝："不要钱的胜利果，请大家自由吃呀！"人群中爆发出热烈的掌声。

《解放日报》推出一则消息，每一个粗大的黑体字都洋溢着胜利的表情："庆祝抗战胜利，边府决定放假三天。"

全国各地都沉浸在勃发的欢乐中。重庆人民夜以继日地狂欢，锣鼓、喇叭、车铃、脸盆等各种响器混成一片，翻滚的人潮在口号声和爆竹的硝烟中漫涌，满载工人、学生、童子军、记者和市民的车辆缓慢蠕动。不相识的人拥抱在一起，竟忘了这是一种陌生的方式。一个扎着一双大翅膀的和平女神，站在彩车上挥舞火炬和中英美苏四国国旗。爆竹店的门板被人们打得粉碎，老板喜上眉梢，宪兵在一旁拊掌微笑。入夜，探照灯光与游行的火炬辉映。禁酒令自动取消，人们在餐馆酒楼猜拳行令，狂喝海饮。有人在街头放声大哭。国际俱乐部里劲歌热舞的人们兴致正浓。一辆美国吉普车经过《新华日报》号外橱窗时，美国兵摘下挂在窗口的联合国旗，竖起大拇指操着中国话嚷嚷："过年！过年！"一个擦皮鞋的小孩瞅空爬上车子，抓起威士忌咕嘟咕嘟痛饮一气，然后也学美国兵跷起大拇指嚷嚷："OK！OK！"

成都。刚刚被秋雨清洗过的大街上，许多人手持长串响鞭沿街奔跑，火花和余烬飞洒，硫黄气味弥漫空中。一只只拳头猛砸沿街的门板，加入了满街响器的喧沸。鞋铺的伙计抓起两只皮鞋相击。在拥挤的人群中，学生们的腋窝里还夹着书本，一望便知是从课堂上直接跑来的。商贩们抛出囤积的货物，却无人问津，价格直线下跌。二十元一份的报纸卖到一千元，仍在顷刻售空。电影院的银幕上打出"日本投降了"的字幕，观众把帽子和手帕向上抛舞。云南戏剧改进社演出时，突然有一个人跳上舞台，抱住正在甩腔的大花脸狂呼："日本投降啦！"台下观众闻之，一窝蜂拥出剧场。

西安。密如急雨的爆竹声从中央社附近几条街发起，很快就蔓延了全市。士兵弟兄们干脆向空中开枪，表达喜极的感情。人们呼喊、跳跃、敲锣、燃鞭，到处是爆发出来的力量、响声和速度。茶馆免费用茶，酒店免费饮酒，冷饮店有冰激凌奉送。卖西瓜的抱起半只红瓤瓜让众人过眼，"狗日的太阳旗！"说着便操刀狠狠地切成片，请众人品尝。被监管的几个日本俘虏闻讯竟也不能自抑地鼓掌，其中一人竟忘了自己的臂膀上还缠着绷带。

上海亦然。

北平亦然。

广州亦然。

南京亦然。

与举国上下的狂欢景象相反，蒋介石的办公室里淤积着阴郁的气氛。蒋介石狂喜三分钟后，便冷静下来。他要考虑如何对付共产党。8月11日他就下达了三道命令，核心是让他的军队"积极推进"，抢收果实，而令共军不得"擅自行动"。但朱德和彭德怀于次日即致电抗令，曰："你给我们的这个命令，不但不公道，而且违背中华民族的民族利益，仅仅有利于日本侵略者和背叛祖国的汉奸们。"娘希皮，岂有此理！他噘着稀软的仁丹胡，倒剪双手，在室内来回踱步。而如果现在就消灭共军，尚不是时机，一是各界人士不允，更重要的是我的队伍还远在西南、西北后方，有的嫡系部队还远在缅甸、印度，即便是靠美军运送，也断然赶不及的。

蒋介石踱到办公桌边，脸上的阴云疏散了一些。

桌上放着一纸于昨日发给毛泽东的电报：

毛泽东先生勋鉴：

倭寇投降，世界永久和平局面，可期实现，举凡国际国内各种重要问题，亟待解决，特请先生克日惠临陪都，共同商讨，事关国家大计，幸勿吝驾，临电不胜迫切愚盼之至。

蒋中正八月十四日

蒋介石的心情变得轻松了。于是想起他上午在广播电台发表的演说，其中的"不念旧恶"和"与人为善"是具有强烈针对性的暗示，因为他已经派人到南京暗访冈村宁次去了。

8月15日深夜，蒋介石踌躇满志的日记，给历史留下了笑柄："唯有虔诚感谢上帝赐给我的伟大恩典和智慧。"

8月15日这一天，在陕北延安的窑洞里，毛泽东的胸中大潮奔涌。

胜利的果实必将属于人民。

他慢慢地抬起夹着纸烟的右手，缓缓地吸了一口烟。这位伟大的革命家和战略家以他锐利的目光，剥开迷蒙的烟云，看得很远很远，看到了大海上胜利的航船已经露出的桅尖。

想起蒋介石的三道"命令"与"和平商谈"的邀请电，他轻轻弹掉烟头上的灰烬，信步走出窑洞。

他在绿蓬蓬的菜地间的宽土道上站定。聆听人民喜庆的欢腾，巡看延安的黄土山脉、清澈的延河、高耸的宝塔，他的胸中漫卷着大时代的风云，重现了《沁园春·雪》的意境。1936年2月，在红一方面军由陕北准备东渡黄河进入山西西部的时候，毛泽东写下了那首胸襟浩荡的词。

第二章　受降庆典

光荣的 "密苏里"

1945 年 9 月 2 日清晨，横滨天色迷蒙，雨云低垂，仿佛阴沉着脸。这里曾经是炫耀一时的帝国舰队的主要军港，现在却停泊着强大的盟军舰队。

在幢幢舰影中，有一艘显得格外巍峨雄壮、耀武扬威。它是一艘 4.5 万吨的战列舰，舰长八百尺，装置有十六寸大炮九门、其他小型炮几十门，火力范围广及二十里。它是当时世界上最大的四艘战列舰之一，堪为美国强大的海军力量的象征。重要的是，它以美国杜鲁门总统的故乡 "密苏里" 命名。

更重要的是，日本的投降仪式将在它的甲板上举行。它将于今天在历史上签下它光荣的名字。

一艘驱逐舰驶近距海岸六海里远的 "密苏里" 号。美、英、中、苏等国的受降代表和盟国的海陆空将领先后登上了 "密苏里" 号的甲板。

又一艘驱逐舰驶来。它是 "兰斯多恩" 号，载着十一名日本的投降代表。首席代表是曾两任外相、又为现任外相的重光葵。为了防止遭到狂热的法西斯分子的暗杀，他们的行动是高度保密的。

关于由谁担任首席代表，日本人曾发生过争执。如果让皇族、新首相东久迩来领受这份耻辱，是断然不行的。推来推去，这个倒霉的差使最终落在倒霉的重光葵头上。

外相的行头看得出是经过苦心盘算的。他头戴高礼帽，身穿燕尾服，脖子上系着考究的宽领带，戴着白手套的手挂着一根文明手杖，显得斯文而高贵。但他那条不争气的假腿却把他的形象弄得丑陋不堪，委实叫不肯趴下的日本式尊严大丢份儿。外相在从后甲板上顶层甲板的扶梯时极为狼狈，每蹬一步都得哼唧一声。这是他的命。1932年天长节（日本天皇诞辰日）那天，他陪同司令官白川义则大将在上海虹口公园参加检阅式，不料朝鲜义士尹奉吉扔过来一个类似行军水壶的怪物，炸死了白川大将，也让他赔上了一条腿。

重光葵被几乎所有的人以"一种残酷的满足感"注视着，挂着拐杖，挣扎在痛苦的路途中。跟在他身后的梅津大将并不理会他的苦楚。与重光葵相反，梅津穿一件皱巴巴的制服和骑兵马裤，头戴野战帽，脚蹬长筒靴，衣装邋遢带有蔑视的意味。他铁块般的神色透出满腹的仇恨。他仇恨这里的每一个人，包括走在前面的这个里通外国的主和派。最后还是一个美国人居高临下地拉了重光葵一把。

8点整，海军乐队奏响了雄壮的进行曲，美国国旗在乐曲声中冉冉升起。这面特意从美国用专机空运至此的旗帜，是1853年美国海军将领佩里炮击日本、强迫日本与欧美列强通商时悬挂的那面。

8时40分，中国代表徐永昌一行六人和各国代表团成员走出了舱室。

簇拥在舰艉和第二炮塔周围的二百八十位各国战地记者紧张起来，他们知道，他们期待已久的一幕即将开启。

8 时 45 分，战功赫赫的驻日盟军最高统帅麦克阿瑟步出海军将官室，带领尼米兹海军五星上将和哈尔西海军上将，来到威力极猛的十六寸大炮炮筒旁。军乐顿时大作，全体军官向总司令敬礼。

这位表演欲极强、一生都像在做戏的美国五星上将，还是那身几乎半个世界都熟悉的打扮：穿条烫得笔挺的裤子，上身却随便套了件敞领卡其衬衫；不挂水果沙拉般五颜六色的勋章，只在衣领上缀一簇星形将徽；手里拎着根褐色曲柄手杖。只是那根叼在嘴上的玉米芯烟斗，此刻掖在了兜里。随便而简朴的衣着，带有刻意装扮出的与众不同。而他装腔作势的言谈举止，更是像他那充满华丽辞藻的文体一样矫揉造作。

此时他走上甲板向人们举手致意，那趾高气扬的神态，就像六天前他在厚木机场走下"巴丹"号运输机时说的一句话："这就是结局。"

右舷甲板中间摆着一张长八尺宽二尺的长方形桌子，桌上铺着青色绒布。麦克阿瑟与尼米兹、斯帕茨、魏德迈、史迪威等美军高级将领以及五十八名随员站在桌子的右边；桌后正面以中国代表徐永昌上将为首，依次排列着英国、苏联、澳大利亚、加拿大、法国等国代表。

重光葵、梅津等一行十一人在桌子对面站定。另外的人为三名陆军军官、三名海军军官和三名政府官员。军人穿卡其呢军装，未佩带军刀。

9 时正，受降仪式开始。

首先是特别规定的"羞辱五分钟"的程序。日本人在全体盟国代表严厉的目光下站立着。这时最难熬的恐怕是梅津，他曾坚决拒绝来此签署投降书，并以剖腹自杀相胁。

五分钟后，麦克阿瑟将军走到麦克风前，发表简短的书面讲话："我们各交战国的代表聚集在这里，签署一个庄严的协定，从而使和平得以恢复。涉及截然相反的理想和意识形态的争端，正在战场上见分晓，因此我们无须在这里讨论或争论。作为地球上大多数人民的代表，我们也不是怀着不信任、恶意或仇恨的精神相聚的。"

麦克阿瑟的演词里似乎还暗含一些别的意思。也许是这时刻的分量过于沉重，使得撑头挑担子的麦克阿瑟难以支撑，他持稿的手在微微抖动。

麦克阿瑟继续念下去："我本人真诚地希望，其实也是全人类的希望：从这个庄严的时刻起，将从过去的流血和屠杀中产生一个更美好的世界，产生一个建立在信仰和谅解基础上的世界，一个奉献于人类尊严、能实现人类最迫切希望的自由、容忍和正义的世界。"

麦克阿瑟以庄肃的语调读毕，即令日本代表在投降书上签字。

重光葵神色黯然地拐到桌前，在椅子上沉重地坐下，脱去帽子和手套，摸出钢笔。他木然做完这些，眼睛就散了光，显得呆头呆脑，像个白痴。侧立一旁的美军军官顿起反应，他们有的疑惑，有的愤怒，有的竟骂出了声："快签！他妈的！快签！"弄得他更是呆若木鸡。事后，也不知是为了自嘲还是为了自慰，喜好附庸风雅的重光葵写下和歌曰：

> 宁可让世人鄙弃我们的臭名，
>
> 愿祖国从此繁荣昌盛。

站在桌子另一边的麦克阿瑟见状噘了噘嘴，对身边的萨瑟兰参谋长说："你去告诉他在哪儿签名。"

重光葵签毕，梅津以帝国大本营的名义签了字。

无条件投降书保住了皇室，但这也为以后军国主义复活埋下了根患。为此，日本天皇对《波茨坦公告》起草者深为感激。1960 年 9 月 29 日，日本赠给这位曾任美国驻日大使十年的约瑟夫·塞·格鲁一等旭日重光勋章，是由为纪念日美百年修好而去美国的皇太子夫妇特意带

34

去的。

随后由盟国代表签字。

爱出风头的麦克阿瑟又抓住了一个做戏的机会。

他为签字准备了五支笔，并让从日本集中营刚恢复自由、惊魂未定的温赖特将军和珀西瓦尔将军站在他身旁。他神气十足地坐下来，用第一支笔写下 Doug，转身将笔赠予温赖特将军；用第二支笔写下 Las，转身赠予珀西瓦尔将军；用第三支笔写下了 MacArthur；用另两支笔签署了另一份投降书。后三支笔中一支黑色的归美国政府档案馆，另一支黑色的赠给了他的母校西点军校；还有一支红色的笔，他留给了自己的夫人。

盟国代表第二个签字的是尼米兹将军，他代表美国。中国的徐永昌将军、英国的布鲁斯·弗雷泽将军、苏联的杰列维扬科将军、澳大利亚的托马斯·布莱梅将军、加拿大的穆尔-戈斯格罗夫上校、法国的雅加·勒克莱尔将军、荷兰的赫尔弗里希将军、新西兰的艾西特将军，分别代表本国政府在日本投降书上签了字。

"让我们祈祷，"签字仪式结束后，麦克阿瑟再次表达他的美好愿望，"和平已在世界上恢复，祈求上帝永远保佑它。"

就在此时，上千架美军 B-29 轰炸机自东方而来，那摇天撼地的引擎声，仿佛就是麦克阿瑟所指的上帝的声音。

惊喜的小城：芷江

日本宣布投降后，蒋介石指令中日双方于 8 月 21 日在芷江洽降。

芷江是位于湖南和贵州两省交界处、筑于沅水两岸的一个小县城，人口不足五万。但它占有湘黔公路的便利交通，有 1944 年美国人援建的机场。更重要的是战争结束前四个月，冈村宁次为了与蒋介石的主力部队决战，在这里发动了大规模的"芷江作战"，结果以死伤二万余人惨败，被围歼的残存部队竟落到了以蛇鼠充饥的地步。蒋介石不无得意地把这一战事命名为对日的"最后一战"。

芷江于是有了光芒和重量，获得了百世不遇的殊荣。

8月21日的小城芷江装扮得像个新娘，充满了惊喜的感情。城内搭起一座座松柏牌楼，上悬"胜利之门"的大字横幅。

许多人家的门头挑起了国旗，墙壁上贴着红纸的标语。人们扶老携幼拥上街头，警察像喝了七分醉的酒，指挥车辆的动作夸张而浮躁。尤其是那些从外地流亡到此的人，他们彼此拥抱，热泪涔涔地互问何日买舟东归。

机场的附跑道和外侧草坪上排列着成百辆吉普车和各种型号的军车。数千名中美军人拥集在指定的位置。来自四面八方的记者大多围挤在插着白旗的吉普车旁，摄影记者急于选择合适的角度，来回走动。在这紧张而兴奋的气氛中，人们焦急地等待着。

谁知到了预定时间中午12点，仍不见日本飞机的踪影。人群中波动起不安的情绪。

日本洽降代表今井武夫等乘坐的飞机正在经受一场特殊的考验。

日军同重庆方面的联系，过去为了避人的耳目，都是依靠私设的无线电台暗中进行秘密通信，日本投降后，这些电台一夜之间都突然钻出来公开活动，究竟谁的情报更具权威，很难做出判断。至于洽降地点，有的报称在长沙，有的报称在福建建瓯，也有的说是在浙江玉山机场。后来经由日军驻上海陆军部证实，确认蒋介石指定的地点是芷江。

所以，一路上今井武夫心头疑云重重，唯恐有误。直至飞到常德上空，当六架美军P-54战斗机如预先通知的那样在云层中出现的时候，他疑惑不安的心才落了地。

但美军的战斗机不是来恭迎大爷的。这些心怀仇恨的调皮的美军飞行员，驾着先进的战斗机，像突袭那样，借助云层在日机的上下左右乱飞乱钻，弄得日机飞行员昏头昏脑，一度误将洪江当作芷江，耽搁了时程。

今井武夫一行乘坐的 MC 运输机，是为了顾及日军的体面特意调用的冈村宁次总司令的专机，但是这架饱经战火、技术落后的飞机而今漆皮脱落，遍体弹痕，显得那样迟钝而寒酸。在美军战斗机饱含激情的骚扰和耍弄下，今井武夫内心混搅着惊慌、震怒、羞辱和凄凉。

他不禁咀嚼起八百年前的武将安倍贞仁战败投降时悲吟的诗句：

> 饱经岁月苦，
>
> 线朽乱横斜，
>
> 且顾残衣甲，
>
> 褴褛难掩遮。

12 时 11 分，伫立机场苦候的人们终于看到了这架两翼下各缀一面日本国旗、两翼尾端分别拖着四米长的红布条的墨绿色飞机。这两根严肃的红布条可谓今古绝响，恰到好处地展示了蒋介石非凡的想象力，令芷江的历史性的天空无愧于历史。除此红布条外，蒋介石在给冈村宁次的电令中还规定了代表人数、飞行高度、到达时间、通信波长、着陆顺序及所携带的日军战斗序列、兵力部署等。但除了着陆顺序被美军飞机夹在中间无法改动外，其他几项都或多或少被擅改。即使是红布条也有人议论纷纷，说是比规定的短了一截，有失蒋中正的权威。

就在这架墨绿色的飞机盘旋下降的当口，一美军战斗机又顽皮地从高空对准它猛冲下来，贴着它的机头尖啸着掠过。这惊险刺激的噱头使被战争苦难压抑了八年之久的人们得到了极大的满足。人群中爆发出热烈的掌声和哄笑声。有人挥臂大喊大叫，有人竟至喜极而泣。

在潮水般的口号声和千百道针芒般的目光的逼视中，今井武夫在机舱门口亮相了。他头戴硬壳帽，小鼻子上架着黑框大眼镜，臂挎黑包，腰挂短剑，神情木讷地戳在那儿，好像尚未出道的演员第一次出场，随时会被剧场里强大的气氛压垮。

这时新六军的政治部主任陈应庄少将走过来。不知是为了顾及自己的面子还是顾及对方的面子，抑或为了顾及共同的面子，遵照何应钦的指令，此时他佩戴的是少校军衔。

陈"少校"用日语自报了官职和姓名，令日军投降代表下机列队，由宪兵搜查全身，没收了所有武器及违禁品。接着领日本人至插白旗的吉普车旁让记者照相。记者们你推我搡，镁光灯噗噗闪成一片，有的记者被挤倒在地，拍下了充满喜剧意味的特技佳作。今井武夫感觉又被辱弄了一把，绝望的孤独感升起，像黑暗的墙壁堵住了胸膛。

从机场去宿舍的路边挤满了中、美两国的士兵，他们乘坐的吉普车不得已停下好几次，让堵车的士兵拍照。

日军代表住处墙壁上画着硕大的白色十字标志，四周有宪兵守持。这是一座日本式的木板平房，有食宿房屋各一栋。宿处有六室，每室备有未加油漆的木椅、木桌和木床各一张，红色门帘、被单等均为新置。到了这里，今井武夫才算在心理上找到了一点平衡，长长地吐了一口恶气。

参观过这座建筑进入客厅，气氛变得轻松了一些。今井武夫介绍了他的随员：桥岛芳雄大佐参谋、前川国雄中佐参谋、木村辰男译员、久保善助上士、飞行员松原喜八少佐、小八童正及雇员中川正治。加上他自己共八人，超过了蒋介石规定的五人。

8月15日上午，在日本天皇宣布投降前的一小时，蒋介石亲自到广播电台发表演说，声称在这时候要恪守"不念旧恶"和"与人为善"的"德行"，实际上是为了掩盖他在抗战中企图通敌、如今欲拉拢利用日本人反共的行径造舆论。基于这个用心，他所任用的洽降人员，均是与日本人有些交情或在日本留过学的"温和"人士。陈"少校"亦然。七七事变前，他在北平新闻界工作，与时任日本驻华大使馆陆军助理武官的今井武夫有过来往。

见是该把这一段故交挑明的时候了，陈"少校"便说："你认识我吗？"

今井武夫犹豫了一下，回答说："记不起了。"

陈"少校"脱去军帽，说："你难道忘了我们在北平的谈话吗？"

今井已经判断出这是并无恶意的对话，便以轻松的口吻反问道："你怎么成了军人了？"

陈"少校"以半开玩笑的口气说："你们日本上自天皇，下至女仆，全国动员侵略中国，我作为一个中国人，就不应该从军抵抗你们的侵略吗？"

今井一时语塞，连忙说："是的，是的。"

陈"少校"满脸焕彩："我和你在北平的谈话，而今是否应验了呢？"

今井答非所问："命运，这是命运。日本再复兴需要三十年。"

又谈了一会儿，便一道入席进餐。

洽降会场为原空军第五、六队俱乐部。通往它的左右两个路口各搭起一座牌楼，上面缀有 V 字，扎着"和平女神"；左边的还缀有"公理"二字，右边的则缀以"正义"二字。会场前的空地上高竖着中美英苏四国国旗。

下午 4 点，今井带领三名随员穿过这隆重的气氛，走进会议厅。

厅正中墙上挂着孙中山先生遗像，它的对面墙上挂着中美英苏四国国旗，旗中间嵌着一个金字大"V"。中国陆军总部参谋长萧毅肃中将早已正襟危坐在受降席上。他的前面是一张铺着白布的长条桌，右首坐着副参谋长冷欣中将，左首坐着中国战区美军参谋长巴特勒准将和译员王武上校。

从别处赶来列席会议的汤恩伯、张发奎、卢汉、王耀武、杜聿明等国民党高级将领及文职人员也在座，组成了一个庞大的背景阵容。中美记者一百多人，从狭小的会场一直挤到外面的走廊里。

会议开始。萧中将用很大的声音自报家门，主持完必要的程序，便逐一吃了今井的三颗软钉子。

第一颗钉子是当萧向今井讨身份证明时，今井说："本人没有携带身份证明，因为这次是来联系停战协定的准备工作，不是来签订。"今井的话引起满座哗然。萧中将只得退一手，索看了冈村宁次的命令副本，然后松了口气，宣布作战命令也可算作身份证明。

当萧向今井索要蒋介石电令中规定带来的几份文件时，今井请他吃了第二颗钉子："电报已经收到，制成的略图已带来。但是中国台湾及法属印度地区的日本军不属中国派遣军管辖，只能尽所知道的情况概要附录于上。"萧又退一马，说可以待后说明。

接着萧将军高声朗诵了陆军第一号备忘录。这是这次会议的主件，详细规定了受降和接收的步骤和要求。在递交备忘录时，萧又对核心问题做了强调，即要日军保管好各地武器和财产，不得交与没有接收权限的任何军队及团体。这是在暗示要抵制共产党接收。作为回应，今井武夫说："日军精锐武器都在'满洲国'。在中国华南、华东、华中、华北的武器都是陈旧的了。"此话为第三颗钉子。

萧将军被三颗软钉子碰得心里憋屈窝囊。正当他无法排解的时候，今井认为备忘录里有的条款还需酌议，提出在签字前再"询问几点"，萧将军迅速抓住这报复的机会，用极其轻松幽默的口气拒绝说："我看就不必了吧!"

几十个相机镜头便急忙集中在衔笔签名的今井少将身上。

当人们走出会场,晴朗的天空已挂起了重重阴云,但西面的天空还有一角阳光,映出东方云幕上的一道彩虹。

一位外国记者伸出大拇指说:"虹,中国的虹!"

萧参谋长在会谈中虽未扬眉吐气,倒也不失大体。第二天副参谋长冷欣中将的表现简直是剥开了自己龌龊卑贱的灵魂,连带着扒开自己的祖坟,让八辈子祖宗跟着丢脸。

为了把受降仪式搞得堂而皇之,蒋介石决定在南京先设前进指挥所,委派冷欣为主任,筹洽一干事宜。而冷欣始终为自己的性命担忧,在与今井武夫会谈时,这几乎成了中心议题。

冷欣开门见山地说:"中国陆军前进指挥所的有关人员,将先行飞往南京,请转告冈村宁次大将妥为保护。"

今井显得漫不经心地说:"南京治安并无任何不稳定现象,请贵官放心。"

冷欣岂肯放心:"那就请贵官出具一份文书保证。"

"在头一天的会议上,"记者严怪愚写道:"冷欣时而站立,时而屈膝而坐,瘦小的身体摇晃不已,简直像一个猴子。新闻记者们都认为他有失国格。"今井当然不会以尊敬的眼光对待这位仪表不尊的中将,此时更觉不屑一顾:"这种文件非但没有价值,而且没有必要。日军恭候阁下光临!"

但冷欣依然追逐着这个话题:"作为外交手续,无论如何要提出一个书面保证。"

以战败一方代表的身份,等于被铐着双手,同这样一个人格脆弱、毫无将军气度和胜利者强健的自信心的对手谈判,今井的体内又升腾起不服和受辱的感情。对手很轻，真正的对手是他自己，整个会谈的过程，他都在努力与自己搏斗。

今井最终战胜了自己，答应回南京后就此事发一电报代替文书。

比之今井武夫，飞行员松原喜八就缺乏这种自制的能力了，尽管伙食丰富，但他的食欲一直不振。他愤懑于色地对同行的人说："我今年已四十三岁，这一次打了败仗，恐怕在我一生中，这就是最后一次掌握方向盘了。回忆起当初，想不到会有现在这样悲惨的遭遇，的确感到万分悲痛。我们心爱的MC飞机，即使按偏爱的眼光来看，也算不上是什么出色之物，可我怕它遭受雨淋，总是一定要把它盖好，而美国兵总以好奇的眼光蔑视它。他们对几个人一起吆喝着、用手扳动螺旋桨的原始动作感到奇怪，像看把戏似的聚上来一堆人。我感到像割我身上的肉那样难受。我感到说不出的耻辱。因此饭食难以下咽。"

以军人的荣誉感而论，松原喜八比冷欣强。今井拍拍他的肩，赞赏他是一个纯洁的军人。

今井等人在芷江的三天时间里，始终被"不念旧恶"和"与人为善"的迷雾包裹着。中方谈判人员与日本的亲缘关系，低佩军衔、周到舒适的食宿、谈判中温和的情调，原来准备用圆桌会议的形式谈判，由于美军的干涉，才改成分为主次的形式，等等，这些与日俄战争时乃木将军对待俄国将军斯特塞尔、甲午战争中伊东提督对待清将丁汝昌的方式大相径庭，对此今井武夫都颇有感触。

23日下午何应钦总司令接见了今井。今井脱帽行至何应钦面前，默然肃立，鞠躬达九十度。何应钦对他们"不辞辛苦远道来芷江，表示慰问"，并再次暗示不得让共产党接收。今井自然心领神会。一小时后，今井武夫乘原机返回南京。

这天晚上，何应钦举行了一个"庆祝胜利"的鸡尾酒会。他捧着酒杯在烟雾缭绕的桌子间绕来游去，酒杯撞得叮当响。

一个并非不想讨好何应钦的记者凑过来问："请问何总司令，为什么接受投降人员中没有一个共产党员？为什么没有给共产党一个接收地区？"

何应钦高高地扬起眉毛反问："你认为中国应该有两个政府、两个领袖吗？"

记者又问："日本投降后，我们的政府对共产党将做如何处置呢？"

"只要他们不捣乱，服从指挥，政府中是可以给他们一个位置的。"何应钦此刻并未喝多，"不过他们现在就不听指挥，在各战场上抢夺日军的武器。这是不能允许的。"

根据蒋介石的指令，何应钦将中国战区划分为十六个受降区：第一方面军司令官卢汉主管北越地区；第七战区司令长官余汉谋主管汕头地区；第四方面军司令官王耀武主管长衡地区；第九战区司令长官薛岳主管南昌九江地区；第三战区司令长官顾祝同主管杭州厦门地区；第三方面军司令官汤恩伯主管上海南京地区；第六战区司令长官孙蔚如主管武汉宜昌沙市地区；第十战区司令长官李品仙主管徐州安庆蚌埠海州地区；第十一战区司令长官孙连仲主管平津地区；第十一战区副司令长官李延年主管山东地区；第一战区司令长官胡宗南主管洛阳地区；第二战区司令长官阎锡山主管山西地区；第十二战区司令长官傅作义主管热河察哈尔绥远三省地区；第五战区司令长官刘峙主管郾城许昌商丘地区；第二方面军司令官张发奎主管广州海南地区；台湾行政长官陈仪主管台湾澎湖地区。

英国驻华大使薛穆尔声言："英国有权重占它的领地香港。"张发奎不依："只要委员长有命令，英国人敢动，老子就揍他！"蒋介石分别致电美国总统杜鲁门和驻日盟军最高统帅麦克阿瑟乞旨，终是胳膊扳不过大腿。香港重又沦于英国之手。

但蒋介石却擅夺了中国共产党受降的合法地位。他打着"受降"的幌子策动内战，密令他的军队"抢占战备要点"。1945年9月至1946年6月，由美国海空军运送到内战前线的国民党军队，已达十四个军共四十一个师，外加八个交通警察总队，共计五十四万余人。杜鲁门在他的回忆录中写道："为了防止中国被共产党拿过去，我们命令日本人守着他们的地盘，直到把国民党的军队空运到华南，并将海军调去保卫海港为止。等蒋介石的军队一到，日本军队便向他们投降。这是经过我批准的。"

这是冷战之剑最初的锋芒。

傀儡戏谢幕后谁来登场

南京西北新市区的颐和路一带，密集地排列着伪政府高级官员的宅邸。颐和路32号官邸本是为大汉奸汪精卫建造的，不料尚未造好他就因病一命呜呼，这儿便成了伪政府继任主席陈公博的"主席官邸"。这是一座很阔气的官邸，宽敞的庭院里铺设着草坪和花坛，漂亮的三层楼房洋气十足。8月16日下午，这里笼罩着凝滞、沉闷的气氛，树荫里传出的蝉鸣声使这里的人显得更加惶然。

楼房二层的主席会议室里，"中央政治委员临时会议"正在进行。与会的"部长"级干部们都苦叽着脸。陈公博神情沮丧地说："日本政府已宣布无条件投降，在华日本方面已由驻南京大使谷正之知会我。事已如此，政府自应宣告解散。"

大树一倒，就换了季节，树上的枝叶旋即枯黄，凋零。在场的"部长"们相觑无语。见无异议，陈公博随之取出预先拟就的《国民政府解散宣言》，当场宣读，并煞有介事地慎重通过。宣言称"国民政府自汪主席领导以来，即努力于中国之独立完整，兹者其方法有所不同，然既已见和平之实现，故作为完成其使命者中民政府应予取消"云云，最后又给了自己热辣辣的一记耳光。

至此，成立于1940年3月30日的南京傀儡政权，做了五年又四个多月的噩梦，终于死在梦中。

次日，南京的《中央日报》刊出要闻："陈公博先生为全国统一敬告同胞：一个政府，一个领袖，大家起来拥护蒋主席。"当时有两种《中央日报》，重庆的为蒋介石抬轿子，南京的则为大日本吹喇叭。

数日后，陈公博逃往日本，后又自导了假自杀的闹剧。"部长"以上悉数被审判处决。陈公博亦被引渡回国判以死刑，丧命狱中。

在东北长春，另一个傀儡政权——伪满洲国的巢穴，也是一副末日败象。闪耀在关东军总司令部大楼正面的菊花皇室纹章消失了；儿玉公园门口，威风凛凛地骑在马上的儿玉大将的铜像，被砍掉了脑袋。伪满宫内府里烟火腾腾，在焚烧以往的光荣和劣迹。

8月13日，伪满皇帝溥仪捧着裕仁天皇赐他的三件"神器"——象征"天照大神"的八版琼曲玉、铜镜、剑，带着他的金银珠宝、算命的什物和一部电影放映机，携皇后和"内廷"爬上御用专列"展望车"，恓惶地逃往通化的大栗子沟。路上一昼夜，溥仪只吃到一碗用啤酒瓶子擀的面片汤。

8月15日，当"帝室御用挂"吉冈对他说"天皇陛下宣布投降后，美国政府已表示对天皇的地位和安全给以保证"时，这个贪生怕死、连苍蝇在嘴唇上落一下都要用酒精棉球擦半天的儿皇帝，像抓住了一根救命稻草，立即双膝跪下，向苍天大磕其头，嘴里还一个劲地念叨："感谢上天保佑天皇陛下平安。"吉冈见状也跪下来磕了一阵头。"御用挂"虽是日本人挂在儿皇帝身上的一把锁，但毕竟属"内廷行走"或"皇室秘书"之类含糊的差儿，须禀执宫内礼仪。

溥仪领着一群他称之为"丧家犬"的"大臣"和"参议",面朝山青谷翠、鸟语花香的大栗子沟宣读了《退位诏书》。其事也工,其状也惨。

又一个历史长河中的水泡儿破灭了。

溥仪同他的"臣室"于17日在沈阳机场欲逃往日本时被苏军拿获,押往苏联伯力战俘营。后被移交给中国,经过长期的监狱和劳教生活,蜕变为新人。

日本宣布投降之际,新四军的主力集结于苏南苏北一带,占领了距南京仅一百多公里的宣城,对芜湖形成合围,直逼南京郊县六合。新四军华东纵队游击队迫近南京市郊,出没于南京的屏障汤山和钟山。南京市中心新街口随处可见新四军的传单。原汪伪首都警卫第三师跨江投共。这一切使蒋介石焦虑不安。为了抢夺地盘,蒋介石一边紧急调遣他的精锐之师新六军;一边不惜暴露其本相与日伪合流,忙不迭地委任包括大汉奸陈公博、周佛海在内的汉奸特务以各种头衔,指令其"维持治安"。

一夜之间,一批批大小汉奸和伪将领摇身一变为国军的"先遣军总司令""总指挥""总队长";一批批在沦陷区卧底的特务纷纷以"钦差大臣""特命全权大使"的牌头出现。粗计仅"先遣军"总司令一级的就有八个之多。他们举着委任状和手令之类像无头的苍蝇乱撞乱闯,没准会叮在哪里吃一嘴,再拉泡屎;如同煮着一锅鸡头狗脑杂碎下水,翻腾滚沸臭气熏天。

最富有戏剧性的要数周镐这个人物的出现。

周镐本系国民党军统特务机构派往南京的情报站长。1942年,周佛海曾通过军统潜伏特务程克祥向蒋介石"悔过",由此与军统机关挂上了钩。周镐就于此时被军统派往南京,经周佛海委任,担任伪军事委员会的联络参谋。日本投降之际，按照军统头子戴笠的旨意，周佛海在被蒋介石委任为上海市行动总指挥部总指挥后，即任命周镐为总指挥部下属南京指挥部指挥，指令伪中央税警团的八百人归他调遣，并补充了二百多支汉司登手枪。

戴笠的本意是要周镐临时维持南京的治安，等待大军来接手。但周镐并无此老到和复杂，既然领得头衔，便甩开膀子过把瘾。

周镐倒也能干。16日晚，他把"京沪行动总队南京司令部"的牌子往新街口伪中央储备银行的大门口一挂，即乒乒乓乓地干开了：接管伪《中央日报》；封存伪中央储备银行金库；在电台发表广播讲话，宣读由他起草的给冈村宁次的受降书。与此同时，他还下令封锁交通路口和车站码头，命令伪军、警、宪、政界的负责人到指挥部报到，并先后将伪司法行政部长吴颂皋、宣传部长赵尊岳、南京市长周学昌等四十七名汉奸要员逮捕，关押在储备银行的地下室里。伪陆军部长萧叔宣拒捕被打成重伤，不治而亡，此举在汉奸高层中引起了极大的恐慌。

娄子捅大后，不仅威胁到蒋介石受降、接收的如意算盘，使得蒋介石和戴笠怒火中烧，而且也把大汉奸陈公博逼得气恨交加，起而对抗。

陈公博对周佛海瞒着自己与重庆暗中联络，早已察知并心存不满，且早已认为周镐是周佛海的亲信。如今周镐这么一折腾，陈公博便料定是得之于周佛海的指使。陈公博一是担忧自己的性命，一是咽不下这口气，便暗中策动在伪中央军校任教育长的亲信何炳贤带领学生反击。

以步枪、重机枪和野战炮武装起来的伪中央军校的学生兵分两路，一路在颐和路设置岗哨，封锁路口，保卫陈公博公馆；一路往新街口及西流湾等处，严密包围了储备银行和周佛海住宅。周镐一方亦堆筑起沙袋工事，准备角力。

周佛海见事情闹到这个地步，怕累及自身，一边想法制止周镐，一边打电话给陈公博要求沟通。陈公博怒气冲冲地说："你可以到我这里来，向集合在这里的一千多名军校学生说清楚周镐行动的真相！"末了又补充说："我可以保证你的安全。"于是乎所谓"上海市行动总指挥部总指挥"向刚卸职的伪"政府主席"，或者说一个大汉奸向另一个大汉奸登门谢罪去了。

周镐于18日被冈村宁次的参谋小笠原中佐抓捕，南京指挥部亦被取缔。周镐后被转交戴笠关押审查。

周镐身陷囹圄，自忖何罪之有？由此对军统和国民党心怀怨恨，经中共地下党员徐楚光引导弃暗投明，后在中国人民的解放事业中光荣献身。这已经是题外话了。

周镐之后，由一个叫任援道的以"先遣军司令"的名义维持南京"治安"。此公原身兼伪第一集团军总司令、苏浙皖绥靖主任及海军部长等重职。这次摇身一变亦有蒋介石侍从室"奉谕特派任援道为南京先遣司令，负责京苏一带治安"的密电。然而当今井武夫在芷江洽降时问起此人，得到的回答却是："任道援虽曾申请担任南京地区先遣军总司令，但未予批准。"

南京还是日本人的天下。街头巷尾到处可见日军《移让手续未完毕前日军仍然维持治安》的布告：

一、禁止提灯游行，及其他一切团体之运动；

二、禁止不必要之广播、出版物，以及其他一切言行；

三、除规定之国庆日外，不得悬挂国旗。

如有敢违上列各项者，决依军法严惩不贷，仰各凛遵，切切此布。

大日本皇军南京防卫司令部

25日，新六军一部空运抵宁。

27 日，冷欣率前进指挥所二百余人乘七架美军运输机在南京大校场机场着陆。冷欣走下飞机，恭候多时的今井手执冈村宁次的名片迎上前来。如约定的那样，从机场到招待所，处处是相背而立的日军。轿车由日军装甲中队护卫，武装摩托车先导，小笠原身披绶带端坐在摩托车斗内指挥，警笛尖啸。冷欣绷紧的神经慢慢松弛了下来。

次日的《中央日报》刊出特大号黑体字新闻标题："英勇战士天外来，冷欣中将昨抵京。"

9 月 8 日中午 12 时左右，中国陆军总司令何应钦上将乘坐"美龄"号专机，在九架战斗机的护卫下到达明故宫机场。中外记者蜂拥到机旁，各界代表和群众挥舞着旗子大声欢呼。两位女学生代表南京市民向何应钦献上鲜花和一幅绣着"日月重光"的锦旗。另一位女学生则代表国民党南京特别市党部献上一幅写有"党国干城"的锦旗。

当晚，何应钦在陆军总司令部礼堂举行中外记者招待会。何应钦无比感慨地说："记得（民国）二十六年 11 月 26 日，我们离开首都的那天，我们都有一个沉痛的决心和坚强的信念，我们一定要奋斗到底，获得最后的胜利……"

伤感的"三九良辰"

1937 年 12 月，三十万中国人的鲜血，洗去了六朝粉都的秀色，南京沦为一座鬼城。如同陈旧破损的黑白影片一样，街道两侧的树和稀疏的行人就像影子，在没有光色的岁月里匆匆走过。而今这座散发着死亡气息的城池复活了。主要街道上到处搭起翠绿的牌楼，到处点缀着"和平""胜利"的金色字眼和"V"字标记。黄埔路两旁，每隔五十米都竖着一根三色旗杆，联合国的旗帜在晴空飘拂。人群和爆竹四处流溢。在这纷繁的喜庆气象中，有一条红布横幅占据了中心的位置。横幅上的大字为："中国战区日本投降签字典礼。"

9月9日9时，中国的政治家们根据星相家的感受，选定"三九良辰"举行受降典礼。

会场设在中央军校礼堂。这里的布置同样隆重而热烈。星罗棋布的宪兵警卫闪烁着蓝光的钢盔和冲锋枪，往这高扬的气氛中打进了冰冷的楔子。

礼堂内受降席的两侧和二楼的观礼席上，四百余名中外官员和记者已经到位。

礼堂顶部的水银灯忽地全部打开，整个大厅光芒四射。陆军总司令何应钦一级上将率领四名受降官走进大厅。全场来宾肃立致意。

1935年5月，担任日本中国驻屯军司令官的梅津美治郎蓄意滋事，派人指使日本租界内的青、红帮刺杀了伪满《振报》社长白逾桓和《国权报》社长胡恩溥，反污称为国民党特务所杀，借此提出一个《何梅协定》，时任国民党军政部长兼北平军分会代委员长的何应钦承诺了这个协定，使日本攫取了河北省和平、津两市的部分主权，为两年后制造七七事变、发动全面侵华战争埋下了祸根。抗战八年中何应钦与日寇也没少勾搭。此时的他难免心虚气短。

何应钦总司令迈着稳健的步子走到受降席中间的位置坐下，挺直腰杆，压平目光，用力摆出一尊刚柔相济、胸揽八极的风范，但怎么也摆脱不了一副慵懦无能、奸柔取巧的"贰臣"模样。

他的右边是陆军二级上将顾祝同、陆军中将萧毅肃，左边是海军上将陈绍宽、空军上校张廷孟。翻译王武上校立于何应钦身后。

8点58分，在中国陆军中将王俊的引导下，冈村宁次领着陆军少将今井武夫等六名投降代表进入会场。

日本皇族朝香宫鸠彦到南京传达天皇的《终战诏书》时，曾不无疑惧地对冈村宁次说："我在东京听说这里的陆海军态度最为强硬，我有被扣留的危险。阁下会扣留我吗?"由此足见冈村宁次作为死硬派是出了名的了。

冈村宁次陆军大将视投降典礼是绝大的耻辱,好在受降主官是何应钦,这为他多少排遣了一点邪火。冈村宁次在日记里写道:"何应钦是我中国好友之一。这次他来使我想起1935年秋同他相见的情形。那时我任参谋本部第二部长,曾出差南京,正值排日运动高潮,很难与中国要人见面。因此,我和须磨总领事在旅舍接见了来访的日本陆军大学毕业的中国军官们后,即拟回国。但突然接到何应钦(当时可能是总参谋长)电话,约我吃晚饭,并约定不谈一切政治问题。我大喜之下前往欢谈。他就是这样一个亲日派。如今向这位亲密友人何应钦投降,这是一段微妙的奇缘。"

这段"奇缘"在目今情境下是否还靠得住呢?冈村宁次要考验考验。他违反无条件投降的规定,派人向何应钦索阅投降书,这本是断然不能允许的,但一向手面小的何应钦竟然于9月8日晚秘密派员送达了冈村宁次。这段"奇缘"到底还是块纯金。

冈村宁次吞下何应钦这服镇静剂,领着六名投降代表行至受降席前,向他的"亲密友人"行四十五度鞠躬礼。随后,他们入投降席落座。

日本投降代表坐定后,冈村宁次与何应钦的目光碰到了一起。这是两张脸的对峙。这两张脸的后面都有另一张脸,它们重合或分开,不知道哪个是真,哪个是假;不知道何时是真,何时是假。

此时的何应钦庄重宣布:"记者可以摄影五分钟。"

冈村宁次没料到会有这样的场面。加上头顶四盏水银灯的强烈照射,何应钦这味镇静剂也顶不住了。于是他又调动白隐禅师夜船闲话的内观法,默念着"坐禅如在桥上,把往来行人当作深山树林",以调整情绪安心定神。

随后按照既定的程序，冈村宁次在投降书上签字盖章。他的一枚水晶图章给目击者留下了深深的印象。

自九一八事变以来，冈村宁次参与过两次中、日双方停战协定的签约。一次是1932年5月5日的《淞沪停战协定》，一次是1933年5月31日的《塘沽停战协定》。那都是他的光荣和骄傲。他把今天算作第三次。相比之下，宛若云端与地下，他被这有力的两极撕扯着，巨大的仇恨和痛苦难以自制。

投降书由中国派遣军总参谋长小林浅三郎呈递，当他捧着投降书至受降席前敬礼时，何应钦即站起来致以答礼。按预先的规定，在整个仪式中投降者须敬礼三次，而受降方均不作答。何应钦此举又撩起冈村宁次的感动："看到我这位老朋友的温厚品格，不禁想道：毕竟是东方的道德！"

何应钦虽是个懦弱寡断之辈，但也有阴狠毒辣的性格。西安事变时，这个时任军政部长、把持着军权的亲日派极力主张采取强硬手段，派机轰炸张学良和杨虎城，意在把蒋介石逼上绝路，他好取而代之。何应钦的这一面只是从来没有朝向冈村宁次而已。

十多分钟后，仪式结束。

太阳旗从天而落，尖叫着扭曲着化为一股黑烟。一百二十万大日本皇军悲壮地举行焚旗仪式，与光荣和梦想告别。

但败者败犹未败。签署了投降书后，冈村宁次恶狠狠地对他的部队下达了感情混乱的训示：

> 今奉大命，率我武勋赫赫战史辉煌之中国派遣军，不得已投降敌军。念及我征战万里、确信必胜、英勇善战之将兵，以及皇国之苦难前程，万感交集，无限悲痛。

然圣断既下，事已至此，全军将士面临冷酷现实，宜彻底遵奉圣旨，毋须极端，含辛茹苦，更加严肃军纪，保持铁石团结，进退举措，有条不紊，以显示我崇高皇军最后之真姿。

异域瘴疠之间，望全军将士珍重自爱。泣血训示如上。

而胜者胜犹未胜。国军陆军总司令何应钦到津浦线视察接收的准备情况时，对所在地的日军官兵宣称：

日军并非战败。中国军亦非胜利。尽管如此，我等应停止一切争议，让既往之事付诸东流，而致力于中日之合作。

蒋介石终于揭去伪装，公开与日寇联手反共。冈村宁次以他"剿共"的经验，利用和被蒋介石利用，成为蒋介石发动内战的高参，逃脱了历史对他的严厉惩罚。

日军的中国派遣军各级司令部均改称"善后联络部"，全部日军自动解除武装，成为"徒手官兵"，被送往集中营。除东北外，中国共有日俘1285000多人，日侨784000多人，另有韩国俘虏和侨民65000多人。1945年10月开始从广州、上海、青岛、烟台、大沽口及秦皇岛遣送回国，次年6月全部遣返完毕。

蒋介石放开胃口，竭力独吞日军的武器装备，计有步骑枪685000多支，手枪600000多支，轻重机枪29000多挺，主要火炮12000多门，枪炮子弹180000000多发；战车380多辆，装甲车150多辆，卡车15000多辆，军马74000多匹；各种飞机1060多架（可用者290多架），炸药60000吨，飞机汽油10000多吨；舰艇船舶共1400多艘。此外还有大批的服装、粮食、营房及各种军用器材等。蒋介石用这些东西补充和强化了自己由美式装备武装起来的军队，加上收编的68万多伪军，自感成了一个从头到脚都披挂着钢铁和火焰的巨人，有了消灭共产党的资本。

共产党自抗日战争爆发之日起，即以民族利益为重，捐弃前嫌，力主建立抗日统一战线，终于形成了第二次国共合作。1937年9月，在国民党军队全线溃败之际，八路军在平型关一举歼灭日军精锐板垣师团一部，首战告捷，极大地鼓舞了中国军民的抗战信念。此后八年，共产党领导的八路军和新四军深入敌后，在极其艰苦的条件下与敌殊死血战，粉碎了敌军一次次残酷的剿杀，在烽火前沿不断成长壮大，正规军发展到100多万，成为抗战的中坚力量，使敌军闻之丧胆。至抗战胜利前夕，对敌作战共计125000余次，毙、伤、俘敌伪军1714000余人，其中日军527000余人。收复失地100多万平方公里，根据地人口超过1亿。日军占领的北平、天津、张家口、归绥、包头、大同、太原、济南、青岛、徐州、郑州、洛阳、开封、武汉、安庆、合肥、南京、镇江、上海、杭州、广州等大中城市均在共产党领导的抗日武装力量的包围之中，沿海地区也大都为八路军、新四军所控制。

蒋介石肆意侮弄历史，借助国内外反共势力，擅夺了共产党受降的合法地位。1946年6月下旬，蒋介石以围攻中原解放区为起点，发动对解放区的全面进攻，挑起全面内战。结果是把自己逼得掉进了人民战争的汪洋大海，经过一番拼命挣扎，才湿淋淋地爬上了台湾岛，留下一条活命。

历史的面貌和意志是不容丑化和违逆的。历史将对一切罪人做出公正的判决。

蝗虫大军疯狂劫收

敌伪财产本系沦陷区人民的膏血，国民党政府及四大家族垂涎已久，必欲攫为己有。9月5日，陆军总司令部即成立了接收计划委员会，何应钦为主任委员。蒋宋家族当仁不让，行政院院长宋子文10月报请蒋介石批准，除有关军事系统的接收仍由陆总主持，一切"逆产"的接收与处理大权，统归行政院独揽。

这是千载难逢的捞肥发横财的机遇。"河里漂来的不如地里滚来的，地里滚来的不如天上飞来的，天上飞来的不如地下钻出来的，地下钻出来的不如坐着不动的。"一时间京、沪、平、汉等各大城市忽地出现了四五十个各不相属的接收机构，接收大员成了风云人物，金子、房子、票子、车子、女子，见到什么都像饿疯的野狗猛扑过去，不惜相互倾轧。真是大官大贪，小官小贪，无官不贪。

"想中央，盼中央，中央来了更遭殃。"黑暗过去后出现的光芒，只是沦陷区人民群众想象中的一瞬。当光明像流星一样从夜空划过，他们苦难的眼中又噙满了痛苦和绝望的泪水。贫困的人民群众愤怒而又无奈。重庆的晚报上刊登了这样的讽刺诗：

> 剩水残山殊不恶，
> 断歌零舞倍关情；
> 百官耗尽陈仓粟，
> 又办归舟向二陵。

其实，发国难财的争夺由上到下，一开始就趋向白热化，有的后来竟发展为动刀动枪的流血冲突。

在芷江的一次会议上，交通部同军政部就争咬起来。

交通部一个姓项的代表说："抗战八年中，我们交通部的汽车已损失殆尽，希望接收日军车辆能与军政部平分。"

军政部的代表杨继曾立即反驳："凡军用车辆统统都归军政部接收，

地方的民用车辆则归交通部接收。二者不能混淆，否则我们无法向上峰交代。"

双方争执不下，萧毅肃便出来和稀泥，实际上是胳膊肘子向里拐："樵峰对我说，他希望交通部能接收到一千五百辆车子。将来我设法满足这个数字就是了。"樵峰是交通部长俞飞鹏的别号。

他们挑着旗号明里争夺，是为了暗地里私自多瞒多贪。此后，双方各得多少均未诸公报，被私下吞没的不知有多少。陈诚的嫡系军长胡琏不无炫耀地对人说，他私自接收无账可查的有一千多辆，还说他亲眼看到何应钦送给亲友二十多辆新型轿车。

何应钦不狂嫖滥赌，不吸食烟毒，也没纳过妾，以当时军阀官僚的做派来对照，绝对可算得上是"廉洁正派"的。在接收中他依然"廉洁正派"。他只公布了武器弹药、飞机、舰艇、马匹、汽油的数目；而大量的军粮、罐头食品、布匹呢绒、服装、医药器材、小轿车等均未公布，全被以他为首的大小硕鼠私吞了。他在劫收中到底聚了多少财呢？当时南京某报搞了一个《国府要人财产比较表》，把他列在仅次于宋子文的第二位，称他的豪华别墅遍布于南京、上海、无锡、贵阳、重庆等地。

这给蒋介石的嫡系、一向与何应钦争权夺利的军政部长陈诚抓住了把柄，大力攻讦何应钦贪污腐败。但陈诚的贪污行径更其旺烈，且不说他本人揽入私囊的财富无以计数，单是他手下几个亲信的丑行便十分惊人。

一是陈诚的参谋处长，被委任武汉前进指挥所主任的谢士炎。他一到任，日军驻武汉兵团司令就在日租界设盛宴隆重款待。席间有十二位日籍少女陪酒，谢一晕再晕，灌得死去活来，被十二少女拥入卧室。谢被少女迷住，成了这里的暗客。伪武汉警备司令见其已入圈套，暗中贿送租界的洋房三座、别克牌轿车三辆、金条二百余根和伪储备券两汽车。二是陈诚一手提拔的战车总队长石祖黄。他在接收中私占了北平和天津两座日军高级将领的大公馆，又在南京湖南路盖了一座大公馆。这三个公馆皆有花园和假山，装潢得富丽堂皇。这还仅是不动产。三是其亲信莫与硕到广州接收盗卖军火，事不精细被舆论逮住，陈恐引火烧身一枪把他崩了遮丑。

南京的日伪官员多如牛毛，到处是肥得流油的大肉。接收大员到达后，即与日伪合流，整天忙于抢占公馆，征调汽车，封存物资。莫干山路、山西路、中央路、斗鸡闸一带众多的公馆别墅，最阔绰的被何应钦、萧毅肃等总部高级将领霸占，余下的处长科长各得其所，各色高档家什尽其享用，用不完的就变卖为金钱。汤恩伯手下有一个贺鸿棠，在接收中捞到大批金条，他以此为资本在南京太平商场开设庚源地下钱庄，专门以高利贷吸收官僚和军棍的黄金存款，生意极盛，黄金存款激增到万条以上。变卖敌产的有之，倒腾黄金的有之，强占人妻的有之。一时间全没了秩序，到处都是野山恶水，山上站着草头王，抢巴掌拍着毛乎乎的胸脯叫嚷：什么他妈的王法，老子就是王法！有的甚至给汉奸定下价码：小汉奸出法币三十万元，巨奸大恶拿出大堆的金块，即可免罪赎身。

上海集中了东南地区半数以上的敌伪产业。军方派员、潜伏特务、地痞流氓及被策反的伪军，像一场蝗灾铺天盖地地压下来，满世界地漫溢。大量的现金、物资、汽车、住宅、机器被一批批来路不明的人劫掠走；对房产、仓库、货栈、商号的接收，无明确的管辖范围，往往是数十个互不买账的帮伙恃力争抢。汤恩伯的第三方面军与淞沪警备司令部争夺一处日军俱乐部展开枪战，死伤多人。宣铁吾的上海市警察局也与毛森的军统特务多次火并。为争夺伪考试院长陈群在宝应路的大公馆，忠义救国军先遣总队与第三战区某战地宣导组大打出手，后发现陈群在宝乐安路和蒲石路另有两处小公馆，双方才坐下来嚼舌头分赃。

最富于戏剧性的要数对邵式军住宅的争夺，它不仅暴露了反动集团内部派系之争，"天上"与"地下"之争，而且"上海闻人"杜月笙参与密谋，假手此事杀鸡儆猴整顿帮规，直到惊动了委员长。

邵式军祖父为清代台湾巡抚，父亲亦为招商局大股东，邵式军本人任伪税务总局局长，因此家财无数，素有"财神爷"之称，住于爱棠路一座富丽堂皇的花园宅邸里。身兼国民党上海特别市党部主任委员和军事特派员等要职的吴绍澍一到上海，便没收了邵宅。此事原本也寻常。但吴绍澍权势熏天，年方四十就因"吴""雨"谐音，被人"雨公雨公"地满世界叫，弄得他竟连与自己素有深交的戴笠、杜月笙、吴开先、周佛海等人都不放在眼里。

这帮人哪能吞得下这口鸟气，于是联手整吴绍澍。先是在吴夜里乘车回家时打了三记黑枪。吴的骄盈之气并不收敛。而后戴笠又把邵式军的老婆召来，又像教唆又像审问地盘诘一番，就把她安排去见宋子文。宋子文此时正以"行政院长"的身份在上海劫收，这爿银行那家纱厂正忙得热乎。见到宋子文，戴笠先把事情绘声绘色地渲染一气，邵式军的老婆再以女人的复仇之心递上状子。她说住宅被占，除了家具和所有衣物，她还丢失了大量珠宝、黄金和美钞，假如这些东西能够清查出来，她心甘情愿"输财报国"，但任其隐没肥私，她会死不瞑目的。见钱眼开的宋子文被说得垂涎欲滴，俨然以一副公家面孔在呈文上批道：交戴局长彻查。

戴笠捧着这位九千岁的谕旨，马上调动十来个手下人，换上警服，闯进邵宅，直奔邵家的保险箱。保险箱当然是空的。戴笠也不多说什么，掉头就走人。吴绍澍手心里捏着一把汗：有一只装满古玩和摆设的皮箱就在办公桌下藏着。戴笠走后，吴绍澍在他的办公室徘徊到深夜，感到只有亲自去重庆跑一趟。

吴绍澍到重庆后，先是每位菩萨一炷香，逐个拜见了吴铁城、陈布雷、陈立夫、蒋经国等人，初步得到的印象是，接收的本身不是大事，关键在于他必须从他的一大堆乌纱帽中拣出几顶扔掉，避开风头消消灾。这么着再一疏通，事情果然就解决了。最后见到蒋介石时，他说自己年轻资历浅，各方照应得不周到，应引咎自责，着实自我贬损了一番。蒋介石半是教训半是安抚地讲了一遍话，满天星斗就化为晓风残月了。

戴笠借此事在上海强有力地摆显了权威，出了一口闷气；杜月笙借戴笠的手整顿了帮规；而吴绍澍则演了一出"割须弃袍"的戏。后来吴绍澍办的《正言报》伪装进步，在什么事情上说滑了口，被人密告蒋介石，蒋介石还重提起这件事，说："吴绍澍拜杜月笙做他的学生，背叛了杜月笙。又同戴笠弄翻了，戴笠要杀他，我觉得他还年轻，救了他。现在他居然要背叛我了！"算是邵式军住宅接收纠葛的余响。

邵式军住宅只是数以千计的劫收资产之一，劫收大员一夜暴富者见多不怪。军统特务头子戴笠胃口极大，手段又阴狠，在劫收中也属一个显赫的角儿，就是在向蒋介石和宋子文吐血孝敬之后，仍有大批房产、汽车和日本人办的东方渔业公司及四十艘机轮渔船，一家大型锯木厂和一家三合板工厂，德国人办的宝隆医院和东方图书馆等。戴笠在北平也抢了几座装满物资的仓库、一家无线电器材厂、一家中型旅馆和许多金银珠宝古玩。在戴笠的带领下，大小特务个个欲焰熊熊，使出浑身的解数聚敛逆财，洋房、汽车、金条和汉奸的小老婆、日本女人什么都要。他们还走黑道搞绑票勒索，上海最有钱的棉纱商人荣德生便被绑去三十万美元。有一个特务强占的房产达二十多幢。一次戴笠在杜美路召集五百多军统特务开会，特务们自带的进口派克、别克、雪佛兰等各种豪华轿车就停满四条马路，连戴笠也不免吃惊，不得已下了一道命令：凡赴集会乘坐的汽车，一律不准停在附近。

北平、天津、广州、武汉等各大城市到处是昏天黑地，接收大员们无所顾忌地你争我夺，到处是物欲横流。仅取几个小样，便可管中窥豹。

负责平津接收的第十一战区司令长官孙连仲让他的胞侄孙敬亭任天津市政府参事，到天津劫收。有一个叫戚文平的，自称是国民党游击队的头子，劫夺了一二十斤重的大块白银几十箱，密藏在一个地下室里，孙敬亭侦知后，即以第十一战区名义予以封存塞入自己腰包。武清县伪县长柳世平是块肥肉，孙敬亭就一面说他罪大恶极要法办，一面暗示他自己有办法帮他解脱，于是柳世平的金条、房产、汽车、买卖、布匹及其他存货，大都归到孙敬亭的名下，而柳的罪名也一笔勾销。有一个海军上校刘乃沂，被派往天津接收仅半年就成了巨富，拥有大小别墅五六处、姨太太半打、汽车数辆，金条和珍珠用桶装。

第二方面军司令官张发奎主管广州，他先霸住了各金融机构，自发布告禁止汪伪中储券流通，并用重庆的法币以不合理比价强行兑换，从中牟得暴利。有人在中华路欢迎"中央"派员的牌楼上挂起一只吊钵，意示"中央"回来了，老百姓就没米下锅了。"中美合作所"的小头目蔡春元、谢大傻等人窜进广州后，第一步就是劫走伪禁烟局所存的七万多两鸦片烟，跟着就有计划地绑架有钱的台湾商人，勒索钱财。平时他们进金饰店拿首饰，进茶楼酒馆大吃大喝，从不付账，谁如果向他们要钱，他们立马拍着腰上的手枪恶眼骂道："老子出生入死抗战多年，你这点东西值个屁！再不识趣，老子就锥你几个洞！"

第六战区成立了一个接管日方物资委员会，负责接收武汉及湖北境内所有的敌伪物资。该战区副长官郭忏利用他担任的主任委员的职权，收受了大批日伪贿赂的现金、鸦片、军粮、食盐、轮船、汽车等计在五百亿元以上。这些东西除大部变卖外，用轮船将十辆汽车和其他物资运往南京，打点各路官长。在行政系统的接收改由行政院主持后，郭忏从他的私库里拿出值四十亿元的绸缎布匹和日用品，赠给第六战区长官部、六战区兵站总监部和武汉警备总司令部的官兵家眷，以买好部属。有人检举他受贿之巨并庇护汉奸，因他是陈诚和蒋介石的亲信，不但安然无虑，而且还平步青云，步步升官。还有一个报痞子徐怨予，因与中统特务挂上了钩，担任了"中央通讯社"武汉分社社长，到武汉后即乘机大肆窃掠。江汉路50号千代洋行的四层大楼储放着各种商品，二层和四层有四个库房存满了照相器材，徐怨予将这些器材全部偷运出来攫为己有，计有三十多吨，价值三四十亿元。此外，他还窃掠了投敌的军阀方本仁和伪汉口市市长石星川的大批财物。方本仁住宅所存五十多只皮箱、几百件家具用品及货物，徐怨予连搬三天，将其洗劫一空。石星川的家也被徐搜劫，汽车和大量什物都被徐占有。

接收中贪污受贿抢劫偷盗浊浪滚滚，弄得民怨载道，举国愤怒，但蒋介石一手遮天，一手捂地，硬是把大大小小的贪官污吏庇护在自己的羽翼下。其实这也是最大的劫夺者蒋宋豪门对自己的庇护。

宋子文从陆总手里争到接收大权之后，把权力统统捏在自己的手心里，以便于择肥而噬。他除了设立敌伪产业处理局包办，还借口敌伪产业大都不适宜于国营，由行政院颁布了一个转让民营的条例，规定凡顶承敌伪工商企业者，如一次交清价款，可按估值七折付款；由国家银行担保者，可先缴价款三分之一，一年内缴清。于是，握有银行资本的豪门利用压低估价、借款、抵押以及贬值法币等手段，劫取了几乎所有大的工商企业。上海、天津、青岛等地的纺织工业发达，"棉纱大王"荣德生等资本家纷纷伸手抢夺。宋子文初时不动声色，等到节骨眼上，成立了"经济部纺织事业委员会"，亲自指挥他的爪牙四处出击，挤掉民族资本家，将全国的纺织工业一把夺尽，实现了他官僚资本的垄断。

战后蒋宋豪门仅从天津、上海、青岛和广州四个区域，即劫得了六万亿元，这相当于当时国家预算支出的四至五倍。四大家族官僚资本野蛮劫夺，大发横财，再加上蒋介石全面发动内战，军费急剧增加，财政赤字猛升，国统区陷入空前严重的经济危机。工商业大量倒闭，工人失业，物价飞涨；农村闹灾荒，大量青壮年劳力被抓兵拉夫，加上沉重的捐税和田赋，国统区的人民被推上绝境。城市里不要说穷苦的工人，连公教人员也难以维持最低生活，成都的小学教师每小时授课收入四千元，而一碗茶水就要八千元。广大农民以草根、树皮和"观音土"充饥，竟至易子而食。国统区饥民遍野，饿殍载道，成了暗无天日的人间地狱。

地火熔岩突破了地表，人民站立起来为生存而斗争。城市的学生和工人掀起"反饥饿、反内战、反迫害"的爱国民主运动和大罢工；农民组织起来武力抗租、抗征、抗捐、反抓丁和惩办恶霸，猛烈的"抢米"风潮如火如荼。国统区人民的斗争已经形成了大革命的第二条战线，直接配合了解放区的武装斗争。蒋介石狗急跳墙，以"意图颠覆政府，其为内乱犯"的罪名"通缉"毛泽东。毛泽东决心亦下，挥动历史之手，发出"打倒蒋介石，解放全中国"的伟大动员令。

蒋家王朝风雨飘摇，气数已定了。

第三章　法庭之初

生或死都是天罚

《波茨坦公告》指出："欺骗及错误领导日本人民使其妄欲征服世界者之威权及势力，必须永久剔除。……对于战罪人犯，包括虐待吾人俘虏在内，将处以法律之裁决。"

1945 年 9 月 11 日，即"密苏里"号投降签字仪式后第九天，南京受降后的第二天，在各国政府和人民的强烈呼吁下，麦克阿瑟下令逮捕首批被指控的三十九名战犯。掘开生命的堤坝狂嗜血滔的日本前首相兼陆军大臣东条英机首当其冲。

下午 4 点余，两辆美军吉普车穿过兵燹之余的废墟和焦土，在黯淡凄寥的东京街道上疾驰。

东条英机的私宅位于东京近郊的濑四川，是他任首相时建造的。这是一座木结构的两层楼房，美观而典雅。楼前的草坪和花园散发着夏天那撩人怀旧的气息。

东条英机身穿短运动衫和黄军裤，足套长筒皮靴，坐在书桌前的摇椅里。他一根接一根地吸烟。书桌上的烟灰缸里塞满了烟蒂。他蹙着眉头，用狠毒的目光盯视着烟雾中浮出的一张张脸。她们的脸上亦闪烁着寒光，嘴唇疾速地翕动：

"因为你，我的儿子才死的！"

"用剖腹自杀来向国民谢罪吧！"

"你有三个儿子，却一个也没有战死。难道不是这样的吗？"

"趁早自杀吧！"

自杀吧，自杀吧，自杀吧……他又一次落入空旷的山谷，耳边回荡着黑鸦群的聒噪。这里面依稀有他儿子的声音。"八嘎！"他使劲甩甩脑袋，想把它们驱散。他的手无目的地翻弄着桌上他自己的著作《战阵训》，又猛地打开抽屉，一把抓住那支0.32英寸口径的科尔特自动手枪。这手枪是从被击毁的美军B-29重型轰炸机的飞行员手中缴获的。

下午1时左右，三十多名荷枪实弹的美国宪兵突然包围了他的住宅，大批记者也蜂拥而至，他就预感到他期待而又惧怕的时刻到了。他怕落得一个墨索里尼暴尸街头的下场，在为自杀做最后的心理上的准备。几天前，他让铃木医生用墨汁在自己的左胸标出心脏的部位，也就是切腹入刀的位置。他随身还带着军刀和毒药氰酸钾。

4时20分左右，那两辆吉普车在东条英机私邸前停住。盟军总司令部保罗·克劳斯少校执逮捕令赶到。东条英机的卫兵打开院门，宪兵和记者一拥而入。楼门紧闭。二楼书房的长窗突然打开，露出东条英机霜雪般的微笑和被香烟熏黄的牙齿："你们来敝处有何贵干？"

"你是东条大将吧？我们奉麦克阿瑟将军之命，请你到盟军总司令部报到。"克劳斯通过翻译说。

"你有公文吗？我要看公文。"东条脸上的微笑撤去，又覆上一层霜雪。

"请你把门开开，我这里有文件。"克劳斯晃了晃逮捕令。

东条英机的脸上唰地冰冻三尺："我就是东条英机。没有政府的命令我不与任何人见面！"

克劳斯满脸上火，对翻译说："告诉这个狗杂种别再耽误时间，赶快收拾一下跟我们走！"

"哐"的一声，二楼的窗户猛地关上。

克劳斯领着宪兵向楼门口跑去。就在这时，楼上传来一记沉闷的枪响。克劳斯撞开楼门，又踢开二楼书房的门冲了进去。

枪声是那么清晰，木板破碎的声音都是那么清晰。一身农妇装扮、手持镰刀的东条夫人胜子浑身一震，轻轻呻吟一声，往家的方向深深鞠了一躬，拭泪而去。此时她在街对面铃木医生家的花园里，这儿地势高，越过围墙可观察到自家的动静。

克劳斯冲进房间。冒着蓝烟的枪口朝向他。他惊呼："不要开枪！"

"当啷"一声，手枪落地，东条英机歪倒在椅子上，左胸血流如注。窗前的地板上扔着一把短剑。他的脸在痛苦地抽搐，额上渗出细密的汗珠。他示意要喝水。喝完水，他用飘荡的眼光环视围拢的人脸，吃力地说："大东亚战争是正当的，正义的。我对不起帝国和大东亚各国所有民族。我不愿在征服者的法庭上受审。"他的《战阵训》警示："生当受囚虏之辱。"记者们争着拍照。东条英机歪咧着嘴，一脸痛苦的表情，此时那撮小胡子显出了幽默。他的这副狼狈相被历史性地定格了。

东条英机的儿子低垂着头，默默地盘膝坐在书房一角的草席上。他曾催促父亲去死。然而他听到父亲低弱苍凉的声音："要这么长时间才死，我真遗憾。"

东条英机即被送到横滨美军第四十八野战医院救治。当晚，美军艾克尔伯格将军奉命来医院探视东条英机的伤情，东条英机接着演戏："我快死了。对不起，我给将军添了这么多麻烦。"

"添麻烦——你是说今天晚上还是说过去几年？"艾克尔伯格不无

讥诮地问道。

东条英机并没服输，以一种毋庸置疑的口气回答："今天晚上。"

东条英机自杀未遂，成了一场闹剧和丑闻。对此，美国的《基督教科学箴言报》评论道："东条大将自杀未遂，美国报纸做了广泛的报道，而日本没有这样。美国人认为这次事件是对最大战争罪犯的天罚，而对日本来说，这只是已经失去了信用、被抛弃了的家伙的最后耻辱。"

东条英机将受到远东国际军事法庭的严厉制裁。

次日，另一名罪不容恕、即将被捕的大战犯杉山元陆军元帅也对准自己的头部扣动扳机，当场丧命。

自战败以来，牛达第一总军司令部内人心惶惶，一片混乱。杉山元戎装整肃，胸佩勋章，按时来这里上班，处理完公务，他便拒绝任何人进入他的办公室。下午 5 时 55 分，随着一声枪响，他的头部右侧太阳穴被洞穿，一股黑血涂满了铺在桌上的遗书。

杉山元之妻启子得知消息后，即披上全白的丧服，喝了一些氰化钾后，走到自家佛间的佛像前坐下，用一把短刀刺进了心窝。她要仿效那位在甲午海战中罪行累累的乃木希典元帅的夫人，随夫为日本军国主义殉葬。

屡打败仗、享有"笨蛋元帅"之誉的杉山元，以自己和妻子无声的自裁，抑或证明自己不是笨蛋？

继 9 月 11 日发布第一批三十九名战犯逮捕令后，9 月 19 日，盟军总司令部追加逮捕了原陆军大臣荒木贞夫等十一名战犯；12 月 2 日又发出对原陆军元帅、皇族梨本宫守正王和原外相广田弘毅等五十九名战犯的逮捕令；6 日又下令逮捕前首相近卫文麿等九人。随着检查团工作的展开，1946 年 3 月逮捕了原日本军令部长永野修身等三人；又于 4 月

26 日逮捕了原驻苏联大使重光葵、参谋本部参谋总长梅津美治郎。

对于处理战犯问题，天皇一直惶惶不安，恐怕主要还是担心累及自身。他忧心忡忡地说："把战争责任的处罚权转给联合国，实在是痛苦而难以忍受的事，难道我不能一人承受战责退位，以此结束对别人的惩罚吗？"

天皇是第一号大战犯，确实应该受到严惩。从 1931 年 9 月 18 日日军发动侵华战争开始，到 1945 年 9 月 2 日签署投降书为止，他推动和指导了一连串的侵略战争，使得数以千万的亚洲人惨遭杀害，数以千亿的财富被摧毁。在这巨大而严酷的战争责任面前，他的罪昭然若揭。然而他却奇迹般地逃脱了对他的惩罚，其原因如果仅是归结为他个人的狡猾乃至军国主义分子破碎力量的支撑，那就未免简单了点。

危险正逼近天皇。战后第一任首相东久迩稔彦向日本人民提出了"一亿总忏悔"的号召，主张"军、官、民都要反省，都要忏悔自己的罪过"。然而日本人民没有罪，他们同样是受害者，在这场战争中，日本有多少家庭妻离子散，有多少人流离失所，多少田园荒芜破废，多少工厂从工人的血肉中挤榨出钢铁机器。这种转嫁罪责的做法注定是徒劳的。东久迩又硬着头皮找麦克阿瑟，向他建议由日本政府自己设立法庭惩罚战犯。但这是早在答复《波茨坦公告》时就已经决定的问题，麦克阿瑟也无法更改。东久迩是裕仁天皇的亲叔父，当 8 月 15 日播放了停战诏书，铃木内阁全体辞职后，在战争中持温和立场的东久迩未经重臣会议讨论，就在天皇授意下立即组阁，处理投降善后事宜。他把保护天皇看作他神圣的使命。

乞怜于带着血腥的复仇杀机而来的盟军是无望了。等待是恐怖、痛苦而屈辱的。对于其职业就是杀人的法西斯暴徒来说，自绝也许是最好的逃避。继阿南惟几大将掀起的自杀风暴之后，东条英机大将和杉山元元帅又掀起持续的风暴，先后有三十多个陆海军将领和政府要员自赴黄泉。前首相近卫文麿的自杀方式是日本军人所最不齿的。

1937 年，四十六岁的贵族近卫文麿成为日本历史上最年轻的首相。任首相的当天，近卫文麿就在他的组阁宣言里声称：属于"非持有国"类型的我国必须确保我民族自身的生存权利，我国的大陆政策是建立在这个确保生存权利的必要之上的；新内阁负有国际正义的使命，而实现国际正义的较好方法，是获得资源的自由，开拓销路的自由；现在国际正义还没有实现，这就成为我的大陆政策的正当化的根据。

"拓展生存的空间"，这就是日本军国主义侵略中国的真理。

近卫上台仅三十三天，就以卢沟桥事变为导火线，发动了侵华战争。此后两次派兵增援华北日军，并与军部宣布要进行"膺惩"中国的"圣战"，建立东亚"新秩序"，致使侵华战争全面展开。近卫政府还与德国和意大利法西斯签订了《三国轴心协定》，对内颁布《国家总动员令》，组织"大政翼赞会"，强化法西斯体制，一手把中国推进苦难的火海，一手把日本拽向黑暗的深坑。

近卫文麿是一个有着狡猾性格和圆熟政治手腕的家伙，惯于投机取巧，八面玲珑。1945 年 2 月，当日本败相无遮的时候，这个丧心病狂的战争贩子竟换上另一副面孔，向天皇呈递了哗众取宠的《近卫奏折》，陈请天皇以国体为重，尽早议和。日本投降后，他就是凭这套本事，出任了东久迩内阁的国务相。短命的东久迩内阁辞职后，他继而出任了币原喜重郎内阁的内大臣府御用挂。经过一番诡秘的奉迎卖好，麦克阿瑟认为他是只可驱遣来反共的犬豸，又委托他领衔修改日本宪法。看来这个不倒翁就要实现另一种逃避了。

只有黑暗能掩藏罪恶。一个人或一种势力能营造出这种黑暗，但它毕竟是有限度的。国际社会要求问罪近卫的强烈呼声同时是对麦克阿瑟的严厉谴责。盟军最高统帅部对敌情报调查科科长诺曼经过大量调查取证提交的一份备忘录，反映了这种声音。他在列举了近卫的犯罪铁证后断言：近卫的最大责任是"加快日本侵略亚洲国土的速度；继续进行对中国的战争；使日本加入轴心国；在日本国内强化警察的镇压，促进法西斯统治的形成"。在包括中国政府在内的国际社会的要求下，盟军总部将近卫列为甲级战犯，向他发出了逮捕令，限令他于1945年12月16日之前到东京巢鸭监狱报到。

知道自己的罪，又知道自己蒙混不过去，自幼就接受"近卫家是天皇家屏藩"教育的近卫就知道已到了以死报效天皇的时候了。接到逮捕令后，这个贵族名门出身的政客尽管内心像烈马四蹄下的污泥地一样浊光飞溅，但他有足够的经验摆出一副平静的模样。他又像是安慰自己，又像是尽忠天皇似的对中学时代的密友后藤隆之助说："估计主要是审问我有关七七事变的问题，如果追问事变根由，那不是政治问题，而是军队统帅权问题。这势必涉及最高统帅天皇的责任，我担心的正是这一点。"他精心挑选出一包材料，交给跟随他多年的秘书牛场友彦，叮嘱他在必要的时候交给检察局，以使自己得到公正的评判。他一边料理自己的后事，一边在书房中埋头撰写《回忆录》。《回忆录》长达万余字，通篇都是以谎言来为自己的罪行辩护，从《回忆录》后面的附诗即可管测他写作的策略：

> 美国定我为战犯，
> 极度悲痛碎心肝。
> 曾同美国谋和解，
> 几度尝试未如愿。
> 自言吾心多真挚，
> 美国友人能公断。

限令到巢鸭监狱报到的前夜，东京市郊豪华的近卫私邸里灯火辉煌，近卫邀请政府高官和自己的亲属，为自己举行最后的晚宴。近卫是老到的，席间他与客人们甚至轻松地谈论了许多政治问题，他甚至连饮酒也和往常一样很有节制。晚宴散去，他就走进了书房。

16日凌晨1时，整个宅邸都沉浸在梦的寂静中。近卫像幽灵一样走出书房，要夫人千代子把儿子叫醒。

"这个时候，叫他来能有什么事？"千代子更担心的是丈夫，她满脸狐疑地打量着近卫。

"你叫他来一下，我有话吩咐。"近卫的神情平静如初。

二十三岁的次子近卫通隆来到跟前，近卫文麿已经准备好了纸笔，他平静的神情中包含着大事："你坐下，记录我的话。"

儿子和夫人有了预感，被恐怖的阴影攫住，痛苦而又无奈，或许在他们的心情里，还包含着对近卫所选择的方式的隐隐的祝福。

近卫文麿说出了他一生中最后的话，这话里包含的并不完全是他自己的意志。他已经被击垮了：

"我最感到惶恐不安的是，自中日事变发生后，由我所处理的政务中，曾酿成若干错误。然而我不能忍受被捕及身受美国法庭审讯之耻辱。我尤觉自己对日中战争须负责任……"

近卫文麿与儿子谈了一个多小时。而后将《回忆录》交给儿子，说："这里解释了最近几年我对各种问题所持的观点。"他又叮嘱儿子，在日本要求永远保卫"国家治理方式"，这是近卫家族的义务，因为近卫家族与皇室有着无法割断的血缘。谈话毕，近卫通隆忧愁离去。

晨6时许，千代子见丈夫的房间还亮着灯，匆匆走了进去，只见丈夫身裹白布僵挺在床上，双眼周围呈紫黑色，脸上留着痉挛的遗痕，身边桌上的盘子里放着一只装有氰化钾胶囊的瓶子。她尖叫一声，招拢来

70

家人。

盟军司令部得到消息，侦察科长萨盖特带着宪兵和医生赶到，已是数小时之后。他们验明了正身，又撕开丧布进行检查。陆军摄影记者围着尸体拍个不停。近卫的儿子和夫人把遗书交出后，便坐在一边的沙发上，无泪无语。

日本贵族、大实业家、三次领导内阁并实行经济垄断组织、皇室和军部一体化的大战犯近卫文麿没有落入严酷的被告席，逃脱了军事法庭对他的审判。这要归咎于麦克阿瑟规定的逮捕首要战犯的特殊程序：根据国际公诉方的材料，须由日本议会剥夺这些人的议员人身不受侵犯权，遂发布逮捕令，命令中通常给十天左右的入狱准备期限。这就给潜在的被告人赢得了时间，他们可以充分准备对付即将进行的搜查，密会需要的证人，考虑辩护的方针，等等，也赢得了自杀的机会。然而，与其说近卫逃脱了审判，倒不如说他参与了历史对他的审判，他最终并未能够逃脱。但他选用服毒自杀，在日本人的心目中是卑弱可耻的。他还被众多日本入狱受审的战犯所切齿咒恨。他托牛场友彦交给盟军的那包材料，为军事法庭提供了战犯们的大量罪证。

把战犯押上法庭

所有重要的战犯都收容在东京巢鸭监狱，这里还有大量的被俘官兵。重要战犯每人独居一室，房间长 2.6 米，宽 1.5 米，高 3 米，配备有桌子、洗脸设备的厕所，地上铺着稻草垫。其他战犯二至六人同居一室。室内卫生由战犯自己打扫，看上去倒也干净整洁。牢房的灯昼夜不熄，美国宪兵在走廊里不断走动，见有人躺下，就走过来用棍棒敲门或用脚踢，还打开外面的铁丝门，以防不测。

早晨 6 点，美国宪兵就拎着大串的钥匙，哗啦哗啦地依次打开囚室的铁门，用生硬的日语高喊："起来！喂，大川周明起来！""土肥原贤二起来！"

战犯们起床漱洗、如厕、打扫卫生，然后都集中到院子里去做操。做操时有的糅进了剑道枪术，不知是为了健身还是表达一种反抗精神；有的则无精打采，前外相重光葵只有一条有筋有血的腿，只是敷衍一下了事。

接着开早饭，无论是大将还是中尉、小队长，一律都捧着自己的饭盒在走廊里排队打饭打菜，帝国军队森严的等级制度都是昨夜的梦，大小战犯的身份都是战犯。

白天根据不同的条件和兴趣，有的下围棋、下象棋、打麻将，有的闭目养神想拳经，有的闲得无聊向监狱的军官学做杜松子酒。《读卖新闻》社长正力松太郎仍对文学怀着浓厚的兴趣，整日默默无言地在囚室一角潜心阅读《夏目漱石全集》。庭院用镶上木板的栅栏围住，里面种了几棵喜马拉雅雪松，树荫下摆放着旧折叠板桌和凳子，可供打牌下棋用。有人则和衣躺在上面。

梨本宫守正还摆出一副落落大方的皇族气度，常以一种开玩笑的口吻对美军宪兵说："你们要对我尊敬一些，我可不是一般的人物。我是作为皇族代表到这儿来的。"

荒木贞夫也表现出超然的态度，好像不是来蹲监狱，而是来静养修道的。有马赖宁却总是一副垂头丧气的模样。井野硕哉就跟他打趣说："听天由命吧，胜者王侯败者贼嘛，有什么想不开的。"

松本广正则自嘲地说："这座监狱是我任法务大臣时建造的。早知有今日，我无论如何要把它建造得好一些，搞几个高级套房，以供我等享用。"

战犯们在紧张而又狡黠的气氛中等待着看清他们晦暗的命运。

对战犯的处置，历史有着沉痛的教训。

20世纪初爆发的第一次世界大战，是人类近代史上一次空前惨烈的大浩劫。这场战争历时51个月，五大洲的30多个国家参战，直接参战人员达7340多万。1796—1815年的拿破仑战争持续20年，死伤210万人，而在1914—1918年的四年中，阵亡与伤重致死的人数达1000万；受伤者约2000万，其中700万人永远残废；失踪者在500万人以上。这场大灾难的阵亡人数，两倍于1790—1913年间历次战争的总和。经济损失达2700亿美元之巨。人民被抛入地狱。整个资本主义世界陷入深刻的危机。

战后世界各国人民强烈要求审判和惩处德皇威廉二世及其他战争罪魁，清算德国军国主义的野蛮暴行。1921年至1922年，协约国在莱比锡德国帝国法庭对战犯进行审判。但由于反动势力的勾结阻挠，莱比锡法庭成了"剧院的演出""审判上的一幕滑稽剧"，八百九十名战犯只有四十三人受审，前帝国军队领导人、政府首脑及战争犯罪和直接负责者竟全部逃脱。虽然不是唯一的，但不能不说它给未来世界埋下了更为凶猛的祸水和祸根。

紧跟而来的是更大规模的浩劫。第二次世界大战的惨烈程度为历史所仅见。这场历时六年波及五大洲四大洋的战争，先后参战的国家达61个，比"一战"增加一倍；参战军队达10300多万人，超出"一战"约3000万。军队死亡1690多万人，居民死亡3430多万人，合计死亡5120多万人，约占交战国总人口的3%。

在白骨杂陈的铁锈红的旷野上，纷飞迷蒙的枯叶和鸦羽中清晰地呈现出一座孤坟和一株黑朽的死树，它们的旁侧有一位悲痛的母亲长跪不起，她头上戴着白色的孝布，怀中抱着死去的婴儿。她的胸中是空的，抬起的干瘪的脸发灰发暗。她的泪水已流尽，落入她黑洞洞的眼眶的，是霜雪和风暴，是空。

这是战争灾难的永恒的雕塑。

人类社会的文明发展到如此深刻！人类社会的战争发展到如此残酷！

早在 1941 年 12 月 4 日，苏联政府就发表宣言指出："在战争获胜并予希特勒罪犯以应得的惩罚之后，联合国家的任务将为保障持久和正义的和平。"

美国总统罗斯福也指出："对于匪帮首领和其残暴的帮凶们，应该按名检举、逮捕并依刑法加以审判。"

审判严惩战争罪犯，创造一个和平安宁的世界，已成为国际社会更为真切的愿望和更为强烈的要求。作为积极的反应，1945 年 2 月 11 日苏美英三国发表了《雅尔塔会议公报》。7 月 26 日，中英美三国签署了《波茨坦公告》。同年 8 月 8 日，苏美英及法国临时政府缔结了《关于控诉和惩处欧洲轴心国主要战犯的协定》。这一系列国际文件中有关惩处战犯的内容，措辞之激烈，目标之明确，态度之坚决，为第一次世界大战时的有关规定所难比，表现出国际社会在德、日法西斯面前同仇敌忾、不屈不挠的斗争精神。

1945 年 11 月 20 日，欧洲国际军事法庭在纽伦堡开庭审讯法西斯纳粹分子。

遵照《波茨坦公告》的原则，苏美英三国外长于 1945 年 12 月在莫斯科通过了《莫斯科会议协议》，规定盟国驻日最高统帅部应采取一切必要措施，以使"日本投降及占领和管制日本"诸条款一一实现。经过中国、苏联、美国、英国、法国、澳大利亚、加拿大、新西兰、荷兰九国的反复磋商，达成协议，决定将日本首要战犯交由上列九国代表所组成的国际军事法庭进行审判。此后印度和菲律宾代表也参加了这个协议，远东国际军事法庭遂由这十一个国家的代表组成。

根据莫斯科外长协议，驻日盟国最高统帅麦克阿瑟于 1946 年 1 月

19 日发布特别通告，宣布在东京设置远东国际军事法庭，并同时颁布《远东国际军事法庭宪章》。法庭有权审理三种犯罪：（甲）破坏和平罪；（乙）违反战争法规及惯例罪；（丙）违反人道罪。国际军事法庭以审理甲级战犯为主，乙、丙级战犯由受害国组建法庭审理。

中国方面接到通知后，即由外交、司法两部遴选法官和检察官。会商结果是由梅汝璈担任出席远东国际军事法庭的法官，向哲濬为检察官。由于工作繁重，法官、检察官各一人不足以应付错综复杂的局面，于是罗致人才，物色谙习英文又对国际法有研究的人士辅助。毕业于东吴大学法学院的方福枢和裘劭恒，均干过多年的律师，经梅汝璈和向哲濬的推荐，两人分别担任了法官和检察官的秘书。赴日月薪为三百美元，虽不菲薄，而当时他们从事律师职业的收入远不止此数，但他们的血脉中燃烧着民族的耻辱和仇恨，因而决然乐从。

由于日本侵华是审判的主要部分，事务繁杂，中国又特派倪征燠、鄂森、桂裕及吴学义为中国检察官的顾问。刘子健、杨寿林、高文彬等参加了秘书工作；中国翻译组有张培基、周锡庆、刘继盛等人。

他们都是富于正义感、爱国心的有识之士。审判结束后，国民党政府任命梅汝璈为铁道部长，向哲濬为最高检察长，他们都没去上任。解放后，梅汝璈任全国人大代表，向哲濬任上海财经学院教授。倪征燠任外交部顾问、全国政协委员；裘劭恒也担任了全国人大代表；其余回国人员均在高等学府从事教学工作。

按照宪章的规定，远东国际军事法庭由以下十一名法官组成：苏联最高法院军事委员会委员少将法官扎里亚诺夫，美国前陆军军事检察长少将克拉麦尔，中华民国立法院外交委员会主席梅汝璈，英国最高法院法官派特立克，法国一级检察官贝尔纳尔，澳大利亚昆士兰州最高法院院长韦伯，荷兰乌德勒支市法院法官、乌德勒支大学教授洛林，印度某大学教授帕尔，加拿大最高法院法官马克都哥尔，新西兰最高法院法官诺尔斯克诺夫特，菲律宾最高法院法官扎兰尼拉。澳大利亚的韦伯为首席法官。

检察官也是上述盟国各遣一人。中华民国上海高等法院首席检察官向哲濬为十一名陪席检察官之一。检察局设在明治生命大厦里。美国大律师约瑟夫·基南被麦克阿瑟任命为检察长，任命的这一天正好是日本偷袭珍珠港四周年日。

梅汝璈等于1946年3月31日下午飞抵东京厚木机场，随即由美军人员接往日本陆军省大楼，这里现为国际军事法庭办公地点。车行途中所见，处处是瓦砾创伤，重要政府机关的建筑物均有弹痕火迹，唯有皇宫和陆军省大楼巍然无恙。法庭的审讯工作基本套用美英模式，日常安排也无不仿效美英的惯例。法官与检察官表面上互不过从，住所也分在两处，法官均下榻在东京帝国饭店，检察官则分别住进其他几家宾馆。随员助手们均住东京第一旅馆，仅次于帝国大旅馆，系接待盟军校官以上人员的场所。

对于国际军事法庭的审判工作，国民党政府并不重视，以为日本法西斯犯下的血腥暴行和弥天大罪是世人有目共睹的，只要法官和检察官的金口一开，大笔一落，就能使战犯受到公正的惩处，因此没有准备足够的人证和物证材料。更重要的是法庭采用的是中方代表所不熟悉的美英模式，而美国政府极力把持操作程序，根据自己的需要，任意提出种种有碍审判工作正常进行的规定，如对每个战犯除设有自聘的律师及辩护人外，都配置了一名美国律师，这些美国律师在辩护中或诡辩狡赖，或横生枝节，故意延宕审判时间，以便为那些没有直接危害美国利益的战犯寻机开脱。这样一来，中方代表从一开始就陷入了有冤难申、有苦难言的被动局面。

在日本发动的侵略战争中，中国遭受的苦难最为深重，大半河山被践踏蹂躏，同胞伤亡三千多万，六百亿美元的财富被劫掠焚毁。而今却拿不出证据惩办那些曾横行中国的凶残战犯，代表们个个痛心疾首，胸中翻腾着强烈的民族感情。他们抱定一个决心，如若不能报仇雪恨，则无颜以对列祖列宗和江东父老，他们就一齐跳海自杀。

为了摆脱困境，赢得法庭上的主动权，他们一方面积极与国内联系，敦促政府收集人证物证等证据材料，一方面到盟军总部查阅日本内阁和陆军省的档案。在东京帝国饭店的一间客房里，他们夜以继日地摘抄、翻译、整理敌国十几年的档案资料，根据这些资料拟出指控材料；他们仔细研究美英的法律程序，研究对付美日律师的策略，以便据理力争，并于住处进行控诉演习，其工作之繁重是超乎寻常的。他们还运用老百姓中的蔑称来指代战犯，以避开日本的耳目，如以"土老二""土匪原"指代土肥原，以"板老四""板完"（上海话："板定完结"）指代板垣等。他们很快提出了十一名战犯名单。为了取得确凿、具体的人证和物证，中国检察官的首席秘书裘劭恒向法庭提出实地调查的请求。他领着美籍检察官克劳莱和温德飞回中国，先后到上海、广州、桂林、衡阳、汉口、北平等地进行实地调查，和地方法院配合，取得了大量实证。经过艰苦的努力，他们逐渐掌握了大量的有力证据，中国政府正式提交了《关于日本主要战犯土肥原贤二等三十名起诉书》，其中有十人后来受到了严惩。裘劭恒后来回忆说："我当时不是国民党，也不是共产党，但我想到我是一个中国人，是一个律师，我要维护民族气节和法律的尊严！"

各国选定被告的根据和角度不同，人数也不等。美国提出三十人，澳大利亚提出一百人，英国提出十一人。澳大利亚的名单中有天皇和相当部分的财阀，而英国反对。英国首相丘吉尔主张从快处决。英国检察官卡尔提出，审判结果应对世界产生重大影响，被告最多也只能为二十人，这样可以免去搜集证据的烦琐工作，及早开庭审判。为了提高检察工作的效率，检察局设置于执行委员会，中国检察官向哲濬为成员之一。执委会定下了选定被告的标准：能以破坏和平罪起诉；被告团伙从整体上能代表日本政府各部门及战争各时期；被告须是主要决策人；事实确凿。根据上述标准，检察局对已逮捕的一百名甲级战犯嫌疑者进行了侦讯。执委会经过表决，确定了首批审判的二十六名被告。苏联检察团由于美国故意推迟发出邀请而晚到，他们到达后又提出追加五名被告，结果只追加了重光葵和梅津美治郎两人。最后，麦克阿瑟批准被告为二十八人。

远东国际军事法庭设在东京市的市谷台原日本陆军省和参谋本部旧址。这个充满贪欲、阴谋、疯狂和杀机，制造战火与灾难的巢穴，而今孤独地站在废墟瓦砾中。审判就是要这样，要深入它的内部，杀死它的罪恶灵魂。它坚固而宽敞的大厅，经过连续几个月的修整和改造，换成一副美国人的气度，傲慢而奢侈。法庭庭长韦伯就在一号战犯东条英机的办公室里办公。

1946 年 5 月 3 日，远东国际军事法庭正式开庭。

上午 8 时 42 分，在一前一后两辆宪兵吉普车的护卫下，一辆美国大型军用客车分开涌动的人潮，"嘎吱"一声停在了昔日日军陆军省办公楼前，吉普车上刷着宪兵的英文缩写"MP"；囚运战犯的客车有老式电车那么大，涂着战时流行的深土黄色，车头上方用英文标着"SPE-CIAL"，译作"特别"。用蓝色纸糊住的车窗紧闭。这几辆车刚一停稳，等候多时、来自世界各国的几百名新闻记者便蜂拥而上，把车围个水泄不通。军事法庭的宪兵队长坎沃奇跳下吉普车，以冷峻逼人的威仪，在人群中分开一条狭窄的通道。

囚车半腰的铁门打开了。几名戴着白色头盔、挎着卡宾枪的美国宪兵跳下车。车门口静默了片刻，一个穿戴着日本国民衣帽、满脸白胡须的人走下囚车踏板。"南次郎！陆军大将南次郎！"人群又有力而缓慢地涌动。随后，战犯们依次走下囚车：前首相广田弘毅眼睛凹陷，陆军元帅畑俊六干枯瘦瘪，以善搞阴谋著称的陆军大将土肥原贤二穿着西装，前首相小矶国昭摆动着双肩，另一个阴谋家桥本欣五郎也穿着开领西服，病恹恹的海军元帅永野修身肩上扛着个硕大的脑袋，陆军大将松井石根手持佛珠，法西斯理论家大川周明邋邋遢遢……

"东条英机！"当东条英机走出来的时候，人群中的激动情绪达到了高潮，嘲骂和诅咒声迭起。然而这个狂风一样凶残的前首相却选择了微笑的面具，右手背手身后，从容迈步，仿佛死过一回，对一切都有了大彻大悟，把这样的结局和场面当作了儿戏。但人们分明看到了他藏于腹中的比刀锋还要锐利的残酷。人们的感情像烈火烧遍全身直至发梢："杀了这个大刽子手！杀了他！杀了他！"

这群被拔除了利齿和筋骨的野兽，裹带着悲哀、恐惧、仇恨和无奈，穿过愤怒的甬道，慢腾腾地向法庭大门走去。这十几米的路如同几十个酷暑和严冬，上下飞舞着沉甸甸的火花和雪片。

大门的旁边钉着一块暗褐色的标牌，上有两行粗黑的英文：INTERNATIONAL MILITARY TRIBUNAL FAR EAST（远东国际军事法庭）。

开庭之初蹿出个疯子

庄重就如同厚厚的冰层，在它的下面涌动着热烈、激奋、焦虑、恐惧。这就是审判大厅里的气氛。

法庭庭长韦伯率领十个国家的法官入场了。法庭执行官庞米塔大唤一声："全体起立！"摄影机和照相机的灯光亮成一片。十一名法官依次登上法官席，中国法官梅汝璈走到庭长左手的第一把高背座椅前，坐了下来。

关于法官的座次曾发生过争执。按照受降国的签字顺序，中国应排在仅次于美国的第二位，但诸强国欺中国国弱民穷，硬要往前挤，这种做法激怒了具有民族热肠的中国法官梅汝璈。早在"一战"后，诸列强就把战前中国的德属领地给了日本，并强迫袁世凯政府签订丧权辱国的"二十一条"，中国作为战胜国受到的不公正待遇，激起中国人民巨大的愤怒，并由此引发了五四运动。不能再让诸列强歧视欺凌中国。

梅汝璈据理力争："座次应按日本投降时受降国的签字顺序排列才合理。中国受日本侵害最烈，抗战时间最久，付出牺牲最大，有八年浴血抗战历史的中国理所应当排在第二。"

见众人不语，机智的梅汝璈改用幽默的方式施加压力："若论个人座次，我本不在意。如果不代表国家，我建议找个磅秤来，可以体重之大小排座。体重者居中，体轻者居旁。"

话音未落，各国法官忍俊不禁。韦伯笑道："你的建议很好，但它只适用于拳击比赛。"

梅汝璈抓住战机："若不以受降国签字顺序排座，那还是按体重排好。这样纵使我被置于末座也心安理得，也可对我的国家有所交代。一旦你们认为我坐在边上不合适，可要求我国另调派一名肥胖的来替代呀。"众法官闻之大笑。事情似乎解决了。

不料在开庭前一天的预演时，中国仍排在英国之后。梅汝璈当即愤然脱下黑色丝质法袍，拒绝"彩排"。庭长召集法官们表决，半小时后，中国法官终于赢得了应有的位置。在以后的审判中，梅汝璈表现出的冷静、坚定、严谨和雄辩的气质，赢得了各国法官的尊重。这位四十二岁的法官为了在外表上也给人有一个成熟的印象，到东京后特意蓄起了上唇胡须，因而被各国记者称为"小胡子法官"。

法官席的前一排是书记官及法官助理席。他们的前面为检察官席和辩护人席，右侧是记者席和旁听席，左侧是贵宾席和翻译官席。楼上的旁听席挤满了来自盟国和日本的五百余名代表。

法官席对面几排是被告席。被告席上的甲级战犯尴尬狼狈，丑态纷呈：板垣征四郎脸上挂着奸猾的嬉笑；松井石根呆若木鸡，一副沮丧的神情；土肥原故作镇静的脸部不断地抽搐；瘦削的大川周明突出的颧骨上架着一副粗框眼镜，上身穿一件条纹蓝睡衣，下身穿黑色西裤，脱去木屐的脚踩在地上，他时而双手合十，时而搔首弄姿，一条亮晶晶的细线似的东西从脸上往下垂，渐渐拉长，原来是鼻涕，他的脸一扭，长长的鼻涕断了。

"请安静——"上午 11 时 17 分，随着执行官庞米塔大尉的一声长唤，嗡嗡嚷嚷的大厅霎时静了下来。

接着，庭长韦伯致开庭辞。

"今天来到这里之前，本法庭的各位法官签署了共同宣誓书，宣誓要依照法律，无所畏惧，公正地不受外界影响地进行宣判，我们充分认识到我们肩负的责任是多么重大。这次在本法庭上受到起诉的各个被告，都是过去十几年日本国运极盛之时的国家领导人，包括原首相、外相、藏相、参谋总长及其他日本政府内地位极高的人。起诉的罪状，是对世界和平、对战争法规和对人道的犯罪，或导致这些犯罪的阴谋策划。这些罪孽过于沉重，只有国际性的军事法庭，即打败日本的各盟国代表组成的法庭才能对它进行审判。"远东国际军事法庭这部复杂的机器终于缓慢地运转起来了。

但韦伯所指的公正性与严肃性遭到了极大的破坏。开始逮捕拘押、准备交远东国际军事法庭审判的"甲级战犯"共约一百名，除已交法庭的二十八名战犯，还有约七十名金融实业界巨头、大财阀、大军火商及一些在政治、军事、外交上恶名昭著的寇酋，正如韦伯所称，都是地位高、罪恶大的元凶巨魁。完全由美国人操纵的法庭起诉机关、盟军总部的国际检察处以案情过于庞大复杂、一案审讯的被告不宜过多为由，决定分为两至三批向法庭起诉。但是，美国出于其阴险的战略企图，使得第一案的审理旷日持久，到了对第一案的被告判决执行之时，麦克阿瑟已以"罪证不足，免予起诉"为借口，将余下的战犯释放殆尽。

这个蛮悍成性、胆大妄为的美国将军！

美英的传统诉讼程序从宣读起诉书至最后判决，要经过十一个阶段，大致分为两大部分：一是立证，即检察官宣读起诉书及命控方证人出庭做证；二是辩论，即辩方律师为自己的当事人辩护及犯人自辩，控方与辩方证人此时亦可出庭做证。这烦琐的程序注定要使这次审判显出晕眩迟钝的病态。

下午2时半开庭后，检察长、美国人基南开始宣读那份长达四十二页的起诉书。整个大厅像在往下沉，阴谋和罪恶像狱火和地穴的冷风一样，把人们拉入过去的二十年里，再一次经历血灾、恐怖和痛苦，激起仇恨的巨滔。

被告人也都拿着对他本人的起诉书副本，聚精会神地听着。在他们的生命里这滑落黑暗的时刻，他们是在秘密玩味着那已逝的罪恶快感，还是睁着一双狡猾的眼睛，在寻找隐秘的出路？

大厅像一个寂静的山谷，只有基南的声音在沉沉地回荡。

"啪啪"，一串拍水般响亮的声音惊扰了整个大厅。是大川周明突然向坐在前一排的东条英机扑去，用卷成筒状的起诉书猛击东条英机光秃秃的脑袋。全场一片哗然。宪兵急忙架住大川周明。而东条英机却不急不恼，慢条斯理地回过头来，报之以会心的一笑。

下午开庭之后，大川周明就一直没有消停，像坐在热铁板上一样扭来扭去。不知是不是身上长了虱子，他竟然解开上衣扣，不住地用手去搔凹陷的胸脯，像是演脱衣舞，上衣从肩头慢慢下滑到腰沿，形成一副袒胸露腹的丑态。庭长韦伯接受了这个挑战，他抬起傲慢的下巴，示意宪兵队长坎沃奇中校给他整理好衣服。大川周明顺从地任其摆布。坎沃奇像哄小孩似的拍拍他形销骨立的肩膀。可过了一会儿大川周明又重复刚才的动作，坎沃奇也就重复给他穿衣的义务。会场肃穆的气氛受到了威胁。

没承想大川周明来了这么一招，把这一出黑色幽默推至高潮，让那些并不是带着仇恨心理而来的人们忍俊不已，而让韦伯如同被戏耍了一般，一腔血气倒灌脑门七窍冒烟。

韦伯怒气冲冲地宣布暂时休庭。

记者们越过记者席的栏杆，一窝蜂地拥到被告席前拍照。大川周明又一次向东条英机扑去，东条英机则还是你热我冷地给予积极配合。

宪兵立即冲了上来，架起大川周明往外走。大川周明混杂着英语、德语和日语怪声尖叫着："印度人，进来！""你们快出去！"

被拖拽到休息室后，像醉汉被泼了凉水，大川周明似乎冷静了一点，木呆呆地立在桌边，用英语对跟随进来的记者说："我最伟大，我是拼命工作的。东条这个大混蛋老是捣乱，我要打死他！我赞成民主，但美国不是民主……我不喜欢去美国，因为它过分沉湎于民主——你们懂我想说的是什么吗？是沉湎！"

大川气喘咻咻，像一条被电打了的赖狗。突然他又跳起来，对美联社记者讲起一大套他发明的"空气学"："我已七十二天什么也没吃了，我不需要食物，我只要空气。我从空气中吸取营养，所以非常健康。过几天我要制造一种可怕的武器给你们看看。"他打着混乱的手势以证实他的伟大。

旁边的一名宪兵以肯定的口气对满脸好奇、疑惑、惊异的记者们说："这家伙真的百物不吃，一直饿着。他都六十岁了，还提出要见他刚刚来东京的母亲……"

大川周明抢着说："八十一岁的母亲从乡下到东京来了，我想见她。"说完便"扑通"一声倒在帆布行军床上，长睡不起。

他是疯了？聪明过人的大川周明编织了一个玄奥的谜。

大川周明是个得了狂犬病的法西斯恶犬，是日本像瘟疫一样泛滥的种族主义和侵略情绪在思想上的奠基者。他一面大肆鼓吹日本的大和民族是东方的"高等种族"，是"远东的雅利安人"，胡诌"日本是地球上建立的第一个国家，所以它的神圣使命是统治所有的民族"；一面企图把它彻底推向战争深渊。他从咬紧的齿缝里挤出寒冷的谵语："天国总是存在于剑影之中，东西两强国（日本与英国）以性命相拼赌的决斗，大概是历史安排的，为新世界诞生所不能避免的命运。"他唯恐人们不能理解他对战争的渴望，几乎是声泪俱下地仰号着："日本啊！是一年后十年后还是三千年后，那只有天知道。说不定什么时候天将命你赴战，要一刻也不能大意地充分做好准备呀！"

大川周明1886年出生于山形县饱海郡西荒濑村一个医道世家，自幼聪明伶俐。1904年考入熊本市第五高等学校。他迷幻骛远的天性和这所学校"人生必争占鳌头"的武士信条的媾和，形成了他狂妄而残酷的性格。进入帝国大学攻读印度哲学时，受到英国人柯顿所著《新印度》的启发，遂潜心研究英国的殖民历史和政策，并从中体验到了统治和压迫的快乐，开始信奉弱肉强食的法西斯哲学。

经过多年走火入魔的沉溺和巫行，他先后撰写了几十部法西斯理论专著，形成了他的法西斯理论体系。他很欣赏自己的深刻，说道："经过精神上多年的游历之后，我再复归于我的魂之故乡。在日本精神之内，我才初次看到长时间所得不到的东西。"这个"日本精神"，就是他的理论体系的主要内容：明治维新时期的"尊皇攘夷"思想，武家时代崇尚武力的"剑客"精神，在知行合一思想指导下的充分自信和随机应变的能力，以及个人灵魂和意志的磨炼修行。在这盆臭烘烘的下水杂烩中，膨胀的个人欲望和鼓吹对外侵略扩张是贯穿始终的主线。据此他为日本法西斯设计了一个美好的梦想："把日本、中国共同划为广阔经济圈加以巩固，以此为基础而实现从东南亚开始到印度、中亚的解放。"应该注意到，当今还有一些日本政客仍在散布什么"日本解放论"，说是日本给亚洲带来了繁荣，这不是偶合，这是一个世纪以来一直游荡在亚洲的一个黑色的幽灵。

1921年，天皇任命大川周明为日本大学寮的学监，给他提供了施展才华的舞台。大学寮位于皇宫东部的旧气象台内，专门培养出类拔萃的下级军官，为天皇亲创。为了把这些人培养成法西斯骨干力量，大川周明精心安排了皇权理论、武士道精神、武器的发展和法西斯地缘政治学等五花八门的课程。他还面向社会，请东条英机、杉山元这样的军棍来讲学，甚至用心良苦地请来秘密警察、贩毒老手、妓院老板、恐怖分子，给学生们传授"技艺"。大川周明的苦心没有白费。经他唆教的这些人个个都成了日本法西斯发动侵略战争的忠实爪牙和得力打手。

20世纪二三十年代，大川周明就像击穿了控制疯狂旋转的机器。他先后创立了"犹存社""行地社""神武社"等右翼法西斯团体，拼命煽风点火，到处兜售他毒汁四溢的理想。1931年九一八事变后，他从他的团伙中挑选了几十名骨干组成演讲团，到日本各地游说所谓"满蒙是日本的生命线"，关东军侵占东北是为了"确保日本的生命线"，以图博取日本国民对政府和军部侵略行径的支持。大川周明的思想和理论，对日本法西斯主义的发展和侵略扩张政策的制定，都产生过重大的影响。

大川周明是一把瘦削锋利的双刃剑。他不但致力于理论，他还行动，策划和参与阴谋活动。

美国的一位资深记者写道："大川是个狂热分子、冒险家、典型的恶棍，满脑子帝国伟大之幻想。他在中国当过大商务机构的代表……他把这种工作同旨在改变日本政治体制的残暴血腥阴谋结合在一起。"1918年，大川周明来到中国东北，在日本设在中国的吸血机构"南满洲铁路株式会社"供职，次年任课长，后又任局长，先后干了十年。

"满铁"自开业至1931年的二十四年间，纯收益增长了十九倍，达八亿三千多万日元，大川掌管的资本达二十五亿日元。靠压榨中国铁路、煤矿、钢铁和林业工人的血汗，过着奢侈挥霍的生活。

公诉方有足够的证据证明，他在担任日本垄断组织代理人期间，还在幕后鼓动谋杀张作霖，并参与策划了九一八事变。

大川周明在日本政坛是以擅长策划政变与谋杀著称的法西斯政客。为了实现他"改组或更新国家"的计划，建立法西斯独裁政权，他在30年代制造了一系列爆炸性事端。1931年，他与同伙策划了拥立军人独裁政权的"三月事件"和"十月事件"，均告失败。次年又鼓动一群少壮派军官发动政变，杀了首相犬养毅，制造了"五一五事件"。1936年再一次煽动军部的极右分子发动"二二六事件"，一千四百多名叛军占领了首相官邸、陆相官邸、陆军省、警视厅及附近地带，首相冈田启介的弟弟被当作首相本人遭害。

经过不折不挠的谋划和战斗，大川周明终于胜利了。但这一切都是一个阴森恐怖的魔鬼之梦，一个泡影。这一切都是他的罪。远东国际军事法庭专职审判甲级战犯，罪名是破坏和平，并在判决书中明确指出："从事侵略战争的阴谋就是最高限度的犯罪。"大川周明最有资格戴上这顶荆冠。

然而，这个天才的理论机器和阴谋首领却让人失望地疯了！

大川周明被送进了东京国立松泽医院，接受精神鉴定。他在病室里大喊大叫，乱写乱画，乱扔东西，随地便溺，把病室弄得同他一样狂躁。一位女卫生员走进来，他在床头正襟危坐，郑重其事地向她发布命令："麦克阿瑟夫人，你去，带领'神风特攻队'消灭张作霖，解放有色人种，以道义统一世界！"他的脸在痉挛，放大。

诊断的结果是"进行性神经麻痹症"。法学精神病理的鉴定送到了法庭，其内容是："大川周明，1886年生，现因患梅毒性脑炎而精神失

86

常。梅毒已潜伏三十年。高度兴奋、夸大妄想，视幻觉，不能进行逻辑思维，遗尿、记忆力及自我直观能力差，该患者已无能力区分好与坏。"

宣读完长长的病历，法庭庭长韦伯宣布："法庭承认大川没有出庭为自己辩护的精神能力和判断能力，决定中止对他的审理。"

有的法官怀疑大川周明是为逃避审判而装疯卖傻，社会上也有此议论。迫于压力，盟军总司令部下令对他进行更严格的精神鉴定。经过仪器测试和花样翻新的盘问，美国军医一致认为他确实是疯了。

大川周明被保外就医。不早也不晚，恰好是审判战犯的风头一过，他便迅速得以"痊愈"。在接受日本记者采访时，他露出了真实的嘴脸，声称自己并没有疯，他骗过了法庭，逃脱了死劫。

此后的大川周明也似乎是正常的。他闭门造车，翻译了阿拉伯巨著《古兰经》，撰写了自传《安乐之门》，过着"门庭冷落车马稀"的生活。1957年12月，他在孤寂中走完了罪恶的一生，连同他的思想和著作一道被尘泥掩埋。

大川周明何以能够持续装疯，并骗过了美国精神病专家及一流监测仪器的甄别？当有人问起，他自鸣得意地说："我怎么能让他们看出破绽呢？我是以嘲弄正常人的心理，按照疯人的逻辑伪装自己骗过他们的。"

大川周明没有说错，一切罪人都是以疯人的方式进入这个世界的，在他们的逻辑里，破坏就是美，杀人就是快乐，血就是茗饮，黑暗就是光明。法西斯就是由这些畸形的零部件组装起来的野兽机器。他们称自己是正常的，正说明他们是一群病入膏肓的疯子。所有认为他们无罪的人，都与他们患有同样的病症。

天皇裕仁并没有故意装疯。但他以更隐蔽的方式逃过了罪罚。

绞索追逐着天皇

1971年10月12日，天皇裕仁夫妇抵达德国波恩，开始对那里进行访问。这次访问的经历对天皇来说是异常痛苦的。他到达那里后，德国学生和侨居在那里的亚洲人举行了声势浩大的示威，反对天皇的访问。人们举着的标语牌上写道："希特勒屠杀了六百万犹太人，裕仁屠杀了五千万亚洲人！""希特勒！墨索里尼！裕仁！"题为"战争罪犯裕仁在波恩"的传单凌空飞舞，"裕仁是法西斯分子"的口号不绝于耳。

神经羸弱的天皇裕仁又一次被历史击中。奢侈的酒宴、豪华的宾馆、精心安排的游览，一切都变得黯淡无光。他感到自己如同被囚在凉风飕飕的牢中，面对锈迹斑斑的铁栏杆。

永远的铁栏杆。

战争结束前夕的1945年6月，美国政府依靠盖洛普社做了舆论调查，对战后该如何处置天皇的民意表明：一、杀死或刑讯使其饿死的占7%；二、24%的人认为应加以处罚或流放；三、进行审判给以定罪处罚或作为战犯加以制裁的回答占17%；四、3%的人回答可作为傀儡加以利用；五、不做任何处置的回答为4%；六、回答不知道的占16%。在被调查者中共计有77%的人要求对天皇进行处罚或审判。在冲绳战役中，浑身伤迹和烟痕的美军士兵一面高喊着"裕仁！裕仁！"一面做出斩落首级的手势。

中国是日本战争罪行的最大受害国。制造九一八事变，成立伪满洲国，入关侵占华北，发动卢沟桥事变，全面扩大侵华战争，以及暴行、惨案、饥荒、废墟，一桩桩一件件，哪一件不渗透着天皇的阴影和罪行？战后中国自然要把天皇裕仁列入战犯名单。国民党行政院长孙科发表讲话称："为使这几年的惨祸不致在中国重演，为使无数先烈的鲜血不致白流，必须从日本除掉军阀这颗毒瘤，同时必须消灭天皇制度！"

漫长的战争，对广大的日本人民也是一场巨大的灾难。日本投降时兵员已达 720 万人，平均两户人家就有一个当兵的。据日本政府远非完整的统计，确认的战死者超过了 156 万，永远伤残和下落不明者 55 万。1937 年至战败，仅临时军费即高达 1870 亿日元。沉重的军费使课税严苛，物价猛涨，黑市广延。东京的粮食、衣物、燃料的价格上涨了三四倍以上，对劳动人民来说，一束棉纱变得异常贵重。饭吃不饱，往往是几户邻居分吃一只小南瓜，有时为了一棵葱发生争吵。就当人民的精神和肉体在痛苦中煎熬的时候，那些在战争中发了财的军阀、官员和大资本家们，却仍然耽于纸醉金迷的腐朽生活。

他们挣破宗教般浑噩而坚固的束缚，从心底发出了呐喊："打倒天皇制！"

这是在天皇的皇座下爆发的火山和洪水。在战后于东京举行的一次"追究战犯人民大会"上，演说者尖锐地指出："天皇是最高的战争犯！"台下立即电火交织，爆发出雷鸣般的掌声。

至于究竟怎样确定天皇的战争责任，当时的币原内阁会议提出了如此见解：一、深信帝国鉴于周围之形势不得不进行大东亚战争。二、天皇陛下极为希望对美、英的谈判应始终坚持达成和平解决。三、有关决定开战、贯彻执行作战计划等，天皇陛下只有遵从实行宪法中形成的惯例，不能驳回大本营、政府已决定的事项。

天皇自己也走到了幕前，他说："怎样才能避免这次战争，我曾煞费苦心地凡能想到的都已想到了，能采取的手段也都采取了。虽尽了力所能及的一切努力也终未奏效，战争还是爆发了。"

如出一辙，美国国务院的一份《对日白皮书》也在为天皇开脱罪责，竟然说"天皇曾力阻日本军进攻美英"。

然而天皇号称是创造日本国家之神的万世一系的子孙。天皇裕仁是"神"，是日本的天空和东方，照耀着日本的古今和道路。

他决定着日本。

日本从公元 3 世纪起，出现了象征王和豪族地位的古坟。在大和地方，作为部族同盟首领的天皇一族，也开始获得了君主的世袭地位。在刀光斧影浊雾迷蒙的漫长历史中，天皇的权势曾经旁落。19 世纪随着"尊皇攘夷"运动的胜利，明治天皇走上政治舞台，为天皇重新夺得了神圣而不可侵犯的极权。也是明治天皇，于 1869 年发表御笔信宣布"开拓万里波涛，布国威于四方"，发动了侵略的机器。

1889 年 2 月 21 日颁布的《大日本帝国宪法》的第一条规定"大日本帝国由万世一系的天皇统治之"，第十一条"天皇统率陆海军"中，规定军令属于帷幄大权，在一般国务大臣权限之外，由天皇直接把持。20 世纪 30 年代右翼少壮派军官的一系列政变活动，否定了元老、重臣、政党乃至议会的作用，以天皇名义建立了军部独裁，完成了"天皇制法西斯主义"。

天皇作为统军大元帅，他的《军人敕谕》开头就写道："我国军队世世代代受天皇统率。"在这篇长文的结尾，天皇裹挟着雄劲的大风直上云端：

　　朕统率兵马大权，委任臣下各司其职。其统治大权须由朕亲自总揽，此非臣下所宜过问者。朕之子孙须永远牢记此要旨，切记天子须掌握文武大权，不得再出现中世纪以来丧失体制之混乱局面。朕为汝等军人之大元帅。而朕亦赖汝等为股肱，汝等应仰承朕意，加深君臣之间亲密关系。朕能否答上天之惠，报祖宗之恩，均赖汝等军人能否恪尽职守。

《军人敕谕》是军人至高无上的精神圣典。天皇的存在塞满了军队的一切空间——从枪支到靴底上的每一颗钉子。士兵是盲目的，出征前他们要面向城宫遥拜，归来时他们的头领要乘特别挂在火车后的头等车到东京车站，再搭乘宫内省特别差遣的马车，经二重桥进宫觐见天皇。士兵的生命不属于他本人，为了天皇他们可以投入"神风特攻队"，像飞蛾一样扑向熊熊燃烧的大火。死后他们的灵魂仍在合唱：

> 跨过大海，尸浮海面，
> 跨过高山，尸横遍野，
> 为天皇捐躯，视死如归。

那些在冰天雪地和亚热带雨林中战死的士兵尸骨，与《军人敕谕》小册子一道腐烂为尘泥。

日本发动全面侵华战争和太平洋战争，天皇不可能是无所作为的，更不可能是无奈的。撕开烟雾蒙蒙谎言重重的严密铁幕，历史把一切告诉了人们。

1936年12月，蒋介石飞到西安督战"剿共"，前线司令官张学良向他提出立即停止内战进行抗日的要求。他在遭到拒绝后逮捕了蒋介石。中国共产党迅速派周恩来飞往西安，说服蒋介石达成停止内战的协议，实现了国共合作的抗日民族统一战线。而日本帝国主义仍在重温以腐败的清朝为对象时胜券在握的旧梦，急于侵食中国。1937年7月7日，滋衅挑起了卢沟桥事变。

日本政府于8日晚声明采取不扩大的方针，但在11日上午却批准了陆军大臣杉山元关于向华北派遣五个师团的提案，并向国民表明了这个"重大决心"。

11 日晨，当参谋总长闲院宫要见天皇时，内大臣建议天皇先见总理大臣。但天皇认为首先要解决的是调兵遣将的问题，执意先见了闲院宫。

深谋远虑的天皇担忧的是能否取胜，他问闲院宫："如果苏联从背后进攻怎么办？"

总长回答："陆军认为苏联不会进攻。"

在此前后，天皇多次召见陆军大臣、参谋总长、海军军令部总长。陆军大臣杉山元信誓旦旦地说："一次派出大量军队，一个月就可将中国击败。"

天皇经过反复考虑，确信日军能取胜后，批准了向华北派遣大军的方案。参谋总长遵照天皇的旨意，发出进攻并占领北平、天津地区的命令。

8 月 13 日，日本海军又在上海挑起了战争。14 日，日本政府发出"惩罚中国军队暴行"的声明，并做出派遣大量陆军部队的决定。15 日，海军航空部队从九州基地出击，轰炸了南京。

日本全面侵华战争爆发。

历史翻到乌云沉沉的另一页。

1941 年，日本穷兵黩武大肆南进，危及美英等西方列强的势力范围，与美英形成对立。日本与德、意法西斯结成军事同盟，确立了大东亚侵略战争的方针。日本与美英的对立激化，战争一触即发。天皇起用战争狂人东条英机。

日本一边与美国谈判，一边策划对美军的袭击。裕仁天皇在这段时间每天拜诵明治天皇的诗句："四海皆兄弟，何事起风波？"这反映了他的矛盾和他奸猾的策略。他在暗中时时助推着阴谋的进展。

11 月 1 日深夜，东条内阁召开的政府和大本营联席会议，对"帝国国策执行要领"的研究做出结论——"帝国为打开目前危局，保证生存和自卫，建立大东亚新秩序，现下定决心对美、英、荷开战"，并确定了进攻的时间。

次日，东条英机和杉山元、永野陆海军两总长向天皇上奏了上述决定，天皇即问："怎样才不致师出无名呢?"这似乎是他最关心的问题。

东条表明自己并不是笨蛋："当前正在研究，很快就上奏陛下。"

11月3日，天皇又向杉山和永野详细询问了诸如进攻时间、天气条件等一些具体问题。天皇还问"海军哪一天开始作战"，永野答是12月8日。

在11月5日的御前会议上，天皇批准了新的"帝国国策执行要领"。会后陆军大臣杉山元单独向天皇说明作战计划，天皇表示完全了解，还特别嘱咐关于奇袭的企图绝不能让对方发觉。

随着战事的迫近，天皇对胜败的问题极为关心，向军方询问多次。11月30日上午，天皇在海军任军官的弟弟高松宫进宫对他说："海军的确应付不了，我总是在想，要尽可能避免日美之间的战争。"天皇不悦，即又召见东条等人商议。午后6点半，天皇召见木户并命令他："关于能否战胜的问题，经询问海军大臣和总长，都说有相当的把握，所以命令你通知首相，按照预定（战争）计划行事。"

日美谈判按照天皇预定的那样，于12月1日零时破裂。当日下午2点，天皇决定对美开战。

天皇以"极为爽朗的神色"鼓励陆海军两总长："这样做是不得已的。望陆海军双方合作，努力干!"

12月7日，日本违反国际法，日本海军在政府对美最后通牒送交对方之前，以强大的舰载飞机和极残酷的手段，偷袭美国珍珠港海军基地。在火山爆发般的轰响和烈焰中，32600吨的"亚利桑那"号巨型战舰几乎蹦离了海面，裂成两半。偷袭使美国太平洋舰队18艘军舰沉没或受重创，188 架飞机被毁，美军死亡 2403 人、重伤和失踪 2233 人。

太平洋战争爆发。

天皇就是这样直接、具体、有效地指导了战争。在偷袭珍珠港后的第三天，天皇颁发敕语表彰联合舰队的"丰功伟绩"："联合舰队，开战伊始，善谋能战，大破夏威夷方面敌人之舰队与航空兵力，建树丰功，朕至为嘉许，望将士再接再厉，以期今后之大胜。"1932 年 1 月 8 日，天皇也曾颁发敕语表彰关东军在九一八事变中的出色行动："尔等行动果断神速，以寡制众，速讨顽敌……勇敢奋战，拔除祸根，皇军威武，得扬中外。"战争期间，天皇每年必到靖国神社"亲拜"，他身穿大元帅军服，手持玉串，大祭战死者的亡灵。

　　啊，靖国神社，

　　光荣的神社，

　　我们的大君也向您敬礼。

军国主义精神和着袅袅香烟有力地弥漫，渗入日本军人和国民的血液，激发着他们为天皇而献出生命的崇高感情。

天皇驱赶着军人去夺去抢去死，驱赶着国民到龟裂的荒土上去悲哭流浪。他们的血泪涂染了天空和岁月，汇成冰冷的河。在这帝王的景色中，天皇拥着樱花宫女坐于血泪河畔，慢条斯理地品饮和欣赏。那些苦命人真苦，那些冤魂真冤，他们不知道天皇拥有占全国 22.7% 的土地和 15.8% 的森林；不知道天皇在几千家股份公司拥有六十亿美元的私人资产；不知道天皇在日本侵华战争期间私人财产增加了 275%！"神"的身上散发着血腥和铜臭的气息。

天皇的战争罪责是重大而清晰的，包括日本在内的各国人民对天皇抱着普遍的仇恨和恐惧心理，国际舆论强烈要求把天皇作为战犯处罚，澳大利亚和中国法官指称天皇是第一号战犯，应在东条之前上绞架。在强大的压力下，前首相近卫文麿一度主张裕仁退位，以保皇室安泰。

天皇惊慌终日，绞尽脑汁保全自己。当内大臣木户接到逮捕令后，天皇假意设宴安抚，并假惺惺地说："美国方面看来有罪的人，我国看来则是有功之臣。木户随我多年了，朕要为他把酒饯行。"木户一直侍奉于他的左右，所有底细全知。

木户感激涕零。他着一身簇新的和服往皇宫赴宴。菜肴丰富有加，宾客只他一人。席间多有抚语和陈情。

中心话题自然是天皇的战争责任问题。木户对此似乎有点悲观："我想与陛下相见，这是最后一次了。我想直言不讳地谈谈我的想法。战争责任有国内和国外两方面的，国内您有责任，我也说过有关您退位的话。话说回来，终战之事因为是由陛下的圣断而决定的，所以陛下您就有了履行《波茨坦公告》的责任。"他不是不知道，裕仁是抱着同明治天皇受到三国干涉时誓报此仇于来日一样的心情，来接受《波茨坦公告》的。因此他在谈话结束时说："陛下的地位能否维持，我没有自信。"

宴毕临行时，天皇起身相送，复又叮嘱："木户君你实在不幸，万望保重身体。我的心境你当然明白，所以想请你为我说明。"

木户心如明镜，进监狱前即向他的律师交代自己的辩护基点，其第一、二条均是为天皇开脱罪责。

天皇一边在自己内部封口销迹，一边竭力巴结掌握着生杀大权的麦克阿瑟将军。1945年9月27日，天皇第一次拜会了麦克阿瑟，表情含屈地说："人们似乎认为我们完全信奉法西斯主义，这是最令人难以忍受的。实际上应该说因为过分地用立宪制处理政事，而成了现在的状况，战争过程中，我不得不听取了希望天皇再坚持一下的要求……"此后他们又会见了十次。

据说麦克阿瑟被天皇"纯正"的心所打动。第一次会谈结束后，报纸刊发了大幅照片：麦克阿瑟漫不经意地穿一件开领衬衫，两手叉腰，分腿而立，满脸高傲狂妄的气势。而个子矮了一大截的天皇却毕恭毕敬地身着礼服，肃然站立在麦克阿瑟的右边，一副低三下四的神情。

这张照片是一个绝妙的象征。昔日溥仪的皇老子而今成了麦克阿瑟的儿皇帝。美国需要这个儿皇帝。一向说话直率的麦克阿瑟说："天皇在盟军进驻和解除日本陆海军武装方面给了很大帮助，所以完全没有考虑退位问题。天皇存在与否，完全由日本人自己决定。"

麦克阿瑟在与天皇第一次会谈后，就拿定了主意：为了顺利实行占领统治，要最大限度地庇护和利用天皇。不料美国参谋长联席会议通知麦克阿瑟：在伦敦同盟国战争犯罪委员会中，澳大利亚代表要求起诉天皇。澳大利亚政府的有关备忘录写道："按照帝国的宪法规定，宣战、讲和及缔结条约的权力在于天皇"，"他如果真是和平主义者，就能够制止战争。他本来是能够通过退位或自杀来抗议的。哪怕本人并不喜欢战争，可是，仅仅由于他批准了战争，他便要承担责任"。

麦克阿瑟急速给华盛顿回电："给我印象至深的是，在停战前天皇虽然处理国事，但其责任基本上都应自动归属于大臣以及枢密顾问官们。"电报的后半部简直是要挟了：如将天皇作为战犯起诉，占领日本的计划就要做重大修改；为了对付日本人的游击活动，起码需要一百万军队和几十万行政官员，并需建立战时补给体制。

美国需要天皇作为它统治日本的工具，更主要的是，美国根据自己的战略需要，日后要重新扶植日本军国主义，把它作为反共的堡垒和前沿阵地。至于这一点，性格豪爽的麦克阿瑟并没有说出。

美国驻日当局的《星条报》直言不讳地写道："美国的方针就是变

日本为反共堡垒。"

其实这场阴暗的交易早在中国仍处于战争的灾祸中就已经达成。在开罗会议上，蒋介石就背弃民族大义，对罗斯福表示："日本失败后如果能忏悔，可以允许日本人建立自己所希望的政治体制。"

抗战胜利前夕，国民党第十五集团军司令官何柱国上将在与今井武夫的一次晤谈中说："日本战败，结果衰亡，这绝非中国所希望的。我们宁愿日本即使在战后仍作为东亚的一个强国而存在，和中国携手合力维持东亚和平。"他嫌说得还不够明白，进一步透露："特别是蒋介石主席对日本天皇制的继续存在表示善意，并已向各国首脑表明了这个意向。"

至于美国，曾在日本任过十年大使的代理国务卿格鲁起草《波茨坦公告》时，就反复与总统商议，寻求为天皇开释罪责的办法。

国际军事法庭首席法官韦伯接受了这种结局，他说："天皇是有战争责任的，他之所以没有被起诉，是由于政治上的考虑。"

发动战争的罪魁祸首天皇裕仁就这样逃脱了法律的制裁。

对这样的结果，连东条英机似乎也难以接受。东条英机有一个信条："以吾皇为吾行动借鉴。"天皇是东条英机的镜子，每当他手执火把与屠刀出征之前，都要走到这面镜子面前反照一番，如果他在镜子中的形象完全是他想象的那样，他就大胆出征，如果镜子是晦暗的，他就要改变计划。根据赤松秘书官的记录，东条曾说"由于宪法上规定'天皇是神圣不可侵犯的'，学者们便分析论证说，天皇不承担任何责任。可是从太平洋战争开战前直到做出决策期间，根据我个人的体会，天皇好像内心痛感到对于皇祖在天之灵负有重大责任。作为臣子的我们仅仅考虑到能否打胜这场战争，而天皇却是在与此不能比拟的肩负着重大责任的情况下，做出了决定。"

东条英机的怨怒是有根据的。但他不敢说得太深，不敢动筋动骨。

97

东条在辞去首相与陆军参谋总长的职务时，天皇曾向他颁发了一份诏书。诏书曰："你作为参谋总长，在困难的战局下，参与了我对战局的指挥，充分履行了参谋总长的职责，现在当你辞去（参谋总长的）职务时，想到你在任职时的功绩与辛劳，我甚为高兴。时局日趋严峻，期望你今后也要更加致力于军务，以不负我的信任。"落款为1944年7月20日。天皇在这份诏书里不打自招，而东条英机把天皇的这个罪证烂在了肚子里。直到1990年11月《昭和天皇自白录》公之于世，这份诏书才得以披露。

第一次世界大战结束后，在国内外的一片讨伐声中，德国皇帝威廉二世逃往荷兰的边琪克伯爵城堡，由于帝国主义国家相互间的默契，逃脱了审判。这起码是一个精神的持在，使后来的纳粹统治集团有恃无恐，终酿大祸。裕仁天皇与威廉二世的同样命运，会不会也造成日本乃至亚洲与世界重复的命运？

1950年特别是1954年以来，日本军国主义开始死灰复燃。复活的军国主义想再次假借天皇的权威。1973年5月26日，天皇听取了增原惠吉防卫厅长官关于日本军事情况的内奏，鼓励他说，要吸收旧军队的优点，应该使军备进一步有所发展。

历史的教训在于不吸取历史的教训。

第四章　先锋之死

九一八事变和黄金梦

秋季的夜晚，美丽的港城旅顺被清爽的寒气笼罩，港口闪烁的灯火汇入夜空的星光，在深深的寂静中微微颤悸。

一阵尖厉的电话铃声撕碎了这深深的寂静，惊醒了醉梦中的关东军司令部参谋片仓大尉。他敏捷地跳下床，一把抓起电话听筒。电话里传来惊天动地的消息："今晚10点半钟左右，暴戾的中国军队在奉天（沈阳）北大营西侧破坏了南满铁路，袭击我守备队，同赶赴现场的独立守备第二营发生激战。"

事关重大，片仓立即通知石原、竹下、新井、中野等参谋到三宅参谋长官邸集合。他顾不上还穿着和服，匆忙扎上一条裤裙便跑向三宅官邸。

三宅急急地看了电报，立即给本庄繁司令官挂电话，接电话的副官并不惊讶，不紧不慢地说："本庄司令官巡视辽阳刚刚回来，正在洗澡。"三宅请求本庄司令官速往司令部，令参谋们也速往。

参谋们走出三宅的官邸。片仓和武元在官邸前的柳树下停住脚步，并叫住了走在前面的中野和新井。

"喂!"新井首先挑起了话题,"我认为这件事有些可疑,你们怎么看?"四个参谋都是刚出茅庐的年轻人,数新井少佐的资格老一点。他一挑起话题,几个人就议论开了。

"前几天花谷喝醉了酒,曾向我夸口说:'如果发生什么事件,可以在两天内占领南满洲让你们看看。'莫非就是指的这件事?"片仓所指的花谷是在奉天的日本特务机关成员。

"板垣和石原很可疑。板垣以建川少将来满为理由,昨天急忙从辽阳返回奉天。石原呢,刚才那样紧张的时刻,我们几个都穿着和服,只有他一个人严严整整地穿着军装。"

中野和武田谈了对疑问的感触,认为"他们是想背着我们抢头功"。

"要打就打嘛,为什么事前不告诉我们?上回炸死张作霖,板垣和石原也是这样偷偷摸摸的!"

他们陷入了沉默,向漆黑山峦前的一栋砖瓦结构的两层楼房走去。

事隔十五年后,在远东国际军事法庭上,头发梳得干净整洁、戴着眼镜、看上去年轻精干的中国检察官倪征燠,用高亢的英语向坐在被告席上的板垣征四郎发问:"你可承认爆发九一八事变之前曾持有作战计划?"

板垣征四郎:"所谓的作战计划,有必要向您说明一下。"

中国检察官倪征燠:"我不想听说明,我只要你回答'是',或'不是'!"

板垣:"作战计划由作战主任负责,是根据参谋本部的指令制订的,就是说在理解上级意图的情况下编制的。我没有直接参与。"

中国检察官:"但是你的供词中说在没有中央的承诺下编制成了这一作战计划,而现在却说是根据中央的训令制成。难道你不感到矛盾吗?"

板垣："我想熟读供词就会明白了。在此再说明一下，在供词中提到关东军尽管多次向中央要求增加兵力、提供新式武器，但都没有被采纳，于是关东军方面只好以现有的兵力和装备制订出自己的计划。这就是供词的正确理解。"

板垣不能自圆其说，便以蛮横的态度反驳中国检察官的质问。倪征燠怒火中烧，当场出示了币原外相于 1938 年 9 月发给日本驻满总领事的电报：

"最近关东军板垣大佐等，在贵地拥有相当可观的资金、操纵'国粹会'和其他中国浪人进行种种策动，据言'发本月中旬为期限，断然实行具体行动'云云。需部署取缔其一伙浪人的策动。"

读完电文，问其有无此事，板垣只好使出耍横撒赖的无招之招："其电报内容实属无稽之谈。据我回忆那是在沈阳事件之后的事情，参谋长三宅少将给我看过了，按他的话来说不值得一提，只是去总领事处开开玩笑而已……"身材矮小的板垣站在被告席上不断地搓手、托眼镜，青白的脸微微涨红，显得烦躁不安。

事情正如片仓参谋们在那天晚上猜测的那样，法庭掌握了大量的证据，表明板垣一手策划了震惊中外的九一八事变。

1928 年，日本军国主义分子阴谋炸死了张作霖，企图吞并东北，但心怀杀父之仇的张学良却挂起了南京政府的国旗，使日本的图谋受挫，日本军国主义分子便开始了新的阴谋。1929 年 7 月至 1931 年 7 月，时任关东军高级参谋的板垣伙同另一个高级参谋石原莞尔，先后组织了四次"参谋旅行"，秘密到长春、哈尔滨、海拉尔、山海关和锦州等地侦察地形，刺探军事情报，暗中研究制定侵占东北的作战方案。板垣估计，当时张学良约有二十五万东北军，其中约有二万精锐在沈阳附近，并拥有飞机、战车和军工厂。而关东军仅有一万零九百人在沈阳附近。

板垣与石原等人于是密谋以突然袭击的手段先占领沈阳，进而占领"满蒙"。为此板垣在东北和日本积极进行军事准备和宣传煽动的活动，悄悄布置兵力，占据了东北军营区对面的所有战略要地。根据侦察到的情况，板垣认为攻击沈阳必须用大炮，便与陆军中央机构商议，从日本国内调运来两门口径二十四厘米的榴弹炮。大炮用客船从神户起运，到大连上岸时，为掩人耳目，参加搬运的关东军士兵都装扮成当地的码头工人，说装炮身的木箱是一个什么大官的棺材。为了安装和隐藏大炮，事先挖了一个直径约五米的深坑，说是挖游泳池；还制作了一间十米见方、高七米的马口铁棚屋，工程于午夜 12 点至凌晨 3 点秘密进行，限三天完工，由于繁重和酷暑，不少人得了夜盲症。

1931 年 6 月中旬，日军参谋本部秘密制定了《解决满蒙问题方策大纲》，确定了以武力侵占中国东北的原则。板垣和石原在 7 月组织的最后一次"参谋旅行"中，与日本驻沈阳的特务机关密商了具体方案，决定于 9 月 28 日在柳条湖附近炸毁一段南满铁路，诬称为中国军队所炸，以此为借口突袭张学良的部队。正当准备就绪即将行动时，消息走漏传到东京，日本军部考虑到国内外形势尚不成熟，要板垣等人"再隐忍一年"，并派参谋本部焦点部部长建川美次前往沈阳制止关东军擅自行动。板垣得知后，决定提前动手。

17 日，板垣随本庄司令官到辽阳巡视。18 日下午，本庄回旅顺关东军司令部，板垣于早晨到沈阳。他再一次周密检查了炸柳条湖铁路的准备工作，然后前往本溪湖迎接建川。在一同回沈阳的途中，建川有足够的时间与板垣交谈，但他并没有制止肇事的意思，实际上他在暗中怂恿板垣行动，对事件能够成功深信不疑。

到沈阳后，板垣把建川领到日本人开的"菊文"酒馆，找来艺伎陪他饮酒取乐。板垣和建川默契配合，把沈阳和东京这两个齿轮的啮合错开，让沈阳转快一个齿。板垣没有参加酒宴，他连忙赶往策划阴谋的沈阳特务机关坐镇指挥。

当晚 10 时 18 分左右，关东军岛本大队工兵中尉河本末守等人，用一枚骑兵用的小型炸弹在距东北军兵营约八百米处炸毁了一段铁轨，又在现场摆了三具身穿中国士兵服的尸体。几乎与此同时，二十四厘米榴弹炮巨大的轰击声震撼了沈阳全城。

日本领事馆代理总领事森岛守人赶到特务机关，板垣对他说：中国正规军的军人炸毁了南满铁路，严重侵犯了日本权利，日本应采取坚决措施，动用军队，为此已向军队下了命令。森岛试图说服板垣不要匆忙行事。

板垣平素青白色的脸此刻变得像一块生铁。他握着军刀的刀把，大声地申斥道："不要干涉统帅权！"

特务花谷有恃无恐，唰地拔出军刀，把刀尖顶着森岛的衣领狂吼："谁敢干涉就杀了他！"

板垣以关东军司令官本庄繁的名义，命令早已在暗中做好准备的关东军向东北军猛攻，迅速占领了东北军的北大营。同时猛烈炮击兵工厂、空军司令部、飞机场及大学等处。次日晨日军攻占了整个沈阳市。

九一八事变就这样爆发了。

蒋介石下令"绝对不许抵抗"，东北军忍辱含悲撤往关内。"军官流涕，士兵痛哭，悲号之声，闻于遐迩"，东北大地飘摇下沉，红高粱的黑土地燃烧着散发出浓甜灼烫的血腥气息。

不出四个月，东三省沦陷。

面对大量的事实材料，板垣尽管有时流露出渺茫的表情，但他不是能言善辩地对抗质问，就是以略带日本东北的口音说"不知道"，蛮横地予以否认，态度极为顽固。当他的律师山田提出的十三件文字证据都被驳回时，他依然不动声色地书写记录，悄悄地递给他的律师。他的一个证人对此评价道："这也是一种方式，即所谓作为一个军人想到的就是死。"

审讯板垣时，先后有十五个律师和证人为他出庭辩护。他的第一个证人是九一八事变发生的当晚指挥日军的联队长岛本。他说，那天晚上他在朋友家喝酒喝得醉醺醺的，回到家后才得到事变发生的报告。我方检察官当即打断他的话说："你既然声称自己喝醉了，那么，一个当时的糊涂酒鬼能证明什么？又怎么能出庭做证人呢?"一下子把岛本轰了下去。板垣的辩护班子虽然准备了大量的材料，但都没有真凭实据，站不住脚，这个下马威更打击了他们的信心，而后未上场先气馁了三分。

事实和罪证像铁一样确凿坚定，问题在于板垣坚持反动立场和不肯服罪的决心。1946年9月18日，他在巢鸭监狱第一次度过事变纪念日时写下了这样的日记：

"在监狱里度过满洲事变十五周年，真乃感慨无量。昭和六年已变为二十一年；老身四十七岁已变成六十二岁，深感身心老矣。

"回顾往事，除处理日常工作外，并无惊慌恐惧之事。当初日本各界不予谅解，我等虽处于四面楚歌之中，然仍在默默地完成应当完成的重任……"

在以不无自负和玩味的笔触做了一番回忆后，他还赋诗直抒胸臆，以表达他坚强的反动意志：

> 决死十五载，白发三千丈。
>
> 意气常冲天，扩大天地间。
>
> 当年志气壮，今日犹未衰。
>
> 邻邦满洲风云起，
>
> 王道乐土何处觅。

策划九一八事变成功后，板垣征四郎马上伙同沈阳特务机关长土肥原贤二，提出建立一个以清朝废帝溥仪为首甘受他们摆布的傀儡政权，并积极地从事阴谋活动。1931 年 9 月 30 日，板垣派日本特务上角利一前往天津，在海光寺日本兵营会见了住在天津协昌里"静园"的溥仪，巧令口舌诱骗他到东北去"复辟大清"。胆小多虑的溥仪心里没底，说要回去考虑一下再做答复。此后素有"东方劳伦斯"之称的土肥原贤二又专程到天津，以恫吓与利诱兼之的手段，于 11 月 18 日秘密地把溥仪挟持到旅顺。

但此时还不能把溥仪推出来。因为在九一八事变发生时，正值国际联盟召开第十二届年会，在国民党政府的请求下，国际联盟出面"调停"，做出了"停止一切冲突，双方撤退军队"的决定。板垣遂又图谋在上海挑起新的事端，以绕开国联的干涉。他向日本驻上海公使馆武官田中隆吉打了一个电报："外国的目光很讨厌，在上海搞出一些事来。"并拨给田中隆吉二万日元活动经费。田中隆吉在上海驱使自己的爪牙四处寻衅滋事，于 1932 年挑起了"一·二八事件"。在远东国际军事法庭上，田中隆吉作为证人，与法官有一段对话：

问：当时的目的就是想个办法，在日本和中国之间引起纠纷，把外国的注意力引到那方面去，而使"满洲国"能够独立吗？

答：是这样。

问：结果是办成功了……

答：是的。后来在 3 月建立了"满洲国"。关东军的板垣大佐写来了非常恳挚的感谢信。

问：是说干得好吗？

答：是的。说幸亏你这么一来，"满洲"独立成功了。他把我称赞了一番。

把溥仪挟持到旅顺后，板垣一边窥测风云寻找时机，一边上蹿下跳，加紧了成立"满洲国"的筹备活动。1932年1月，板垣带着关东军司令官的指示，回国向内阁汇报情况，破例受到天皇的召见和嘉奖。根据板垣的汇报，陆军省、海军省和外务省共同制定一个《满洲问题处理方针纲要》，确定在东北建立一个受日本控制的"独立国家"。他先后两次跑到旅顺会晤溥仪。第二次晤面时，他成熟的计划拿了出来。他对溥仪说："这个新国家的名号叫'满洲国'，国都设在长春，因此长春改名为新京。"说着，又从皮包里掏出《满洲人民宣言书》和五色"满洲国国旗"，放在溥仪面前的茶几上，"当然，这不是大清帝国的复辟，这是一个新国家，阁下被推戴为新国家的元首，就是'执政'。"溥仪一直指望恢复帝制，重新当皇帝，听板垣这么一说，大为不满，便向板垣陈述了十二条必须恢复帝制的理由。板垣自然不同意。溥仪坚持说："没有皇帝的称谓，我溥仪名不正则言不顺，言不顺则事不成。满洲人心必失。皇帝的称谓是列祖列宗留下的，我若把它取消了，便是不忠不孝。"在争执中，板垣青白的脸上浮着神秘莫测的微笑，不温不火，只是两只手不停地搓动。临了他阴着声音说："阁下再考虑考虑，明天再谈。"

溥仪拒绝了板垣后，他身边的臣属郑孝胥提醒他，无论如何不能和日本军方伤感情，否则张作霖的下场就是殷鉴。当晚，板垣举行酒宴，他召来一大批日本妓女，给每个宴客配上一位，侑觞取乐。他把斯文抛得一干二净，左拥右抱，举杯豪饮，脸色越来越青，与地狱里的厉鬼无异。溥仪一直捏着汗偷窥着这张阴森可怖的面孔，想分辨出自己是在阳世还是在阴间。他只看到了风花雪月、烟酒饮食。

溥仪翻转悬吊了一夜。第二天早晨，板垣把郑孝胥等人召到他下榻的大和旅馆，要他们转告溥仪："军部的要求再不能有所更改。如果不接受，只能被看作敌对态度，只有用对待敌人的手段做答复。这是军部最后的话!"被自己煎熬了一夜的溥仪听到这个话,腿一软跌坐在沙发上,半晌说不出话来。

在板垣的威逼利诱下,溥仪于1932年3月9日穿上西式大礼服,在日本关东军的膝下举行了就职典礼。宣誓,祝词,升旗,照相,举宴,伪满洲国就这么正儿八经地成立了。

远东军事法庭揭露,板垣征四郎早在1930年5月就对人说过,他对解决"满洲问题"已有了一个"明确的想法",主张以武力驱逐张学良,在东北建立一个"新国家"。判决书指明:板垣"自1931年起,以大佐地位在关东军参谋部参加了当时以武力占领满洲为直接目的的阴谋,他进行了支持这种目的的煽动,他协助制造引起所谓'满洲事变'的口实,他压制了若干防止这项军事行动的企图,他同意和指导了这项军事行动。嗣后,他在鼓动'满洲独立'的欺骗运动中以及树立傀儡伪满洲国的阴谋中,都担任了主要的任务"。

板垣因阴谋侵吞中国东北"功勋卓著",平步青云,1932年8月破格晋升为少将,1936年升中将,后又升为陆军大将,官至陆军大臣,历任关东军参谋长、陆军第五师团师团长、中国派遣军总参谋长、驻朝鲜军司令官、第七方面军司令官等职。从九一八事变后至日本投降,他又染指内蒙古,致力于建立内蒙古和华北的伪政权;七七事变爆发后率兵侵入华北,指挥部队烧杀淫掠;在今中蒙边境诺门罕地区挑起同苏联的大规模武装冲突;策动建立汪精卫傀儡伪政府;在朝鲜和东南亚诸国任司令官期间,屠杀人民、奴役、虐待俘虏和劳工,因克扣他们的粮食,致使他们到了生食死人肉以果腹的地步。这个狠毒的法西斯军人还把他的儿子送到"神风特攻队",割下自己身上的血肉奉效天皇。

从黑血浮沤里爬出来的板垣罪无可逭。中国检察官倪征燠等对他进行了历时三天的讯问,并特意传讯当时被羁押在苏联伯力的溥仪到庭做证，在如山的铁证面前，冥顽不化的板垣不得不承认了自己犯下的罪行。远东军事法庭判定他犯有破坏和平罪："进行了对中国、美国、英联邦、荷兰及苏联发动侵略战争的阴谋。"还判定他犯有"违反战争惯例和违反人道罪，应对南洋群岛数千人的死亡与痛苦负责"。据此，远东国际军事法庭宣判对板垣征四郎处以绞刑。

板垣1885年出生于一个军人世家，祖父与父亲都狂热尚武，同时又都是愚顽的神道教徒。入狱受审之后，板垣便埋头静研佛教的法华宗，攻读了二十余册经卷。他读得极其认真，由于对古印度巴里语经卷中关于释迦牟尼的最后一句存疑，他请人找到一位京都大学的巴里语学者，写信向他求教。与他在法庭上的表现相对照，不能说他这是在寻找通向忏悔和人性回归的道路，而只能反映出他内心的顽固、衰弱和无奈。

11月12日判决之后，死囚与外界完全隔绝，唯独东大文学系教授花山信胜例外，因为他肩负着"教诲"的任务。在供教诲用的狱房里，花山信胜点燃了佛像前的蜡烛和供香，坐在了椅子上。板垣跟随一名军官走进来，先于佛像前合掌叩拜。他腕上挂着的佛珠微微地晃荡。随后，他们隔着三米多的距离开始了谈话。

板垣：我被判处绞刑，像我这样的粪土之人能变为黄金之人，我实感幸福。

花山：你在单人牢房里的生活……

板垣：没有义齿，也没有眼镜，实在不方便，尽管如此，因为饮食方面都是美式食品，还没有影响吃饭。从昨天开始，又允许两人为伴散步了。

花山：那么你写了点什么没有？

板垣：我写了一封信。我想这也许是我的最后一封信了，首先写了关于生命永存的问题。第一，即便我死去也能相传于子孙后代；第二，躯体死了将和大自然融合在一起，死去的烦恼的丑骸也会变成神或佛，这也是永恒的真理；第三，历史必然要复苏，所以我相信生命是永恒的。回顾起我的一生实为惭愧不已，我一生埋头于中国问题，然而中国的现状正如在今天的新闻里所说的那种情景，中共军队已逼近南京，我们不能不感到一生的努力尚未达到目的。所以我想自己成为护国之亡灵，继承先辈，继续做完我活着的时候未能完成的事业。

花山：你对后事有什么要求吗？

板垣：麻烦你，如我死了马上在盛冈的法华寺办佛事，我曾受到明治天皇的恩德，所以在桃山也为皇室办一下佛事，然后在灵鹫山会见日莲上人，介绍到释迦牟尼那里。这是仅向先生说的。

花山："歌"什么的准备好了吗？

板垣：很不好意思，那么就献丑了。

为永久和平而献身，

变粪土为黄金而高兴……

谈话结束后，板垣恭恭敬敬地在佛像前行了礼拜，向花山告别。花山大声说："祝你一路平安。"板垣转出门去，消失在他通向死亡隧道的最后的日子里，从粪土走向粪土。

假面杀手"东方劳伦斯"

在前陆军省华丽的大厅里，审讯继续进行。倪检察官盘问的话锋明亮而锐利，一路剥开和直逼，使板垣疲于招架。当涉及土肥原贤二时，板垣总是显得格外紧张和狡诈，满口谎言。

倪检察官："九一八事变过后，土肥原即上任沈阳市市长，你数次派他去天津，是否与挟持溥仪有关？"

板垣："土肥原出任市长一切都托付给满洲人处理，他只是挂名而已，所以除了收集情报之外别无他事。他去天津也是为了收集情报，弄清溥仪是否真的愿意离开天津来满洲只是附带的任务。"

检察官拿出一份林总领事 1931 年 11 月 12 日发给币原外相的电报，念道："有关宣统皇帝来满一事，12 日向军司令官探听时，司令官答曰未闻任何情况。目前皇帝来满，时机尚未成熟，勿急于从事，应令板垣参谋通报给天津军，暂缓办理为宜……"

紧锣密鼓地炮制一个傀儡政权，也是板垣与土肥原秘密策划的一个阴谋。检察官："政府特意选任土肥原到中国，是因为土肥原在过去已有建立新政府的经验，不是这样吗？"

板垣："不是。"

被激怒的检察官呼地站了起来，指着坐在被告席一角的土肥原大声斥陈道："那就是土肥原！就是他挟持溥仪到长春，制造'满洲国'傀儡政权；他还策划'中村事件'、九一八事变；策划华北自治，搞冀东伪政权；煽动内蒙古独立；怂恿吴唐合作；扶植南京伪政府；策动特务组织进行阴谋暗杀活动。这些都是那个坐在被告席上的土肥原干的！"

法官、检察官、书记官、证人、被告、宪兵、旁听者，大厅内所有人的目光都迅速地集中在一个焦点上。土肥原被重重地击中，被突现了出来。

土肥原大概是被作为恶神制造出来的。他在日本人中算是个大块头，身体肥胖，有着宽阔前额和蘑菇大耳的肥硕脑袋栽在又宽又厚的肩上。沉重的蒜头鼻子在两颊和上唇的结合部压出两道深深的弧沟，双眉向额角挑起，深陷在鼻子和眉毛里的眼睛，像藏于袖口的暗箭，时而吐露出阴气逼人的冷焰。但土肥原是一个老练的假面演员，他不仅善于把自己的阴谋隐藏好，还能把自己的表情相貌遮蔽起来。

自从坐在被告席上，土肥原看着审判席上的中国人、印度人、新西兰人和菲律宾人，心里就一直有一个讥诮的念头："侏儒在决定巨人的命运。"但他毫不费劲地保持着大理石般的冷静，同往常一样，脸上始终挂着温和恭顺的笑意，加上眼睛附近松弛的肌肉和鼻子底下那撮幽默的仁丹胡子，给人一种稳重可靠的印象。

1931年10月的某天夜里，土肥原就是戴着这副假面闯进了溥仪的"静园"。

九一八事变之后，这个意志顽强、勤勉能干的阴谋家就绞尽脑汁地谋划建立一个傀儡政权。经过苦苦思索和奔忙，一个阴谋又在他那脑满肠肥的身体里孕育成形了。9月23日上午，关东军参谋长办公室里的一个四人会议正在进行，与会者们为今后怎样奴役和控制满洲意见不一，争吵不休。土肥原并不急于发言，他手捧一只洁白的细瓷杯，面向窗外，慢条斯理地品着浓茶。等会议的气氛趋于冷却的时候，他拿出建立一个由日本控制、脱离中国本土的"满蒙王族共和国"方案。方案之周密令板垣等人不得不服。日本中央军事机构根据这一方案制定了《满洲问题处理方针纲要》。土肥原根据他老辣的经验和敏锐的嗅觉，把溥仪作为对象人物，并由他潜入天津实施这个阴谋。

那天夜里，土肥原戴着他那副温和恭顺的假面，以十二分的诚恳对溥仪说：张学良把满洲闹得民不聊生，日本人的权益和生命财产得不到任何保证，日本因此而出兵。土肥原紧紧抓住溥仪朝思暮想重当清帝的心理，把假面弄得更假一点，接着说：关东军绝无领土野心，诚心诚意地要帮助满洲人民建立自己的新国家，国不能无主，你不要错过这个机会，尽快回到祖先的发祥地领导这个国家。

111

土肥原特别强调说："这是个独立自主的、由宣统帝完全做主的国家。"

溥仪需要更明确的承诺，问道："我要知道这个国家是共和还是帝制，是不是帝国？"

"这些问题到了沈阳就可以解决。"

"不，"溥仪咬住实质性的问题不放，"如果是复辟，我就去，不然的话我是不会去的。"

土肥原的假面又微笑了，声调不变地说："当然是帝国，这是没有问题的。"

溥仪不知是真的以为梦想就要成真，还是迫于土肥原的压力，当即表示同意。土肥原催他及早动身。但由于日本军部和内阁对于起用溥仪及时机问题的认识仍未统一，为此溥仪身边的遗老遗少发生了争执，使得溥仪也陷入了混乱，犹豫不定。土肥原见状，便指使手下的特务采取流氓手段进行恫吓。溥仪一会儿收到陌生人送到家门口的炸弹，一会儿收到措辞恐怖的黑信，一会儿接到威胁电话，还发现一些身藏短刀的人在附近转悠，弄得胆小的溥仪心惊肉颤坐卧不宁。在土肥原的推动下，日本人豢养的匪徒、流氓、吸毒犯发动了汉奸便衣队武装暴乱，日租界和就近的中国管区宣布戒严，酿成了"天津事件"。日军的装甲车以"保护"的名义开到了"静园"门口，是保护还是威慑，溥仪心里非常明白。1931年11月8日晚，溥仪终于按照土肥原的精心安排潜出家门，经舟车辗转秘密到达旅顺。婉容皇后也被女谍金璧辉诱骗到长春。

在远东国际军事法庭上，除了一班胡搅蛮缠的日本和美国律师外，还有一班证人，他们本身就是受到指控或逃避了指控的战犯，他们相互勾结，颠倒黑白制造伪证，给审讯带来许多麻烦。对于土肥原的上述罪行，在有当事人溥仪出庭做证、事实昭明的情况下，不仅板垣为其掩饰，日本当年驻天津的总领事桑岛主计在出庭做证时，也为其狡赖。土肥原到天津进行挟持溥仪的阴谋活动时，桑岛曾屡次劝阻，并用电报告知日本外务省，最后又发长电给币原外相，详细叙述了土肥原如何不听劝告、煽动天津保安队闹事、将溥仪装入箱内秘密送走的经过。这些电报被我方检察官从外务省秘密档案中查获，并引入证词。而桑岛在法庭上竟然说这些是当时听信了流言写出来的，不足为信。检察官当即诘问："电报中关于你和土肥原的几次谈话，是不是外边的流言呢?"桑岛倒噎了一口气，讪讪地退下。

受到指控的初始，坐在被告席上的土肥原极为紧张焦虑，他不知道一个致命的证据是否落到了公诉方的手里。1943年12月27日，于东部防卫司令部，土肥原在八张粗糙的陆军省格纸上亲笔写下了罪恶的记录。他写道："我于中途才参加'满洲事变'的计划。石原和板垣有意接溥仪回满洲。我任奉天市长一个半月后就被派到天津，目的是要在天津闹事，准备在华北闹得天翻地覆，并乘着慌乱把溥仪带走。我以前就认识溥仪，向他劝说时他提出各种条件，我说就是接受了你的条件，由于情势会不断变化也没有把握，故要紧的还是胆量。当时天津驻屯军只有一个大队左右，因此我们也动员了警察。我们乘警戒溥仪公馆的警察因天津事件出去时，把溥仪带出来送上了'淡路丸'。"土肥原还写道："那时，币原外相曾训令说，如果溥仪想逃跑，可以把他杀掉。溥仪逃出天津，中国人也出力不小。"

但是这份弥足珍贵的证据当时并没有落到法庭手中，而是在一个负责保管它的日本人手里。这个日本人为了避免被国际军事法庭发觉，志愿去由中国大陆撤退日本人的船上工作。他把材料也带上了船，万一遇到什么情况，也可就手把它扔到海里。当1977年这个日本人把材料公之于众时，仍不愿透露自己的名字。

土肥原见法庭并没有掌握这个证据，收紧的身体渐渐地松开了，甚至露出满不在乎的神情。他大概由此还认为他所犯下的罪行都包藏在幕后，法庭抓不住什么东西。这个富于心计的赌徒没有全错，对他的罪行的索证确实很困难。国民党政府军政部、司法部都拿不出什么有力的证据，倪征燠在赴东京前，特意找到在押的伪满洲国议院议长赵欣伯，让他提供土肥原和板垣制造"满洲国"傀儡政权的罪证，赵应承并写了一部分，但第二次找他时，他却变了卦，把已写出的一部分扔进煤炉烧成了灰烬，并拒绝再动笔。

但最坚硬、最有力量的，毕竟是事实。随着审讯工作的步步深入，我方以越来越充分的证据，一层层地剥开紧紧包裹着他的黑幕和假象，把他阴影一样的原形暴露在阳光之下。

土肥原有一洋一土两个别号，一个取自英国名声广播的间谍劳伦斯，叫作"东方劳伦斯"；另一个取自他本名的汉话谐音，叫作"土匪原"。这两个别号恰到好处地剥露出他阴险诡诈和残暴毒辣的双重性格。这两个别号也包含着他罪恶的荣耀和历史。

土肥原完全是靠在中国从事间谍阴谋活动起家的日本法西斯军人。1883年8月8日，他降生在冈山县的一个军人家庭。1912年以优异成绩于陆军大学毕业。次年被派到日本陆军在北京的间谍窝"坂西公馆"，担任特务头目坂西利八郎的副官。到北京不久，他就能操一口流利的京腔，加上那副"敦厚诚实，乐天善谈"、给人以"温雅可近"印象的假面，他很快就结交了许多中国人，其中不乏各界的头面人物。他的家中常常宾客云集，中国的山珍海味和日本的茶道，交替组织着热气腾腾的场面。就在这人声鼎沸的时候，他总是静静地站在一边，竖起警觉的耳朵。他就这样隐藏着开始施展他阴晦的才华。1924年第二次直奉战争爆发时，他竭力帮助亲日的奉系军阀张作霖与英美扶植的直系军阀作战，并暗中策划用停止银行兑换等手段，导致直系军阀发行的纸币作废，从而加速了它的垮台。当奉系军阀头目张作霖的势力从东北扩展到北京，倚仗自己的实力急欲摆脱日本人的控制时，这个傀儡反成了障碍，土肥原又参与密谋，于 1928 年 6 月 3 日在沈阳郊区的皇姑屯炸翻了张作霖乘坐的火车，张作霖当场毙命。土肥原由此奠定了他的名声和地位。

其实在此之前，土肥原就有过令人侧目的杰作。1920 年，他奉命前往民港调查中国炮舰事件，从锅炉房的耗煤记录中发现炮击那天耗煤量超常，进而确证炮舰有过活动。还曾利用与山西军阀阎锡山的同学关系，到山西各地去旅行，悄悄地对那里的兵要地理进行了详密的侦察。七七事变爆发后，当日军侵犯山西时，国民党军队仗着雁门关是天险而疏于守备，不料日军比国民党军队还要熟悉地形，从铁甲岭附近毫不费力地越过雁门关。这要完全归功于土肥原。

九一八事变和挟持溥仪称帝，使土肥原的事业达到了顶峰。随着日军势力的南侵，这个"东方劳伦斯"的活动舞台也不停地扩大，他认为飞黄腾达的时机到了，他的野心和胃口也急剧膨胀，于是他放开手脚，创造出一个又一个"辉煌的业绩"。

1935 年 6 月 5 日，察哈尔境内的中国军队扣留了四名日本特务，正在策动"华北自治运动"的土肥原以此为借口，迫使国民党政府签订了《秦土协定》，规定中国军队从该地区撤出，使日军在察哈尔站稳了脚跟。接着，他便向汉奸殷汝耕展开了攻势，1935 年 11 月，殷汝耕成立了"冀东防共自治政府"，在这里重演了五代残唐时石敬瑭割让幽云十六州的闹剧。仿佛有狂魔在身，精力旺盛的土肥原立即又向平津卫戍司令兼河北省主席宋哲元抛出了诱饵，许下种种诺言，呕心沥血地劝说宋哲元与殷汝耕合作。宋哲元自有难处，没有立即就范，于 12 月初称病离开北平去西山别墅。但终未能扛住土肥原的威逼引诱，不久便宣告在北平成立"冀察政务委员会"，以适应日本"华北政权特殊化"的侵略要求。正如 20 世纪 30 年代英国驻日本大使罗伯特·克雷吉所说：土肥原"搞这一套的功夫是炉火纯青了，他在中国的各社会阶层中制造纠纷，一般是无往不胜的，借此而为侵略者铺平道路"。

七七事变之后，随着中国人民抗日运动的全面展开，日本侵略者在中国战场上已是"泥足深陷"。同时，日本国内的政治、经济危机也进一步尖锐化。日本当局感到区域性的傀儡政权已不足以使它摆脱困境，急于把几个区域性的傀儡政权联合为一个"统一的中央政府"。1938 年 7 月，日本五相会议正式批准"建立一个新的中国中央政府"，在五相会议之下成立"对华特别委员会"，由足智多谋的土肥原出任负责人，所以又称"土肥原机关"，办事处设在上海的重光堂。

"特委会"的首要任务，是物色一个能充当政府首脑的"中国第一流的人物"。经过一番试探，土肥原把靳云鹏、唐绍仪和吴佩孚作为争取对象，于八九月间展开了阴谋活动。靳云鹏原系段祺瑞政府的陆军部长和内阁总理，1921 年下台后弃政从商，不久又出家为僧，在天津隐栖。他对土肥原的劝说坚辞不就。9 月，土肥原亲自到上海与唐绍仪密谈。唐绍仪系北洋军阀时期的大政客，在政界颇有影响，且有浓厚的亲日倾向。他对土肥原的计划一拍即合。但可惜的是，正当土肥原兴高采烈地筹措"新中央政府"时，唐在他的家中被国民党的军统特务杀死。

折了两人，土肥原并不灰心，他把全部的赌注都押在了吴佩孚身上。吴佩孚是直系军阀的首领，野心勃勃地要与蒋介石争夺天下，下野后仍打着"孚威上将吴"的旗号。但吴佩孚不愿出山，他要的是一个自己的军队和自己的政府，他要做的是实实在在的王。何况，唐绍仪的鬼影还不时地从他眼前掠过。为了摆脱被动局面，土肥原亲自出马与吴佩孚谈判。溥仪说，土肥原干起这种勾当来甚至不需要劳伦斯的诡诈和心机，只要有他那副赌案上一样率真的面孔就够了。也许真的是这样，事态似乎有了转机。于是，按照土肥原的布置，1939 年 1 月 31 日，在吴佩孚的寓所举行了一个中外记者招待会。土肥原踌躇满志，他已拟好了"答记者问"等书面谈话文件，只待吴佩孚一念，他的又一杰作就将呱呱坠地。然而，这个斗智天才这回却让土军阀给涮了一把。会议开始后，吴佩孚把日方拟就的文稿扔在一边，而大谈自己的出山条件："一要有实地，以便训练人马；二要有实权，以便指挥裕如；三要有实力，以便推施政策。"这一通劈头盖脸的三"石"，把个土肥原砸得晕头转向，七窍冒烟。但土肥原是坚定而有耐心的，当受到日本军方的指责时，他仍然冷静地辩解道："现在立即中止吴佩孚工作未免太着急了一点，目前华北事变已陷入无底之泥沼，为尽快解决日华事变，只有建立新的中央政权，只有树立吴佩孚，别无他法。"

正当"吴佩孚工作"僵持之际，受土肥原的派遣和指导，以影佐祯昭为首的"梅机关"所开展的"渡边工作"即争取汪精卫的工作获得了成功。汪精卫甘当驯服的走狗，答应了日本提出的所有条件。土肥原在主攻方向受挫，但他依靠自己的侧翼攻克了堡垒。

说起这位斗智天才的失着，这已不是头一回了。比如在他拉拢下叛国的马占山，后来又反正抗日。1934 年夏天，一位杰出的苏联谍报人员左格尔在他的眼皮下施障眼术，在斗智的意义上战胜了他。事隔三年，土肥原又被左格尔的战友、女谍报员安娜·克劳津迷住心窍，竟然被她虎口拔牙，窃走了情报。

话说回来，吴佩孚虽使土肥原的诡计受挫，但最终却未能逃脱他的魔掌。1939 年底，吴佩孚左下牙染疾，日本医生给他拔除一颗牙后，引起高烧。受土肥原指使的日本医生寺田等人，不顾吴佩孚亲属的阻止，强行给他施行手术，终使他血流如注而气绝。

作为假面杀手，上述行径远非他罪恶的全部。在任奉天市长时，他下令废除有关鸦片的禁令，建立鸦片专卖机构，推行鸦片种植。中国检察官向哲濬在起诉发言中愤怒地指出：这是日本征服中国计划的一部分，目的有两个，一是瓦解中国人民的坚韧精神和抵抗意志，一是获取利润作为侵略的经费。日本曾签署了禁止麻醉品的国际公约，土肥原充当了撕毁公约之手。

土肥原有两句自我膨胀的话。一句是"百战百胜不如不战而胜"；另一句是"华北的老百姓一听到我的名字就谈虎色变"。这第二句是他为自己邀功请赏时说的，暴露了假面后边"土匪原"那张狰狞的面孔。七七事变前后，当日本要以武装进攻代替骚乱、暴动、扶植傀儡的时候，土肥原脱下白手套，撕去假面，拿起了指挥刀，以师团长、军司令官、方面军司令官的身份，统率日军在中国大陆和东南亚进行屠杀和掠夺。

1937 年 8 月，作为师团长的土肥原高举明晃晃的战刀，率领他的"野州健儿"从大阪港乘船直抵塘沽，登陆后乘火车至北平，在西直门外宋哲元的旧兵营稍事休整，即投入华北战场。由于蒋介石的不抵抗政策，土肥原的部队强渡永定河、拒马河与大清河，攻取保定，沿石家庄、邢台、邯郸、安阳、新乡一线疾进，一举控制了黄河渡口。所经之处滚过冷刀烈火，焦土裹地，血气蔽日。日本报界大肆吹捧土肥原的锋利和凶猛，他成了华北战场上的一颗"明星"，在黑云如铁的天空闪耀。

土肥原在担任战地指挥官时，粗暴地践踏进行战争的法规和惯例，疯狂屠杀手无寸铁的人民，惨无人道地虐待俘虏，所犯罪行均受到指控，被写在判决书里。

从九一八事变起不过十余年的工夫，他就踏着尸骨和血泊，由大佐擢升为大将，双肩戴上了带穗肩章，这极罕见的晋升速度是与他的罪恶相称的。他的胸前发出叮叮当当的声响，金光闪闪的"瑞宝""猛虎""金鸱""旭日双辉"勋章，显示着他骇人听闻的功勋。

就是这样一个遭万笞也不能平冤、死百回也不足以抵罪的战犯，当初在讨论战犯名单时，西方的某些检察官不知出于何种考虑，竟不主张将其列入甲级战犯，理由是他的罪行"缺乏确凿有力的证据"。这使中国的检察官愤怒和吃惊。他们据理力争，保证在审讯期间提供必要的人证与物证，以证明他是制造九一八事变和伪满洲国的幕后策划人和具体执行者，同时郑重声明，如不将其列入甲级战犯，中国检察官势难继续工作。中国检察官的斗争取得了胜利。

事过两年半，判决书对土肥原做出了公正的评价："在九一八事变之前，他已在中国度过了十八年，被视为陆军部内的中国通。他对于在满洲所进行的对华侵略战争的发动和发展，以及嗣后受日本支配的伪满洲国之设立，均有直接关系。日本军事集团对中国其他地区所采取的侵略政策，土肥原借着政治诡计、强行威胁和武力手段，在促使事态的进展上起到了巨大的作用。"

在两年多的时间里，审判大厅里只有一次响起土肥原的声音，他斩钉截铁地说了两个字："没有!"此后他就躲在这象征性的两个字的背后保持沉默。他时常与邻座的被告及他的律师低声交谈，但对法庭始终保持沉默。他并不孤单，在二十五个被告中有八人与他结成了沉默的战线。他的律师和证人却用黑色幽默一样的谎言，竭力把审判降低为一场游戏。

土肥原的第一个证人爱泽城原是他手下的一名特务。他在出庭做证时说，土肥原为人忠厚坦白，他掌管的沈阳特务机关只是收集情报，并无其他秘密活动。我检察官当即引用该特务机关向日本政府邀功请赏的材料予以反驳，这份材料的首页盖着土肥原的印章，里面记载了在中国许多城市的大量阴谋活动。其中一页写道：老百姓"一闻土肥原、板垣之名，有谈虎色变之状"。我检察官指出，这是他们两人残害中国人民的真实写照。美国律师却别有用心地说：这是在谈老虎，与本案无关。

119

我检察官又驳。围绕老虎的舌战引起一阵阵哄堂大笑，气氛极为不庄。

土肥原由于参加准备、发动和进行侵略战争，由于破坏进行战争的法规和惯例，被判处绞刑。在远东国际军事法庭审判的二十五个战犯中，他和板垣是被判定犯罪条款最多的两人，都犯了七条"破坏和平罪"，其中最重的一条是"命令准许违约行为"。在接到判决通知后，这个斗智天才又挑起了一场风波。

土肥原别出心裁地向美国最高法院递交了上诉书。而美国最高法院竟以五票对四票的多数，通过受理上诉。对于这样一个荒唐的局面，中国首席法官梅汝璈义正词严地指出："如果代表十一个国家的国际法庭做出的判决要受一个国家的国内法院重审，那么就有理由担心，任何一个国际性的决定和行为都可遭到某一国的推翻和改变。"中国《大公报》1948 年 12 月 8 日发表题为《愿两事正告美国》的社评，强烈谴责美国最高法院的行径，指出这种行径是对"远东各国抗战死难平民的侮辱"，日本战犯的暴行"铁案如山，天下皆曰可杀，死罪万难饶恕"。在各国法官及世界进步舆论的强大压力下，美国最高法院不得不又以六票对一票的多数否决了重审的决定。

有意思的是，关在巢鸭监狱里的死囚都有足够的情致，咬文嚼字地写上几行安慰自己的诗句。土肥原的绝命诗照录如下：

苍天永恒兮吾魂欲往，
君主万世兮永保无恙；
吾命已绝兮后继有望，
尧舜升平兮日益隆昌。

临上绞架仍然是那副假脸和它包裹着的罪恶灵魂。天皇应该祭缅他的这位忠义将领，土肥原作为他的鹰犬，辛劳奔波了一辈子，甚至全然不顾弃家之苦。美军到他家搜查时，以为一定会有许多中国的金银珠玉古玩之类，孰料在他租用的两间小屋里，竟然一贫如洗。他图的是什么？杜威在他的《人性与行动》一书中写道："希望得到新的值得炫耀的东西、对故土的热爱、胆量、忠诚、出名的机会、金钱或者职业、爱慕、对祖先和神灵的虔诚——所有这些组成了战争的力量。"土肥原欠下了滔滔血债，他只偿还了一滴。

群凶殊途同归

1931 年 9 月 18 日深夜，旅顺关东军司令部的作战室像即将爆炸的定时炸弹，指针嗒嗒嗒地以金属般的果断走向一个重大的决定。本庄繁司令官像禅宗入定一样闭着双眼，阴森森地坐在办公桌前，几盏蓝幽幽的烛火在他的脸上摇曳，使他的脸像粗糙的玻璃，透出它后面的思维活动。刚才，三宅参谋长向他报告了沈阳特务机关发来的第一封电报。他的耳边一遍遍地回响着石原莞尔参谋的声音："赶快向全军下达攻击的命令吧！"

石原莞尔根本不用着急。从 9 月 7 日开始，本庄繁便逐次巡视了驻扎在鞍山、铁岭、公主岭、长春、辽阳等地的日军，督促各部队做好发动侵略战争的准备。他在 17 日最后视察预定担负进攻沈阳任务的第二师团时，对师团长训示道："满蒙形势日益紧张，不许有一日偷安。万一发生事端，各部队务必采取积极行动。"他取消了参观沈阳郊区日俄旧战场的安排，与板垣、石原对侵略计划又做了一番周密的审议，于 18 日下午乘火车回到旅顺。他要装作与此事无干。

时间在一分一秒地过去。

19 日零时 28 分，板垣从沈阳打来第二份电报：

"北大营之敌炸毁了南满铁路，其兵力为 3—4 个连队。虎石台连队在 11 时许和五六百敌军交战中，占领了北大营一角。敌军正在增援机枪和步兵炮部队，我正在苦战。"

本庄繁站了起来，决心以重大的责任感，毅然挑起这场战争。他不慌不忙地说："好！由本职负完全责任。"接着向全军发布了作战命令。

凌晨 3 时半，他率部登上列车，向沈阳进发。但他并不急于往东京发电报，他要让这个历史性的事件在他的手里成为既定事实。

上午 11 点多钟，列车抵达沈阳车站。脸色青白的板垣笔挺地站着，率领众多佩着绶带的军官列队迎接。

站台上还聚集着数百日本侨民，他们挥动日章旗激励自己的军队。

"大干一场吧！现在正是大干一场的时候。拜托了。"

"不要再重演张作霖事件了，这回要彻底干一场，否则我们就躺在铁轨上，让我们被轧死吧。"人们在起哄。

本庄繁气宇轩昂，颔首致意。石原莞尔紧随其后。

当天下午，他们进驻铁路广场前的东拓大楼。大楼正门上方悬挂着一块白底黑字的牌子，"关东军司令部"赫然醒目。以此为中心，关东军向东三省全线进军，仅用一周时间，就侵占了辽宁和吉林的三十座城市。

1945 年 9 月 19 日，本庄繁接到了盟军总部发出的逮捕令，他被限令于 23 日之前到巢鸭监狱报到。在他生命的最后一段日子里，九一八事变及在东北犯下的罪行，就像一枚巨大的钉子，他被这枚钉子牢牢地钉在血泊和哭喊声中，钉在黑色的十字架上，他拼命地挣扎，但他感到自己就像一股烟一样疲惫无力。

1907 年，本庄繁从日本陆军大学毕业后，便开始为侵略中国做准备，以驻华使馆副武官的身份，频繁活动于北京、上海、天津、南京等各大城市，收集和掌握中国的内情。1918 年升为陆军大佐，回国任参谋本部中国课课长。1919 年再次被派到中国，任第十一联队联队长。1921 年任奉系军阀张作霖的顾问，次年升为陆军少将。1926 年 3 月，在他任日本驻华武官期间，为了帮助张作霖同冯玉祥率领的国民军作战，他请求日军派遣军舰，联合张作霖的军舰驶抵天津大沽口，炮击国民军阵地。被击溃后，日本政府以国民军击伤日本军舰为借口，纠合美、英等八国列强，向中国北洋军阀执政政府提出撤除大沽口国防设备等无理要求。本庄繁一手制造了"大沽口事件"。他由此受到军部首脑的赏识，很快升为中将。九一八事变之后，本庄繁作为事变的组织实施者和领导者，实现了日本侵吞东北的梦想，受到天皇的格外器重。为此，天皇亲手授予他一级"金鵄"勋章和一等"旭日"大绶章各一枚。1933 年 4 月，裕仁天皇钦命他为侍从武官长，同年 6 月他晋升为大将。后天皇又授他"端云"勋章，赐他为贵族，位尊男爵。

这每一级官阶，每一枚勋章，而今都成了通往绞刑架的梯级。他那衰老的心脏和身体支撑不住了。他用颤抖的笔触写下了遗书：

"余任军中要职多年，如今国家遭此罕见之悲惨结局，余即便退役犹不胜惶恐，实感罪该万死。

"'满洲事变'之起因乃系排日达至顶点之炸毁铁路行为所导致者，关东军出于自卫不得不尔。并非政府及最高军部所授意，其全部责任当由彼时之军司令官之本人肩负。于兹引咎与世长辞，衷心祝愿圣寿万岁，国体永存，国家复兴。"

1945 年 11 月 20 日上午 10 时左右，他步履蹒跚地走进位于赤坂一号街的陆军大学，在职业辅导会的一间空屋里坐下，按武士道的方式，用一把钢刀剖开了自己的腹部。一名美军士兵听到了他说出的最后一句话："我是天皇陛下的侍从武官长……"

事后人们又发现了他的另一份遗书。在叙述了沈阳特务机关的电报内容后写道："接到上述急报，我来不及等待中央的指令，便立即向各地所属部队发布了必要的命令……"

这后一份遗书暴露了事情的真相。而两份遗书合在一起，就更为深刻地揭示了日本帝国主义的本质。

本庄繁意在以一死报答皇恩，逃避国际军事法庭对他的惩罚。已经说过，这种方式并不能帮助战犯逃避公正的裁决。他死于历史和人民的冷静之剑。

九一八事变的发动完全是有预谋的，而且不仅仅限于本庄繁以下的关东军。事变发生前不久，本庄繁曾给当时的陆相南次郎写过一封亲笔密信，信中露骨地写道："本庄繁熟察帝国存在及充实一等国地位，势非乘此世界金融凋落，苏联五年计划未成，中国统一未达之机，确实占领我三十年经营之满蒙……则我帝国之基，即能巩固于当今之世界。"

在远东国际军事法庭上，当法官问及九一八事变是否预先策划好的这一问题时，公诉方的证人田中隆吉简练而明确地回答："是。"他进一步证实，陆相南次郎也积极参与了阴谋活动，在关东军中还有石原莞尔。田中表示，他了解这些内幕，是由于他在参谋本部专门跟踪研究满蒙事态时，掌握了大量材料，而且不止一个当事人曾亲口向他说起过详情。

田中隆吉将军战时在陆军省任职，负责领导军务局，该局负责督查部队的士气与表现，它掌管的档案里记录渗透着日军的大量罪行。关键还在于他勇于揭露事实真相。对于被告人和辩护人来说，他是一个极其危险的人物。于是，律师们对田中展开了攻击。当然，他们没有事实作为武器，只能施展诋毁证人人格的手段。日籍律师早志和美籍律师沃伦说，田中干过不可告人的勾当，他怕落入被告席，他在巴结法官。

律师的诋毁也许是好事。田中继续做证说：南次郎将军在九一八事变时同外相币原男爵"个人交恶"，就是因为币原在满洲奉行"消极政策"，而南次郎则竭力推行"积极政策"。

法官传唤币原做证。

公诉方代表把日本驻沈阳总领事馆林总领事给币原的几份电报放在审判席上。这些电报告诉外相：关东军正准备占领满洲。九一八事变是关东军军官一手制造的。日军正在这里谋建傀儡政权，土肥原在加紧活动。

法官问道："你当时都做了些什么？"

币原回答："我及时把林的电报复制本转呈给首相、陆相和海相。"

"那么，陆相南次郎都做了些什么？"

"内阁决定制止关东军非法妄为的行动。南次郎为贯彻这项决定已竭尽了全力。但可惜，他在满洲的各部队没有执行命令。"昔日的政敌而今成了落在一个陷阱里的困兽。

公诉方当即利用经南次郎授意、由参谋副总长 1931 年 9 月 20 日发给关东军的电报，揭穿了币原在律师支持下编造的谎言。电文充满了强暴和杀气："驻满洲日本外交部门的某些官员发来关于军队行动的报告，我想它没有根据。我们要努力查清其缘由，并竭尽全力制止这类不爱国的行为。我认为，如果这类不爱国的行为继续下去，军队就应该宣布自己坚定的决心。"

南次郎紧挨着东条英机坐在被告席的第一排。他紧张坐立的姿势让人感到他很累，他长着白色长胡子的松垂的脸颊不停地弹跳抽搐。听到这里，他的上下眼睑紧紧地咬在了一起，额头上鼓起了大颗的汗珠。

自从开庭审讯以来，南次郎所犯的罪行就像一只大手，它正在他的上方慢慢地向他收紧，它的五根手指投到他四周的阴影还很稀疏，他悄悄地冷静地寻找着机会，想瞅冷子从阴影的缝隙间钻出去。现在，它猝然一下抓住了他，冰冷铁硬的指甲勒进了他的胸骨，使他喘不过气来。

125

1931 年 9 月中旬，关东军酝酿的大动作让若槻礼次郎首相察知，他认为时机尚不成熟，尚须隐忍一年，但自己又无力制止，便向天皇禀奏了这一消息。9 月 14 日，天皇召见了南次郎，向他追问此事。南次郎当然不会如实禀报，否则他几个月的心血就可能泡汤。实际上他非但知情，还是一个有力的参与者。他不断地同本庄繁保持着联系，并且在两个月前按板垣的攻城计划，批准给关东军运去两门二十四厘米口径的榴弹炮。在 6 月上任之初，他便借助"中村事件"在日本内阁煽动战争情绪。所谓"中村事件"，即中村震太郎等日本特务在兴安岭、索伦山一带进行间谍活动时，被中国东北邹作华的屯垦军抓获并处死一事。

见南次郎并不知情，天皇命令他立即制止关东军擅自行动。南次郎阳奉阴违，一边推脱说关东军属参谋本部调遣，应由参谋本部处理；一边把天皇的旨意泄露给参谋本部，以便谋划对策。果然，板垣征四郎和石原莞尔接连接到参谋本部俄国班班长桥本欣五郎的三封密电，内称"事机已露，请在建川到达前行动"。原定 9 月 28 日进行的行动遂提前于 18 日进行。

事变发生的第二天，南次郎与关东军口径一致，颠倒歪曲了事实真相，在内阁为关东军的侵略行动进行辩护，说这是"行使正当的自卫权力"。不日后，他未经内阁批准，擅自向日本驻朝鲜军发出命令，派兵急渡鸭绿江奔援关东军。若槻礼次郎首相无力掌握局面，于当年 12 月宣布内阁总辞职。此后南次郎积极参与成立伪满洲国的阴谋活动，为傀儡政权的建立立下了汗马功劳。

1934 年 12 月，南次郎出任关东军司令官兼日本驻"满洲国"大使后，变本加厉地镇压当地人民的抗日斗争，并竭力地向内蒙古和华北五省渗透。为了在华北的内蒙古扶植伪政府，他不惜唆使、利诱、欺骗、恫吓，用尽各种手段，甚至调动坦克和机动部队威压。他的努力没有白费，宋哲元的半傀儡政权"冀察政务委员会"和德王的伪政权"蒙古军政府"相继成立。

判决书依据充分的事实指出："早在九一八事变之前，他就与倡导军国主义、主张对外扩张及满洲是'日本的生命线'的阴谋者有着密切的关系。他事前就知道会发生这个事件。""在内阁会议中，他曾支持陆军所采取的步骤。""他倡导日本应该保卫满洲和蒙古。他早就倡导必须在满洲建立新的国家。"……

此外，在 1935 年他任驻"满洲国"大使期间，国民党政府在英国的支持下实行币制改革，规定几家大银行才有发行货币权，并宣布加入英镑集团。他即以驻"满洲国"大使的身份向广田首相提出建议，声称国民党的币制改革，有从根本上破坏日本独霸中国的危险，必须"予以彻底阻止"，"利用这个机会一举"策划华北各省"独立"。并声称这是"时不再来的绝妙机会"，要日本政府"上下合作，打成一片，同心协力，坚决努力"。足见其侵华的野心急切而膨胀。

还有一件事能具体地反映出南次郎残酷的性格。他在 1942 年任朝鲜总督期间，特意要求把在马来亚俘虏的千名英国军人押到朝鲜。他让战俘穿过釜山的闹市区游街示众，任围观的日本人和朝鲜人唾骂和凌辱，使他们感到自己直接参加了大东亚战争，以此奴化人们的精神，炫耀日军的"武威"。这批英军战俘被送到铁路、码头、煤矿去服苦役，许多人由于不堪非人的折磨而惨死。

国际军事法庭判定了他的多项犯罪事实，1948 年 11 月 12 日，判处他以无期徒刑。

受审日本战犯中的许多人，在他们被指控的诸多罪状中，都有参与或支持九一八事变这一阴谋。他们受到了应有的惩罚。但策动事变的主犯之一、板垣的铁肩挚友石原莞尔却逃脱了法网。他该当何罪，又是怎样逃脱的呢？

石原和板垣均为仙台陆军幼年学校出身，石原是隔五年的晚辈，但两人意气相投，交往很深。1929年6月，阴谋炸死张作霖的关东军高级参谋河本大作被调任后，板垣由石原推荐接替了他的职位。此后，被日军称为足智多谋的思想家的石原，与被称为气度宏大的战略家的板垣，便在关东军司令部里，像一个脑袋上的眼睛和耳朵那样紧密配合，致全力于对中国东北的侵略。

石原是日莲宗的佛教徒，有一副"智者如水"般宁静的面孔。这是一种条件，是密室的四堵墙，是蒙蒙夜色，阴谋活动就在这夜色的掩护下进行。自1929年起，从旨在侦察兵要地理的"参谋旅行"，到为侵占沈阳调运二十四厘米大炮，都是在石原与板垣的密切合作下进行的。1931年3月，石原拿出了他酝酿已久的《为解决满蒙问题之作战计划大纲》，提出了侵占沈阳及东北的具体思路。7月，他与板垣将此物带回国，经过一番游说与鼓吹，博得了军部大多数高级将领的支持。回到关东军后，经本庄繁司令官同意，他们照此蓝本加紧准备，并确定于9月28日起事。

9月中旬，他们连续接到桥本欣五郎的三封密电，得知了天皇的干预。17日夜，石原与板垣在辽阳的白塔旅馆经过紧张密商，决定提前行动，由石原回旅顺关东军司令部做部署策应，板垣抵沈阳坐镇指挥。18日下午，石原陪同本庄繁回旅顺。当天夜里沈阳一动手，石原就军容严整地出现在关东军司令部，敦促本庄繁下达了作战命令。九一八事变之后，石原即衔功晋升为关东军司令部作战课课长。

石原不仅在九一八事变中是中坚骨干，1937年日本发动全面侵华战争，也有他重重的一笔。七七事变爆发时，石原作为参谋本部作战部部长，立即抛出作战纲要，主张"增兵华北，将中国军队驱逐出平津"。并积极布置和调遣兵力，指导作战，借助关键的部门扩大了自己的罪行。

"智者如水"，不单是对石原的神情的形容，也是崇拜他的日军官兵对他的一个抽象认定。1927 年以后，石原把日本军国主义精神、欧洲的现代军事思想及佛教要义熔于一炉，经过搅拌加工，抛出一系列理论文章，被称为"石原构想"。这个构想主要是散布末世情绪和鼓动战争，同大川周明的理论一样古怪。它以一副铁青的巫师面孔跟人们说：发源于中亚的人类文明分为东西两支，经过几千年的发展进步，而今已形成隔着太平洋相互对峙的两种文明。它们只有通过战争才能走向统一，进入"黄金时代"的文明。这个将要来临的人类最后的大战争，是"以日美为中心而进行的世界大战争，也是日莲和尚在《撰时抄》中所指出的，为了实现人类信仰的统一，必将于阎浮提（人世间）发生的前所来闻的大战争"。当人们堕入灰云残雾的恐怖气氛中时，它才说出它要说的话：为了支持这场持久的大决战，单靠日本的资源是不行的，所以必须首先占领中国的东北，把那里开发为战略资源的供应基地。"石原构想"像一个幽灵，潜伏在军国主义分子的身上，使他们笔直地走向中国战场和太平洋战场。

　　日本一投降，他在人们眼中无疑成了一个战争嫌疑犯。为了逃避审判，他便真戏假做，把自己装扮成受东条英机迫害的"和平战士"。1937 年，石原担任了关东军参谋长东条英机的副手，两个热衷于权势的狂人撞到一起，很快就产生了势不两立的矛盾，石原讥诮东条是"亲爱的傻瓜"，东条则处处压制打击他。东条得势后，石原被迫退出军界闲居在家。这种狼与狼的争斗竟使其中的一只变成了"羊"，这只"羊"竟然越来越像羊了。他玩起了超级智力游戏，接二连三地发表"和平"文章，还向麦克阿瑟提出在日本实行"超阶级政治"的设想。麦克阿瑟终于没有逮捕他。

　　石原果然是甘心放下屠刀、将功赎罪了吗？他掩饰得再好也有他掩饰不住或不愿掩饰的地方。仅以两件事为例。

一是板垣的内弟、也是板垣的个人辩护律师大越兼二，为了替板垣开脱，特意委托自己的亲信前往山形县鹤冈，把歪曲事实的辩护要点送给石原看，以便达成默契，并让他称病躲过法庭的追究。当时石原正在那里的家中种地。信使一走，他立即躺在了床上称病不起。二是在1947年5月，山形县酒井市临时法庭传石原提供证词。他回答检察官关于九一八事变的盘问时说："正如我多次陈述的，当时中国军队的行动是非常积极的，我们实在无可奈何，对方的冲击使我们产生了恐惧感。或许我误解了检察官的审讯，您是否认为所谓的武力冲突是由日本军队挑起的？在我关东军方面以前曾发生过河本大作事件，为此河本大作受到了处罚，使关东军引以为戒，不再发生类似事件；如果是对方挑起的，我们决不能逃避军人的责任。"

天网恢恢，石原莞尔终未能逃脱天罚，于1949年8月15日日本战败周年日病死家中，比东条英机的死晚了不足一年。

板垣提到的炸死张作霖事件，作为九一八事变的序曲，其主谋河本大作受到什么样的处罚呢？

1928年4月初，蒋介石指挥北伐军挥师第二次北伐。张作霖的奉系军阀由于李景林部倒戈、万福麟部哗变，元气大衰，在与北伐军的作战中连连失利。日本关东军见时机已到，预谋当张作霖的军队败退到东北时，以战乱波及满洲、必须保护日本人的生命财产为由，一举解除张作霖军队的武装，使他成为光杆司令，然后胁迫他当傀儡。但由于大举侵略的准备与时机都不成熟，天皇迟迟不下敕命。6月前后，大量奉军撤至东北。身为关东军高级参谋的河本大作被迫放弃原计划，开始策划暗杀张作霖的阴谋。

经过一番绞尽脑汁的运思，他设计了一个万全的谋杀方案。他把守备皇姑屯地段铁路的关东军独立守备第四中队队长东宫铁男中尉等叫到自己的宿舍，向东宫交代了任务，亲手交给他一千元行动经费。1928

年 6 月 1 日夜，北京车站空荡无人，张大帅与他的日本军事顾问松井七夫、坂西特务机关副官土肥原贤二道别后，登上了他的专列花车。4 日拂晓，河本大作登上沈阳铁路广场旁的东拓大楼的瞭望台。5 时 30 分，张作霖的花车在皇姑屯车站附近被炸起火，颠覆在铁轨旁。浓烟散去，现场竟然躺着三具穿着北伐军士兵服的尸体。身负重伤的张作霖被送到沈阳督军府，"凶手抓到了没……"他想抬起留着大胡子的军阀的面孔，但是死神已经降临。

日本参谋本部为谋略研究所用，于 1942 年 12 月 1 日留下了河本大作的手记。他在有二十五页格纸的手记中写道："当时的满洲已不是从前的满洲了。与张作霖谈判，当谈到与他不利之处，他便称牙痛而溜掉，因而未解决的问题堆积如山。张作霖的排日气焰比华北的军阀更为浓烈。所以我觉得我们应该有所作为。

"1928 年 5 月下旬，七千关东军从旅顺移到奉天，而张作霖有三十万军队，要解决问题只有采取非常手段。我认为中国军是头目与喽啰的关系，只要干掉头目，喽啰便会一哄而散。我们同时还得出这样的结论：要实行这个计划，唯有在满铁线和京奉线的交叉点才安全。为保万无一失，我们在铁轨上装设了三个脱轨器，爆炸不成就令其脱轨，以便拔刀队来解决。当时中国方面常常偷盗满铁的器材，为防止盗用，我方在路边构筑了沙袋。我们便以火药代替沙土充于袋内等待着机会。

"我们得悉张作霖于 6 月 1 日从北京出发，便做好了准备。张作霖乘的是蔚蓝色的钢铁车，夜间很难辨认，我们特意在预定地点装了电灯。他乘的专车在北京至天津间开得很快，而在天津至锦州间降了速度，并在锦州停了半天，所以迟至 4 日上午 5 时 23 分过后才抵达预定地点。适时我们躲在监视偷货物的瞭望塔里，用电钮点爆了火药。"

河本大作不愧为搞阴谋的专家，把火药量、时间等都计算得如此精确。

河本大作还写道："这个事件过后，我要石原莞尔来关东军帮我。那时我已开始计划九一八事变的方策了。"

这是凶手的亲笔记录，它不仅披露了炸死张作霖的真相，而且从事情的性质上证明，九一八事变实际上已经发生了。可惜这个材料一直被密藏着，迟至20世纪70年代才被发现，如果当时就被国际军事法庭掌握，对一些问题的认识和推断会更加准确有力，一些重大的历史结论及某些战犯的命运将被改写。

"皇姑屯事件"轰动了全世界，日本国内要求调查事件真相的呼声也很高。但足足压了一年多，直到1929年7月，迫于国内外的巨大压力，河本大作才被停职。一年后他出任"东京中日实业公司"顾问，换瓶不换酒，继续从事侵略中国的阴谋勾当。

九一八事变前夕，河本大作受参谋本部之托，携带五万日元的机密费，专程到沈阳交给了土肥原特务机关，作为炸柳条湖铁路的经费。河本大作、板垣征四郎、土肥原贤二、石原莞尔，几个热昏的阴谋脑袋又在一家日本酒馆的酒桌上凑到了一起。板垣等人介绍了他们的行动计划，河本大作不断地往里兑酒，阴谋又一次发酵膨胀。在回国途中，河本大作不负老朋友们的重托，经过一番游说，得到了"满铁"和驻朝鲜日军的承诺：一旦关东军行动，他们将给予全力支持。

1932年至1945年，河本大作先后任"满铁"理事、"满洲炭矿株式会社"理事长、"山西产业株式会社"社长等职，从事对中国的经济侵略活动。在东北期间，他倚仗关东军的力量，巧取豪夺，逐步霸占了那里全部的煤炭资源，每年掠夺的煤炭高达一千余万吨。"山西产业株式会社"在他的经营下，工厂从三十六个增至四十二个，资金由三千万日元增加到八千万日元，生产大量的钢铁、煤炭、棉布、皮革，除直接供应驻山西的日军，大批物资被源源不断地运送回国。为了最大限度地实行掠夺，支持日本的侵略战争，他强征劳工，不顾他们的死活，用刺刀和皮鞭逼着他们进行长时间的封闭劳动。矿工们吃冷窝头，喝煤沟里的黑水，加上每天超强度地干活，不断有人病死、累死。而井下条件同样恶劣，冒顶、片帮、瓦斯爆炸等恶性事故时有发生。抚顺煤矿仅在1939年就伤亡矿工10190人，平均每掠走800吨煤，就遗下一具中国矿工的尸体。在日本人统治期间，山西大同煤矿被迫害死的中国矿工达到60000余人。

日本投降后，河本大作投靠了山西军阀阎锡山，后又伙同伪山西省日本顾问城野宏等人发起所谓"在晋日人残留运动"，加入国民党太原绥靖公署暂编独立第十总队，与共产党的军队作战，对中国人民犯下了新的罪行。1949年4月，暂编独立第十总队在牛驼寨被中国人民解放军全歼。太原解放后，这个"双料"战犯被公安机关逮捕，但还未及审判，便因病在太原战犯监狱一命呜呼。

第五章　强弓崩坼

打开潘多拉魔盒的首相

在远东国际军事法庭上，当被问及为什么要把自己的同胞投入战火与灾难时，所有的被告人都站在荒诞的基石上，异口同声地阐释着一个邪恶的真理。他们说："日本有八千万人口，而领土狭小，缺乏一切物质资源，要求得生存和发展，只能向中国、朝鲜和东南亚扩展'呼吸空间'。"东条英机按照这个逻辑响亮地回答：如果不进行战争，"我们的民族将等待毁灭。与其坐守待毙，还不如铤而走险冲出包围，去寻找生存的手段"。多么响亮！但它只能证明他们在罪恶的道路上走了多远。

战争是政治的工具。国与国之间的政治斗争，归根到底是为了金钱和土地。野兽扑出去需要一个明确的目标，需要支撑它的力量。19世纪的战争理论家约尼尔写道："军事行动的勇敢程度，在很大程度上，取决于政府对军队的影响。"日本军队需要得到政府的允诺和支持。

九一八事变之后，受世界性经济危机的影响，加上扩军的压力，日本急需更多的市场和资源。中国自甲午战争以来的软弱可欺，掀动着军国主义分子疯狂膨胀的欲望。他们感到政府太缓慢，妨碍了他们疾进的步伐，于是一次次掀起血腥的政变浪潮。1932年5月15日，他们暗杀了首相犬养毅，在此前后，企图暗杀首相滨口雄幸未遂，但暗杀了三井财阀的巨头团琢磨等人。1936年2月26日，一些右翼军官纠集部队，杀死内大臣斋藤实和藏相高桥是清等人。"二二六事件"之后，广田弘毅上台，狂躁的军国主义分子平静了下来，他们终于用血的代价竖起了自己的旗帜。

广田弘毅一上台，就按照天皇的紧急敕令，恢复了陆海军大臣现役武官制，也就是把军部大臣的候选资格限定在现役陆海军将领中的制度，使军部逐步控制国家政权，形成法西斯战时体制。广田弘毅把潘多拉的魔盒打开了，魔鬼们尖叫着涌了出来，像粗壮的浓烟摇着腰身升腾，贴着天空向四面漫开，播下火雨和黑暗。

1945年12月2日，驻日盟军总部以战争嫌疑犯逮捕了广田弘毅。1946年3月18日，国际军事法庭确定他为甲级战犯，以"破坏和平罪"对他进行起诉。

广田是一个独特的战犯。在长达两年多的审讯中，他拒绝做自我辩护，一直保持沉默。说他独特，还因为对他处以绞刑的判决，在法官中分歧较大，以荷兰审判官洛林为首的不少人认为不合理。这是为什么呢？

广田1878年出生于一个贫苦人家。他的父亲是个以吃苦耐劳出名的石匠，每个月都要干三十五天的活，人们都管他叫"三十五天先生"，但家境并不见转机。上小学的时候，为了贴补家计，广田常常靠卖些马蔺、松枝来赚点小钱，有时甚至在殡葬仪式上给人提白纸灯笼。贫微的出身使他自小就萌发了一定要出人头地的思想和刻苦勤奋的性格。1901年考入东京帝国大学法学部。在就学期间，他先后结识了"右翼运动大祖师"头山满和前外相副岛种臣等人，从他们身上吮吸了扩张主义的思想毒素和诡诈方术。1907年，他被派往日本驻华使馆工作，由此开始了外交生涯。此后，经过在英国、美国、荷兰、苏联使馆的磨炼，1933 年担任了斋藤实内阁的外相。广田的出身、性格和经历，使他成为一个狡猾、老到的外交骗子，善于通过隐蔽、巧妙的手段来达到日本的侵略目的。

上任外相之始，为了避免与西方列强发生冲突，维护日本在中国东北的既得利益，广田打起了"协和外交"的幌子，与国民党政府交涉，恢复中日通邮，将两国公使馆升格为大使馆，并实现了"满洲国"与内地的通车，使九一八事变后绷紧的中日关系一度出现了松动与缓和。他标榜自己说："在我充任外相期间，是不会发生战争的。"在"协和外交"这个幌子的遮护下，日本加紧了对中国华北地区的渗透，继《塘沽协定》之后，又压迫国民党政府签订了《何梅协定》和《秦土协定》，并阴谋策动"华北自治"活动。1935 年 8 月，在广田的主持下，外务省、陆军省和海军省合议制定了一个压制中国政府的"广田三原则"。倚仗这个侵略政策，日本在华北的侵略活动更加无所顾忌。10 月 20 日日本特务策动香河县汉奸武装暴动；11 月 25 日，以汉奸殷汝耕为首的"冀东防共自治委员会"成立；关东军源源不断地向平津地区增兵。与此同时，广田弘毅与国民党政府驻日大使多次会谈，胁迫其接受他的"广田三原则"。在日本的军事和外交的双重逼压下，蒋介石于 11 月 20 日召见日本驻华大使，表示"对前述三原则，本人完全同意"。不久，国民党迎合日本的要求，成立了"冀察政务委员会"这样一个半傀儡的机构。1936 年 1 月，广田在日本国会上公开发表了他的"三原则"。他赤裸裸地宣称：

日本应以陆军主导华北分离工作的事实为基础，通过同中国国民党中的亲日派合作，以谋求调整日中国家关系。中国方面应该采取下列措施：

一、停止排日；

二、承认"满洲国"；

三、共同防共。

但是日本战败投降后，当负责调查广田罪行的检察官、美军大尉桑德斯基在秘密侦讯中，向他讯问起所谓"广田三原则"时，他却滑得像条泥鳅。

桑德斯基："'广田三原则'是由你主持制定的吗？"

广田："是由陆相、海相同我会谈做出的。"

桑德斯基根据已掌握的证据问道："是你指导外务省东亚局起草的吗？"

广田的眼睛都没眨一下："其中的大部分外交政策是由军部起草的。公布这个文件，尤其是与外交政策有关的部分，是外务大臣的责任。"

桑德斯基："你是否认为三原则违反了《九国公约》和巴黎和平条约呢？"

广田的脸上爬满了无辜者的委屈："我主张'协和外交'，我是一贯主张和平的。"

他当初的伎俩与今天的狡诈，似乎通过一条暗道在遥相呼应。

1936年的"二二六事件"迫使首相冈田启介辞职，其内阁的所有大臣也一道下了台，唯独广田弘毅在这承转的时刻奉命组阁。他完全知道自己应该怎么做。他不打折扣地按照陆军军部的意志，将陆军推荐的五个人任命为阁僚，而将被陆军指为"带有自由主义色彩"的吉田茂等四名人选除名。1936年3月，广田以文官的面目登上了首相的宝座，但这是一张画皮，甚至是他本人的画皮，在这张画皮的后面，是一群被欲火烧红了的脸，闪烁着屠刀寒冷的光辉。事隔两个月，内阁恢复了被废除的陆海军大臣现役武官制。生产战争的法西斯机器得以高效率地运

137

转，内阁实质上成了它的口舌。

尽管广田内阁的寿命不长，但它却似一支新型号的法西斯连发枪，毒弹频发。1936年8月7日，广田在"五相会议"上批准制定了《国策基准》。这个《国策基准》兼容了长期争执不下的"北进论"和"南进论"的主张，形成了南北并进的二元化方针。它的纲领是：要以"内求国基之巩固，外谋国运之发展""外交与国防互相配合，确保帝国于东亚大陆之地位，同时向南洋发展"为基本国策。它站在狭小的岛国上，野心勃勃地挑起了沉重的担子，一头是中苏大陆，一头为南亚和太平洋地区。《国策基准》推动了日本的全面扩军备战：陆军制订了扩军五年计划；海军制订了庞大的造舰计划；工业、教育、对外贸易都围绕着这个重心运转，并加强了对国民思想的控制。作为实施《国策基准》的一个方面，广田内阁抛出了《日本政府第二次处理华北纲要》，规定日本对华政策的目的在于保证华北的行政独立，建立反共亲日地区，掠夺必要的军需物资。

1936年10月2日，广田内阁的藏相公开宣称，日本已经进入"准战时体制"。同年11月25日，日本与德国签订了《日德反共协定》，向建立国际法西斯联盟迈出了重要的一步。

广田内阁把日本推到了火山口上，在国内引起了强烈的不安和反对。1937年2月1日，广田内阁被迫宣布总辞职。但在日本滑向战争的过程中，它出色地完成了使命。

对于他在事业顶峰创造的光辉业绩，在巢鸭监狱的秘密讯问中，他是怎样向桑德斯基陈述的呢？

他说：在"二二六事件"发生后的天皇敕语中有一句话——"对这次在东京发生的事件，我感到遗憾。"这句超乎寻常的话是他广田要求天皇加进去的，意味着对陆军进行了前所未有的谴责。

他说：组阁人选是陆军制定的，他的抵制没有奏效。

他说：恢复军部大臣现役武官制，是陆相寺内寿一和海相永野修身提议的。他同意他们的提议，是为了防止因参与"二二六事件"而退出现役的军人此后再作为军部大臣得势。军部大臣现役制的恢复最终是由内阁和枢密院讨论决定的，谁也没想到军部的统治范围会因此而扩大。

他说：《日德反共协定》是因陆军希望与德国结成密切关系而产生的。陆军还希望提出以武力解决问题，但被他广田拒绝。

广田就差没说：我是一个天真纯洁的小孩，他们是坏蛋。所有的坏事都是他们干的。

广田下台不足半年，近卫文麿公爵担任首相，广田遂出任近卫内阁的外相。近卫在组阁宣言中声称："属于'非持有国'类型的我国必须确保我民族自身的生存权利，我国的大陆政策是建立在这个确保生存权利的必要之上的"，新内阁负有实现"国际正义"的使命，而"实现国际正义的较好方法，是获得资源的自由、开拓销路的自由"，"现在国际正义还没有实现，这就成为我大陆政策的正当化的根据"。新老内阁的梦想一脉相承，广田继续推行他那套外交路线。灰色的泥石流轰鸣喧沸，裹挟着一股股冲腾而下的支脉，裹挟着巨大的破坏力向它目标滚滚而去。

它图谋已久的战争终于爆发了。1937年7月7日，日军挑起了卢沟桥事变，发动了全面侵华战争。广田积极配合日军的军事进攻展开了外交攻势。11月初，他宴请德国驻日大使狄克逊和德国驻华大使陶德曼，请他们从中斡旋，压国民党政府接受日本提出的"和谈"条件，并谋求德国支持日本在华的军事行动。他的第二个目的实际上是真正的目的后来实现了，希特勒承认了"满洲国"，并表示希望日本战胜中国。两个法西斯国家加强了相互的依赖和勾结。所谓"和谈"的姿态，只是蒙混国际视听的一个骗局，如果接受了日本提出的和谈条件，不啻是不战而败。中国当然会断然拒绝，日本也就理直气壮地大举侵略。当南京发生大屠杀的消息通过外交渠道传来时，广田又采取老一套，把文件往陆军省一转，无异于把掉出炉子的煤块往火堆里一扔，就抱臂站在一边，眼睛半眯着去享受烈火的美丽和温暖。

近卫迁怒于广田在外交上的失败，于 1938 年 5 月解除他的外相职务。此后广田也仍然没有消停。他经常出席重臣会议，向天皇进言，参与重大决策，在东条英机任首相、对美开战等重大事件的决策上，都有广田至关重要的一票。

再让我们看看在桑德斯基写的《广田弘毅讯问概要》里，广田是怎样的"正义"和"无奈"吧。

广田是"无奈"的，他说：在 1937 年日中战争爆发时，作为外相的他试图坚持迅速在局部解决纷争的方针。同意陆军的要求向中国派兵，内阁的依据是保护当地的日本居民这一理由。战争开始后，他曾经试图通过英国驻日大使克莱迪斡旋和谈，因陆军的强烈反对而被迫放弃，后来陆军想通过德国推动和谈，由于媾和条件对中国来说过于苛刻而未果。

广田是富有"正义"感的：关于日中战争，他个人的意见是无论是否宣战，这种战争都应予反对。可是陆军左右着时局，他实在无能为力。他曾在国会开会期间向近卫首相、杉山元陆相和米内光政海相提出要辞去外相职务，原因是他感到自己不能胜任。但在会议期间辞职会造成恶劣影响，因而在国会闭幕后的 1938 年 5 月他便辞职了。

广田是"天真"的：1941 年 11 月 17 日，在讨论近卫内阁总辞职后的继任首相的会议上，他作为前首相出席了会议。当时木户内大臣说东条能较好地打开局面，他就相信了，就同意起用东条。

广田是"无辜"的：在 1941 年 11 月 28、29 日两天的会议上，东条说明了对美开战的政府计划。天皇询问重臣们的意见，他表示不赞成对美战争，并向天皇表达了这样的信念——所有的事情都应该通过谈判来解决。但东条没有改变立即开战的决心。至于进攻珍珠港，他认为是内阁的责任。

广田还是勇于反戈一击揭发同伙的，上面的回答已经说明了问题。不知出于何种原因，在密讯室里，他还特别检举了木户。他神色诡秘地回头望望铁窗栏杆，压低声音对桑德斯基说："我并不想说木户有责任，但是木户处在和天皇非常接近的位置上，对所有的问题都向天皇提出过建议。可以认为，内大臣是天皇的最重要的进言者，是能根据自己的意图影响天皇的唯一的人。如果考虑到天皇的决定是接受了内大臣的建议而做出的，那么木户的责任就显得重要了，可以说，作为天皇的责任建议者，木户对他任内大臣期间所发生的事件是有责任的。"

人道或非人道在这里出现了微妙的悖论，被讯问者或者背叛信义，或者旗帜鲜明地坚持罪恶立场。广田的表现却是双重的非人道。尽管广田在秘密讯问中机敏过人，但终究还是被推上了被告席，没有能够逃脱被公开审判的命运。

现在可以断定广田为什么拒绝为自己辩护，在整个审判过程中像死鱼一样的沉默了。他说了那么多的假话，把罪行都推到了伙伴们的身上，如果他站到证人席上为自己做辩护，把自己的话再证实一遍，他将被痛击，被扒皮，他将落入多么孤独难堪的境地。

战后，以描写广田生涯历史小说《落日似火》而出名的日本作家城山三郎试图对这种情形做出解释，并为他洗刷耻辱。他写道："人只要说话，便肯定要为自己辩护，其结果便是说出他人的过错。广田想，只要检察局在等待着这种情况的发生，自己就什么也不说"，从而达到"不为己计"的心境。可惜这种"什么也不说"只出现在检察局秘密讯问之后的公审法庭上。

广田选择了沉默。他并没有气馁，并没有放弃什么权利，他是以沉默作为辩护和抗诉的武器。他相信自己的话在潜在地起着作用，他在期待着法庭做出错误的判断。广田是深刻的。连桑德斯基对他做出的结论也显得混沌而无力。桑德斯基写道："从对广田的讯问来看，没有证据表明他是侵略行径的煽动者，或者是支持陆军对外扩张政策的主导者；不过也没有证据能够积极地证明他不是军部的同谋。广田即便不是战争的发动者，也起码是侵略的各个阶段中的机敏的追随者。他对陆军侵略政策的反对仅限于讨论的范围，如果他从根本上反对的话，他就不会从1933年到1938年一直留在首相和外相这样强有力的位置上。"

然而历史是严峻的，法庭是无情的。大量的人证和物证表明，是广田弘毅打开了潘多拉的魔盒，推进了日本的战争体制，推动了扩张的政策和战争的阴谋。他被判定犯有"破坏和平罪"。他还被判定犯有"违反人道罪"，国际军事法庭的判决书指出：在发生南京大屠杀暴行的时候，身为外相的广田面对强烈的国际反响，只以军部"暴行很快会被制止的"这个轻飘飘的口头保证做幌子，而"没有在内阁会议上主张立即采取措施以停止暴行，以及他未采取其他任何可能的措施来停止暴行，这是他对本身义务的怠忽。他明知上述保证没有实行，并且每天都进行着成千上万的杀人、强奸妇女以及其他暴行，他却以此种保证为满足。他的怠忽已构成犯罪"。

广田藏在自己幽暗的沉默里盘算着。1948年11月12日，国际军事法庭以犯有八项战争罪行，判处广田绞刑。听到这个判决，他的脸宛如爆闪出雷电的夜空一样惨白，接着他才意识到他的梦被沉雷炸得粉碎。

他是被绞死的唯一的文官。所谓文官，应该属文人一类。所谓文人，他应该是人类文明进步的代表，应该具有高度的理性。为了维护人类的尊严与发展，理性建立起了社会法律体系、伦理和道德观念，它谴责和惩罚一切非人道的行为。然而，广田迎合法西斯运动，成为国家法西斯化进程中一个重要的过渡性人物，堕落为人类理性的叛逆。

他们把战车推上阵地

自 20 世纪 30 年代以来，在日本法西斯体制加快形成的过程中，有几个坚定有力的骨干分子，他们是荒木贞夫、桥本欣五郎、大川周明等人。1931 年任陆相的荒木贞夫是这帮人的头目。在他们的直接参与和阴谋策动下，日本内阁中一次次激溅起恐怖的血光。

1946 年 5 月 3 日至 4 日，首席检察官基南宣读了长达四十二页的起诉书，指控二十八名战犯犯有破坏和平罪、违反战争法规及惯例罪、违反人道罪三大类五十五条罪状。英语是法庭使用的第一语言，被告人按英译字母的顺序依次被起诉，荒木贞夫由此成为被国际军事法庭起诉的第一名甲级战犯。荒木贞夫被指控犯有九项罪。当法庭庭长韦伯询问荒木贞夫是否承认自己的罪行时，荒木以僵硬而果决的语气回答："无罪。"检察官方面出示了大量的证据，并当庭播放了一部有声电影《日本之关键时刻》，这部影片是荒木任陆相时拍摄的。

"光明从东方升起！光明从东方升起！"粗大的文字恶狠狠地打上银幕。荒木贞夫身穿将军礼服，与这充满激情的字幕交替闪现。喇叭里送出他震撼人心的演说："现在把满洲称作我们的生命线，对此我们不能做简单的理解。我觉得，我们的生命线主要是指按照日本高尚的种族精神、民族精神和亚洲精神，在那里建立一块乐土。日本应该用代表整个东方的日本精神、日本道德和日本文化直接掌握和组织这个国家！"

就是这种狂妄的扩张主义精神，激动着法西斯暴徒们一次次掀起血腥的夺权政变，他们要清除掉绊脚石。军事法庭的判决书指出："为鼓动战争情绪，荒木大力运用大川和桥本所推行的政治哲学"，进行煽动活动。

九一八事变前不久，三菱飞机制造厂生产出了日本的重型轰炸机、坦克、装甲车、高射炮等现代化的武器。相比之下，内阁对战争态度的转变似乎过于缓慢。发狂的桥本欣五郎中佐等陆军将校组织了秘密团体"樱会"，其宗旨是"以改造国家为最终目的，为此不惜诉诸武力"。他们一边讨论"满蒙问题"、军部独裁问题，一边霍霍地磨刀。1931 年初，桥本和大川阴谋发动政变，拥立陆相宇垣一成大将上台组阁。得到宇垣大将的赞同后，桥本就拿出一个政变计划，准备纠集一万人在 3 月 20 日冲击议会，向议会投掷烟幕弹，然后以维护治安为由，调动部队包围议会，压议会同意由宇垣组阁。但事到临头，计划中的部队头目言称并不知道此事，使得宇垣心里生疑，就叫桥本先操纵一下，向他展示一下力量。3 月 3 日，桥本和大川以每人五角钱的酬金雇用了三千地痞无赖，在一处公园里集众闹腾。宇垣大失所望，即表示"我觉得没有理由参与这种无聊的事"。他背叛这一阴谋的另一个原因是他得到了情报，使他相信自己不用政变也有办法当首相。这就是流产的"三月事件"。

美国检察官塔温纳在对桥本质证时直点穴位地问道："你搞掷炸弹、组织示威的目的，是要宣布进入战时状态，并把政府置于军队控制之下，是这样吗？"

询问完了"三月事件"，庭长韦伯问道："'满洲事变'后不久又于 10 月发生了企图推翻政府的政变，谁是阴谋的策划者？"

桥本怔了一下，回答道："我。"

"三月事件"流产后，经过短暂的喘息，桥本和大川又纠集一群少壮军官和民间的法西斯狂徒，预谋在 10 月 24 日再度发动军事政变，以陆军和海军轰炸机部队来颠覆政府，杀死若槻礼次郎首相，建立以荒木贞夫为首相的政权。由于计划被泄露，日本政府抢先下手逮捕了以桥本为首的主谋者，"十月事变"又胎死腹中。但若槻内阁在这强劲的冲击下，于 11 月末便垮台，在继之而起的犬养毅内阁中，荒木贞夫占据了陆相这个关键性的位置，政权法西斯化在实质上向前大大地推进了一步。在荒木的庇护下，桥本未受到任何处罚。

桥本等人不满足这渐次推进的状况，他们变本加厉地进行血腥谋杀，在荒木的支持下，又制造了"五一五事件"和"二二六事件"。风暴和刺刀终于到达了目的地：军部控制了日本政府，法西斯战争体制确立。

国际军事法庭的判决书以充分的证据，确定了他们的目的："1936 年 2 月 27 日，即东京军事政变的第二天，日本驻厦门领事馆声称，叛乱的目的是更换内阁，以军人内阁取代之，少壮派军官急欲占领全中国，准备立即对苏联作战，战胜苏联，使日本能成为亚洲的唯一力量。"

判决书进而指出："二二六事件"是极端派同"温和派"长期斗争的终结，"这场斗争的终结，是阴谋分子对日本政府的控制权，使全国的社会舆论和物质资源服从严格的规章，以准备侵略战争"。

判决书认定：桥本"是陆军军官，很早就参加了阴谋。他用尽一切手段去促成目的的实现。在阴谋者中，没有人具有他那样厉害的极端见解，也没有人像他那样露骨。他倡导日本用武力占领满洲来进行扩张，用武力对付日本的所有邻国"。

关于荒木贞夫，判决书指出：他是"对内从事政治支配、对外从事军事侵略之陆军的热心倡导者。他在实际上被承认为陆军这种运动的显著指导者之一"，"不管他有无政治地位的时候，都以军部的政策，协助和极力倡导牺牲邻国来使日本富强。他不仅同意并积极支持日本陆军在满洲和热河所采取的政策，亦即使上述地区在政治上脱离中国，设立由日本控制的政府，并将其经济置于日本的支配之下"。

在对他们的指控中，还有直接参与制造九一八事变、成立"满洲国"、从事法西斯理论宣传、武装进攻苏联等罪行。桥本还亲率日军炮兵纵队进攻南京城。南京陷落后，又在南京至芜湖的长江岸边部署了长达1.6千米的重炮交叉火网，轰击搭船逃生的中国军民，成千上万的人被炸死，宽阔的长江水温热殷红，漂满了残碎的尸体。

荒木贞夫和桥本欣五郎被判处无期徒刑。在巢鸭监狱服刑七年后，他们都被假释出狱。1966年11月1日，荒木贞夫在日本奈良县十津村发表反共演说时暴病而亡。

怎样处置吸血鬼

武装到牙齿的侵略大军在翻腾的硝烟中迅猛挺进，它足够锐利，也有足够的穿刺力，就像钢针一样狠狠地插入邻国的肌肤，抽取着滚滚血浆。它抽取的血浆输进了谁的躯体，又是谁给了它充足的武装和力量？

人们注意到了财阀。

惩罚战争财阀的呼声四起。美国人彼逊在他1945年9月出版的《日本的战争经济》一书中，批驳了美国流行的关于将日本财阀当作"和平者"的怪论，主张追究他们的战争责任。曾是日本无产运动领导人的铃木茂四郎写了一篇题为《财界做了些什么？》的论稿。他写道：

> 无须赘言，挑起战争都是军阀和右翼法西斯分子所为。可是，当时日产的久原房之助、石原产业的石原广一郎以及富士兴业的中岛知久平等人散发宣传费、主动置身于挑起战争者最前列的形象，至今仍在国民眼前晃动，引起人们憎恶的回忆。即使是巨大的财阀，一旦其机密开销被强权揭露出来，也就可以推定，他的罪责在所难逃。

迫于这种情势，首席检察官基南责成霍威茨和霍克斯赫斯特两人负责调查财阀中的战犯。经过一番调查取证，星野直树被作为被告筛选出来。他曾作为大藏省的优秀官僚而活跃一时，后于 1932 年转任"满洲国"高官，晋升为伪国务院的总务厅长及总务长官，这是当时日系官吏的最高职务。1940 年回国后任国务相兼规划院总裁，又任东条英机内阁书记官。

星野直树是作为战争嫌疑犯于 1945 年 9 月 11 日被逮捕的，起初他被关押在东京大森收容所。这里曾是日军虐待盟军战俘的地方，现在也让他们品尝一下同样的滋味。国际军事法庭确定他为被告后，即把他关进了巢鸭监狱。

开庭那天，星野坐在被告的第二排。基南念起诉书的时候，他把双肘支在桌子上，"咯吱咯吱"地搔着秃脑袋，眼镜一会儿摘下来，一会儿又戴上，长满浓密胡须的黑脸庞不停地晃动，显得异常焦躁不安。起诉书指控他犯有九项战争罪行，他拒不承认。他的辩护阶段开始后，他的律师向法庭递交了他的一个证人的口供书，口供书陈述道："星野为'满洲'热情工作，他的这种态度使一些人指责他不顾日本的利益，过于满洲主义了。"

基南就此询问证人溥仪："是这样的吗？"

溥仪回答："当时星野忙于满洲工业和管制经济生活问题，这给'满洲国'造成的损失是巨大的。"

"怎样进行开发的？请说明一下是用什么方法开发的。"

"农业、商业、渔业、电力等，所有的经济部门都受他们控制，不许一个中国人参加这些行业。他们特别重视矿山工业，我想，这是为了扩大他们的军事工业。"

"为达到全面控制这个目的，日本人建立了多少大型专业公司？"

"大约有六十四个。这些公司的投资额很大，有的达十亿元，换句话说，他们的计划是让中国人破产，让日本人在所有的地方扩大势力。"

这个"满洲国"的皇帝说出了他所知道的实情。

星野直树一到东北，便策划成立了由日本人把持的"满洲国"中央银行，控制了金融大权。对能够左右东北国计民生的大型工厂、矿山和企业，均设法让日本公司霸占。在他的鼓动下，日本财阀纷纷到东北投资，大财阀鲇川义介把他的垄断企业全部搬到东北，成立了"满洲重工业开发株式会社"。到1937年，像这样的日本公司的投资在整个东北工业的投资总额中占了50%，基本上垄断、控制了东北地区的工业。"满洲重工业开发株式会社"成立之初的资本是四亿五千万日元，1940年猛增至二十四亿日元，鲸吞了中国人民无数的血汗和生命。

为了"以战养战"，星野推出了他的军火生产计划，吸引了数以千百计的日本公司的投资，建立起了为驻东北日军提供军需品的军事工业体系。1937年，他下令在今后的五年之间，要生产出500万吨生铁、350万吨钢、3800万吨煤、200万吨原油和价值3亿日元的黄金，并生产出一批坦克、装甲车和军用快艇，以适应日本扩军备战的需要。

更为贪婪恶毒的是，星野直树竟公然违反日本也参加签署的国际《第三公约》，不择手段地强迫推行鸦片种植，贩卖烟毒，以榨干东北人民的血髓。在他的努力下，全"满洲国"设立了三十二个鸦片"专卖公署"，下辖"烟管所"一千八百多处，又辖沈阳小河沿烟膏制造厂和"大满号""大东号"两家专卖公司，充分供应鸦片成品。"专卖"的结果，使得吸毒成为官准的活动，吸毒的人数骤增。到1936年，南满种植罂粟的总面积达685000亩。据国联统计，九一八事变前这里每120人中有一人吸毒，而此时这个比例已改写为40∶1，吸毒人数由5万骤增到90万！"满洲国"城镇的大街小巷烟馆林立，烟馆门前倚着诱人的招牌："本馆上层已开，鸦片味美价廉，敬请顾客品尝"，"最佳波斯鸦片，经由专家制作，一角可买一钱，漂亮女佣侍奉"。当美丽的罂粟花毒杀中国人的时候，哗哗的金钱流入了日本人的腰包。美国驻上海的财务官员在 1936 年写的一份报告中说到，"满洲国"的军事预算每年达二亿日元，而财政收入大部分来自盐和鸦片的专卖权。证人田中隆吉认可了这份报告的说法。他证实："满洲国"政府财政收入的主要来源是鸦片和麻醉品交易，离开这些，"满洲国"政府便难以维持。至伪满垮台止，共生产了三亿两鸦片！

当然，星野的烟毒远不是全部。1937 年七七事变之后，为了"以毒养战"，在日本政府的推动下，毒品交易迅速蔓延到华北、华中和华南。1938 年 11 月 12 日，日本政府悍然断绝了同世界禁烟组织的关系，开始明火执仗地制毒贩毒。事隔一个月，日本内阁中一个叫"兴亚院"的机构出笼了，它的总裁是内阁首相，陆相、海相、外相、藏相任副总裁，可见其权势之大。"兴亚院"在北平、上海、张家口、厦门等地设有分支机构，它的一个重要使命，就是协调、计划长城以南的鸦片种植和生产，掌握和制定鸦片贩卖的方针。鸦片收入大部分归"兴亚院"入账，用于支持中国的傀儡政权。由于毒品交易利润惊人，日本的三井和三菱两大财阀你抢我夺扭在了一起。"兴亚院"出面调解，使两家签订了一个《关于鸦片输入地和划分鸦片贩卖区的协定》，明文规定由三菱办理对"满洲国"的鸦片供给，三井则办理华中、华南的鸦片供给，而华北则由两家分摊。两家财阀均有义务支持傀儡政权，每年从利润中拿出 20% 给它们输血。

一时间中国大地上毒烟滚滚，像食盐一样渗透着中国的肌体。天津仅日本租界就有 100 多家毒店毒厂；上海仅沪西和南市就有供毒的土膏行 30 多家，整个地区无法计算；在南京每月抛售的毒品达 300 万日元以上。日军催植鸦片几乎到了发狂的地步，1943 年指定沈阳种植 200 公顷、四平 400 公顷、吉林 400 公顷、内蒙古 800 公顷，而热河竟要种植 10000 公顷。日本内阁每年净得贩毒赃款 5 亿日元左右，这个数字已刨除了用于资助傀儡政权的金额。在天津一家叫"世丽粉"的烟馆里，一个叫娄来贵的中国人歪躺在卧榻上拼命地吮吸着自己的骨髓。他原来是一个房地产业主，有一窝姨太太。现在他只剩下一把枯黄的柴棒。他不住地气喘、呻吟、咳嗽，渴望着最后一把火将他烧成灰烬。整个世界都看到了这个形象。他们说：这就是中国。东亚病夫，这就是中国。

狗日的日本鬼子！狗日的日本吸血鬼！耻国怜民的林则徐的在天之灵将长恸到何时，中国乌沉沉的天空大雨如磐。

判决书认定：星野直树在"满洲国"的职位，"使他能够对'满洲国'的经济发生极大的影响，并实际上运用这种势力使'满洲国'工商业的发展为日本所控制。他与'满洲国'事实上的支配者关东军司令官，紧密合作进行活动。不管名义上如何，在实际上他是关东军的一名职员，其所采取的经济政策的目标，是使'满洲国'的资源服务于军事上的目的"。

在远东国际军事法庭受到指控的甲级战犯中，还有三个曾以经济手段侵略过中国的人，一个是铃木贞一，一个是松冈洋右，一个是贺屋兴宣。他们都曾在直接盘剥中国人民和支持战争的经济部门任过要职。贺屋兴宣七七事变时任藏相，1939年至1941年任"华北开发股份公司"总裁。松冈洋右曾长期在"满铁"任职，1935年至1939年任"满铁"总裁。铃木贞一接替星野直树，于1941年至1943年任规划院总裁。

七七事变前夕，日本的经济急需转入战时体制，以集中全部的财力应付庞大的战争开支。就是在这个时候，富于理财经验的贺屋兴宣被近卫文麿选任为他的藏相。战争爆发后，贺屋一只手拼命地在国内聚敛财富，另一只手迫不及待地伸向了中国华北。经他一手策划，日本政府和财阀于1938年6月成立了"华北开发股份公司"，打着中国资本家合股的虚假招牌，将华北的矿山、煤炭、制铁、发电、运输、盐业、纺织、面粉等重要经济实体一把抓在自己的手里。占当时中国铁矿蕴藏量半数以上的华北铁矿、在华北地区产煤量最大的大同煤矿，都成了日本的囊中之物。像饿红了眼的恶狼吞食捕获到的猎物一样，侵吞的速度是骇人心魄的，仅两年工夫，"华北开发股份公司"的资金就由当初的三亿五千万日元猛增到五亿五千万日元，这里面包含着多少中国人的苦难、血泪和生命。

贺屋伸出腥气熏天的长舌舔舔趾爪，幸福地长嚎了一声，又扑向另一个猎物。同年11月，他的第二个杰作"华中振兴会社"在上海成立，用同样的方法实现了对华中地区铁路、水电、航运、电报电话等经济部门的垄断。贺屋兴宣通过这两个渠道从中国掠夺了大量的战略资源，据不完全统计，仅1943年一年就掠夺了6000多万吨铁砂、5000多万吨煤炭、100多万生铁，贪婪和野蛮可想而知。贺屋辞职后仍参与"兴亚院"对中国的盘剥。

看样子每当日本要发动大规模战争的关键时刻，都需要贺屋的经济智慧。1941年10月，东条英机上台组阁，经星野直树的举荐，贺屋再度出任藏相。贺屋是个多欲而胃口大的家伙，这次他把多毛的手伸向了金融和农业。他下令在中国沦陷区设立了二十多家银行，滥发纸币，竭泽而渔地榨取民脂民膏，搅乱国民党后方的经济秩序。与此同时疯狂推行"工业日本，农业中国"的殖民经济政策，强行征地、圈地，搜刮粮食充作军用，紧紧掐住劳动人民的脖子。以上海为例，沦陷后每人每天配给的粮食不足三两，且多是掺了沙土的豆粉、苞米粉等杂粮，使得劳动人民挣扎在死亡线上，饿殍无计，1942年2月间的几天时间里，就有八百多人冻饿而死。太平洋战争爆发后，贺屋又把这套扒皮抽筋的剥夺手段推广到东南亚，犯下了新的罪行。贺屋兴宣毫不隐晦地说："这样做的目的，第一是供给日军必需品，第二是扩充日军的军备。"大量的钱财也就落进了日本财阀的腰包。

判决书写道：贺屋兴宣"参加了日本各项侵略政策的树立及为实行

此类政策在日本财政上、经济上、产业上的准备。在这时期，特别是作为第一次近卫内阁和东条内阁的藏相，以及作为'华北开发股份公司'总裁，他曾积极从事于对中国的侵略战争及对西方各国的侵略战争之准备与实行"。

对松冈洋右和铃木贞一两个人，法庭也掌握了他们对中国进行经济侵略的罪证。松冈洋右在他于 1931 年撰写的《动乱之满蒙》一书中说："满蒙不仅在我国的国防上，就是经济上，也可以说是我国的生命线。我们要牢固地死守这条生命线。"松冈就是以这样的激情在"满铁"经营了十多年，残暴地榨取东北人民的血汗。至于铃木贞一，判决书认定他的罪状之一为："他是'兴亚院'的组织者之一，并且是该院的政治及行政部门的首长。在这种地位上，他促进了开发利用日本在华占领区的工作。"

1948 年 11 月 12 日，远东国际军事法庭对甲级战犯做出最后的判决，星野直树、贺屋兴宣、铃木贞一均被判处无期徒刑。当法官叫到铃木贞一的名字，他走上前去脚后跟一碰，向法官们行了个九十度的鞠躬礼，法官的宣判使他紧紧地咬住了下唇。听到判决的时候，贺屋兴宣习惯性地眨巴眼一下定住了，好长时间没有眨动。星野直树不服气的神情似乎又很胆怯，似乎里面有一只小兽在颤抖，他在 1958 年获减刑释放出狱后写道："昭和二十一年 5 月 3 日开始的这一世纪的审判，实质为报复性的审判，就其内容来看对日本人是非常遗憾的。"

而生着一双短腿的松冈洋右，也是一个短命鬼。接到逮捕令的时候，由于青年时代患的肺结核病复发，他正在长野县的家中养病。当年他是何等的盛气凌人，他叫嚷道："的确，日本是在扩张。但有哪个国家在它的扩张时代，没有使它的邻国恼怒呢？这是很自然的事，就像孩子要长大。只有一个办法能阻止孩子长大，那就是死亡！"在法庭上，他全没了那副神气，他的脸又青又肿，额上僵硬的血管清晰可见，一副病恹恹的样子，没等到宣判，这个被近卫称为"火枪"的家伙就呜呼哀哉了。他去得还挺潇洒，死前他写道："无悔无恨赴黄泉，生生不息。"这个"孩子"终于没能长大。

然而应该注意到，松冈是个诡计多端的外交官，铃木则是个罪恶累累的军棍，经济侵略并不是他们的主要罪状。即使星野和贺屋，也不能说是严格意义上的财阀，他们只是财阀在政府中的代表。

二十八名受到起诉的甲级战犯竟然没有一个真正的财阀。

正如从铃木茂四郎的书中引述的那样，日本大财阀们都给自己勾勒出一副挑动战争者的形象。"三井""三菱""住友""安田"等几家大财阀把全国的经济纳入战争轨道，把从日本和被占领国剥夺来的财富转化为军火，向军队提供车辆、大炮和粮食，"三菱"制造出性能极好的零式战斗机，而财阀也获得了巨额利润，发了战争财。1937年，四大财阀拥有日本重工业的5%，十大财阀拥有25%，而到了1946年，这两个数字分别改写为32%和49%。他们同皇室与军部结成了强有力的联盟。他们的罪行不断地出现在判决书中。判决书指出：能否通过近卫文麿为发动战争而推行的国家总动员法，"取决于企业家的意志，没有他们的支持，全国动员计划就不可能实现"。然而，他们的名字在判决书中被用"企业家""银行家"这样一些空洞的称谓掩盖了，也没有一个财阀被送上被告席。

这归功于麦克阿瑟的庇护，根源在于以苏美为两极的"冷战"愈演愈烈。美国要把日本变成它的前线堡垒。但战败使日本成为一个已遭毁坏的国家。它的巨额投资都已丧失，房屋、城市和工厂均遭破坏，贸易商船无几。石油、棉花、羊毛、焦煤、橡胶和盐等工业资源枯竭。农田荒芜，粮食和日用品奇缺。《纽约时报》记者帕罗特写道："如果日本经济陷入困境，可能导致的后果是出现剧烈的革命以图抛弃与民主国家之间的无利可图的联系，转而向新的左翼主义求援，依赖亚洲共产党国家的资源，而后者可能利用日本的工业力量。"

美国要依靠财阀来重新武装日本，而且，美国人要用来祭刀的本来就限于那些在太平洋战场上对美不宣而战的人。

根据麦克阿瑟的授意，基南把盟军总部拘留的甲级战争嫌疑犯由 A 至 H 分为八个组，每组都配备一名美国法官负责组织调查侦讯。D 组由霍威茨与霍克斯赫斯特负责，侦查的对象是池田成彬等十二名财阀，后来又加上满洲的财阀星野直树等人，增至十六人。侦查结束后，除了一个倒霉的星野直树，其他的都被一股脑儿地放掉了。

侦查开始前，基南向他俩暗示：只有直接参与战争谋划、犯有"破坏和平罪"的嫌疑者才能受到控告。两人心领神会。就是说财阀成员大力推动飞机大炮的生产，帮助政府达到战争目的，获取高额利润，这还够不上当战犯的资格，还不能构成"破坏和平罪"。

于是他们向基南"负责"了。经过一通"偷工减料的侦查"，他们向基南提出一份报告。在执委会上汇报的时候，他们埋怨时间太紧，说要在这样短的时间里对财阀们进行综合性的调查是不可能的，所以我们不这么干，我们只调查那些被列入战犯名单的实业家。可是，能掌握的关于嫌疑犯的情报都是些能写入名人辞典的溢美之词，而这些嫌疑犯的知识水平都很高，根本不要指望他们说出不利于自己的话来。我们中间的一个虽然有六十四岁了，且在俄亥俄州当过四十年的律师，可是，我不是日本问题的专家，更没有关于财阀方面的知识，心里虚而困惑，手无王牌而软。所以，唉，只有瞪着两眼干着急。

他们差点没把自己说成是个空啤酒桶，可怜兮兮地让人滚着玩。但这并不妨碍他们胸有成竹地拿出结论。

他们说，眼下不要把鲇川义介、古野伊之助、乡古沽、大河内正敏、正力松太郎、中岛知久平几个人当作被告，因为这些人都说自己反对战争。就拿前《读卖新闻》社长正力松太郎来说吧，他说他在战争期间所做的"斗志昂扬"鼓舞日军的报道，是迫于压力而不得不为之，否则他的报纸将得不到纸张；更有说服力的一点是，他说他曾向东条英机和星野直树书记官长提出过抗议，反对他们错误的新闻政策，反对他们向国民说谎。当然——霍克斯赫斯特文雅地托了一下金丝边眼镜，环顾一下众人的反应，接着说下去。当然，《读卖新闻》的铃木东民总编有相反的意见，他强调说正力是一位极端狂热的军国主义分子，曾经积极地与好战分子进行合作，但是前社长却说正力曾反对日美战争。于是，我们宁可相信其本人的话。

至于其他的人，中岛说自己反对军部及其侵华的政策；池田和藤原虽然有成为被告的可能性，但两人已年迈，又染病在身。尽管检察方面的协助者田中隆吉说池田给极右分子提供过资金，但另一个人却说池田由于一贯反对军国主义的主张，反对对美开战，军部和法西斯分子的刺客常想谋害他。还有人报密，说池田和津田曾当过为建立日本和"满洲"新秩序而设的"日满财政经济研究会"顾问，但在讯问中他们矢口否认。

就这样，大财阀们被一个一个地从嫌疑犯的人堆里扒拉出去，最后孤零零地剩下一个星野直树。

听了两人的汇报，基南满意地点点头，"是呀，我本打算选择一名代表财阀的被告，如果可能的话，这个人最好与新旧财阀都有关系。可是没有符合条件的人选，这个打算只好放弃了。"

这大概是吸取了纽伦堡审判的教训。德国国家银行总裁沙赫特与大军火商克虏伯两个大财阀被送上了被告席，后来在众目之下搭救他们，招惹了太多的麻烦。

基南甚至想出一个猫怕老鼠的理由，"以'破坏和平罪'予以起诉的证据不充分，而长拘禁不予起诉是非法的"，财阀遂被悉数释放回家。

这种不正常的情况引起苏联等国检察官的不满，也引起了国际进步舆论的指责。面对记者，基南与霍威茨做出了不同的回答。

基南正颜厉色地说："我们既没有收到著名经济界人士同发动战争者共同谋划的证据，也没有发现这些证据，这一点与德国完全不同。在德国，希特勒骑在马上的时候，企业家扶着马镫。在日本，银行家和经济界要人即使扶着马镫，那也是被枪口逼着干的。"

霍威茨则以平静的口吻说："从日本的许多情况来判断，只要不能确切地判定其有罪，那么，控告实业家就非属上策。这是因为，如果他们受到了无罪判决，那么，日本的实业界和实业家的战争责任就将被全盘否定。"

正是日本皇室、阴谋家、大财阀与法西斯军人的这种利爪、胃和脑袋的联盟，使日本实施扩张主义政策，向中国和东南亚各国全面发动了惨无人道的侵略战争。

第六章　屠城血证

观音不度屠城元凶

在月辉和夜色中，金朝年间修建的卢沟桥像一帧古老的剪影。桥栏杆上蹲着工艺化的小狮子，桥头立着乾隆帝御笔亲题"卢沟晓月"石碑，桥下流动着胭脂粉河水。这是一种典型的中国文化氛围，宁静、温馨。就是在这里，1937 年 7 月 7 日深夜 11 时 40 分，几记刺耳的枪响打碎了这梦一样的氛围，日本蓄谋已久的全面侵华战争爆发了。北平和天津相继沦陷。

8 月 13 日，日本海军在上海燃起战火。钦命上海派遣军司令官松井石根率军直赴战场。激战空前。11 月 5 日，日军在杭州湾登陆成功，大肆杀戮和平居民。天皇赏赐前线将士每人一杯御酒、十支香烟，以表彰"使皇威扬于世界"。裕仁天皇的叔父朝香宫鸠彦亲王飞抵前线，密令"杀掉全部俘虏"。密令像瘟疫一样在口头传播。日军训示部下："在华北尤其是上海方面的战场，一般老百姓，纵令是老人、女人或者小孩，很多从事敌人的间谍，或告知敌人以日军的位置，或诱敌袭击日军，或害于日军的单兵，等等，故不能掉以轻心，需要特别注意。尤以后方部队为然。如发现这些行为，不得宽恕，应采取断然处置。"12 月

157

13 日，日军攻陷南京，松井"降魔的利剑现在已经出鞘，正将发挥它的神威"，他命令日军继续"发扬日本武威慑服中国"。

南京发生了惨绝人寰的大屠杀。

日军在攻打上海时死伤五万多人，他们带着复仇的决心和爆炸的兽欲冲进南京，他们已不是人，而是刺刀、烈火。他们杀死了三十多万人，强奸了两万多名女性，城内 73% 的房屋遭抢劫，89% 的房屋被破坏，损失财富总价值达二亿四千六百万元。大火持续呼啸了一个多月。

这令人难以置信的野蛮罪行，杀伤了每一个有良知的人的神经。国际军事法庭把此案列为专项，审讯整整用了三个星期。

检察官莫罗上校在起诉发言时异常激动和愤慨。法庭为了表现出司法的客观性，几次打断了他的话。但要让他有所克制是困难的，因为恐怖、残忍的兽行在烧灼着他。他继续激愤地说道："南京是世界人口最稠密的地区之一，它在一场违反国际法和几个世纪以来形成的全部战争法规的不宣而战的军事侵略中沦陷了，被洗劫、炸毁和烧光了。中国战俘成群地被绑起来，然后进行大屠杀。"他说，这一古城的居民深陷在极大的痛苦和暴行之中，他们无端地惨遭抢劫和杀戮。

首席检察官基南认为，坐在这里的二十多名被告同希特勒之流携起手来，对民主主义国家计划、准备并发动了大规模的侵略战争，结果使几百万人丧失生命，资源遭到破坏。他有充分的理由和足够的证据断言："南京陷落后，紧接着是对数以万计的俘虏、和平居民和妇女儿童的杀戮、欺凌、摧残以及对毫无军事意义的众多房屋的破坏。这些事件被称为现代战争史上独一无二的南京大屠杀。"

被告席上，指挥实施南京大屠杀的日军统帅松井石根满脸懊丧、忏悔和可怜的神情，像个断顿的大烟鬼。他为自己所做的辩护，与他的脸色一样枯晦，他使出了三招：第一招是矢口否认，第二招是装聋作哑，第三招是推卸责任。

"西方帝国主义侵略东亚的战争同日本进行的日清、日俄战争是本质完全不同的两种战争。……东洋日本与中国之抗争，一方面应视为两国人民自然发展之冲突，同时亦可视为两国国民思想之角逐。盖中国国民之思想，最近半世纪间明显受欧美民主思想与苏联共产思想之感化，致东洋固有的儒教、佛教思想发生显著变化，中国国内变化招致各种思想之混乱与纷争，乃至形成同日本民族纷争之原因。"这是什么意思？是说日本的侵略是出于善意，并非野蛮，并非带有掠夺的目的？还是想利用法官们价值观念的不同引起他们之间的隔膜与对立？总之，松井全盘否定了南京大屠杀的暴行。他说："基南检察官所云对俘虏、一般人、妇女施以有组织且残忍之屠杀奸淫等，则纯系诬蔑。而超过军事上需要破坏房屋财产等指责亦全为谎言。"

松井的狡赖不足为怪，直到今天，我们仍然能经常看到如出一辙的论调。1995年2月3日，一群干瘪的老兵、说话温柔的学者和气势汹汹的右派恶棍聚集在东京，他们向日皇像鞠躬，他们攥紧拳头叫嚷。一个二十六岁的神道教女教士拨开人群，对着三千名狂徒说："我们大家都毫无疑问地坚信，打那场大东亚战争的目的，是要把所有亚洲人从白人优越论手中解救出来。"活动的组织者、道教大学的英语教授中村说："日军1937年在南京屠杀了三十万中国人的事件，是历史的最大谎言。"1973年，铃木明出版过一本名叫《"南京大屠杀"的幻影》的书，他把南京大屠杀说成是虚构的"幻影"。这本书充当着否定南京大屠杀的有力武器。

到底是谁在虚构？1946年的法庭里一片黑暗，一束强烈的光柱打到白色的银幕上，历史真实出现了：一阵枪响。一片杂陈的尸体。刀光闪过，滚落一颗带血的头颅。浑身血伤的中国难民在战栗。锋利的刺刀扎进婴儿……

在人们的怒骂和哭泣声中，法庭又出示了一个极其重要的文件，它来自法西斯阵营内部，是纳粹德国驻南京大使馆打给德国外交部的一份密电。电报描述了日军在南京杀人如麻以及强奸、放火、抢劫的情状，最终的结语是："犯罪的不是这个日本人，或者那个日本人，而是整个的日本皇军。……它是一架正在开动的野兽机器。"

干瘦的松井低下了骷髅一样的头颅。他的嘴里在嗫嚅着什么。他抬起头来说："当时我正在养病，对发生了什么全然不知。"此为第二招。

法庭以足够的证据驳回了他的谎言。12月17日那天，日军举行了狂热的入城式和慰灵祭。时任华中方面军司令官的松井石根乘车来到城东满目疮痍的中山门，在那里换骑上一匹栗色的高头大马，他要让士兵们看清楚他们的统帅。他耀武扬威地进了城，成千上万的日军官兵在街道两旁列队欢呼，他戴着白手套的手在空中得意地挥动。他耸了耸小胡子。他嗅到了人肉烧焦的气味，看到十几处高高蹿起的大火像胜利的战旗一样迎接他。战马迈着悠闲的步子，把他送到城北面的首都饭店。

1995年中国导演吴子牛导演的影片《南京大屠杀》，再现了当年一幕幕真实的情形：

——十多个日本兵押着几百名中国警察。几个日本军官在女警察跟前站住，用刀挑去她们的帽子，强行拉走了几个。警察们骚动起来，日本兵挺枪恫吓。两名半裸的女警察冲出，被光着上身的日本军官开枪打死。日本兵抬来几筐米饭。一个日本兵说："干脆处理了吧。"军官一挥手，机枪响了，警察们倒在血泊之中。

一个军官向松井石根报告说，已抓到了十多万名中国军人，每日伙食供应成了大问题。松井略一沉吟，说："我考虑我们的力量不足。如果有太多的仁慈，我们就会遇上麻烦。那就消灭了吧。"

江风怒号的草鞋峡，悲愤的俘虏被赶上土坡。军官下令开枪，机枪手略一犹豫，军官抽刀劈杀了他。枪炮齐鸣，俘虏群像江涛一样翻滚。

这与曾被日军俘虏的上尉军医梁廷芳的证词完全一致。

——几所大学建立的难民安全保护区。英、美、法等国的国旗徐徐飘拂，各种帐篷和木屋拥挤在操场上。五六辆载着日军的卡车驶到安全区门口停下，几百名发情的畜生扑向大门。救委会主席雷伯挡在门口："这是国际安全区，是得到你们的最高司令批准的，你们不能进来。"他遭到了日本兵的暴打。魏特琳女士手中的美国国旗被日本兵夺去扔到地上。

就像恶狼扑向羊群，日本兵扑倒了一个又一个妇女。惨叫声。皮靴和飞舞的皮鞭。几位少女含辱跳楼。柔弱女子脸上的血和下身的血……

这直接就是许传音博士出庭做证时说出的那一幕。他当时在安全区担任红十字会副会长。

……

在法庭证人席上，站出了一个又一个南京大屠杀的幸存者。金陵大学医院外科主任、美国医生威尔逊述说了他目睹的被日军杀伤的中国军民的惨状。在那些恐怖的日日夜夜，威尔逊把目睹到的事实写进了日记，日记内容于1995年译成中文后，首先在南京引起了巨大的震动。

"昨夜金陵大学一位中国员工的住所被捣毁，他的亲属、两个妇女被强奸。在一所难民营里，两个大约十六岁的女孩被轮奸致死。上午我花了一个半小时为一个八岁男孩做了缝补手术，他有五处刺刀伤，胃被刺穿，一部分大网膜流出了肚子外。

"今天我处理了一个有三处子弹孔的男人。他与其余八十人是从'安全区'的两幢房子内带出来，在西藏路西边的山坡上被残杀的。八十人中只有少数几个是退伍军人，其他都是平民百姓。他是唯一的幸存者。

"每个商业区都被放了火。昨天晚餐前我数了一下，共有十二处起火，今天同一时候有八处，有些地方整幢建筑被烧毁。

"一个四十岁左右的妇女住进了医院。她被日本人从难民营中带走，名义上是给日本军官洗衣服。他们带走了六个妇女，她们白天为日军洗衣服，晚上则被日本人强奸，她们中有五个人一晚上要受到十至二十次的强暴，而另一个由于年轻漂亮，每晚要受到大约四十次奸污。第三天两个日本兵把她带到一个偏僻的地方，想砍掉她的头，其中一个砍了她四刀，但只削掉了她的颈背部到脊柱的全部肌肉，另外她的背部、面部和前臂还有六处刀伤……"

梅奇牧师是国际红十字会南京委员会的主席，他从人道的立场，控诉了日军杀人、强奸和抢劫的事实："日军占领南京后，就有组织地进行屠杀。南京市内到处是中国人的尸体。日本兵把抓到的中国人用机枪、步枪打死，用刺刀刺死。

"强奸到处都有发生，许多妇女和孩子遭到杀害。如果妇女拒绝或反抗，就被捅死。我拍了照片和电影，从这些资料上可以看到妇女被砍头或刺得体无完肤的情形。如果妇女的丈夫想救自己的妻子，他也会被杀死……"

梅奇牧师滔滔不绝地历数了一百多件罪行，件件冷得让人见血见泪，令人发梢生寒。他回答了萨顿检察官的讯问，又接过松井石根的辩护律师布鲁克斯扔过来的白手套。在整个审判过程中，被告们的美国律师异常卖力，为了开脱被告罪责及拖延审判的进程，他们盘问、攻击检方提供的证人证件，驳辩、非难检方的论证主张，可谓无孔不入，无隙不乘，态度张狂而龌龊。布鲁克斯一出剑，就可看出他是一个有经验的对手。

布鲁克斯："你看到过强奸的现行犯吗？如果有，那么是几个？"

梅奇："我看到过一个日军在实际进行这种行为，还看到过两个日本士兵把一个十五岁的女孩按在床上。"

"一个是现行犯，另一件未遂，是这样吗？"

"他们两人把女孩压在床上。"

"你看到抢劫或者你本身被强盗抢过的事件有几回？"

"我见过偷电冰箱的日军。另外……"

梅奇停了一下，他在考虑战斗的严肃性。但这种事对日本人来说委实是十分难堪的。没容他考虑成熟，布鲁克斯就催促了。于是便有了下面的一段话，由于细节的生动及与法庭庄重气氛的不谐，而给人们留下了深刻的印象。梅奇说："一天夜里，一个日本兵竟三次闯进我的住宅。他的目的是想强奸藏在我家里的一个小女孩，另外就是偷一点东西。他进来一次，我就大声斥责一次，但每次他都要偷点东西走。为了满足他的欲望，最后一次，我故意让他在衣服口袋中掏去了仅有的六十元纸币。他得到了这笔钱后便满足了，感谢了我，然后一溜烟似的从我家的后门窜出去了。"

二十天里唯一的一次，审判席上的法官和旁听席上的群众哄堂大笑。如同一个小丑在一出小小的正剧里掉了出来，演出了一幕滑稽戏。连被告席上的战犯们也失声笑了出来。但他们张开的嘴巴里像被塞进了一撮猪毛，随着哧哧的笑声往里走。这是魔鬼的笑，像哭。

检察方面的证人证词和各种材料堆起来有一尺多高。广播电台每晚穿插着音乐，向日本人民播送关于南京暴行的《这就是真相》的专题。中外证人的口头证言及检察与被告双方的对质辩难常常达到白热化的程度。法官席在认真倾听。旁听席的上千人屏住呼吸聆听。被告席也在阴郁的气氛中仔细地听着。

英国人罗伦斯和中国证人尚德义、伍长德、陈福宝……站到了证人席上。他们庄严地向法庭宣誓他们陈述的都是事实。被称为"日本通"的金陵大学美籍教授贝德士站到了证人席上，陈述着他目击的凄惨情景：

"日军进城后的几天间，我家附近的马路上被他们射杀了无数平民，尸体比比皆是。

"一大群中国士兵在城外就投降了，被解除了武装，三天后被日军的机枪扫射死了。

"我的朋友亲眼见到一个中国妇女被十七个日本兵轮奸，九岁的女孩和七十多岁的老太太也被强奸了……"

松井石根不得不供认道："余于1937年11月被任命为华中方面军司令官。攻击南京时不意若干青年军人竟于占领南京时有残暴行为，实属遗憾。"但他并不服罪。他想避重就轻，推卸责任。于是他使出第三招。

松井石根大言不惭："我始终坚信，日中之间的斗争是亚洲大家庭中兄弟间的争吵，日本不可避免地要动用武力，以拯救旅居中国的日本侨民，保护我们的权益，这同哥哥经长期忍耐后赶走不听话的弟弟没什么两样，目的仅仅是促使中国回心转意。驱使这一行动的动机并非仇恨而是爱怜。"

他说："由于我多年夙愿乃是使日中共存共荣，因此在占领南京时采取种种预防措施，以避免这一战争给全体中国人民带来苦难。"

松井石根的辩护人、曾驻南京的第九师团第三十六纵队长胁坂次郎大佐在宣誓证词中说："松井大将常常训示部属要严守军纪风纪，宣抚爱护居民。"

难以置信的是，松井石根怎么竟能承受住事实与谎言之间如此巨大的反向力量？在暴行达到顶峰时，国际安全区的负责人竭力对兽军进行劝阻，同他们讨价还价地谈条件，通过新闻记者向世界舆论揭露兽军的暴行，同时将暴行整理成备忘录，两次通过外交途径向兽军当局提出强烈抗议。

检察官诺兰并没有受到干扰，他讯问道："国际委员会送交的日军暴行备忘录，你看到过吗？"

松井石根回答："见到过。"

"那么你采取的究竟是些什么措施呢?"

"我出过一张整饬军纪的布告,贴在一座寺庙的门口。"

"你以为在浩大的南京城内,日军杀人如麻,每天有成千上万的男女被屠杀和强奸,你的一张布告会有什么效力吗?"

松井语塞。他想了想,说:"我还派了宪兵维持秩序。"

"多少宪兵?"

"记不清了,大约有几十名。"

"你以为在几万日军到处疯狂地杀人、放火、强奸、抢劫的情况下,这样少数的宪兵能起到制止的作用吗?"

松井又想了想,说:"我想能够。"

当证人证实当时南京只有十七名宪兵,这些宪兵本身也参加了暴行时,松井烟鬼般的脸上又重重地刷上了一层死灰色。

松井企图逃脱罪责的努力落空了。

早于开庭审判前的调查讯问期间,松井就力图推卸自己的责任。面对莫罗法官的讯问,他说要把日军在战场上的行为同作战外的不法行为区分开来,犯罪分子当时已被处置。他强调说,他并非是要谴责朝香宫,但南京暴行确实是朝香宫任司令官的部队干的。为了表明自己是个虔诚的佛教徒,具有积德行善的情怀,他告诉莫罗,他从南京回国后,即在热海市附近的伊豆山上修建了一座神殿,塑了一尊观音菩萨的全身像,并将从长江盆地运来的染血的泥土撒在基座上。他曾昼夜不息地在这神像前为两国军人的亡灵得以安息、为世界和平得以实现而祈祷。

这在无意当中透露出日本政府对南京大屠杀的态度。迫于世界各国舆论的压力,松井石根及其部下八十名将校被召回国内,但没有受到任何处罚。松井回国后被任命为内阁参议。由于在战争中的"功劳",日本政府还于1940年给他授勋。他对人说,他回国不是因为他的军队在南京犯了暴行,而是他的任务到了南京业已终结。

夫人矶部文子陪着他到伊豆山的淙淙园静养。陶瓷观音像落成后，他写了一篇《兴亚观音缘起》的文章刻在它的基石上。文章写道：

"中国事变，友邻相争，扫灭众多生命，实乃千古之惨事也。余拜大命，转战江南之野，所亡生灵无数，诚不堪痛惜之至。兹为吊慰此等亡灵，特采江南各地战场染彼鲜血之土，建此'施无畏者慈眼视众生观音菩萨'像，以此功德，普度人生……"

抑或松井石根真的要立地成佛了？臂带"MP"标志的国际宪兵在巢鸭监狱宽大的走廊里来回走动，粗重的皮靴踏下去，传出响亮的震感。松井感到不安了？感到恐惧了？而生反悔之心了？他用血腥气犹烈的手，在牢房的墙上挂了一幅观音画像，每天早晚在像前合十礼拜，诵读《般若心经》和《观音经》。他在等待着最后的命运。

因南京大屠杀而作为甲级战犯同时受审的，还有华中方面军副参谋长武藤章。

武藤章协助松井指挥日军攻陷南京后，奉命安排日军宿地。他借口"城外的宿地不足""由于缺水而不敷使用"，命令城外的日军可随意在南京城内选择宿营地。堤坝开了，亢奋的洪水撞击着，嘶喊着，带着巨大的破坏力昼夜不停地在大街小巷奔流，给市民带来了灭顶之灾。12月17日，日军举行盛大的"入城式"，他陪同松井石根穿过中山门，进入血雨腥风的南京城，分享着兽兵们对统帅的欢呼。第二天，他又陪同松井参加了"慰灵祭"。对于发生在他身边的烧、杀、奸、掠，他只是狞笑，狞笑。他给了狂兽们更大的勇气和更野蛮的欲望。

残暴是他的性格。1945年初，武藤章任驻菲律宾的日本第十四方面军参谋长，指挥日军同美军作战。美军到达之前，他的部下在马尼拉市抢劫、强奸、屠杀，制造了骇人听闻的"马尼拉惨案"。

在"马尼拉惨案"中，最为残忍的是日军在圣保罗大学一次杀害八百多名菲律宾儿童。兽兵们在大学餐厅里摆放了一些点心，把八百名孩子哄骗进来。正当孩子们吃点心的时候，一个兽兵拉动了藏在灯架内的集束手榴弹，悬挂在儿童头顶的五盏枝型吊灯轰然一声巨响，屋顶掀开了，孩子们被炸得血肉横飞，没死的在奔跑中倒在了机枪的火舌下。多么残酷的游戏，只有灭绝人性的疯兽才能干出这样的勾当。还有，日军士兵强迫一名美国俘虏把自己手背上的皮剥下来吃掉。一批平民像圈羊般被赶到一起，四周堆满浇上汽油的木器，一把大火点燃，烧干了人血。日军在光天化日恣意奸淫年轻姑娘。反抗者被斩首，颅腔里往外喷着热血的尸体也遭到奸淫。可怜的姑娘，他们连一个干净的尸体都不留给她！值得提出的是，日军制造"马尼拉惨案"，是在指挥官的命令和准许下进行的。美军缴获到一份这样的日军命令："杀死菲律宾人时，尽量集中在一个地方，采用节省弹药和人力的方式进行，尸体的处理很麻烦，应把尸体塞进预定烧掉或炸毁的房屋里，或扔进河里。"

"二战"期间发生的"三大惨案"，即南京大屠杀、菲律宾大屠杀和泰缅铁路战俘事件，武藤章主谋参与的就占了两个。

1948年4月，旷日持久的庭审终于结束了。法庭进入起草判决书的阶段。经过梅汝璈的争取，由中国法官负责起草有关日本侵略中国的部分。在起草过程中，中国法官们经受着持续的震惊和痛苦，泪雨连绵。在一次法官会议上，梅汝璈慷慨陈词："由法庭掌握的大量证据，可以看出，日军在南京的暴行比德国在奥斯维辛集中营单纯用毒气屠杀，更加惨绝人寰。砍头、劈脑、切腹、挖心、水溺、火烧、砍去四肢、割生殖器、刺穿阴户或肛门等，举凡一个杀人狂所能想象出的残酷方法，日军都使用了。南京的许多妇女遭强奸后又被杀掉，日军还将她们的尸体斩断。对此种人类文明史上罕见之暴行，我建议，在判决书中应该单设一章予以说明。"

梅汝璈说完刚刚落座，又站起来用压低的嗓门说："我的这个请求，务请各位同人予以理解、赞同。"

法庭庭长韦伯同意了，其余九位法官也同意了。

松井石根捧着《观音经》，在他的所谓生死由天的境界中等来了对他的宣判。

在两名高大宪兵的监押下，他摘下眼镜，笔直地站在了审判席上。

远东国际军事法庭根据大量的人证、物证，确认南京大屠杀是现代战史上破天荒之残暴纪录。在长达一千二百一十八页的判决书中，用两个专章，做了题为"攻击南京"和"南京大屠杀"的判词。

判决书认定了松井在侵占南京中的作用：

"松井被任命为上海派遣军司令官离东京赴战地时，他已经想好了在预定占领上海后就进兵南京。他在离东京前，要求给上海派遣军五个师团。因为他早就对上海和南京附近的地形做过调查，所以他对进攻南京做了实际的准备。"

松井和武藤纵容暴行：

"1937 年 12 月初，当松井所指挥的华中方面军接近南京市的时候，百万居民的半数以上及全体中立国的国民——其中除少数留下来以便组织国际安全区外——都逃出了南京。……因为中国军队差不多已全部从南京市撤退，或已弃去武器和军服到国际安全区中避难。所以，1937 年 12 月 13 日早晨的占领完全没有遭到抵抗。日本兵云集在市内并且犯下了种种暴行。……日军在占领南京后，至少有六个礼拜，包括松井和武藤入城后的至少四个礼拜，一直不断地在大规模地进行着大屠杀。"

暴行惊天地，泣鬼神：

"中国人像兔子似的被猎取着。"

"全城中无论是年轻的少女或老年的妇人，多数都被奸污了。并且在这种强奸中，还有许多变态的和淫虐狂行为的事例。许多妇女在遭强暴后被杀，躯体被斩断。"

"日军仅于占领南京后最初的六个星期内，不算大量抛江焚毁的尸体，即屠杀了平民和俘虏二十万人以上。"

武藤与松井完全知道所发生的种种暴行：

"南京安全区委员会干事史密斯说：在最初的六个礼拜中，曾每天提出两次抗议。……无论是武藤和松井都曾承认，南京失陷后，他们还在后方地区的司令部时，就已听到过在南京所犯的暴行。松井承认，他曾听说过许多外国政府已对这类暴行提出了抗议。"

松井是指挥南京大屠杀的罪魁祸首，其大罪不容抵赖：

"松井在1935年退役，在1937年因指挥上海派遣军而复返现役。接着，被任命为包括上海派遣军和第十军的华中方面军司令官。他率领这些军队，在1937年12月13日占领了南京市。中国军队在南京陷落前就撤退了，因此所占领的是无抵抗的都市。接着发生的是日本陆军对无力的市民施行了长期持续的最恐怖的暴行。日本军人进行了大批屠杀、杀害个人、强奸、抢劫及放火。……当这些恐怖的突发事件达到最高潮时，即12月17日，松井进南京城并曾停留了五至七天。根据他本人的观察和参谋的报告，他理应知道发生了什么事情。他自己承认曾从宪兵队和使、领馆人员处听说过他的军队有某种程度的非法行为。在南京的日本外交代表每天收到关于此类暴行的报告，他们并将这些事报告给东京。本法庭认为有充分证据证明松井知道发生了什么样的事情。对于这些恐怖行为，他置若罔闻，或没有采取有效办法来缓和它。"

没有根据证实松井由于生病而无法实施制止暴行的愿望：

"他的疾病既没有阻碍他指挥在他指导下的作战行动，又没有阻碍他在发生这类暴行时访问该市区达数日之久。而对于这类暴行具有责任的军队又是属他指挥的。他是知道这类暴行的。他既有义务也有权利统治自己的军队和保护南京的不幸市民。由于他怠忽这些义务的履行，不

169

能不认为他负有犯罪责任。"

法庭庄严宣告："被告松井石根根据起诉书中判决为有罪的罪状，远东国际军事法庭处你以绞刑。"

武藤章被认定犯有参与策划发动侵略战争、制造南京大屠杀和马尼拉惨案等多项罪行，亦被判处绞刑。

绝望过后便是决心，便是本相。1948 年 12 月 21 日，武藤章接到两天后执行死刑的通知。他坐在稻草垫上，就着刺眼的灯光，写了一节含着悲绝之情的俳句："霜夜时，横下铁心，出门去！"

松井赋七律表露心迹：

> 天地无恨人无怨，
> 心中只有无畏念。
> 思宁神安上旅途，
> 无愁无虑趋向前。

他们把诗交给了教诲大法师花山信胜博士。

被告与证人均缺席

朝香宫鸠彦毕恭毕敬地走进明治宫殿二层的政务室，天皇还没到。像往常一样，天皇宽大的办公桌上放着砚台盒、印色盒、笔洗、自来水笔的贮墨管，还有圆形钟表和台灯。此外，天皇不离手边的生物学笔记和分类卡片也放于台案上。桌子的后面放着一张深咖啡色的皮转椅。椅子右后方的墙角有一个装饰架，上层是林肯的胸像，下层是达尔文的像。

天皇走了进来。如果是去绫绮殿，他是要穿黄栌染御袍的。而来这里，他通常身穿陆军大元帅军服，戴着大勋位的副章，腰际挎着元帅佩刀。七七事变以后，他停止了一切娱乐，全神贯注于战争全局。

朝香宫深深地垂头敬礼，天皇也轻轻点了下头。

天皇看了他的这位叔父一眼："华中方面的战事，你怎么看？"

朝香宫有所预料："最近的局势很可乐观。"

"有必胜的把握吗？"

"皇军无敌。"

"是这样吗？"天皇紧接着说，"听说松井石根大将近来身体不好。我想派你担任上海派遣军司令官，协助他会攻南京，逼迫蒋介石投降。"

朝香宫胸部一挺，提高声量说："臣有信心发扬日本武威使中国屈服！"

天皇点点头。朝香宫多次煽动少壮军人闹事，他对这位不安分的叔父是不满意的。这回好像是要给他一次将功补过的机会。

受命后尚未出发，朝香宫就迫不及待地把天皇的决心电告前线部队："切望攻占南京。"12月5日，他带着加盖了国玺的绝密敕令飞离东京，7日到达华中前线，敕令里写道："华中方面军司令官当与海军协同进攻敌国首都南京。"弧光一闪，朝香宫拔出雪亮的指挥刀。

部队接到了亲王的密令："杀死全部俘虏。"

英国哲学家罗素说："任何组织所唤起的忠诚都不能与民族国家所唤起的忠诚比拟。而这种国家的主要活动是进行大屠杀准备。正是对这种杀人的组织的忠诚，使得人们容忍极权国家，并宁肯冒毁灭家庭和儿童乃至整个文明的危险……"

日军官兵完全疯了，他们完全变成了丧尽人性的兽。带着皇气的朝香宫与松井石根联手，指挥兽兵们把南京推进了血海。中国人的鲜血溅上古城墙根，染红浩浩长江。

1938年1月30日，朝香宫奉电召回东京，向天皇陈情邀功。天皇满意他们的表现，称朝香宫、松井石根和柳川平助为"攻占南京三元勋"。2月26日，天皇在他举行登基仪式的叶山行宫接见三名刽子手，盛宴除尘。宴毕赐每人一对雕有皇室神圣徽记菊文章的银质花瓶，亲手为他们挂上多枚勋章。这是最高的殊荣。

然而，朝香宫却没有被送上国际军事法庭的被告席！

在巢鸭监狱的秘密讯问室里，除了松井石根强调了朝香宫对南京大屠杀应负的责任，田中隆吉也指出朝香宫鸠彦的上海派遣军在南京事件中的表现是恶劣的。但这些被掩盖了。追究皇亲的战争责任直接威胁到天皇，这不符合美国的利益。罪恶累累的陆军元帅、皇亲梨木宫守正被作为战争嫌疑犯抓了起来，几个月后又被麦克阿瑟释放。而对朝香宫更是秋毫无犯。

审判大厅里进行着旷日持久的唇枪舌战。法官们，被告们，律师们，证人们，似乎谁都忽略了朝香宫的存在。被告席没有他的位置，甚至没有被作为证人带上法庭。他被遗忘了。在他的身后是天皇。

不——

他们就在被告席上！我们分明看到他们站在被告席上。他们在恐惧地颤抖，垂下的头上冒出黄豆大的汗珠。我们，在南京大屠杀中屈死的鬼魂，我们要控告他们，审判他们，惩罚他们！

我叫唐鹤程，原是教导总队当营长的警卫员，在草鞋峡大屠杀中遇的难。我证实日本鬼子用机枪扫、刺刀戳、汽油烧，极为残暴地杀死了五万七千四百一十八名中国军民。

兵溃如山倒。军民被硝烟和尸臭味裹着，在夜色中拼命奔逃。天蒙蒙亮时我们被鬼子抓住了，被关进幕府山用铁丝网围起来的场地里。这里有难民和散兵，男女老幼，还有几十个女警察。几天没吃没喝，鬼子持着粗大的木棍和刺刀在人群里走来走去，一有个不顺眼就砸就戳，每天都往外面的壕沟扔被奸死的妇女。被抓到的人仍源源不断地向这里会聚。

人们不甘心坐着等死。第四天夜里，一个四川兵放火点燃了用芦草盖的大棚，烈焰借着风势腾空而起，人们乘势往外冲。日本兵的军号和机关枪响了起来，逃跑的人被打死几千。

过了一夜天还没亮，开来几辆载着整匹白洋布的卡车。鬼子用刺刀把白洋布撕成布条，把我们膀子靠膀子绑了起来。人群离开了幕府山，被鬼子用刺刀押往草鞋峡。天黑时到达了那里。

"坐下！统统地坐下休息。"鬼子一边喊一边后撤。江滩上黑压压地坐满了人，我们预感到鬼子要下毒手了，便互相用牙齿咬开了绳结，想伺机与鬼子拼个鱼死网破。这时江边两艘小艇上的探照灯射向了人群。路边浇上汽油的柴草也点着了，江边混乱起来，我们向来不及后撤的鬼子扑上去。鬼子的重机枪从四面向我们扫来，人群在震耳欲聋的枪声中像被割的稻子一样成片地倒伏下去。一股发烫的血柱喷到我的脸上，几乎是在同时，我感到自己的脑门一亮，灌进了一股凉风。我死了。另一个人的尸体重重地压住了我。

枪声停了，鬼子端着刺刀在尸丛中来回地寻找戳刺伤者，最后搬来稻草和汽油焚烧。我听到了人肉人骨燃烧的声音，听到未死者的叫骂和鬼子的狞笑。我闻到了人肉人血烧焦后的浓烈气味，看到婴儿化作了黑烟！

伤天害理的鬼子，你不要以为焚尸灭迹就能逍遥法外了。我要钻到你们的脑壳里去刮大风，每天每天刮！

我不是人呀——我是个王八蛋！皇军，都他妈的是狗娘养的畜生！

王小六目光呆痴，蓬头垢面，光赤着双脚站在荒坟野草中。

我不是人。我原名叫王少山，曾在东京的一所医学院留学，和龟田

173

是同班同学。南京一沦陷，龟田要介绍我去日军司令部当翻译，我就昧着良心当了汉奸。哪晓得，大祸就要临头了。

我经常带着一大帮兽兵闯进安全区抢漂亮姑娘。龟田这个龟孙子却盯上了我的老婆。我老婆年轻的时候是邻里间有名的大美人，四十岁的年纪了模样仍然不减当年。我上还有年近七旬的老父，下有一对双胞胎女儿，造孽哇。

我真是糊涂。龟田不久接到了调防的命令，当天晚上，他找个借口把我支走，带着十五个鬼子闯进我家，一进门就把我老婆按在床上行奸。我老父要阻止，就被捆住吊起来，他一边挣扎一边大骂，鬼子就铲来大便糊他的嘴。别的鬼子在一旁轮奸我那两个可怜的女儿。他们在母女身上发泄了兽欲还不够，恶作剧地把我的老父放下来，剥去衣裤，逼着他奸我老婆。鬼子淫笑着，一刺刀扎死了两条命。

第二天早上一回家门，我的两眼突然发黑，过了好半天才看清眼前的情形。全家人一丝不挂。老父冰凉的脸上凝结着极度的痛苦和仇恨，两个女儿被奸死，下身浸在血泊中。老婆张了张嘴，我赶紧凑过去，她只说出"龟田"两个字就断了气。

我反身跑出家门，跌跌撞撞跑到司令部找龟田质问。他狠抽了我几记耳光，把我拖出司令部扔在臭水沟里。我爬起来尖叫一声，破口大骂。龟田叫来一群宪兵，向我做了一个砍劈的手势，几把刺刀同时扎进了我的胸膛。他们用绳子捆住我的脖子，把绳子的另一端拴在摩托车的后座上，加大马力狂开一气，马路上留下一道血迹和东一块西一块的烂肉碎布。

天打五雷轰的小鬼子造孽啊，我要捏住你们的心，用刀子割。瞧，这团漆黑的东西就是他们的心。

我不是我，我是永远站在那棵槐树下的那个女人的灵魂，她名叫静缘，她疯了。所以，我不是我。

那时我十三岁，在庵观当尼姑。1937 年 12 月 14 日，畜生日本鬼子放火烧了庵观，我师父被畜生强奸后痛不欲生，跳入火中自焚。我侥幸逃了出来，全城都燃烧着大火，往哪儿躲啊，我只得躲在一棵大槐树下。我惊惧地藏了一夜，第二天早晨还是被六个畜生逮住了。他们中间的四个人轮流在我身上发泄兽欲，疯狂地摧残我，咬掉我的耳朵，乳房拉出一道深及肋骨的口子，全身血迹斑斑，没有一块好皮肉。我的下肢完全麻木了，阴道被塞满了石子和泥土。我昏死过去，被好心的中国人抬到了医院。我的爹娘啊，女儿对不住了。

畜生日本鬼子说他们笃信佛教，敬畏神灵，呸！全是骗人的鬼话。当时不少人跑到寺庙庵观避灾，结果呢？不要说市民百姓，就是和尚尼姑也照样被杀被奸。南京一带有名的和尚隆敬、隆慧，尼姑真行、灯高、灯元都是在畜生进城的第一天在庙庵中被杀掉的。畜生日本兵还常以辱杀僧人取乐，他们于强奸轮奸少女后，抓来僧人令其向受害者行奸，有敢违者即割去生殖器致死。这些浑身长毛的畜生！

在医院醒过来，我木瞪瞪地看着围护我的人们，安格尔护士流着泪说我疯了。我没疯，疯了的是静缘。她是我的壳，我是她的灵魂，我找到了仇人，我每天唾骂、控诉他们，叫他们永远不得安宁。

十七岁的潘秀英从泥土里走了出来。她的短发几乎是竖了起来，蓝士林褂子上挂满血迹。她的一双大眼睛像凝结了千年的火焰。

我要控诉鬼子，是鬼子杀了我的家，杀死了中国人无数好端端的家！

鬼子打进南京时，我才结婚几个月，怀上了孩子。在白下路德昌机器厂做工的丈夫带着婆婆和我进了难民区，一看人太多，我丈夫说自家门口有可藏身的防空洞，就返了回来。听说他师父被鬼子打中七枪死了，他急忙去中华门外埋师父。

他回到家同我没说几句话，鬼子就叽里呱啦地来了。我和婆婆赶紧钻进地洞，丈夫在上面盖了些杂物，躲到了后院。鬼子进门后用刺刀乱捅乱翻，很快发现了地洞，枪栓拉得哗哗响，我和婆婆被逼着爬出了洞口。婆婆的脚跟还没站稳，白光一闪，头就飞了出去，滚出一丈多远。接着我的脖子也挨了一刀，刀锋碰到了我的喉咙。我昏死过去。

鬼子走后，丈夫跑到前院，一见这个光景，他的身子一抽，全身发出折断的闷声。他跪在我身边，抱着我又晃又喊，用泪洗我的脸。我迷迷糊糊看到了他的脸，说："世金，世金，我不行了。"我的脖子还像被刀子一下一下地割。他把婆婆的头捧起来放进蒲包，找来几个邻居帮忙，把我抬到鼓楼医院。

他得回去给婆婆收殓，不想路上被鬼子抓了夫。八天后回到医院，我已不能说话了，我死了。在此之前我流产了，我们三个月的血淋淋的骨肉放在我身边盆子里。我的家空了，我的丈夫死了。

现在，我们在集会，我同成千上万被鬼子残害的姐妹在一起，同三十万被残害的骨肉同胞在一起，我们在怒吼，在控诉杀人狂。这里是灵魂的法庭，是历史。是谁紧紧地闭着眼睛躲避我们！我们像黑夜一样牢牢地抓住他，惩罚他。

幼女丁小姑娘被十三个兽兵轮奸，在凄厉的呼喊声中被割去小腹致死。

姚家隆的妻子在斩龙桥被奸杀，她八岁的幼儿和三岁的幼女在一旁号泣，被兽兵用枪尖挑着肛门扔进燃烧的大火。

年近古稀的老妇谢善真在东岳庙被奸后，兽兵用刀刺杀，还用竹竿插穿她的阴部取乐。

民妇陶汤氏遭轮奸后，又被剖腹断肢，逐块投入火中焚烧。

她们在控诉!

雨花台 20000 多受难者的冤魂在控诉!

中山码头 25000 受难者的冤魂在控诉!

鱼雷营 9000 受难者的冤魂在控诉!

燕子矶 50000 多受难者的冤魂在控诉!

光华门,汉中门,紫金山,安全区……

340000 亡魂汇聚成黑色的大火,熊熊燃烧。

朝香宫们被历史永远地钉在了被告席上。然而,他们却逃脱了远东国际军事法庭的审判。这除了日本政客与美军头领在东京进行的肮脏交易,起码还有两个因素,一是日军在内部封口,一是日本对国民党政府的影响。

1939 年 2 月,日军军部下发了一个《限制自支返日言论》的密令,举凡"作战军队,经侦察后,无一不犯杀人、强盗或强奸罪""强奸后,或者给予金钱遣去,或者于事后杀之以灭口""我等有时将中国战俘排列成行,然后用机枪扫射之,以测验军火之效力"等,对于这些,归国士兵都严禁谈论。

在日本司法省密档中有一份叫作《散布谣言事件一览》的文件,为 1938 年度思想特别研究员西谷彻检察官所写,记载了因违反密令而受处罚的事例。比如,一个尉官说"我们在南京时,有五六个中国女学生替我们做饭,烧完饭要离开时,我们把她们全杀了。有个走投无路的八岁男孩在哭泣,我的部下把他抱起来,因为小孩反抗,其他士兵就把他刺死……",这个尉官被判监禁三个月;一个老兵说"在战地,日本士兵三四个人一组到中国老百姓家抢猪抢鸡,或强奸女人,把俘虏五六个人排成一列,用刺刀刺杀",他因而被判监禁四个月;另有一个士兵说"日军真乱来,最近从大陆回来的士兵说,日本士兵由于没尝过杀人的滋味,想杀杀看,就大杀被俘中国士兵和农民",他被判监禁八个月。

皇亲自然在最严密的保护层中。

另外，日本投降后，以当时日本政府及军部意志混乱、怕军队对天皇诏书生疑为由，朝香宫于 8 月 17 日亲抵他曾经的嗜血之地，与中国派遣军司令官冈村宁次密谈，从后来战犯庇护自己罪行的手段和事实来看，他不会不为自己的罪恶进行清扫。冈村宁次与包括蒋介石在内的国民党诸多高官关系甚密，后来连他本人这个侵华一号战犯也得以逃脱审判。而对朝香宫这样一个罪恶昭彰的大战犯，国民政府在给国际军事法庭的战犯名单上从未提起。死难者的血债被埋得更深，死难者再一次受难。

朝香宫终未被送上法庭。另外的几名屠城主犯，日军第十军军长柳川平助 1944 年病死，会攻南京的第十六师团长中岛于 1945 年 10 月死亡，他们真的死了吗？第十八师团长牛岛与第一一四师长末松下落不明，他们是战死了？是自杀了？还是藏匿起来了？成了历史之谜。

他们中的两个，第十军参谋长田边盛武被印尼爪哇军事法庭处决；第六师团长谷寿夫在巢鸭监狱关押半年后，被作为乙级战犯，于 1946 年 8 月引渡到中国受审。在中国政府提出要求之时，美国有关人员同中国法官还有一段莫名其妙的交涉。盟军总部法务处处长卡本德忽然跑到东京帝国饭店的中国法官住处，问梅汝璈对此事有什么个人意见。他似乎很严谨，对梅汝璈说："我担心中国法庭能否给谷寿夫一个'公正审判'，至少做出一个'公正审判'的样子。"

"你放心，"梅汝璈明白了卡本德的来意，直感到受难国人的血浪在胸口激溅，他义正词严地对卡本德说，"根据一般国际法原则和远东委员会处理日本战犯的决议，对于乙、丙级战犯，如直接受害国引渡，盟军总部是不能拒绝的。"

亚述魔王留下指甲

一月份的南京，天空晦暗，郊外雨花台荒丘凹里的野草在飕飕的阴风中抖瑟。渗透着鲜血的冻土被铁锹和镐头一下一下刨开，渐渐露出了森森白骨。这些尸骨有的反绑双手，有的一劈两半，有的身首异处，有的紧紧抱在一起，弹洞、锐器砍杀的痕迹……望着这惨烈的景象，在场的人们都哭出了声。国防部军事法庭庭长石美瑜也哭了。

1945 年 11 月 6 日，作为处理战犯的最高权力机构，国民党政府成立了以秦德纯为主任委员的战争罪犯处理委员会。12 月中旬以后，分别在南京、北平、汉口、广州、沈阳、徐州、济南、太原、台北等十处成立了审判战争罪犯军事法庭，分别审理各地区的战犯。1946 年 2 月，国防部直属的南京审判战争罪犯军事法庭成立，由在民国二十一年司法考试中名列榜首的福州才子石美瑜任庭长，审判官有叶在增、宋书同等人，检察官有陈光虞等人。

经过紧张而仓促的准备工作，1946 年 10 月 19 日开始侦讯谷寿夫。

谷寿夫于 1946 年 2 月 2 日应中国政府请求在东京被捕，关押在巢鸭监狱；8 月 1 日盟军总部用专机将他押解到上海，关押于上海战犯拘留所。战犯处理委员会认为：谷寿夫是侵华最力之重要战犯，且尤为南京大屠杀之要犯，为便利侦讯起见，决议"移本部军事法庭审判"，10 月由上海押解南京，关进国防部小营战犯拘留所。

谷寿夫的模样，如同后来的电影描绘日本旧军人最常见的那种：一撮生硬的仁丹胡，堆着骄横肉疙瘩的嘴脸，身材矮粗结实。即使此时脱去了军装，穿一件呢子大衣，还硬充斯文地顶着灰色礼帽，照样遮不住一副嘴里叼着刀斧、皮围裙上沾满了血腥的屠夫相。在讯问中，当问及他的侵华路线时，他对答如流，但否认在南京犯下过大屠杀的罪行，说在南京的街上连死人也没有看见过。

他写了一份陈述书为自己狡辩："南京大屠杀的重点在城内中央部以北、下关扬子江沿岸以及紫金山方向……与我第六师团无关。""我师团于入城后未几，即行调转，故没有任何关系。"

他的脸上写着十二分的诚恳，也写着十二分的泼赖。

七七事变爆发后，他率部从日本熊本县出发，入侵中国华北。他的部下大都来自九州岛的熊本和大分两县，素以剽悍残暴闻名。侵占保定和石家庄后，他又乘船南下，在淞沪战役中率先于杭州湾登陆，旋经松江、昆山、太湖，一路飘进，从中华门首先攻破南京城。

一位西方军事评论员以传说中魔法无边的恶神来描述他，说他"以亚述魔王般的疯狂暴怒，在大雾中向四面八方飞驰冲击"。

兽军一路烧、杀、奸、掠，沿途三百里到处是焦煳的残骸，劈成两半的幼童、砍掉四肢的汉子、割去乳房的妇女、奸死后阴部里插进竹竿的妇女……一位英国记者记录下了松江镇遭劫后的惨状："几乎见不到一座没被焚毁的建筑物，仍在闷烧的房屋废墟和杳无人迹的街道呈现出一副令人恐怖的景象。唯一活着的就是那些靠吃死尸而变得臃肿肥胖的野狗。在一个偌大的曾经稠密居住着约十万人口的松江镇，我只见到五个中国老人，他们老泪纵横，躲藏在法国教会的院子里。"

进了南京城，谷寿夫当即宣布解除军纪三天。于是血雨喷洒，火光冲天，女人惨遭双重的虐杀。

第二次侦审，第三次侦审，人证、物证……事实！事实！事实！一束束白炽的光汇聚在一起，照亮了已沉入过去之暗雾的一切。

石美瑜、叶在增、陈光虞等带人到花神庙、中山码头、草鞋峡、燕子矶、斩龙桥、东岳庙等日军大屠杀场地收集证据，在雨花台周围挖掘出六处万人坑。

法庭在南京十二个区公所遍贴布告，号召各界民众揭发谷寿夫的罪行。惨痛的记忆点燃了，刻骨入髓的仇恨点燃了！人们拥向区公所。这一天飘起了大雪，大团的雪花像漫天的纸钱。从早到晚，中华门外雨花路第十一区公所更是挤满了人，挤满了滚烫的眼泪。这眼泪一半是祭死去的亲人，一半是咒杀人魔王的下场。他们留下证言，发了誓，按指印，画十字。

审判官：宋书同　书记官：丁象庵

民国三十六年 1 月 28 日　上午

命引陈周氏入庭

问：姓名、年龄、籍贯、住址？

答：陈周氏，女，六十一岁，泰州人，住雨花台 55 号。

问：南京沦陷时你家有人被害吗？

答：我丈夫陈德银在（民国）二十六年冬月 12 日在邓府山地洞内因为日本人要强奸我丈夫的小老婆，我丈夫哀求他，连一个孩子共三个人都被刺死了。

问：你丈夫的小老婆叫什么名字，多大岁数？

答：陈谢氏，那时二十七岁。

问：强奸的时候你看见的吗？

答：我看见的，也是我收的尸。

问：当时是什么情形？

答：先打死丈夫后强奸陈谢氏，奸后又打死了，小孩哭了也打死了。

问：这小孩叫什么名字？

答：小孩叫洪根。

问：当时有几个日本人？

答：有四个日本人轮流奸的。

问：是什么人打死陈谢氏的？你知道他的名字吗？

答：是第一个奸的人打死的，名字不知道。

问：你说的是实话吗？

答：是的。

命引刘德才入庭

问：姓名、年龄、籍贯、住址、职业？

答：刘德才，男，七十二岁，山东登州荣城人，住养虎巷 1 号，从前开雨花茶社。

问：你家有些什么人？

答：我儿子在兵工厂做事，随政府入川的，孙子同我在一起。

问：南京沦陷时你知道有什么人被害吗？

答：我家后面有避难室，有十个人被日本人烧死了。

问：是什么时候？

答：是日本人进城的第二天或第三天。

问：日本兵驻在南门外什么地方？

答：我家旁边都驻的日本兵。

问：你知道还有别的人被害吗？

答：养虎巷有两个地洞，共死了三十四个人。一个地洞在我家内，一个在我邻居家。

问：在地洞内的人是怎么死的？

答：烧死的。

问：你当时看见的吗？

答：我看见的。

问：这些人的尸首也烧了吗？

答：尸首是我埋的，埋在东边山上。

182

问：都是烧死的吗？

答：有一个是上来时被刺刀刺死的。

问：还剩没有死的人吗？

答：只有一个姓王的同姓李的没有死。

问：来了多少日本兵到你家内？

答：有十几个日本兵。

问：地洞内当时有多少人？

答：一个洞内十个，一个洞二十四个。

问：这些尸首是你一个人埋的？

答：还有个姓戈的人同我一起埋的。

问：是什么部队？

答：都是从南门进城的部队。

问：你说的都是实话吗？

答：实在的。

张陈氏：我儿子张进元被日本人拉夫拉去至今生死不明。我媳妇张孟氏生产才几天被日本人强奸，没几天就死了。小孩也死了。我门口地洞里打死三个人……

萧潘氏：我大儿子萧宗良，当时三十一岁，在冬月 11 日，日本兵进城，我家有几十个人，我儿子正在吃中饭，听说日本人来了，就躲进地洞里。以后我听到枪声出去看，死了七个人，我儿子也在内，我儿媳被日本兵强奸了……

陆夏氏：我的公公、婆婆、丈夫、小叔子四口被害。公公名陆荣龙，婆婆名陆李氏，丈夫陆锦春，叔叔三代子。二十六年冬月 11 日晚上因房子被火烧了，我们躲在乱坟上，来了许多日本兵，碰到我公公，说是中央军，就开了枪打死了。我叔叔去看，也打死。我的丈夫因为头上有帽痕，也说是中央军用刀砍死，我的婆婆去看，也被砍死了……

周顺生：我妻子周丁氏那时二十岁，二十六年冬月 14 日在土板桥白下村仓库被日本人强奸不遂，拉出去就开枪，打了肚子一下，四五天就死了……

马毛弟：我父马民山在风台巷于二十六年冬月 13 日被日本人拖出去一枪打死了……

人们痛陈着，他们说出的每一个字都是心底的硬伤，他们只有一个愿望：把谷寿夫推上断头台，以慰亲属和同胞的九泉之灵，以雪国之耻辱。

法官们前后开了二十多次调查会，传讯了一千多名证人，获取了大量证词、书信、日记、照片和影片等罪证资料。在这些资料中，有一本 5cm×10cm 大小的长方形相册，封皮上画着一颗深红色的心和一把白刃刀，刀上滴着鲜血，画的右侧是一个重重的"耻"字。相册内剪贴着十六幅日军行凶作恶的现场照片。这本相册的经历有一段曲折的故事。

1938 年 1 月，原在南京中山东路"上海照相馆"当学徒的罗瑾躲过死劫，回到家中，到新开的"华东照相馆"做事。一天，来了一个鬼子少尉军官，要冲洗两个 120"樱花"胶卷。罗瑾在漂洗照片时惊呆了：其中有几张日军砍杀中国人的现场照片！他怀着激愤的心情偷偷地多印了几张。此后，他格外留心，从日军送来的胶卷里加印了三十多张这样的照片，集中在自制的相册里。1940 年，十八岁的罗瑾参加了汪伪交通电讯集训队，住进了毗卢寺大殿，就把相册带去藏在床板下。这天隔壁的汪伪宪兵二团传来严刑拷打声，据说汪精卫要去那里出席毕业典礼，不料在检查内务时发现了一颗手榴弹，汪精卫闻知吓得没敢来。宪兵队加紧了搜查和控制。罗瑾心情紧缩，在茅房的砖墙上掏空一个洞，将相册塞进去，糊上泥巴。岂料一周后相册不翼而飞，罗瑾大惊失色。

相册转到了另一个学员吴旋的手里。那天早晨他走进禅院低矮的茅房，看见砖墙下的茅草丛中有一样灰蒙蒙的东西，捡起一看，直感到热血冲顶脑门，赶紧将它塞进怀中。此前相册已被不少人传看，汪伪的政训员和日本教官都进行过逼胁追查。为了保住这难得的罪证，吴旋冒着生命危险，把它藏在他们住的殿堂里一尊菩萨的底座下。毕业后，他把相册带回家，藏在自己的小皮箱的最底层。

吴旋把相册送到了南京市临时参议会。

罪行罄发难数！检察官以极大的民族义愤，正式起诉谷寿夫。起诉书历陈谷寿夫纵属所犯的累累罪行，并请对其处以极刑。

1947年2月6日下午，中山东路励志社的门楼上打开白底黑字的醒目横幅："国防部审判战犯军事法庭。"法庭里拉出了有线大喇叭。四周被群众围得水泄不通。作为审判大厅的礼堂里座无虚席，站立的旁听者挤满了通道。全副武装的宪兵分布肃立。

谷寿夫押上被告席。他的脸色灰白，浑身战栗。显然，他在用全部的精力支撑着自己。

石美瑜庭长问过了姓名、年龄、籍贯、住址后，检察官陈光虞站了起来，宣读起诉书："被告谷寿夫，男，六十六岁，日本东京都中野区人，系陆军中将师团长……"宣读完起诉书，法庭宣布指定律师替他辩护，他断然拒绝："我比律师先生更了解事实。"

法官："你对检察官指控你在南京大肆屠杀无辜百姓的犯罪事实，还有什么话说？"

谷寿夫："军人以服从命令为天职，我奉天皇之命向中国作战，交战双方都要死人，我深表遗憾。至于说我率领部下屠杀南京人民，则是没有的事。有伤亡的话，也是难免。"

他称他的部队都是有文化的军人，不会擅杀百姓，至于百姓的伤亡，可能是别的部队士兵干的。他上推天皇，下推邻军。

法官请《陷都血泪录》的作者郭歧营长出庭做证。

郭歧："我要问谷寿夫，日军攻陷南京时，你的部队驻在何处？"

谷寿夫："我部驻在中华门。"

郭歧："《陷都血泪录》所列惨案，都是我亲眼所见，都是发生在中华门，它正是你部残酷屠杀中国百姓的铁证！"

谷寿夫仍要狡辩："我部进驻中华门时，该地居民已迁徙一空，根本没有屠杀对象。我的部队一向严守纪律，不乱杀一人。"

这也是一种强暴！无耻无赖的谷寿夫当面称讹，歪曲事实，激起了人们的新仇旧恨。法庭里整个审判大厅里有如山呼海啸，怒骂声、狂呼声、诅咒声、号啕大哭声激撞在一起，有人眦目切齿地挥舞着拳头，不顾一切地向谷寿夫冲去。这是石头城的暴怒，是滔滔长江的暴怒，是整整一个中华民族的暴怒！

枯萎的谷寿夫，多么渺小，多么卑微！

石美瑜庭长也激怒了，他大呼一声："把被害同胞的头颅骨搬上来！"

像夜晚突然关闭了所有的灯变得没有一丝光亮一样，法庭里陡然变得寂静无声。人们把力量全部集中在眼睛上。

宪兵抬出一个又一个麻袋，一个又一个头骨从袋中滚动而出。一张又一张血肉模糊的面孔，皮肉化去了，变成一个又一个白色的头骨，在静静地滚动。黑洞洞的眼眶和口腔，白森森的头骨，无声地堆满了长长的案台。

他们在指控，在咆哮，全大厅的人都感到了巨大的震波，克制不住身体的抖动。

"这是从中华门外的万人坑里挖掘出的一部分，刀砍的切痕清晰可辨。"石庭长说。

红十字会所埋尸骨及中华门外屠杀之军民，大部为刀砍及铁器所击，伤痕可以证实。法医潘英才说。

复仇的大地在刽子手的脚下熊熊燃烧。但他拒不认罪。也许罪犯的逻辑是同样的。在巴黎格雷夫广场，曾有一个杀人犯将受到砍头的处罚，他在临刑前对广场上拥挤的观众只说了一句话："我的朋友们，主要的是对任何事情一概不要承认！"

红十字会副会长许传音详述了他目击的惨状，他说红十字会的埋尸统计为四万多具，实际数字远远超过此数，因为日军不准正式统计。英国《曼彻斯特卫报》记者田伯烈、金陵大学美籍教授贝德士和斯迈思出庭，站在公理和人道的立场上，用目睹的事实揭露和证实日军的暴行。

遭日军强奸的陈二姑娘鼓起勇气走上了法庭，她不死就是为了今天，她抽泣着说："两个日本兵用枪对着我，我没有办法，他们一个一个地侮辱我。"哭吧姑娘，是的他们手里有枪，委屈你了姑娘，用你的泪水来洗刷我们民族蒙受的耻辱吧。还有你，悲惨的姚家隆，当时你的手中为什么没有枪？日军杀死了你的妻子及子女，现在你被枪击的后颈还在疼痛。控诉吧我的同胞。

谷寿夫还在顽固狡赖。

光柱打上了银幕，谷寿夫在日军自己拍摄的影片里出现了。他看到罪恶之花怎样在死亡与毁坏中开放，看到自己在大屠杀的中心得意的狞笑，他的指挥刀上留着血污。

仿佛闻到了刺鼻的血腥气，他低下头，抬手触了触鼻子。

擢发难数的罪行！7日和8日继续传证和辩论。八十多位南京市民走上法庭。还有大量的物证。还有罗瑾和吴旋提供的照片——

定格：兽兵劈下的屠刀距一名中国人的头部仅差十厘米；

定格：少女忍辱撩起上衣，持枪的兽兵扯下她的裤子，扭过脸来

187

淫笑；

定格：瘦弱的青年被蒙住双眼绑在木柱上，练枪刺的兽兵刺中他的左胸；

定格：母亲捧着女儿的一条腿悲痛欲绝，她的女儿被兽兵撕成了两半；

定格：右手持亮晃晃的军刀，左手拧着一颗人头，一个兽兵站在横七竖八的无头尸丛间怪笑；

定格：一排头颅整齐地摆放在土槽里，他们的尸身不知在何处；

定格：几名中国人在土坑里将被活埋，坑沿上站满了看热闹的兽兵；

定格：七十多岁的老太太坐在地上哭天抢地，她裸着下身和干瘪的乳房；

…………

杀了他！整个审判大厅里的气氛就是这三个字。

1947年3月10日，法庭庄严判决：

"被告因战犯案件，经本庭检察官起诉，本庭判决如下，谷寿夫在作战期间，共同纵兵屠杀俘虏及非战斗人员，并强奸、抢劫、破坏财产，处死刑。

"被告谷寿夫，于民国二十六年，由日本率军来华，参与侵略战争，与中岛、末松各部队，会攻南京——始于是年12月12日傍晚，由中华门用绳梯攀垣而入，翌晨率大队进城，留住一旬，于同月21日，移师进攻芜湖，已经供认不讳——及其陷城后，与各会攻部队，分窜京市各区，展开大规模屠杀，计我被俘军民，在中华门、花神庙、石观音、小心桥、扫帚巷、正觉寺、方家山、宝塔桥、下关草鞋峡等处，惨遭集体杀戮及焚烧灭迹者，达十九万人以上。在中华门下码头、东岳庙、堆草

188

巷、斩龙桥等处，被零星残杀，尸骨经慈善团体掩埋者，达十五万人以上，被害总数共三十余万人——查被告在作战期间，以凶残手段纵兵屠杀俘虏及非战斗人员，并肆施强暴、抢劫、破坏财产等暴行，率违反海牙陆战规例及战时俘虏待遇公约各规定，应构成战争罪及违反人道罪。其间有方法结果关系，应从一重处断。又其接连肆虐之行为，系基于概括之犯意，应依连续犯之例论处。按被告与各会攻将领，率部陷我首都后，共同纵兵地肆虐，遭戮者达数十万众，更以剖腹、枭首、轮奸、活焚之残酷行为，加诸徒手民众与夫无辜妇孺，穷凶极恶，手段之毒辣，贻害之惨烈，亦属无可矜全，应予判处极刑，以昭炯戒。"

旁听席上的人们全部站了起来，每个人都像打赢了一场战争的统帅，脸上露出满足、喜悦、高昂的表情。

死囚不服，申请复审。1947 年 4 月 25 日，南京国民政府防字第 1053 号卯有代电称："查谷寿夫在作战期间，共同纵兵屠杀俘虏及非战斗人员，并强奸、抢劫、破坏财产，既据讯证明确，原判依法从重处以死刑，尚无不当，应予照准。至被告申请复审之理由，核于《陆海空军审判法》第四十五条之规定不合，应予驳回，希即遵照执行。"

接到指令后，法官们兴奋不已。他们怕延时生变，当晚就贴出布告，通知新闻单位，决定第二天就执行。

1947 年 4 月 26 日上午，古城南京万人空巷，从中山路到中华门的二十里长街，市民如堵如潮，他们要更贴近地感受刽子手的末日。

谷寿夫戴着礼帽和白手套，身穿日本军服，被从小营战犯拘留所提出。法庭验明正身，宣读执行令，问他还有什么最后陈述。谷寿夫摇摇头，戴着铁铐的手颤颤地伸进衣袋，掏出一只白绸缝制的小口袋，递给检察官，低声说："袋子里装着我的头发和指甲，请先生转给我家人。让我的身体发肤回归故土。"又掏出他写的一首诗，内容大意是：在樱花盛开的季节，我服罪在异国，希望我的死，能消弭一点中国人民的仇恨。说完，他在死刑执行书上签下颤抖的名字。两名宪兵将他五花大绑，在他的颈后挂上一块"战犯谷寿夫"的木质斩标，押上了红色的刑车。

来了！来了！鸣着尖厉警笛声的红色刑车开过来了。它本应像一道闪电疾驰而过，但它不得不开得缓慢。扶老携幼的市民盼着谷寿夫早死，但他们不得不像决堤的潮水一样涌过去，绊住了刑车的脚步。人们痛苦地欢呼，幸福地悲泣，他们的脸上奔涌着悲喜交织的泪水。红色刑车开过来了，这刺激着人们的回忆的红色，点燃了昨天的鲜血与火焰，灼痛了他们心头的伤。开过来了，刑车内囚着罪人和仇人，它的两侧挂着罗瑾和吴旋保存的照片，这是昨天的现实，是今天的噩梦和悲剧。人们在观看用他们的血泪经历编织的剧，一出深刻的悲喜剧。人们大幅度地投入进去，把它推向高潮和结局。

刑车终于到达雨花台刑场。刽子手谷寿夫被两名行刑宪兵架下刑车时，吓得全身瘫软，面无人色。他几乎是被拖进了行刑地，刚一站定，紧随其后的行刑手即扣动扳机。枪响，架着他的两名宪兵撒手，子弹贯穿后脑自嘴里出来，几乎同时完成。谷寿夫往后一仰，重重地摔倒在地。一摊污血，何以能祭奠成千上万受难者的亡灵。

鞭炮喧闹，数不清的纸钱、素烛、线香默默燃烧。酒水酹滔滔，南京城有了微红的醉意。

而在鼓楼西侧一座木结构的洋房里，日军总联络部班长、前日军中国派遣军司令官冈村宁次却在为谷寿夫鸣冤叫屈，他在日记中写道："几乎无罪的谷中将代人受过，处以极刑，不胜慨叹。"继而又写道："我被任命为第十一军司令官负有攻占武汉的任务，于1938年7月在上海登陆后，曾闻先遣参谋等人谈及南京暴行真相，且悉与暴行有关的大部队将用以进攻武汉，于是我煞费苦心充分做好精神准备，所幸攻占汉口时，未发生一件残暴行为。"

冈村宁次开始调整心理，编造记忆。他为自己的命运而担忧。

三把鬼头刀回到地狱

一把称作"助广"的波浪纹军刀，刀身坚挺，刀口闪闪发光。在铸造它的时候，铸剑师一定曾把黏土和沙子抹在它烧红的刃上，放入冷水中，将它淬成了"高碳钢"。它一定锋利得能削铁如泥。"嚓"，一颗人头便会咚的一声掉在地上，滚出去老远，滚成一个血淋淋的肉坨。快感像电击般通过手臂，攫住了田中军吉的心脏。这是多么神勇而甜蜜的感受啊。他又用刀在一个中国人的后颈根上轻敲一下，当中国人吃惊地挺硬了脖子，他猛然将刀狠狠地劈下……

"这照片上叫作'助广'的刀是你的吗？"审判长石美瑜晃晃照片，又重复问了一句。

田中军吉猛地回过神来：这里并不是阳光下横溢着鲜红血流的金黄土地，而是阴气萧萧的中国人的法庭。他克制住一个惊战。

这个粗壮得像头野猪的家伙瓮瓮地答道："是我的刀。"

石美瑜："作战时佩带的吗？在南京作战时也佩带了吗？"

田中军吉："是的。"

"就是用它杀过三百个人吗？"

"没有。"

石美瑜把案头的一本叫《皇兵》的书拿起来，书中登载着被告的军刀照片，并配以"曾斩三百人之队长爱刀助广"的说明词。

石美瑜："没有杀过人就这样写了吗？"

田中军吉："这是山中丰太郎的创作，是为了宣传才这么写的。"

而被告在他写的辩言中的说法却与此相左，他写道："《皇兵》因

191

为是士兵真实的写照，没有夸张和虚构，字里行间溢满着前线将士的心情，而被视为前线部队最初的完全的现地报告，所以在出版前就引起广泛的注意。"他炫耀说此书受到冈村宁次等军界头领的举荐，外相松冈洋右更是认为此书值得向国外推荐，而亲自题写了书名。写到这里，他有些忘乎所以了，竟然以陶醉的情调写道："'皇兵'这两个字是一种至上的名誉，松冈的挥毫也是很难得的。"

石美瑜接着问："在南京大屠杀时你杀过三百个人，是吗？"

田中军吉并不松口："没杀过。"

"你别的还杀过多少人呢？"

"在通城杀过一个人，杀三百人是没有的事。"

"就是这张照片上的吗？"石美瑜又亮出一张照片。这张照片记录了田中军吉挥刀砍杀中国人的情景，并附有称赞他勇敢的文字，刊登在东京的一家报纸上。

"是的。"

"那为什么说这把刀杀过三百人呢？"

"是为了形容作战时表现勇敢。"

石美瑜机智进击："你是在哪次作战中杀人的呢？"

田中军吉露出破绽："我以前在前线部队杀过一些人，不是三百个人，那是山中自己写的，是没有的事。"

"在什么地方杀的呢？"

"正定、广济、金山以及南京的西南方一带都杀过。"

"在南京杀过多少？"

"我们是攻的一条小路，我到的时候未见到中国兵，所以未杀过。"

"你刚才还说杀过。"

"我刚才说是打仗的。"

"你不是说在正定、广济、金山及南京的西南方都杀过人吗？"

"也没杀过。"

田中军吉蛮横地扭过头去。他的供词颠三倒四，出尔反尔，不能自圆其说。法官问既然没杀人为什么盟军要逮捕他，他说告他的人企图敲诈他，他没有钱那人就诬告他。法官问他照片上被杀的人是谁，他说是一个破坏电线的人，平时肆意放火、抢劫，当地老百姓对他恨之入骨，把他抓到了日本军队。法官问照片是不是在南京拍的，他说攻南京时是冬季，照片上他穿的是夏装。但这恰好描画出他杀人时的疯狂，以至在寒冷的冬天燥热得脱去了外衣。尽管他百般狡辩，但大量的证据表明，谷寿夫手下的这个狂兽在南京大屠杀及历次屠杀中，用他的"助广"军刀像劈柴割草，杀害了三百名中国军民。在确凿的证据面前，由不得他不低头认罪。

继田中军吉之后，被当时的日本报纸誉为"勇壮"的第十六师团富山大队副官野田岩和炮兵小队长向井敏明，在中国军事法庭的要求下被盟军逮捕，于1947年9月前后分别引渡到中国。

野田岩是日本鹿儿岛人，向井敏明是山口县人。他们都于1937年9月随日军入侵天津、塘沽，同年12月入侵南京。在进攻南京时，这两个人间恶魔制造了举世震惊的"杀人比赛"。他们以比谁杀的人多为竞赛和娱乐方式，不择老幼，逢人便砍，白色的利刃下血肉翻飞。

1937年12月13日《东京日日新闻》报载：

> 片桐部队的勇士向井敏明及野田岩两少尉进入南京城在紫金山下做最珍贵的"斩杀百人竞赛"，现达到105对106的纪录。这两个少尉在10日正午会面时这样说——
>
> 野田："喂，我是105人，你呢？"
>
> 向井："我是106人！"
>
> 两人哈哈大笑。

因不知道哪一个在什么时候先杀满100人，所以两人决定比赛要重新开始，改为杀150个人的目标。

向井："我们在不知不觉中，已经超过斩杀了100人，多么愉快啊！等战争结束，我将这把刀赠给报社。昨天下午在紫金山战斗的枪林弹雨中，我挥舞这把刀，没有一发子弹打中我！"

他们把目标定为150人！

据报道，这两个人间恶魔于南京郊区的句容就开始疯狂屠杀无辜平民，向井杀了八十九人，野田杀了七十八人。12月11日，他们又在紫金山下开始了"杀人比赛"，又各杀害我一百多名同胞。次日中午会聚时，两人的刀口都已缺损。向井说，这是因为他从一个中国人的钢盔顶上劈下，连同身躯劈成两半！"这完全是玩意儿。"他说。

1947年12月9日，审判战犯军事法庭对他们分别进行了侦讯。

野田岩在被侦讯的时候摇头否认有过"杀人比赛"。

审判官龙钟煜出示了那张《东京日日新闻》，报纸以"超纪录的百人斩"的醒目标题刊载了那则"杀人比赛"的新闻，还配以大幅照片。

野田岩仍在抵赖："报纸上的记载是记者的想象。"

"难道这张照片也是想象吗？"

照片上两个恶魔的脸上充溢着狂妄和满足的神色。他们肩并着肩手握带鞘的军刀刀把，黄军服，黑皮靴，一字胡，神气十足。

野田岩不得不供认："照片是记者给我们两人合拍的。"

而面对这张记录着他们罪恶事实的报纸，向井敏明的狡辩更是荒诞不经。

向井敏明说："为了博取日本女青年的羡慕，回国好找老婆，所以叫记者虚构了这条颂扬武功的消息。"说得过于从容了。然而倒也不乏几分真实，当初他们确实是抱着日本武士的英雄激情和理想，为了"发扬日本的武威"，而向中国人下刀的。

迷茫的追求，被邪恶驱赶着的命运，使人想起一首日本民歌：

我是河里的枯芒草，

你也是枯芒草。

我们俩生活在这个世界上，

永远是不会开花的枯芒草。

没有思想的芦苇，宿命的芦苇。没有思想而又杀人，杀人就是他的思想。

他们是杀人的芦苇。

1947年12月18日，审判战犯军事法庭公审田中军吉、野田岩和向井敏明这三个人间恶魔。判决书指出：

"被告等连续屠杀俘虏及非战斗人员，系违反海牙陆战规例及战时俘虏待遇公约，应构成战争罪及违反人道罪。其以屠戮平民认为武功，并以杀人做竞赛娱乐，可谓穷凶极恶，蛮悍无与伦比，实为人类蟊贼、文明公敌，非予依法严惩，将何以肃纪纲而维正义？"

宣判"各处极刑，立即执行"。法庭内外，一片同贺之声，有人喜极而悲。

三声枪响，黑血激溅。全城欢心摇撼。

是日为草鞋峡集体屠杀五万多受难军民十周年祭。

第七章　庭前幕后

细菌战之父用细菌赎命

　　宁波的天空传来隆隆的飞机引擎声，宝昌祥内衣店的伙计蒋信发像往常一样，飞快地钻进了地洞。可是洞外并没有发生惊天动地的爆炸，他斗着胆子把脑袋伸出了洞口。他看到天空撒下一片片金黄色的麦粒和粟子，看到像纱巾一样飘动的白黄色粉雾。日本人要干什么呢？他觉得小腿上痒痒的似有什么东西在爬，低头一看，脚面爬上了许多红色的跳蚤。他从没见过这样的跳蚤。他跺跺脚，踩死了几只。

　　当晚回到家里，他感到体虚发热，头痛难忍，腮帮子发炎肿胀。不出数日，患区从面部蔓延到胸口，皮下淤积的血变成紫黑色，身体因失水迅速枯缩，像一具沙漠中干瘪的木乃伊。送到医院不久，他便痛苦地死去，经诊断患的是鼠疫。他的父亲蒋阿宝、继母阿香，也因同样的病症猝死。消息瘟疫般地传递。1940 年 10 月下旬，宝昌祥内衣店的十五名职员有十四人暴病而亡；元太绍酒店死六人；东后街一家鱼贩全家死绝……是瘟疫，鼠疫。东大路的太平巷、开明街一带成了鼠疫区，成片的居民突然像体内被泼上火油点着了火，医院塞满了人，但一个个都无法抗拒地悲惨死去。

远处传来消息，金华附近的东阳、义乌和兰溪三个县也有四百三十八人染此疾，不治者三百六十一人。

事过不久，在哈尔滨南郊"关东军731部队"的秘密播映厅里，银幕上出现了日军细菌部队的攻击场面：几架飞机的翼下挂着特制的器皿；装着跳蚤的器皿；飞机低空掠过村庄；老百姓在移动奔跑；字幕"任务完成"；731部队长石井四郎从一架飞机上款步而下，脸上浮现着得意的神情；中国报纸的特写和日语译文——"宁波一带发生鼠疫"。

石井四郎倒背着手，在前躬后仰地做演说："日本没有充分的五金矿藏及其他制造武器所必需的原料，所以日本必须寻求新式武器，而细菌武器便是其中的一种。"细菌武器成本低，杀伤力强，且能造成恐怖气氛，挫伤对手的士气。

此后，石井四郎多次指挥他的731部队，在中国使用细菌武器。1941年夏季，他派出由100多人组成的第二批远征队，在常德和洞庭湖一带上空散播了大量的鼠疫菌，使得那里爆发了强烈的鼠疫症，造成了人员死亡和巨大的恐慌。次年夏季他亲率远征队到金华地区，把盛着细菌的玻璃瓶和轻铁瓶投入水井、沼泽和民宅，造成大批的人死亡，义乌县崇山村380户人家，死了320多人，有30户全家死亡。石井四郎并不满足，他要效益，还要刺激。该地有两处日军的集中营，关押了3000名中国战俘。远征队预制了同样数量的烧饼，用药针把伤寒菌和副伤寒菌注射到烧饼里去，分发给俘虏吃，然后放了他们，用隐形的屠刀大量杀害中国人，而日军却把中国士兵吃烧饼的情景拍摄下来，做优待俘虏的宣传。

南京"荣"字第1644细菌部队的成员榛叶修深为自己从事的勾当感到可耻，因而逃往中国军队。他写了一份"日军罪行证明书"，证实了日军极其惨无人道的行为。他写道：他所在的"防疫给水部"表面任务是为日军预防传染病，而实际却在秘密制造霍乱、伤寒、鼠疫、赤痢等病菌；在 1942 年的浙赣作战中，该部用飞机积载伤寒、赤痢、鼠疫等向金华、兰溪中国军驻地与后方撒布，以使大批中国军民染恶疾死亡。

榛叶修写道：遭受严重打击的中国军队因急速撤退，前进中的日军很快进入细菌散布的地区，由于饮用了那里的水，许多日本兵被感染。"1943 年 9 月中旬，我去过杭州陆军医院，当时该医院住满了患传染病的日军士兵，每天都有三至五名患者死亡。"

他检举了日军进行细菌战的目的：

"在敌军阵地后方散布厉害的恶性病原菌，人为地使传染病猖獗，使敌军毙命、士气沮丧，此乃主要目的。这种非人道的行为给一般居民也带来颇为恶劣的后果。"

榛叶修的证词送到了东京国际检察局。

使用细菌武器是严重破坏战争法规及严重的反人道行为。中国政府的检举，引起检察局的一些官员的关注。美国法官莫罗上校开始着手调查日军的细菌战、化学战问题。他被指定负责日中战争工作小组。

莫罗提交了一份《中日战争》的备忘录，其中以充分的证据指出：日军实施了毒气战和化学战；这两种残暴的手段早已被《凡尔赛条约》等国际协定禁止；德国与意大利在"二战"中也未使用；石井四郎是研究细菌武器的负责人，他用活人做试验；日本政府对此要负责。莫罗忙乎着。

但是盟军统帅麦克阿瑟对追究细菌战犯不感兴趣，他的兴趣是要搞清 731 部队的秘密。他许诺，只要 731 部队成员积极提供情况，可以"不作为战犯追究"。

要求审问石井四郎的请示未允准，理由是证据不充分。就是在这个时候，盟军的化学部主任马歇尔上校被介绍给了莫罗。这大概是个暗示：追究细菌战不行，追究化学战似乎还有可能。莫罗好像就做了这样的理解。

所以，此后莫罗到中国收集证据，便把重点放在化学战上。重点还有九一八事变及七七事变的一般背景、日本对中国的经济剥削、南京大屠杀、贩卖鸦片等。莫罗由中国检察官向哲濬陪同，与美国法官萨顿等在中国转了一个月，先后访问了上海、北平、重庆、南京。

回到东京后，莫罗向基南提交了一份《中国旅行报告》。报告除列举对诸方面调查到的情况，还特别指出，日军使用过毒气。至于这一点，他弄到了日军俘虏的证词、中国外科医生的证词、被芥子气毒死者的照片、中国国民政府关于日军毒气伤害三万六千九百六十八人（两千零八十六人死亡）的记录。

莫罗在东京又写了一份专题报告《在中国进行毒气战的一般说明》。这份报告指出，日军在1938年淞沪战役中首次使用催泪性气体和呕吐性气体。此后毒气战例频繁，尤其在进攻武汉时，日军肆无忌惮地开始使用剧毒的糜烂性毒气和路易氏毒气。据不完全统计，日军历年使用毒气达一千三百一十二次。这个数据确实不完全，它没有包括用毒气对抗日根据地军民的屠杀。1994年，《朝日新闻》报道了防卫厅防卫研究所保管的微缩胶卷，这个从未公开的胶卷证明，日本军部曾发布在中国使用猛毒毒气的命令，自七七事变到日本投降，日军在中国使用毒气达两千九百一十一次，伤亡人数达八万之众。

在众多的证据中，日军中枢机关撰写的《日中战争中化学战例证集》是极有价值的资料，它证实了日军对毒气武器的研究开发、制造、教育、实战使用等有计划的过程，并证实了日军军部对化学战的指导。在这份资料记载的四十个战例中，宜昌攻防战应该算是突出的：1941年秋正值第一次长沙战役，乘日军在宜昌的兵力薄弱，蒋介石严令第六战区司令官陈诚夺回宜昌。驻宜昌日军被完全包围，濒临全军覆没，于是孤注一掷，向围攻的中国军队发射了包括芥子气在内的大量毒气弹，才保住了占地不失。

证据结结实实地握在莫罗的手里。然而他又空忙乎了，他起诉的愿望又被压制了。就是对化学战也不予追究。检察方面不起诉，法庭便谈不上审理。

麦克阿瑟即使坐在马桶上，他也牢牢地控制着一切。对于化学战与细菌战的战犯是否追究，他有两个顾虑一个企图。

其一，1925 年订立的关于禁止使用毒气和细菌武器的日内瓦国际公约，日本虽签字了，却未予以批准，而美国同样没有批准，如此要是在法庭上饶起舌来，没准会招惹不少麻烦。其二，美国在日本的土地上扔了两颗原子弹，同样是底气虚的事。当年日本政府就提出抗议，说原子弹的残酷性远远地超过了毒气武器；在法庭上，东条英机就利用了这一点，反驳了法官有关毒气武器的审讯。其三，美军一直把研制和实验细菌武器与化学武器作为一个优先任务，日军耗费了巨额资金和无数生命，在这方面取得了领先的成果，美国只需勾销战犯的罪状，便可以空手筹码在袖子里头做成交易，获得罪恶的研制成果，来充实自己的武库。

这第三点才是最重要的。早在 1943 年，日军下级军官伊藤在九江地区误入中国军队防区，被抓获后供出日军研制和使用细菌武器的一些情况。战区的苏联顾问组马上要求与伊藤见面，通过双重翻译，询问了伊藤。重庆美国顾问团得到情报后，立即派来三名美国顾问，自带三名美籍日侨作为翻译，与伊藤秘密交谈达两周之久，了解日军细菌武器的详情。

这情形就如同一群强盗乘着夜黑风高杀人越货，聚集了大量沾着血腥的金银珠宝，密藏了起来。结果另一拨子强人占了寨子，并以压寨夫人做人质，要么交出金银珠宝，要么杀了压寨夫人。当然，我得一笔逆财，你拣一条小命，这实在是一件两全其美的事。细菌武器对美国来说，无疑比金子还要贵重。

白白地获取日本的细菌武器，确实不知要使美国省下多少力气。

日本为研制细菌武器，投入了巨额资金和大量的人力物力，用尽了灭绝人性的手段。

日军最初的细菌研究机构，是1932年设立于日本陆军军医学校的"防疫研究室"。次年，考虑到需用大量活人进行试验，经参谋本部批准，在哈尔滨南岗地区成立了细菌研究所，它是保密的，对外称为"加茂部队"，此后还用过多种假代名称。1936年，根据天皇的敕令，以原有的研究机构为基础，在中国长春和哈尔滨建立了两个强大的细菌基地，后又在南京和广州建立了细菌部队，其中最重要、规模最大的是"东乡部队"。

"东乡部队"位于哈尔滨东南约二十公里处的平房镇。在五公里长的围墙里，中央耸立着一座异常高大的四方形的楼房，它周身镶嵌的瓷砖闪耀着白色的光辉。它的东边有一座直插云霄的烟筒，整日制造着滚滚乌云。烟囱的外侧是一个机场。中央大楼的西面，并列着一片白色的像医院似的建筑物、仓库、公寓式的宿舍。到处都弥漫着石炭酸的气味，阳光像鱼鳞的反光一样幽晦，来往的人静无声息，脸上包裹着严密的铁丝网。一声惨叫划破了寂静，使这里像是一座阴森恐怖的杀人魔窟。

1941年，"东乡部队"改称为"关东军第731部队"，工作人员增至三千人。

这里的魔王是石井四郎。从一开始，他一直是研制细菌武器的核心人物。

石井四郎1892年出生于千叶县一家大地主家庭。从小聪敏过人，且有一股坚韧的钻研精神。1919年考入京都帝国大学医学院，由于学习成绩出类拔萃，校长把自己的女儿许配给他做妻子。此后他专事研究细菌学、血清学、防疫学和病理学，对"一战"中的毒气战产生了浓厚的兴趣，从而萌发了制造细菌武器并用于战争的野心。

日本法西斯的需要和支持，使他的研究得到了肥沃的土壤和雨水丰沛的季节，也使他的研制手段残酷到了极致。

他身穿草绿色的连衣裤工作服，外面套一件白色的防疫大褂，戴着口罩、胶皮手套和帽子，把自己裹得严严实实，向地下室走去。这是一条阴森可怕的走廊。为防止蚊子苍蝇这类昆虫飞进来，顶棚、护墙板和窗户上都涂满了血液般的大红色，使得这里分不清是白天还是黑夜。

石井四郎推开地下室重重的铁门，一声凄厉的叫声迎面刺来。这是"圆木"发出的惨叫。石井四郎把用来做实验的活人叫作"马路大"，翻译过来的意思是"圆木"。

一个"圆木"被绑在像是涂了沥青的墨黑色铁床上，他挣扎着，约莫十二三岁。几个身穿防毒服的冷血怪兽死死地按住他。他们没有给他打麻药，就用锋利的手术刀切开了他的腹腔。孩子呻吟着昏死过去，他的肠、胰腺、肝、肾、胃等内脏被一一取了出来，放进了装有福尔马林液的玻璃容器中，在福尔马林中不停地抽动。接着，刀子从小孩的耳朵到鼻子横着切了一刀，撕开了头皮，又用锯子锯开头盖骨，取出了脑子。刀子又把大腿根上的皮肉切开一圈，剥开的皮肉往外卷起，刀子一气切下去，鲜血泉水般地涌流出来。咯吱咯吱，大腿骨一下被锯子截断了，落到水泥地上，溅起汪在地上的血水。锯子又杀进了左臂……

新鲜的标本被送到了陈列室。石井四郎跟了进去。陈列室是个四壁粉刷得煞白刺眼的大房间，贴墙摆着一排三层的格架，上面放满了高六十厘米、直径约四十五厘米的玻璃容器。泡在福尔马林里的人头，有的裂开一道大口子，像个石榴；有的被军刀从当顶劈到耳根，分成两半；有的额面骨被炸弹炸出个大窟窿；有的带着红、青、黑色的斑点……这些男女老少，中国人、苏联人及蒙古人的人头，眼睛有的闭着，有的怒气冲冲地暴张着充满血丝，散乱的头发向上漂起，不住地晃动。

干得挺漂亮！石井四郎眯缝着双眼，满意地点点头。

在他的指导下，这里每时每刻都在进行着五花八门的残酷绝伦的实验——

往一个汉子身上注射鼠疫菌，然后把他推进透明的隔离室，观察病变的过程。数小时后，"圆木"痛苦地死去。他的腋下和两股之间的淋巴腺肿得非常厉害，前胸和面部因为皮下出血而完全变成了黑紫色，其余部分的皮肤呈现出暗淡的粉红色。

把伤寒菌冲入甜水、注进西瓜，分给一群男女老少吃下去，从"圆木"染病的情况来测试细菌的浓度和繁殖的效果。将母女两人关进透明的毒气实验舱里，放进毒气，以测试毒气致命的速度。四岁的女儿突然从母亲的怀中抬起头，瞪着一双圆圆的大眼睛，惊恐地向四周张望。母亲拼命地抱紧女儿，像是要保护她。不久，她们便全身痉挛着含冤而死。

为了确定人体各种器官在高气压中忍耐的限度，一个青年被塞进了真空环境实验舱。他赤裸地站在里面，抽气机开动后，舱内的空气渐渐抽尽，他张大嘴拼命呼吸，双手拼命抓自己的前胸，血淌了下来。他的眼珠暴突出来，痛苦地倒了下去。

在一个冰天雪地的夜晚，把十二名中国人和一名苏联人押到室外，用刺刀逼着他们将双手插进冷水桶，又提出水面冻僵，再把他们押到室内敷药"治疗"，不能治的手指就用剪刀剪去。再冻伤，再"治疗"，以进行冷冻实验。直到锯掉四肢气绝。

为了实验细菌炸弹的效果，把十名中国人绑在彼此间隔五米的柱子上，用飞机投掷"石井式"瓷壳细菌炸弹，弹片扎进了他们的身体，使他们染上无可救治的炭疽菌疫。

将一批中国人押入坦克和装甲车内，用火焰喷射器喷射，看达到什么程度能把人烧死，以进行火焰喷射器杀伤力的实验。有时还让"圆木"分别穿上厚棉衣、普通军服及赤裸着身子，分组排成十人，用三八大盖枪瞄准排头开火，记录下步枪的穿透性能。

这些灭绝人性的冷血家伙还拿活人进行人、马、猴之间的血液交换实验；在妇女身上进行梅毒实验；把人头往下吊起来进行倒悬实验；把人憋死的空气静脉注射实验；把人烤干的干燥实验；电击实验，把人烧成一摊焦炭……

只有魔鬼才有这样的想象力，也只有魔鬼才能有如此坚强的神经。

那座插入云霄的烟囱整日冒着滚滚黑烟。那是焚尸场的烟筒，每天都有被折磨死的人运往那里，浇上汽油，烧成烟雾和灰烬，连一块骨头渣都不剩。被烧掉的"圆木"每年有五六百人，累计起来至少有三千人。

石井四郎的事业飞速发展，细菌的生产能力大大提高，战败前夕，每个生产周期至少能生产三万万亿个细菌。731 部队的细菌储蓄量，足以毁灭全人类。如果真的使用了细菌武器，我们这个星球将会是个什么样子呢？也许真像一些恐怖片的创作者们想象的那样：空空荡荡的大街上偶尔出现几个人，转眼间他们又出现在一个隧洞里。他们脸上闪烁着与生由来的惊恐，长着的疤痢流着黑稠的脓血。一个小伙子渴得实在忍不住了，他在一条水沟旁蹲下去，掬水凑到唇边，就在这一刹那，他神经质般地怔住了。像铁一样闪着蓝光的水从他的指缝间漏下来，一滴一滴落在沟水里，这声音越来越响，仿佛预示着什么灾难要来临，黑暗中的人们睁大了眼睛。

但是失败像闪电一样来临了。如同德国法西斯研制的"雷特"式战机一样，这些毁灭性的武器没有来得及大规模使用。逃跑之前，为了毁掉证据，石井四郎指挥 731 部队进行了最后的屠杀和破坏。他们用卡车把一千具人体标本扔进了松花江；焚烧了不便携带的实验材料；销毁了细菌培养器、冷冻设备、显微镜、化学天平、陶制细菌炸弹；用炸药和重油把所有的建筑物炸成一片废墟。

731部队用毒药和机枪杀死了最后的三百余名"圆木"。已死与未死的"圆木"被抛进事先挖好的八个大坑，浇上汽油焚尸。燃烧的尸体吱吱地响着散发出异样的臭味。火熄灭后，又将烧掉一半的人脸、半生不熟的肉块、七零八落的骨头、糜烂不堪的腑脏扒出来，扔进粉碎机搅成粉末，拌进浸湿的石灰和动物残骸，用卡车拉到草原上，抛进积存着雨水的洼地。石井四郎要毁灭一切证据，甚至给731部队的每个成员配备了一小瓶氰酸钾，让他们在迫不得已时毁掉自己。

天下之残酷暴烈，莫过于此！

天下之罪大恶极，莫过于此！

对于石井四郎及731部队战犯的罪行，检察方面已掌握了足够多的证据，包括田中隆吉的证词，但都被沉重的铁盖死死地压住了。

起诉书没有涉及，莫罗法官的始讼词也没涉及。但陈述进行到一半的时候，莫罗还是不知其由地突然回国了。然而在莫罗回国后不久，法庭上出现了出人意料的场面。也许是对免究细菌部队罪行的做法心怀不满，美国法官萨顿出示了中国提供的有关细菌部队的证据，他曾与莫罗一起到中国搞过调查。萨顿念道：

"敌方的多摩部队将被俘的我国人民带入医院实验室，向他们的身体内注射各种有毒细菌，试验其反应。由于该部队是最秘密的机构，所以无法弄清死者的确切数字。仁者为医学实验牺牲猫犬尚不忍，何况将我被俘同胞用于实验。我同胞还不如猫犬，其何哀哉！总而言之，敌人的残暴尽凶恶无道之极……"

闻者大惊。没等萨顿念完，韦伯审判长即打断他，说："你打算继续出示关于毒液反应的证据吗？这可是闻所未闻的新鲜事。这个问题就说到这里吧。"或许起诉中没有这方面的内容，韦伯缺乏对细菌部队的了解；或许由于别的什么原因，他阻止了萨顿。而萨顿竟也就很轻松地说："我并没有为此事出示更多证据的意思。"此后检察方面再也没提起过细菌部队的问题。

苏联红军在中国东北抓获了部分731部队成员，根据掌握的材料，在远东国际军事法庭审判日本甲级战犯期间，要求将石井四郎作为甲级战犯审判，但是遭到美国的反对与拒绝。美国决心庇护到底。1947年9月8日，美国国务院给麦克阿瑟回复密电称："美国当局从美国安全保障的立场出发，不追究石井及同伙的战犯责任。日本的细菌战经验，对美国的细菌研究计划具有重要价值。第731部队的细菌战资料对于美国国家安全保障上的价值，远比利用它追究石井等人的战犯罪重要。"

在麦克阿瑟的庇护下，石井四郎等人不仅逃脱了惩罚，而且摇身一变成了美国军官，在细菌研究的发源地、原陆军军医学校旧址又挂起了"东京营养研究所"的牌子，继续干起了罪恶的勾当。这回可是为美国干的。

美国政府没有说错，石井四郎的确有重要的价值。1952年初，美军在朝鲜和中国东北使用了细菌战。新仇旧恨涌上心头，中国政府向美国政府提出了强烈的抗议，并进一步揭露："美帝国主义为了准备这种灭绝人性的滔天罪行，早就与朝中人民的死敌日本帝国主义占领中国时期进行细菌战的大战犯石井四郎、若松次郎和北野政次等勾结。这三大战犯，最近奉美国侵略军总司令李奇微总部之命，从东京到达了朝鲜，准备以朝中人民部队的被俘人员作为细菌实验的对象。美帝国主义这种滔天罪行，是他们侵略战争政策的更露骨的表现。"

美国就是这样由法官变成了被告方。

石井四郎1959年患癌症病死。

伯力敲下细菌秘密的一角

苏联红军大军疾进，关东军中的五十九万四千官兵未及走脱，束手就擒做了俘虏。他们被押往西伯利亚战俘收容所，一边接受审查，一边干着修路、伐木、挖煤等粗活。随着时间的推移，大批战俘被遣返回国，战争嫌疑犯全留了下来。关东军末任司令官山田乙三大将、军医部部长梶塚隆二中将、兽医部部长高桥隆笃中将、731部队生产部部长川岛清少将等十二人，被指控为准备和使用细菌武器的乙级战犯，提交苏联滨海军区军事法庭，于1949年12月25日至30日在远东的伯力城开庭公审。

山田乙三鉴于关东军兵力吃紧，对细菌武器的生产极为重视。上任不出一周，他就亲自听取了梶塚隆二和高桥隆笃有关731部队的情况汇报，对他们的工作进行鼓励。不出一月，就亲往731部队，视察该部队的各个部门，他对该部队生产细菌的规模和能力大加赞赏，信心十足地说："你们的生产能力足以供应在大规模战争中使用细菌武器。"1944年末，为拟订细菌战的详细计划，山田主持召开了高级军官会议，积极策划和支持使用细菌武器。他采取各种措施来加强这个计划，如为731部队补充专家，增加生产细菌所需的设备和材料。山田还特意重新起用石井四郎，重新任命他为731部队长，晋升为中将军医。在此之前，石井吃喝嫖赌大肆私吞军费，于1942年7月被解除了731部队长的职务。"关东军只有进行细菌战，才有可能取胜！"他感戴山田的知遇之恩，决心把憋足的劲全使出来。

经过山田的苦心操持，731部队加速运转，十分有力。正如山田供认的那样："1945年，由于改善最有效细菌武器使用法的一切准备工作已顺利完成，于是开始大量生产细菌武器，以便一旦奉到大本营的命令，就能在任何方面实际运用这种武器。"

山田是个狡猾的家伙，在庭审中他并不一味地推脱责任，他只推脱他能推脱的责任；他不一味地避重就轻，他只避他能避之重。

审判长契尔特科夫少将问："被告山田，请问关东军内有哪些细菌部队？"

山田的表现似乎很诚恳："有两个细菌部队，第 731 部队和第 100 部队，这两个部队都是受关东军总司令直接管辖的。"

问："梶塚将军和高桥将军在报告中，对你讲过这两个部队的秘密工作吗？"

答："是的，他们两人都讲过。"

问："你在视察 731 部队时见过石井式的细菌炸弹吗？"

答："见过。这种炸弹在空中爆炸后，染有鼠疫的跳蚤就散落下来传染地面。"

问："在预审时你曾供称，731 部队主要是为对苏、蒙、中三国进行细菌战而设立的。你能证实这段供词吗？"

答："是的，我证实。"

问："单单是预备进攻苏联的吗？"

答："不，不只是苏联。还有别的敌国，英美两国也是预备攻击的对象。"

问："731 部队是用什么方式检验细菌武器效力的呢？"

答："采用过多种方式，用活人检验是其中的一种。"

问："你过去知道用活人进行检验吗？"

答："是的，我过去知道这一点。"

问："你知道这些人是从宪兵队及日本军事团那里领走的吗？"

答："在预审时拿出各种文件给我看过之后，我才知道第 731 部队是从宪兵队和日本军事团那里领走大批活人去进行实验的。以前我个人以为送到 731 部队去的都是些已被判处死刑的犯人，我当时得出的结论是，这些人都是由'满洲国'法庭判处了死刑的。"

契尔特科夫又问了一遍："那么你是想说，在没给你看文件之前，你一直以为被送到 731 部队杀害的都是由法庭判了死刑的犯人，对吗？"

山田的回答仍然是肯定的："对，我当时正是这么认为的。"

狐狸出山了，老练的山田开始耍花招了。对前面的几个问题，他承认得都挺干脆。他可以说自己是一名军人，必须按命令行事，在这种情况下，个人似乎是被动的、间接的、无动机的，因此罪责可以减轻一等。但转交活人做实验这个问题的性质不同，这种极残忍的非人道行为，没有什么明目张胆的法规能对此负责，如果有，那么作为东三省的独裁者，山田要负直接的、完全的责任。

斯米尔诺夫检察官出示了关东军宪兵队关于"特殊运输"的命令，让山田过目。命令附件中列作可送到 731 部队作为实验品的人，并非判了死罪的犯人，而是"游击队员""怀有反日心理者""参加秘密活动而其生存不利于军队和国家者"等。

检察官问："押往 731 部队去杀害的人并没有经过任何调查和审判，这个命令不是证明了这一点吗？"

山田只好承认："是的。"

斯米尔诺夫检察官又宣读了一份材料，这是根据"特殊输送"办法，把九十人遣送到 731 部队去做实验的一份命令。

检察官问："这道命令是由关东军总司令属下的宪兵队颁发的吗？"

山田答："这是在我接任关东军总司令之前颁发的。"

"你接任后是否取消了这种办法呢？"

"没有，但我认为这是一个暂时性的命令，以后会失效的。"

然而事实是山田上任后，被押往 731 部队做实验的人仍在不断增加，而每次实验"特殊输送"办法都必须经过关东军总司令的批准。

他到 731 部队视察时，曾去监狱见到了大批用来做实验的活人。

证人田村供认："我向山田将军报告了石井将军及其部属在活人身上进行的那些很有趣的实验，并向他叙述了我在监狱楼房里见到的一切。山田没感到丝毫的意外，他显然极为熟悉 731 部队的情况。"

山田的狡辩没有给他带来什么好处。根据大量的事实和证据，法庭认为他与细菌部队有着密切的联系，他积极参与策划和指导，比他的前任更加热心地促进把细菌武器用于实战。

经过审讯和辩论，山田乙三不得不供认了起诉书中指控他的罪行。

在为时六天的审判中，细菌战犯们详细供述了细菌武器的生产能力、活人实验、组织机构、实战运用以及天皇和军部的支持等情况。

1949 年 12 月 30 日，苏联滨海军区军事法庭对山田乙三等十二名细菌战犯做出了判决：

山田乙三大将　关东军总司令　有期徒刑 25 年

梶塚隆二中将军医　关东军军医部部长　有期徒刑 25 年

川岛清少将军医　第 731 部队生产部部长　有期徒刑 25 年

西俊英中佐军医　第 731 部队训练部部长　有期徒刑 18 年

柄泽十三夫少佐军医　第 731 部队生产部科长　有期徒刑 20 年

尾上正男少佐军医　第 731 部队驻海林支队队长　有期徒刑 12 年

佐藤俊二少将军医　关东军第五军军医部部长　有期徒刑 20 年

高桥隆笃中将兽医　关东军兽医部部长　有期徒刑25年

平樱今作中尉兽医　第100部队研究员　有期徒刑10年

三友一男中士　第100部队工作员　有期徒刑15年

菊地则光上等兵　第731部队卫生兵　有期徒刑2年

久留岛祐司（军衔不明）　有期徒刑3年

由于这些细菌战犯欠下数千条人命，且杀人手段残绝古今，而审判结果没有一人被判死刑，自然引起了各种猜疑。

一种说法是这十二名战犯深刻悔悟了自己的罪行，对有关细菌战和用活人做实验的罪行做了彻底的坦白。川岛少将说："日本对人类所犯下的罪恶，必须彻底揭露。"平樱中尉说："对准备细菌战一事负有主要责任，而此刻未在受审者之列的罪犯天皇和石井四郎应予严惩。"菊地上等兵说："我感到遗憾的是，与细菌战有关的主要罪犯没有在场。"久留岛说："我对那些驱使我参加细菌战罪恶勾当的日本军阀表示无比的愤恨！"莫斯科广播了反映出他们悔罪程度的心声。

另有一种猜测，与对美国的观察做出的结论类似，即苏联承诺以保全十二人的性命为交换条件，彻底搞清细菌武器的秘密。

苏联对细菌战犯的公审，尤其是在1950年公布了《前日本陆军军人因准备和使用细菌武器被控案审判材料》，在细菌武器及细菌战这个被包裹得像石头一样严实的秘密上敲下了一角，让世界认识到了它的存在，感受到了它的残酷和恐怖。

将军并非为毒战命绝

在伯力军事法庭上，有个叫三品的日本证人供认，他在日军驻上海的十三军团任侦察科长期间，于1942年参加过浙赣作战行动。这次行动的命令是驻华派遣军总司令畑俊六下达的，旨在消灭沿浙赣铁路，经过金华、龙游、衢县、玉山一带的中国军队。在这次行动中，十三军团配属了细菌部队，石井四郎本人亦到前线给予了配合。

三品供认，在后来缴获的中国军队的文件中，他看到过衢县一带爆发鼠疫的报告。而另一个证人古都也供认，这次细菌战在浙赣引起病疫猖獗，造成大量中国军民死亡。

畑俊六是细菌战和毒气战的有力倡导者和推行者。从国民党政府的统计资料中可以看出，在畑俊六初任日本陆相的1939年及初任中国派遣军总司令的1941年，因毒气战而死亡的中国军人数两次达到最高峰。在他任这两个职务期间，仅毒气一项，中国军队的伤亡人数就达36000余人，这里没有包括共产党领导下的抗日军民的遇害情况，否则这个数字将成倍增加。1940年在八路军进行的"百团大战"中，日军施放毒气达11次，使我10000余名官兵中毒；1940年5月，日军在山东泰安的红山战斗中施放毒气，使我300名八路军官兵倒地气绝，半个月后，在峄县朱沟村的战斗中又有350名八路军官兵被毒杀；1941年9月，日军在河北宛平县杜家庄施放毒气，伤害老百姓400多人；1942年5月28日，日军在河北定县北疃村发现地道，将大量的窒息性毒气向地道内施放，躲在地道内的800多名老幼妇孺大部中毒死亡……

在中国的土地上，处处蔓延着黄色的浓雾，它的边缘蹿出无数条毒蛇，嗤嗤地吐着长长的毒芯子，静静地钻入门板、窗棂、石缝、庄稼、水井、沟沿。成片的中国人被它咬住了，倒在了地上，口中吐出黑色的血，面孔迅速暗了下去。

实施细菌战和毒气战的日军将领大有人在。

木村兵太郎在"扫荡"鲁西抗日根据地时，狂妄地命令部属："这次作战的目的，是要完全歼灭八路军及八路军根据地，凡是敌人地域内的人，须不问男女老幼全部杀死。所有房屋一律烧毁，锅碗要一律打碎，水井要一律埋死或下毒！"

山下奉文率军对冀中抗日根据地进行"扫荡"，在蠡县指使部下施放毒瓦斯，一次就杀害抗日群众七十多人，制造了"王辛庄惨案"。

畑俊六、木村兵太郎、山下奉文实施毒气战和细菌战的罪行被掩埋在历史的阴影中。但他们犯下了太多太大的罪，他们作为甲级战犯，被押上了远东国际军事法庭的被告席。

杉山元自杀了，畑俊六是被逮到法庭来的唯一一个陆军元帅。他坐在被告席的第一排，他的左边是土肥原贤二，右边是广田弘毅。此时他的脸上既没有了杀气，也没有了骄横的帅气，而像抹上了捣烂的青杏子一样，又苦涩，又难堪。

检察官指控他犯有对中国实行侵略战争，纵容、唆使部下杀戮中国平民和俘虏、奸淫妇女、抢劫和破坏财物等罪行。

法庭庭长韦伯问道："你是否承认有罪？"

畑俊六回答："对于全部诉因主张无罪。"

然而他打战的声音里暗含着来自记忆的战栗。

1938 年 2 月，畑俊六接替松井石根担任了华中方面军司令官。当年 10 月，他指挥日军占领武汉后，在他的纵容和唆使下，南京大屠杀的惨象又发生了。

在江汉路海关前，兽兵抓住八十余名中国居民，当场刺死几个，随后将其余的人推入江中用机枪扫射，鲜血顷刻染红了江面。而兽兵们却站在岸边拍手大笑。大智门附近和华景街横七竖八地躺着无辜百姓的尸体。

像南京大屠杀一样，杀人、强奸、抢劫、放火往往是同时进行的。汉口一位老商人带着亲眷到租界避难，兽兵在半道截住了他们，将老商人的头按在大石头上，用斧背砸断他的颈骨致死，几个随往的女眷全被奸污，一个年轻妇女惨遭轮奸后被杀死，尸体被兽兵踢入河中。武昌下新河一个防空壕内躺着十几具被辱又被杀的裸体女尸。武汉特三区内发生过奸死孕妇的惨剧。在汉阳，兽兵从一名中国妇女的棉袄夹缝里搜出几张法币，不但抢走了法币，还挖掉这个妇女的眼睛、鼻子和乳房，砍断四肢，残酷地将她折磨死。放火的事件不断发生，民权路、民族路和襄河一带的民房被兽兵纵火烧成一片瓦砾。随处可见兽兵们手持刀斧，破门入户洗劫财物。中山路上所有的商店全部被日军霸占，他们还在大白天任意对行人搜身抢劫。畑俊六进驻武汉后，立即下令开设了"汉口野战邮局"，让兽兵存汇赃款，大大助长了兽兵的抢劫行为。该邮局局长向东京《朝日新闻》的记者透露，日军占领武汉的头一个月，不包括军官，仅日军士兵的存汇款即达到一百二十多万日元，约合现在的三十多亿日元。几年之后，在日本第二十三军司令官酒井隆的指挥下，这一幕惨剧再一次在香港重演。

　　1939 年至 1941 年，畑俊六回国连任阿部信行和米内光政两届内阁的陆相。1941 年又以中国派遣军总司令的身份再一次入侵中国，在中国犯下了新的更大的罪行。1944 年，他调集 500000 日军、100000 匹战马、10000 多辆汽车、1500 门大炮和 250 架飞机，发动了旨在打通中国大陆交通线的"一号作战"。经过 8 个月的激战，击溃了国民党五六十万军队，占领了 7 个空军基地和 36 座机场，夺取了平汉、粤汉、湘桂三条铁路干线，攻取了洛阳、长沙、桂林和福州 4 个省会城市及郑州等140 个大大小小城市，从而打通了贯穿中国大陆的交通线。由于战功卓越，畑俊六晋升为陆军元帅，天皇亲授他一级"金鵄"勋章。而在这场战争中，几千万中国人民蒙受了巨大的灾难，生命财产的损失不计其数，仅江西萍乡一地，就有 19000 余人遭杀害，6000 余名妇女被侮辱，700余间房屋被毁，被劫米谷 50000 担、棉花 9500 担，被毁的家具价值4700 余万元。

尽管嘴上不认罪，尽管心里不服输，但怎么也无法摆脱缠绕着他的恐惧。他毕竟知道自己犯下了不可饶恕的罪恶。法庭进入量刑阶段后，美联社著名记者哈里斯进行了预测，他认为畑俊六罪恶深重，很可能与东条英机一道被判死刑。畑俊六闻知胆战心惊，整天提着脚走路。

法庭最后判处畑俊六无期徒刑，畑俊六闻之一愣。为时两年多的审判如同揭不开的穷阴，他的内心早已涝死了，霉变了。当他接到一缕活命的阳光时，反而感到万分惶惑。他甚至是兴奋地向法官深深鞠了一个大躬。

木村兵太郎和山下奉文都曾在华北战场与八路军交手，多次对抗日根据地进行"讨伐"和"扫荡"。由于是与深深植根于广大民众之中的人民军队较量，所以他们都显得愚笨无能，八路军想打他，他就损兵折将，落下一个打着绷带拐着腿的败相；八路军不想同他打，他也没什么办法，东追西扑，左冲右杀，徒然地被八路军牵着鼻子耍，最后只得无可奈何地站在一个没有对手的空地上，又喘又叫地拄着战刀生闷气。

1939 年 5 月 11 日，木村兵太郎率兵八千，将罗荣桓的一一五师师部团团围定在山东泰肥山区的陆房小平原附近，激战一天没占到什么便宜，晚上歇歇。次日早晨，木村指挥强大的炮火向八路军阵地进行了一番狂轰滥炸，而后像瞎子走路一样，一步一步战战兢兢地进入陆房，岂料罗荣桓的部队已在当地群众的带领下乘夜色走出包围圈。木村兵太郎只得扛上自己的一千三百具尸体衔辱而归。另有一次，木村兵太郎命令田敏江步兵大队进犯梁山根据地，结果被八路军一一五师特务营包了饺子，包括田敏江大队长的六百余人悉数当了肉馅。如此战绩，在木村来说是屡见不鲜的。

在这一点上，山下奉文同木村是酷似的一对。为了消灭八路军冀中抗日根据地，山下奉文调集华北方面军的大批人马，与八路军的一二〇师扭上了。他发动声势浩大的五次围攻，八路军就像钻入牛魔王腹中的孙悟空，一会儿用金箍棒捅捅他的胃，在曹家庄等处消灭他四五百人；一会儿捅捅他的肝，在肃宁等地杀毙他九百余人；神通广大的孙悟空在他的腹内狠劲地搅，痛得他死去活来，满地打滚。最后山下奉文付出伤亡五千五百余人的惨重代价，躺倒在了病榻上，哼哼唧唧地养病了。

受伤的野兽并不会改变它凶残的兽性。他们孤注一掷，在作战中违反国际法，大量使用毒气，变本加厉地对根据地实行杀光、烧光、抢光的"三光"政策，野蛮屠杀了成千上万的平民百姓，制造了一个又一个血腥惨案，拼命地往自己的罪行簿上加码。

木村兵太郎与山下奉文后来又分别在泰国、缅甸和新加坡犯下新的罪行。

在修筑泰缅铁路中，木村兵太郎不顾国际法的规定，强逼着英国、荷兰、澳大利亚等国的盟军战俘筑路。在原始森林中极其险恶的条件下，这些战俘从黎明到黄昏不停地砍树、拖树、挖土和开凿岩石，谁如果不堪劳累，蹲下来打个瞌睡，就会被强迫在头上顶块石头或一桶土，眼睛朝着太阳罚站一小时；谁要是逃跑被抓住，不是被砍头、绞杀，就是吊在树上渴死或让蚂蚁咬死。泰缅铁路每修筑四米就有一条人命做了路基，总共折磨死了十万多战俘和劳工。此后，木村兵次郎任缅甸方面军司令官期间，用同样的方法抓劳工修筑战略工程，仅为在缅甸修建一条战备铁路，就送掉泰国与缅甸二十五万劳工的生命。木村兵太郎由此赢得了一个溢着杀气的诨号："缅甸屠夫。"

山下奉文也因血洗新加坡突现了日本"三千年炽热的历史"，落得一个"马来之虎"的诨号。

木村兵太郎于缅甸被英军拘捕，用专机押解东京，被国际军事法庭判处绞刑。接到执行书的那天，他表现出昂头赴死的气概，他请教诲师花山信胜转告他的夫人说："此次之事乃前世姻缘，应该想开。自己作为长久和平的一块基石，是欢欢喜喜离开人世的。超脱了死，便是永远的生。"

山下奉文是在菲律宾被俘的，他参加投降仪式颇富戏剧性。当他带着他的参谋长武藤章走进会场时，一下呆住了。他看到了曾被他俘虏的英军将领帕西瓦尔。几年前他曾让帕西瓦尔颇为难堪地陷入他的圈套。当时山下奉文对新加坡久攻不下，便下令炮兵集中火力轰炸市内居民区，并切断水源，施展恐诈的奸计，使市民和守城英军产生恐怖心理。这一招果然奏效。第二天，守城司令帕西瓦尔便打着白旗到山下奉文指定的地点进行投降谈判。帕西瓦尔有些犹豫，想拖延时间，想提出一些条件。

山下奉文骄横而坚决，他大声吼道："投降还是不投降，你只有这两种选择。如果回答是'不'，我将按计划进行夜袭！"

帕西瓦尔只得用卑弱的声音回答"是的，投降"。于是在投降书上签了字。帕西瓦尔事后才知道，当时山下奉文只有一万五千人，而他却拥有七万余人的兵力。帕西瓦尔被送往日本，关进了集中营。

麦克阿瑟有时也玩点儿幽默。他把帕西瓦尔和在菲律宾被俘的美国将军温赖特解救出来，特意派专机把他们送到菲律宾，接受山下奉文的投降，让山下奉文受昔日败将的胯下之辱。山下奉文做梦也想不到，这回该轮到他在投降书上签字了。"我当时真想自杀！"事后他对人说。

根据中国和英国政府的要求，美军在马尼拉设立了军事法庭，将山下奉文作为乙级战犯进行公审。检察官指出他犯有多次指挥部队在中国农村进行报复性大屠杀等一百二十三项战争罪行。

法庭庭长雷诺鲁兹少将问道："你是否承认自己有罪？"

山下奉文像炸弹一样地回答："不知道！什么也不知道！"

山下奉文请求让他的参谋长武藤章和副参谋长宇都宫做他的助理辩护人，检察官予以驳回："检察官不承认被告提出的两个人是什么参谋长、副参谋长。山下拥有参谋长的时代已经结束了！"

马尼拉军事法庭判处山下奉文以绞刑，于 1946 年 2 月 23 日在马尼拉市南郊罗斯·巴尼约斯刑场执行。临死之前，山下奉文满腔仇恨地狂呼："让我到地狱当阎罗王去吧！"

血洗香港的刽子手酒井隆于 1945 年 9 月被中国政府抓获。在南京审判战犯军事法庭上，检察官以在入侵香港时"唆纵部属违反人道以及违反国际条约与惯例实施种种暴行"等罪状，对他进行起诉。

检察官丁承纲问道："攻香港时，众多中英人民被杀害，你知道吗？"

酒井隆甚至都没有犹豫，他回答："据我所知，绝对没有这样的事。被炮火误伤大概会有的。我一贯要求部属在作战中不可伤害民众。"

1941 年的香港，民间流传起一个不吉利的谶诗："鲤鱼有日翻洋海，百载繁华一梦消。"港英政府却以其中立地位抚慰自己。香港仍沉溺于赛马、高尔夫球、舞会的酒精烟氛之中。

日军几乎与偷袭珍珠港的同时，向香港发起了进攻。一团团火焰在地面爆炸，雪花般的传单自天空飘落，带来了圣诞节的消息："投降吧孩子，你可以吃上一顿热腾腾的圣诞晚餐啦。"驻港英军司令莫尔特和港督杨慕琦打着白旗，乘小艇渡海来到位于九龙的半岛酒店，向酒井隆中将称臣。酒井隆宣布日军"大放假"。

黑色的圣诞晚宴来临了。

防守香港西半部的英军，由于被日军切断了与总部的联系，倚仗坚固的斯坦利堡阵地，继续抵抗日军的进攻达数小时之久。酒井隆的进攻接连受挫，就采取与山下奉文同样的恐诈手段，胁迫英军投降。他指挥兽兵在斯坦利堡围墙外的圣斯蒂芬学院，极其残暴地杀死了在那里的一百七十名伤员及手无寸铁的俘虏，并奸杀了七名女护士。目击者、加拿大陆军随军牧师巴莱特在法庭上做证时回忆说：酒井隆命令将俘虏当作人质，两三人一批推到室外，砍去他们的手指，割掉耳朵、鼻子和舌

218

头，挖出眼珠。酒井隆故意放掉几个，让他们去英军阵地述说目睹的惨状，进行恐吓。四名中国女护士与三名英国女护士均遭强奸，其中一名英国女护士被绑在尸体上遭轮奸。最后她们也全部死于刺刀下。

英军投降了。他们一走出斯坦利堡，就被酒井隆驱赶到屠杀现场，去享受"热气腾腾的圣诞晚餐"。

烧杀淫掠像台风一样的狂烈。

所有抗日人员都被当成练刺杀的活靶子。国民党交通部驻港官员全部遇难。国民党元老陈立夫内侄孙伯年因汉奸出卖被俘，兽军逼他投降遭拒绝，割掉他的舌头仍没得逞，于是兽军给他打了一剂毒针，使他全身浮肿而死。深水埗元洲街一位妇女背着小儿子上街买菜，回来时遇到戒严，面对自己的家门不敢过街回家；她的另一个儿子从家门口向她跑来，枪声顿起，母子三人当即倒在血泊之中。这些事件在香港随时随地都在发生。

深更半夜，浑身散发着酒气的兽兵三五成群地寻找"花姑娘"，他们晃动着手电筒，沿街敲门怪叫。大街小巷上、民宅里和楼梯上，到处可见到赤身裸体、血肉模糊的女尸。影星梅绮和林妹妹的悲惨遭遇足以传达出当时的恐怖气氛。兽军攻占香港时，曾以《驸马艳史》等影片驰名的梅绮正好与享有"华南影帝"之誉的张瑛喜结连理，兽兵用刺刀挑开了她的衣裤，在她的新婚夫婿眼前强奸了她，受辱的阴影从此断送了他们的爱情与幸福。另一位擅演反派角色的影星林妹妹为了躲避兽兵的奸淫，带着一群姑娘藏于一个地下室中，不料被兽兵发现，她挺身而出与兽兵周旋，掩护姑娘们逃走，自己惨遭厄运。

兽军有计划地强占饭店、住宅、商店、企业，想占什么地方，只需把一块上书"军搜集部管理"的木牌往那儿一挂，就换了主儿。至于搜刮的古董、图书等财物更是不计其数，码头船坞附近堆了一地的麻袋和木箱，等待着运往日本本土。为了全面地掠夺，兽军没收了十四家银行，并宣布日军使用的"军用手票"为合法货币，强令用港币兑换，"藏有港币者杀"。据不完全统计，兽军在占领香港的四十四个月中，掠夺的物资达十亿日元，相当于现在的数百亿港元；发行的军票达二十亿日元。苦难的香港被洗劫一空，富翁变穷，穷人更是被逼上了绝路。香港人口从一百六十多万锐减为1945年的六十万！

　　如果我死在这里，
　　朋友呀，不要悲伤，
　　我会永远地生存
　　在你们的心上。
　　你们之中的一个死了，
　　在日本占领地的牢里，
　　他怀着的深深仇恨，
　　你们应该永远地记忆……

　　这是"雨巷诗人"戴望舒因抗日罪名被俘入狱后写下的诗，他抒发了心中深深的忧愤，也抒发了他的爱国友人们的忧愤。作家萧红、诗人林庚白、剧作家麦啸霞、报人李健儿、教育家钟荣光等知识分子，先后都在这场战火中含冤死去。

　　1946年9月13日，南京雨花台击毙酒井隆的一声枪响，告慰了死难者的在天之灵。日本驻香港第一任"总督"、曾肆虐华北的矶谷廉介中将被判处无期徒刑；第二任"总督"田中久一中将在广州行辕军事法庭被处决。田中久一在临死前不住地狂啸："且看十年之后，谁执亚洲牛耳！"

　　戴望舒与田中久一的声音共铸成黄钟大吕，它轰鸣的时候，昨日与今天重叠在一起震颤了。

第八章　上天入地

一号战犯摇身变为功臣

击毙酒井隆的子弹，仿佛也穿过了冈村宁次的头颅，使他一向阴郁刻板的面孔禁不住地一阵痉挛。

1928 年 5 月 1 日，蒋介石的北伐军开进济南。日军以保护日侨利益为借口，枪杀了北伐军的运输队长，强行解除了北伐军一部七千余人的武装。蒋介石命令各师"约束士兵，不准开枪还击"。5 月 4 日，北伐军处死了十三名走私鸦片的日本毒贩。日军当即以猛烈的炮火轰炸北伐军阵地和居民稠密地区；晚上一群日军闯入国民党山东省交涉公署，先用刀剁掉负责人蔡公时的耳、鼻、舌、眼，再将他连同十七名职员用机枪扫死。后来的一些日子，纷乱的战刀像朔风寒雪在济南城内飞舞，六千余名中国军民卧尸街头。

这就是震惊中外的"济南惨案"。时任驻济南领事馆武官的酒井隆与时任步兵第六联队长的冈村宁次，都是制造这次惨案的主凶之一。

冈村宁次在混沌的回忆中挣扎了片刻，渐渐恢复了平静。酒井隆是酒井隆，冈村宁次是冈村宁次。他把抚额的手展在眼前，上面没有血，只有黏涩的汗液。他不是滋味地嗅了嗅鼻子。

他派人从战犯拘留所取回酒井隆的遗物。晚上，他在联络班的一间空房里设置了灵堂，领着联络班的全体人员在酒井隆的灵位前守夜，忽明忽昧的烛火像一阵阴风，送走了远行的厉鬼。

日军投降后，中国派遣军最后一任总司令冈村宁次一下跌到了战俘的境地。延安公布了战犯名单，冈村宁次被列为一号战犯。远东国际军事法庭也将他同松井石根等人一起列入了战犯名单，要求引渡到东京审判。舆论界不断地掀动风云。冈村以双肘撑着秃脑袋，哀叹逃不脱命运的裁决："自忖不仅被判为战犯且死刑也在所难免。"

然而他不甘心束手待毙，他要制造骗局，在混乱中为自己捞取资本。他十万火急地致电蒋介石：苏蒙军队已进抵张家口，呈向平津挺进态势；华北解放军已由天津西站附近攻入天津，攻势极其猛烈；日军集中炮兵密集轰击，挫败了共军的攻势，使其遗尸四百具；此乃共军在苏蒙军队支持下发动大规模进攻的前奏。冈村称：如果仅是华北共军进攻，他可以按蒋介石的命令坚决抵抗，但如果苏蒙军队参与联合进攻，他的军队只能撤退。冈村宁次的报告引起了蒋介石的恐慌，也刺激了麦克阿瑟。在蒋介石的请求下，为了避免平津及渤海港埠落入共军之手，麦克阿瑟断然下令美国海军陆战队第三两栖军在天津附近港口登陆。

冈村宁次见此招颇灵，进而向蒋介石建议："中国最大的内患，是共军部队的实力庞大，不可小视。现华中长江与黄河之间尚有三十万日军，建议暂不缴械，由我本人率领，在贵军的统一指挥下帮助国军。贵方只需负责供应给养，其他武器、弹药、医务方面概由我们自己解决。"

蒋介石以大人物的风度，抖落黑大氅，登上一座小山头，展示了他宏大的眼界："中日两国应根据我国国父孙文先生之遗志，加强协作，长期共荣。目前看来，实为重要。"冈村宁次任华北方面军司令官期间，对抗日根据地实施残暴的"三光"政策和层出不穷的野蛮战术，早就受到蒋介石的仰慕。其时正在积极准备打内战的蒋介石心里发虚，他需要冈村宁次的帮助。

但国际与国内的风声日紧。解放区战犯调查委员会主任委员吴玉章发表谈话指出："日本军国主义者横行霸道东洋数十年，其野蛮暴行，中国人民首当其冲。在九一八以来的侵略战争中，应当惩办的战犯何止千万，而自盟军占领日本三个多月来所捕大小战犯不过三百一十八人。这个数目实在微乎其微。并且尚未加以审讯惩办。而更令人愤恨者，至今还有许多重要战犯仍然盘踞要津，继续从事威胁远东和平阴谋活动。如与中国人民不共戴天之仇的冈村宁次现仍安居南京，指挥着武装的日军，维持秩序……"

为了把这个大战犯掩藏好，蒋介石拿出他在上海滩上练就的看家本领，施展了障人眼目的幻术。他要在阳光下藏住黑影。

冈村宁次于 1945 年 12 月至 1947 年 10 月担任"日本官兵善后总联络班长"，名目是处理日俘日侨遣返事宜。

在这段时期，冈村宁次不能像过去那样打网球、骑马、打猎、钓鱼了。但照常可以坐禅静养、下棋消闲、喝绍兴酒、散步、洗澡、听留声机。养足了精神就竖起耳朵打探情报，刻意琢磨两件事：一是拉关系巴结蒋介石。他隔三岔五地与何应钦、汤恩伯、白崇禧、陈诚们走动，设顿丰宴，送派克笔和咖啡具，对起袖口过小九九，盘算国军怎样才能避免挨共产党的打。二是走门子替战犯鸣不平。今天是徐州战犯拘留所给战犯戴手铐脚镣，十分残酷，因此向国防部提出抗议；明天又说田中久一中将替人受过，枪毙了实在冤屈；再就是说广州军事法庭一次判死刑者达四十人太过分，恳切要求重新审理。矶谷廉介判得蹊跷，斋藤弼州判得荒唐。他有一张马粪纸做的面具，时常拿出来戴在脸上做生气状，这非但不会惹起朋友们的不快，相反会因其戏剧性的合作而使彼此间的纽带显得更有必要。这段时期也有些别的事干，比如联络班的人饮醉酒

223

出门与中国人打架斗殴，伤了对方，要费些口舌调解；也有时生个病，让汤恩伯们拎着甜酒来探慰。蒋介石对他优待有加。

冈村宁次逍遥自在，他在日记中多次写道："班内我是最有闲的人，因此能细心收听东京电台广播，并做好记录，隔一天向班员传达一次。""我为消磨时光，开始自学中国话。"嗜血成性的暴徒咀嚼着寡淡的时光也感到无滋无味。

到了1947年的10月，联络班的人因无事可做都回国了。冈村宁次一个人支撑着空空荡荡的联络班。其实，不如说联络班在支撑着空空荡荡的冈村宁次。

为什么还不审判冈村宁次？民众和舆论界越来越急迫地发出质询与抗议。

1948年3月29日深夜，冈村宁次爬上一辆被棚布蒙得严严实实的重型卡车，终于离开了他长居的南京。次日上午到达上海，他头戴大檐礼帽，架着深色墨镜，裹着风衣，一头钻进黄渡路王文成宅邸。在这座深宅大院里，内有日本医生中山高志给他治疗肺结核病，外有穿黑衣的便衣保镖为他提枪警戒。

冈村宁次的转移是隐秘的。新闻界像一群追捕逃兽的猎人，他们发现逃兽的足印失踪了。冈村宁次是被解往上海战犯监狱了？是中国政府顶不住国际军事法庭的压力，被遣返回国了？还是藏在一个秘密的洞穴养伤？抑或肺结核病致使其口吐污血暴亡了？新闻媒介猜测着，把住山林的每一处津道隘口，举着刀叉与火把大声呐喊，要把冈村宁次轰出来。

躲在王文成宅院中的困兽竖着惊恐的耳朵挨时度日，又像是在等待着厄运的来临。

何应钦派人给他送来了法庭庭长石美瑜的训令副本，上面写道：

224

"冈村宁次病已痊愈，应立即开始审理。"

果然，国防部审判战犯军事法庭送来了传票，命令他于 7 月 12 日上午 10 时到庭受审。冈村宁次感到他在疾速下沉，耳边响着飕飕的风声。整整一夜，他都在清理纷乱的思绪。虽然心中有谱，但毕竟是人家的俎上之肉，刀口刀背毕竟在刹那的翻转之间。

然而这只是一次走过场的预审。倒是狡猾的冈村宁次利用了这次预审，在法庭上为应该怎样处置自己定了调子。他说："我的部下犯罪纵属事实，但也仅是下层发生的零星不法行为而已，这与军司令官、方面军司令官、总司令官无关，不属于共同责任犯罪问题。虽然如此，我仍应承担道义上的责任。"

旁听席哗然。

一小时后，冈村宁次退庭。庭长石美瑜与施检察官、刘翻译之间展开了一场激烈的争论。争论的焦点是应否将冈村宁次关进战犯监狱。

石美瑜认为，冈村宁次是地地道道的战犯，且健康状况良好，应依法立即将其移往战犯监狱临押。刘翻译官则坚持冈村宁次身患肺结核病，应慈善为怀考虑给予监外治疗，且现在寓所为国防部指定，任何人无权擅自更动。

恃才倨傲的石庭长愤怒地拍击着桌面说："我以法律的名义申明，任何人无权亵渎神圣的法典！"

有恃无恐的刘翻译发出一声冷笑："请庭长先生自重，法律是公理，而不是你的歇斯底里！"

气氛达到白热化，施检察官的调解无异于往白炽的金属上泼凉水，使之定型。无奈，石美瑜只好来到何应钦的公馆，以求公允。

听了石美瑜的来意，何应钦以平静的语气公断道："石庭长依法从事，早已仰情。然冈村宁次虽系战犯，但在投降以来再无新罪，而且对我国民政府唯命是从，多献良策。故而对其处置，似以宽容为妥。"

石美瑜明白了，此路亦不通。最后法庭与国防部协商的结果，准予申请保释。但法庭请来的京沪医院朱院长经过诊断，拒绝以病由为冈村宁次担保。于是由冈村宁次的辩护律师钱龙生出具担保。

一直拖到 8 月 9 日，石美瑜提出的"冈村应扣押于战犯监狱，于该处就医"的申请，才得到国防部的批准。在 8 月 14 日对冈村宁次又一次预审后，将他送入了上海高镜庙战犯监狱。

9 月 14 日的预审更为神速，前后只用了半个小时，除了招来一群记者的追问外，冈村宁次没有受到任何触动。

这种哩哩啦啦的难堪局面，老谋深算的蒋介石不会预料不到，他之所以要忍受这种难堪，是因为庇护冈村宁次实在不是轻而易举的事。

冈村宁次是侵略中国历史最久、罪恶最大的战犯之一，与土肥原贤二、板垣征四郎、矶谷廉介一道，被日军誉为"中国通四杰"。他参与制造过"济南惨案""上海事变"，代表日本政府在塘沽仓库楼上签订过《塘沽协定》，对中国人民犯下了累累血债。1941 年担任华北方面军司令官后，为了镇压沦陷区人民，他别出心裁地推行"治安肃正"运动，把华北分为日军占领的"治安区"、建立了根据地政权的"非治安区"和双方争夺的"准治安区"，对三种地区采取了不同的残暴政策。对"治安区"以清乡为主，实行连坐法，发展伪政权，加强掠夺物资和奴化人民；对"准治安区"以蚕食为主，惨无人道地制造"无人区"，把游击区的人民赶进"人圈"，毁掉原来的村庄，割断抗日武装与人民的联系；对"非治安区"以"扫荡"为主，实行野蛮的烧光、杀光、抢光的"三光"政策。在河北省丰润县的潘家峪大屠杀中，全村有 1035 人遇害，其中妇女儿童有 658 人，幸存者无几；而在阜平县的平阳村持续屠杀了 87 天，700 多人魂断，5000 余房屋化为废墟。1941 年 8 月，冈村宁次调动 10 万日伪军，对晋察冀边区进行了一次空前规模的大"扫荡"，共烧毁民房 15 万间，抢掠粮食 5800 多万斤、牲畜 1 万多头，杀害抗日军民 4500 余人。

钢刀的白光一闪，一位十六岁少女的头落地有声。兽兵将它放入少女的母亲的怀中。女儿睁大死去的眼睛，看着母亲怎样悲痛欲绝。女儿最后的鲜血在母亲怀中凝固成浆块。

一位孕妇被按在棺材里，棺材四周围着二十多名赤身裸体的青年妇女，刺刀慢慢地切进孕妇，切进了青年妇女们的知觉。刚成形的胎儿被挖了出来。

冈村宁次有一颗长着狼毛的心脏，他是地狱的象征，他走到哪里，就把地狱带到哪里。

比之一般的恶魔，冈村宁次更擅长使用残忍的智慧。在"扫荡"中，他怪招迭出地创造出了一个又一个的新异战术，什么"铁壁合围""梳篦清剿""马蹄形堡垒线""鱼鳞式包围阵"等，尽管在与八路军试阵时连遭败绩，却足以使蒋介石眼花缭乱，自叹弗如，钦敬有加。

所以蒋介石要把他当成个宝贝来保护，而为这个宝贝蒋介石也确实费尽了心机。

蒋介石的心思被典狱长孙介君抖搂了出来。14 日预审结束后，冈村宁次初进监狱，孙介君就带着翻译来套近乎。孙介君说：

"蒋总统本无意使先生受审。然考虑国内外影响，不得不这样做。但绝不会处以极刑，至于无期也好，有期也好，结果都一样，请先生安心受审。不过，希望先生在受审时对中国人民所受灾难，要以表示痛心为宜。判决后可根据病情请求保释监外治疗。无论是审理或入狱都只是形式而已。"

既然是狼狈为奸的一出戏，那就要配合着演才好。而且还要发旁听券，招待中外记者、外交使团和国内社会名流。敲锣打鼓，鸣金放号，大戏要开演了。

8 月 23 日上午，上海吴淞路商会礼堂前三步一岗、五步一哨，气氛极为冷峻。礼堂内聚着一千多名前来旁听的中外人士和新闻记者，座无虚席，坐在第一排的两名全身戎装的少将高参显得尤为突出。石美瑜感到纳闷，过去在南京审判战犯，国防部从未有人来旁听，此次远在上海，国防部缘何反倒派人来旁听了呢？

冈村宁次出庭了。短小精悍的冈村浑身透出矜持和傲慢。这也怪不得他，被告席一侧的那把舒适宽大的扶手椅就证明了他有资格端架子。那把椅子是特为他预备的，好让他在感到累了的时候坐在上面休息。随他而来的还有落合甚九郎等四名作为证人的在押战犯。

开庭后，检察官宣读起诉书、质询被告及证人。当进入与律师的辩论阶段，气氛趋于紧张激烈。

中午休庭的时候，石美瑜宣布辩论结束，下午宣读判决。法官们按惯例到四川北路海宁路口的凯福饭店进餐。石美瑜与陆超、叶在增、林建鹏、张体坤几位上校法官喜形于色。冈村宁次已被内定判无期徒刑，就要将这个罪大恶极的刽子手绳之以法了。这时饭店招待进来请石美瑜去接电话。石美瑜回来时，脸上变了气候。"刚才接到国防部秦次长的电话，冈村宁次一案暂停审理，听候命令，法庭人员一律不能擅离职守。"饭菜像锯末一样难以下咽。

在另一处，冈村宁次与四个证人为丰盛的午餐而大为满意。

下午开庭后只得继续辩论。江一平、杨鹏和钱龙生三个律师可谓咄咄逼人。尤其是江一平，他老子还要个老脸，又开膀子挡他，以免遭万世唾骂。江一平一把将他老子掀到一边，跑到法庭上大放厥词，竟然说冈村宁次任华北方面军司令官时曾为供给农民棉布而打击过奸商。旁听者嗤之以鼻，冈村宁次感激铭心。

对冈村宁次战犯案的审理又搁置下来。

《申报》披露了审判中断的缘由："由于证据不足，审判可能延期。

又因经费不足，须待申请批准后才能重新开庭。"

这个理由是疲倦而脆弱的。真正的原因是原定的无期徒刑不符合蒋介石的心情，而改判无罪一是太突然，二是时机未到。孙典狱长向冈村宁次透露："远东国际军事法庭将于 10 月以后结束，故而对先生的公审势必推迟。"预定的 8 月 23 日的公审闹出了声势，又不好取消，于是又演了一出过场戏。

不多日，由国防部两名少将高参联名具保"准予保外就医"，冈村宁次又出狱住进了邵式军宅邸。

11 月 12 日，远东国际军事法庭终于对甲级战犯做出了最后判决。

蒋介石紧接着主持召开了高级会议。参加会议的有国防部长、国防次长、司法部长、军法局长、法庭庭长等人。

第一种意见认为：自停战以来，冈村宁次有功于民国，应判其无罪。

第二种意见认为：根据国内外舆论，特别是远东国际军事法庭对东条英机等人的判处，对冈村宁次量刑应当一致，可判其无期徒刑。

国防部长何应钦对蒋介石琢磨得最透，他说："此事应慎重考虑，国内外舆论不得不予以关注，且有国际关系须要借鉴，为此不可立即宣布冈村宁次无罪，可以徐图善策，以待时机。"

这正是蒋介石要把握的尺度，他因此首肯道："敬之言之在理，就这么办吧。"

一切均在蒋介石的玩握之中。

石美瑜默察于心，感到了自己的渺小与悲哀。

石美瑜号可珍，福建人，曾因民国二十一年在司法考试中名列榜首而声名鹊起，原系江苏高等法院院长朱焕彪的班底之一，任刑事庭推事。战后在承办陈公博、缪斌等汉奸案中，锋芒锐利，刚正执法，出手漂亮利落，广得同行老少的称道。国防部审判战犯军事法庭成立时，他被推荐升任为该庭庭长。官阶陡升三级，大大地鼓舞了他的雄心。此番他想抓住办冈村宁次这个难得的机遇大显身手，为自己铺下锦绣前程，同时也使自己的民族自尊心得到满足。始料不及的是，他竟跌入了如此肮脏的旋涡，他的命运面临着巨大的危险。三十六计走为上，但他的请调报告没有得到上峰的允准。

12 月 23 日，各报都以欢呼的姿态，用粗大的标题报道了一个震撼人心的消息：东条英机等七名大战犯已在东京被绞死！

不久，石美瑜收到了一份密级极高的代电，电文大意为：据沪淞警备司令汤恩伯呈请将冈村宁次宣判无罪，应予照准，云云。文首他的衔名与文末"中正"的署名，使他明白，蒋介石已将他提拔为国防部检察局处长，衔至中将；而作为报偿，他必须帮蒋介石放了冈村宁次。船驶近了孤岛，把你推下水，再抛给你个救生圈，由不得你不抱住救生圈往孤岛挣扎。

办完这件事，内外交困、四面楚歌的蒋介石就实施他下野的权宜之计，辞去总统职务，飞返奉化老家静想拳经去了。总统由李宗仁代任。这就是时机。这就是蒋介石高人一筹的歹毒之处。

蒋介石临走前，于 1 月 21 日正午约宴了五院院长。散席后在他离开时，老态龙钟的于右任追了上去，口中连声喊着："总统！总统！"

蒋介石驻步问道："何事？"

于右任颤巍巍地说："为和谈方便起见，可否在总统离京之前，下个手令把张学良和杨虎城放出来？"

蒋介石不耐烦把手向后一甩："你找德邻办去！"

说罢，便头也不回地加快脚步走了。拖着一大把胡须的七十老人于右任，在众目睽睽之下满脸尴尬，慢腾腾地离开了总统官邸。

爱国将领杨虎城全家后来被蒋介石杀害。张学良被软禁数十年。而杀中国人杀红了眼的一号大战犯冈村宁次却在蒋介石的竭力庇护下逍遥法外，1950 年摇身一变，成为蒋介石"革命实践研究院"的高级教官。

这种绝对明确的两相比较，极生动地暴露了蒋介石一贯假抗日、真卖国的丑恶嘴脸。

傀儡戏该收尾了。1949 年 1 月 26 日，军事法庭对冈村宁次进行最后的公审。这是一次秘密的"公审"，只有二十余位新闻记者被允许旁听，三名律师有两名迟迟未到。法官们是心虚的，冈村宁次是胸有成竹的。

石美瑜："请被告对检察官论罪理由进行申辩。"

冈村宁次："本人同意各辩护律师的申辩。"

石美瑜："请律师补充申辩。"

钱龙生："申辩理由前已详述，应判冈村宁次无罪！"

石美瑜："冈村宁次有何最后陈述？"

冈村宁次："本人对法庭审判无意见。由于日本官兵的罪行，给多数中国国民造成物质、精神上的灾难，本人深表歉意；对于法庭因本人健康原因而推迟审判，造成工作困难，本人深表感谢！"

他不忘给蒋介石作脸。然而此时说这种话更像是在讽刺，显得荒诞不经。

中午休庭本该去饭店，边吃边合议案件的判决。石美瑜却把大家请进庭长室里，关紧房门，沉起面孔说："今天辛苦诸位，让肚子受点委屈，先合议好对本案的处理意见再吃饭。"

也许法官们还蒙在鼓里，大家议论纷纷：冈村宁次罪大恶极，即令九死也难赎万一！石美瑜苦叽叽地打断众人的发言："案件拖了那么久，诸位怎么还没揣度出实情？"他打开公文包，取出两份命令，一份是代总统李宗仁的，一份是京沪警备司令汤恩伯的，内容无异："冈村宁次遣俘有功，法庭应宣判其无罪。"一阵冷风扫过，给众人的脸上蒙上了寒霜。

"那判决书怎么办?"张体坤脱口问道。

石美瑜苦笑。他从包里取出抄写工整的判决书，上面盖着国防部长徐永昌的朱红大印。"据实以告吧，此案上峰已拍了板，我也是身不由己。现在请诸位在判决书上签字吧。"

气愤、痛苦、屈辱、困惑，法官们被骤至的严寒速冻住了。石美瑜见状叹息一声，说："诸位不肯签字，我也不能强迫。不过我可以告诉诸位，国防部派来的五位军法官已在隔壁房间等候，要是我们不签字，他们将立即接办此案，宣布重新审理，结果还是一样。而我们都得去警备司令部的地下室，后果是可想而知的。"

整个房间屏住了呼吸，静得像死。石美瑜的眼光在法官们的脸上流动，最后在老资格的陆超脸上停住："陆法官，你年纪大，资历深，就带头签个字吧。"

陆超以夹杂着几分痛苦和几分无奈的语气说："如果一定要签，那也没有办法，不过我要在评议本上写下保留意见。"

陆超颤抖着手签下自己的名字。最后签字的是石美瑜，他脸色铁青，咬着嘴唇。

下午4时重新开庭，庭长石美瑜宣布了另外两名战犯的判决之后，开始宣读对冈村宁次的判决书。

国防部审判战犯军事法庭判决书

（民国三十七年度战审字第 28 号）

公诉人：本庭检察官

被　　告：冈村宁次，男，六十六岁，日本东京人，前日本
　　　　　驻华派遣军总司令官，陆军大将。

指定辩护人：江一平律师

　　　　　杨　鹏律师

232

钱龙生律师

上述被告因战犯案件，经本庭检察官起诉，本庭判决如下：

主　文：冈村宁次无罪。

理　由：按战争罪犯之成立，系以在作战期间，肆施屠杀、强奸、抢劫等暴行，或违反国际公约、计划阴谋发动或支持侵略战争为要件，并非一经参加作战，即应认为战犯，此观于国际公法及我国战争罪犯审判条例第二第三各条之规定，至为明显。本案被告于民国三十三年11月26日，受日军统帅之命，充任中国派遣军总司令官，所有长沙、徐州各大会战日军之暴行，以及酒井隆在港澳，松井石根、谷寿夫等在南京之大屠杀，均系发生于被告任期之前，原与被告无涉。且当时盟军已在欧洲诺曼底及太平洋塞班岛先后登陆，轴心即行瓦解，日军陷于孤立，故自被告受命之日，以迄日本投降时止，历时八年，所有散驻我国各地之日军，多因斗志消沉，鲜有进展。迨日本政府正式宣布投降，该被告乃息戈就范，率百万大军，听命纳降。迹其所为，既无上述之屠杀、强奸、抢劫，或计划阴谋发动，或支持侵略战争等罪行，自不能仅因其身份系敌军总司令官，遽以战罪相绳。至在被告任期内虽驻扎江西莲花、湖南邵阳、浙江永嘉等县日军尚有零星暴动发生，然此应由行为及各该辖区之直接监督长官落合甚九郎、菱田元四郎等负责。该落合甚九

233

郎等业经本庭判处罪行，奉准执行有案。此项各地之偶发事件，既不能证明被告有犯意之联络，自亦不能使负共犯之责。

综上所述，被告既无触犯战规或其他违反国际公法之行为。应予谕知无罪，以期平允。根据以上结论，按战争罪犯审判条例第 1 条第 1 项、刑事诉讼法第 293 条第 1 项，判决如主文。

本案经本庭检察官施泳莅庭执行职务。

中华民国三十八年 1 月 26 日
国防部审判战犯军事法庭
审判长：石美瑜
审判官：陆　超
审判官：林健鹏
审判官：叶在增
审判官：张体坤

扯谎，诡诈，怯弱，蛮横，出卖！用道义上的一切致命缺点拼凑起来的判决书，引发了狂涛般的怒吼。石美瑜等人退进了庭长室，激怒的记者们不顾宪兵的阻拦冲了进去，向黑暗的法庭提出强烈的抗议和谴责。石美瑜自知理屈，只是支吾其词地说："此次判决当否，有待社会及历史公论。"

无罪！连冈村宁次也感到吃惊。事后他在日记中写道："对我的判决，军方以外各方面有的主张判无期徒刑，石审判长曾拟判徒刑七年，我自己也希望如此判处。实际上由于种种条件即使服刑也等于零，但做做表面文章也好。"

冈村宁次要求向庭长致谢，但混乱的场面使他难以遂愿。正当他手足无措之时，一个法庭副官走过来对他耳语道："先生还是乘机走脱为妙。"

太突然了，冈村宁次甚至没有意识到自己已获得了自由。他猛地省过神来，向副官额首一笑，从后门溜出了法庭。

1 月 30 日上午 10 时，由数百名美军戒备的约翰·W. 维克斯号美轮驶出了吴淞港，以冈村宁次为首的三百名日本战犯向日本国挺进了。他们将由罪人一变而成为英雄。

"不准把日本战犯运走！"上海的大街小巷贴满了标语。

"在华全体日本战犯正在返回日本途中。"东京广播电台及时报道。

中国共产党提出抗议，强烈谴责国民党政府对冈村宁次的判决，要求将其引渡，并以此作为维持国内的和平条件之一。

迫于压力，李宗仁代总统下令重新逮捕冈村宁次。上海警备司令汤恩伯扣压命令不发。与此同时，石美瑜考虑到自己的责任，飞到南京请示对策。李宗仁获知冈村宁次已驶抵公海，下令驻日代表团团长商震等船到日本后即将其扣押。商震前往驻日盟军总司令部交涉，被美方拒绝。

冈村宁次到达东京，麦克阿瑟打破禁令，悬挂起日本国旗，以示欢迎和慰问。

次年，冈村宁次与蒋介石公开合流。

"剃刀将军"贪恋人间饭菜

东条英机对准自己的心脏开了一枪。他躺在一张长沙发上，用虚弱的声音对赶来抢救的日本医生说："我没有朝脑袋开枪，因为我要让人

235

们认出我的容貌，知道我已经死了。"

美国医生救活了他。美国医生风趣地说："我设法使他活下来，是要通过法庭对他所犯的罪行进行审判，让他受到应有的惩罚，否则太便宜他了。"

曾在东条英机手下吃过败仗被迫逃离菲律宾的麦克阿瑟怀着私仇，把东条英机救活后，又恨不得即刻把他掐死。他一再要求把东条英机等人作为乙级战犯，由美国单独审判。麦克阿瑟及美国法官们把复仇情绪都灌注在袭击珍珠港及屠杀美国人的战犯身上。但美国参谋长联席会议没有允准。

东条英机被带上了远东国际军事法庭。这个短小敏锐、目光炯灼、凶狠张狂的头号战犯一出场，就以其非人格的明亮和锋利吸住了所有的人的注意力。大概还令余悸未消的基南们打了个寒战。

东条英机的父亲东条英教曾在打败清军、吞并朝鲜、攻击沙俄的战争中立过战功，是天皇手中的一把好刀。他决心把儿子铸造得更加锋利。他强迫在贵族学校就读的儿子自带木食盒，徒步上学；请著名武士日比野雷风教授儿子"神刀流剑舞"。日渗夜浃，东条英机上中学时就以"打架大王"出名。十五岁之后，他依次进入陆军幼年学校、陆军士官学校和陆军大学，盛夏穿着厚装在烈日下操练，严冬穿一身单衣在寒风中挺立，他忍受着火与冰的淬沥，拼命吸收着军国主义的毒素。1915 年他脱鞘而出，以其异化的忠诚和激情残酷砍杀军内外反对派和中国军民，而赢得了"剃刀将军"的恶称。

东条英机于 1935 年来到中国，任关东军宪兵司令官兼警务部部长。甫一上任，他就以"治安肃正"为名，扩充宪兵，把魔爪密如蛛网地布满东北各地，疯狂屠杀东北爱国同胞和抗日志士。不到一年工夫，我抗日人员就有 5999 人被害，伤 5431 人，惨遭涂炭的无辜百姓不计其数。

1936 年，前外相广田弘毅组阁，日本军事法西斯体制完成。东条英机镇压中国抗日军民有功，接替板垣征四郎担任关东军参谋长。1937 年近卫文麿组阁，东条英机力倡尽早对华发动大规模进攻。

卢沟桥事变爆发，东条英机按捺不住地呼啸而起，立即指挥关东军最精锐的"察哈尔兵团"左冲右杀，击溃国民党军队，以闪电战术攻占了承德、张家口及大同等地。8 月中旬，东条英机的兵团在五十门大炮、四十多辆坦克和数十架飞机的配合下，向南口镇发起潮水般的进攻，一日内发射炮弹五千余发，中国一个团守军的上千官兵英勇牺牲，全镇百姓无人幸免于难。"剃刀将军"寒气袭人。

东条英机踏着中国人的血和尸体拾级而上。1940 年担任了第二次近卫内阁的陆军大臣。大权在握，东条英机的"剃刀"性格再无阻遏。他捏着拳头喊叫要把整个中国置于死地，捏着另一只拳头张扬要向东南亚扩张。为了实现狂妄的理想，他扩充了细菌部队，拟定发布了法西斯军人精神教规《战阵训》。"皇军军纪之精髓，存于诚惶诚恐大元帅陛下（天皇）之绝对服从之崇高精神"；"处于生死困苦之间，命令一下，欣然投身于死地"；"生当不受囚虏之辱"……《战阵训》渗入士兵们的灵肉，要使他们也异化为"剃刀"，或者"肉弹"。

东条英机终于达到了罪恶的顶峰。1941 年 10 月 18 日，他逼退了近卫文麿，登上了首相的宝座。他一上台就实行法西斯独裁，打击排斥异己，独揽军事财政大权，一身兼任内务大臣、陆军大臣，后又兼任了外务大臣、军需大臣、商工大臣、文部大臣及参谋总长等要职。他自我斗争着，协调着，把日本所有的力量都压进了大炮的炮膛，向一切能够得着的地方轰击。这时他并没忘了已经叼在嘴里的肥肉。当上首相的第一天，他就在施政演说中指出："完成中国事变，确立大东亚共荣圈，以贡献于世界和平，为帝国既定的国策。而今政府面临空前严重的局势，务期对外愈益敦厚与盟邦之友谊，对内愈益完备国防国家体制，在皇威之下，举国一致，为完成圣业而迈进。"东条英机高举战刀，发出了战争的总号令。

"以日本为工业国，以其他各国为资源国，则举东亚共存共荣之实矣。"这就是东条英机为"大东亚共荣圈"确定的"共存共荣"的原则。为此，东条内阁专门成立了一个大东亚省。大东亚省下设四个局——总务局、"满洲"事务局、中国事务局、东南亚和南洋局，其职能就是专事掠夺中国和东南亚各国的丰富资源，榨取这些国家劳动人民的血汗以繁荣日本经济。

日本挥刀砍杀中国，日本吮嚼中国的血脂血膏，东条英机是主谋，一直都是。判决书判明："东条在 1937 年 6 月任关东军参谋长，自此以后，几乎所有的阴谋活动，他都以首谋者之一而与他人互相勾结。""他对于日本邻邦的犯罪攻击，负有主要责任。"

东条英机拒不认罪，他保持着"剃刀"性格，把一切推得干干净净。在 1947 年 12 月 26 日的庭审中，东条英机通过他的英籍律师勃鲁德宣读了他的供词。东条狡辩说："大东亚共荣圈"不是侵略，日本对外战争是"自卫自存"，是为了"解放东亚民族"。法官质问道："杀戮二百万以上的中国人，都是出于自卫的考虑吗？"东条无言以对。供词洋洋五万余言，叙述了他当首相的四年中有关国家决策动机及军事决策等问题，他想方设法回避自己是主要决策者的事实，千方百计推脱责任，否认侵略活动，把侵略行动硬说成是自卫。

法庭对东条英机进行了多次审讯，东条英机的态度一直是坚决而肯定的。

法官："你是否承认犯有发动战争罪？"

东条："这次战争实在是日本的自卫战争！"……

法官："日本为何肆意破坏华盛顿关于限制海军军备的《九国公约》？"

东条："先打个比方：给十岁的孩子一套合身的衣服，可当他满十八岁的时候，衣服绽开了。"

法官："但有可能将那件衣服缝缝补补使它合身——难道你不认为这样吗？"

东条："但个子长得太快，孩子的双亲来不及缝补。"……

法官："1942 年的'巴丹死亡行军'，强迫战俘在酷热的气候中长途跋涉，大批被弄得精疲力竭的俘虏在'行军'中遭到毒打、刺杀和枪杀。对此你负有什么责任？"

东条："按照日本的习惯，执行特定任务的司令官不受东京具体命令的约束，享有相当大的独立性。"

判决书："这只能意味着根据日本政府进行战争的方法，对这类暴行是提倡或至少是允许的。"……

法官："据我们所知，经日本最高当局批准，强迫战俘在恶劣的条件下用双手修建泰缅铁路，路基两旁遗下成千上万战俘的白骨，是这样的吗？"

东条："我们没料到会做出这样的事来。按日本人的性格，他们相信无论天上还是地下都不能容忍犯下这种罪行。"

判决书："1942 年 3 月 31 日颁发了《战俘待遇条例》。东条通过军务局长武藤实施监督和指导。各战俘营长官应每月向陆军省军务局战俘事务行政管理课提出报告，报告的内容有战俘营高死亡率的统计数据。"……

东条英机的战争罪行多得无法结计。对二十八名甲级战犯长达数十万字的起诉书共提出了五十五项罪状，对他的指控超过了所有的战犯，除侵略苏联的诺门坎事件，其他五十四项均有份。

东条英机在法庭上的剃刀风格，激怒了众法官，受刺激最深的，恐怕要算傲慢的美国人。

1941 年夏秋间东条英机上台时，国际形势发生了重大的变化。希特勒吞并了法国和重创英国之后，旋即向苏联发动了全面进攻。作为轴心国成员的日本由于南进战略受到英美阻扼，而与英美的矛盾激化。东条决心制服美国，成为真正的战争巨人。12 月 7 日，他命令海军联合舰队偷袭美国海军基地珍珠港，任务完成得相当出色：美国太平洋舰队的八艘战列舰被炸沉四艘、重创四艘；炸沉三艘轻巡洋舰和三艘驱逐舰；炸毁飞机约一百八十架；死伤三千五百余人。而日军只付出了很小的代价。这一辉煌的战果轰动了全世界，使美国人蒙受了史无前例的耻辱，也冲昏了东条英机的头脑。

东条英机的时代来临了。日军所向披靡，12 月 25 日，从英军手中夺得香港；1942 年 1 月 2 日从海上登陆攻占了菲律宾的马尼拉；2 月 15 日拿下新加坡，接着荷属殖民地印度尼西亚易主；3 月 8 日，攻占了缅甸的仰光，随后北上侵入中国云南境内。不到三个月，日军横扫西太平洋，占领了印支半岛、马来半岛和东印度群岛的大部。澳大利亚暴露于战火的边缘。美国、英国、荷兰的战舰和商船屡被击沉。亚洲十多个国家被践踏，人民惨遭屠戮。南京大屠杀的惨剧在马来亚的亚历山大医院、泰国的琼蓬阁、东印度群岛中的望涯群岛、苏门答腊的库拉查、爪哇的巴加达尔巴士等十多处重演，还有前述的马尼拉与香港。战俘们被灌水、炮烙、电击、悬吊、坐钉板等种种酷刑驱赶着去筑铁路公路，他们成批地饿死累死病死，身体被虫蚁蚀空，只剩下白花花的骨骸。

日军开始吃人了！一名日本战俘在受讯时供认："第十六军司令部允许部队吃人肉，但不得吃自己同胞的肉。"参加这种盛大酒宴的还有那些毛烘烘浑身散发着腥膻气的将军。他们沉溺于甜美咀嚼中的愉快超了热带丛林中四条腿的野兽。

同时被所有的法官视为不共戴天的仇敌，在甲级战犯中几乎只有东条英机一个。

中国人咬牙切齿：杀死他！

美国人暴跳如雷：杀死他！

英国人耸肩摊手：杀死他！

日本人也勾起双拳：杀死他！这其中竟然夹杂着日本阴谋家和战犯们的声音。

东条英机是个战争狂。他上台后不顾日本经济衰微的实情，仅一次性临时追加军费就达三十八亿日元，人民经受着饥寒，最后干脆被作为"一亿玉碎"的赌注，推到了死亡的边缘。人民一边往防空洞里钻，一边愤愤地低吼："击落英机！"

东条英机是个独裁狂。对于不听他使唤的将帅，他像"剃刀"一样果断地将他们彻底清洗，迫使他们退出现役，或降职后送到炮火纷飞的前线。他直言不讳地要杉山元辞去参谋总长的职务，由他兼任。杉山元气急败坏地反抗："如果你这样干，陆军内部的秩序将无法维持！"东条英机满脸杀气："谁敢反对，我立即撤换他！"海军一些部门居然挂出这样的木牌："杀死东条！"

东条英机还是个领袖狂。他身兼多种要职，把天皇挡在自己的背后，不许任何人接近天皇，甚至切断了皇族、重臣与天皇的通路。他说"我的床上不要绣花枕头"，破除惯例，把重臣统统逐出内阁。谁要流露出不满，他就派人暗中盯梢与威胁，连唯一敢于在天皇面前跷二郎腿的近卫文麿也不例外。"天皇东条化"的趋势终于使裕仁沉不住气了，他忧愤交加地说："把日本交给东条一个人掌握命运，可以吗？"

日本海军在中途岛遭到了近一个世纪来最惨重的失败，尤其是战略要地塞班岛守岛日军全军覆没，敲响了日本法西斯的丧钟。危机向核心聚涌。近卫联合重臣加紧了倒阁阴谋。天皇裕仁的御弟们开始使用极端的手段。

谋杀东条英机一波三折。

最早下手谋杀东条的是中野正刚议员。1943年秋，当他得知皇族避开东条秘密酝酿停战策略、东条被剥离出来时，便组织了一批退役军人密谋刺杀计划，但计划还未付诸实施，就因同伙在女巫面前泄密而遭逮捕，被迫自杀。中野正刚的被杀，煽起裕仁的二弟高松宫亲王谋刺的激情。在高松宫的支持下，教育局长高木少将制订了完整的计划：在海军中物色五名刺客，7月中旬，当东条上班路经海军省时，用机枪前后夹击射杀，事成后飞往台湾避风；同时由高松宫上奏天皇，由裕仁发令赦准。就在这前后，另有人也准备在东条上班的途中杀死他，时间也在7月中旬。他是三笠宫亲王的亲信津野田，三笠宫是天皇裕仁的三弟。津野田从陆军习志野毒气学校搞到一枚反坦克用的氢氰酸炸弹，准备在东条的车驶至祝田桥一带减速时投掷。然而事到临头，津野田不明不白地突然被调往中国战场。生性多疑的三笠宫恐是事已败露，便出卖了津野田，计划遂告流产。而裕仁二弟高松宫的计划因种种原因，也终未能付诸实施。

东条的办公室里烟雾弥漫。军务局局长佐藤贤了推门进来。东条把烟蒂狠狠地按进烟缸，垂头丧气地说："我将在明天上午谒见天皇，请你用书面写下我的辞呈吧。"

次日，东条英机肩缀参谋绶带，以参谋总长身份径直进宫晋见天皇。直到这时，他仍抱着侥幸的心理。阴冷幽暗的气氛充满了暗示，天皇无声地流露着对他的厌憎和嫌弃。刚愎自用的东条英机这才突然地意识到自己的孤独。

就在当天，也就是1944年7月18日，在内外交困、上下弹挤的强大压力之下，东条英机被迫率领内阁总辞职，从权势的峰巅滚落下来。

无论东条英机怎样狡赖，远东国际军事法庭最终认定了他的罪行。仅在第一类"破坏和平罪"中，他就犯有对华实行侵略战争、对美实行侵略战争、对英实行侵略战争、对荷兰实行侵略战争、对法实行侵略战争、十八年间一贯为控制东亚及太平洋进行阴谋活动等六项罪行。在东京受审的甲级战犯中，东条英机是罪状最严重者之一。

1948 年 4 月 16 日，韦伯庭长终于宣布庭审工作结束。审判进入了最后的秘密量刑阶段。走上被告席的二十八名甲级战犯，因外交官松冈洋右与海军大将永野修身有痼疾而亡、大川周明发疯而中止了对他的审判，此时实际还有二十五人。由于远东国际军事法庭只规定了统一的诉讼等程序，而没有共同的量刑根据，十一名法官对量刑的尺度产生了严重的分歧。他们各自援引本国的法律条款，各执己见，争得不可开交。尤其对于死刑，法官们的分歧更大，那些已废除了死刑的国度的法官，自然就不习惯考虑以此作为一种刑罚。法庭庭长韦伯根据其澳大利亚的刑罚条文，主张把战犯们流放到荒岛上去；而来自佛教国度印度的法官帕尔更为极端，他大概决意以佛祖慈悲为怀、普度众生的修持实践为榜样，主张"世人需以宽宏、谅解、慈悲为怀，不应该以正义的名义来实施报复"，竟然要无罪开释全体战犯。占多数的法官不赞成处死刑。这是极为危险的。经过法官们日夜磋商、磨合，最后终于以六票赞成、五票反对，通过了对东条英机处以绞刑的议案。

1948 年 11 月 4 日上午，韦伯庭长开始宣读长达一千二百页的判决书，一直到 12 日下午才读完。接着宣布对二十五名被告的判决。平沼骐一郎、白鸟敏夫、梅津美治郎因病缺席，所以只有二十二名战犯出庭。被告被一一叫出来听取对本人的审判，三名缺席者由辩护律师站起来代听。东条英机被判处绞刑。另外还有六人被判以绞刑，即前述的板垣征四郎、土肥原贤二、松井石根、广田弘毅、木村兵太郎及武藤章。为了严惩板垣、土肥原及松井这几个双手沾满了中国人民鲜血的战犯，在量刑期间，中国首席法官梅汝璈表示，如达不到目的，他只有蹈海一死以谢国人。他废寝忘食地做了大量的工作，为公正判决做出了贡献。

在宣判后执行前的时间里，东条英机独居一室，受到严格监管。也许是"剃刀"精神已在他的内心折断了，他的饭量骤减，体重急剧下降。但他此时还能克制住内心，表面依然显得冷静。他赋词曰："此一去，尘世高山从头越，弥勒佛边唯去处，何其乐。明日始，无人畏惧无人愁，弥勒佛边唯寝处，何其悠。"12 月 21 日晚，东条英机收到了即将执行死刑的通知后，他把这首辞赋交给了教诲师花山信胜博士，说："想起一直处在一百瓦的灯光昼夜照射下，竟未能得神经衰弱，一直到最后都能保持身心健康，觉得正是因为有了信仰。"为了证实这一点，他提出了一个特别的要求：临死之前再吃一顿日本式的饭菜。

东条英机确实具有法西斯头目的胸襟与见识。他以透露遗言的方式，顽固地为其侵略罪行辩护，蛊惑与煽动日本人民要耐心等待，以图东山再起。他说"日本曾是亚洲唯一的反共堡垒，现在满洲已成为使亚洲共产化的基地"，强烈呼吁美国人要重视这个问题。

东条英机保持住了"剃刀将军"的形象。后来他以伟人的面目被搬上了美化军国主义的影片《大日本帝国》。

绞索不意味着结局

远东国际军事法庭的行刑室设在巢鸭监狱的一间方形的屋子里。绞刑台高与宽各有 2.4 米，通向它要登上十三级台阶。四台绞架垂下黑色的吊索。

1948 年 12 月 22 日午夜 11 时 30 分，七个剃着光头、身穿灰色死囚服的大战犯被美国宪兵带到了一个小佛堂里。花山信胜教诲师为死囚们忏悔，为他们诵经祷告，低沉的声音仿佛来自遥远的彼岸。东条英机的脸像一张风中的白纸在痉挛着，昔日假以逞威的小胡子上挂下了白色的涕水。但他的眼睛里依然燃烧着仇恨。他用抖战的笔迹，在"赴死簿"

上签下了罪恶的名字。

七个大战犯双手反绑，被押进了行刑室。东条英机大口大口地吃着最后的晚餐。大米饭、豆汁汤、烧鱼……

时刻到了，第一批上绞架的东条英机、土肥原贤二、松井石根和武藤章被验明正身，引上十三级台阶。

东条英机提议道："请松井君带领大家三呼天皇陛下万岁！"

松井石根歇斯底里地喊了一声："天皇陛下万岁！"

另三人随声应和："万岁！万岁！万万岁！"

这种场面与在纽伦堡的情形是何等相似啊。担任行刑手的美军中士约翰·伍德一定会这样想。他曾在纽伦堡对德国主要战犯执行了同样的使命。当时屠杀犹太人的头号刽子手斯特雷切在验明正身后，像玻璃碎裂般地尖叫一声："希特勒万岁！"凯特尔元帅高呼："一切为了德意志！"

东条英机、土肥原贤二、松井石根、武藤章站在了绞刑台上，头上被蒙上黑布罩，绞索套在了他们的脖子上。盟国管制日本委员会的中国代表商震及美、苏、英的代表到场监刑。总行刑官向监刑官报告准备工作已经就绪。随之发布了执行命令。

死囚脚下的活门猛地弹开，死囚倏地掉了下去，吊索唰地绷直了。

吊索剧烈地抽搐着。陷坑里传出痛苦的呻吟声。

监刑官与行刑官在冰冷的气氛中站立着。美军人员有的无声地走动，有的悄悄地咬耳朵。

过了几分钟，一位美国法医和一位苏联法医带着听诊器走到刑台的后面。0时11分，他们走了出来，同一位身材壮实、足蹬马靴的美军上校低语了几句。上校转过身来，面向监刑官咔地立正："罪犯业已毙命！"

美军士兵抬着担架走进刑台的下面。约翰·伍德从腰间的刀鞘里拔出伞兵刀，以刚劲的动作割断了绳索。尸体被抬了出去，他们的脖子上仍勒着黑色的索扣。

板垣征四郎、广田弘毅、木村兵太郎作为第二批被引上了绞架。

七名甲级战犯的尸体当即被秘密运往横滨市西区的久保山火葬场焚化。

东京审判的二十五名甲级战犯除七人被判处绞刑外，还有十六人被判处无期徒刑，二十年徒刑和七年徒刑各一人。

被判无期徒刑的是：木户幸一、平沼骐一郎、贺屋兴宜、岛田繁太郎、白鸟敏夫、大岛浩、荒木贞夫、星野直树、小矶国昭、畑俊六、梅津美治郎、南次郎、铃木贞一、佐藤贤了、桥本欣五郎、冈敬纯。

东乡茂德被处以二十年徒刑；重光葵为七年。

梅津美治郎是陆军中有名的死硬派，任中国驻屯军司令官期间故意制造事端，用武力逼迫中国签订《何梅协定》，接替东条英机出任参谋总长后，指挥过日军在中国的桂柳会战、老河口战役及芷江战役，并指挥过冲绳战役等太平洋战场的诸战事，走投无路之际还拒绝投降；在受审期间他坐在第一排，戴着金边眼镜，始终一言不发。病死的永野修身是策划上海"一·二八事变"的元凶之一，使三万四千八百多名中国军民伤亡或失踪；后任海军军令部部长，策划偷袭珍珠港，直接促成了太平洋战争；他是甲级战犯中唯一的海军元帅。两任首相平沼骐一郎和小矶国昭都是实行侵略战争的魁首，平沼是最隐蔽的法西斯组织"国本社"的头目，被公认为"日本法西斯之父"；小矶曾参与操纵建立"满洲国"，支持全面对华侵略战争和太平洋战争。木户幸一才气横溢、擅长权术，是天皇的宠臣，任文部大臣时费尽心思地推行军国主义教育；他激赞东条英机"手腕强硬"，在他的力荐下，东条英机得势，点燃了太平洋战火；木户在受审中竭力为天皇开脱，说"责任全部在军部"；

当他读到起诉书中对自己的指控时愤然地说："审判相当不公平,可以说是侵犯人权!"佐藤贤了、冈敬纯和岛田繁太郎均是东条英机的得力幕僚,鼓吹进行太平洋战争并指挥作战,还犯下了虐待俘虏的罪行;佐藤出狱后仍顽固地宣扬:"只有东条内阁是正确的。"重光葵、大岛浩、白鸟敏夫和东乡茂德则都是法西斯化的外交官,不择手段地粉饰侵略行径,缔结法西斯联盟,推行阴谋外交,不遗余力地为侵略战争卖命。

他们都犯下过天诛地灭的罪行,受到了应有的惩罚。

天网恢恢,疏而不漏!

远东国际军事法庭自 1946 年 5 月开庭,至 1948 年 12 月执行判决,前后达两年半之久,公开庭审 818 次、秘审 131 次,受理各类文件证据 4330 件,证人证词 1194 件。法庭在公审庭上做出了 56 件裁定,在法官内部会议上做出了 175 件裁定。审判记录共计 48412 页,判决书长达 1200 多页。耗资 750 万美元。不论怎么说,这旷日持久的审判与卷帙浩繁的文件材料,包含着各国法官们巨大的劳动和心血。

与远东国际军事法庭开庭审判甲级战犯的同时,南京的国防部审判战犯军事法庭对侵华的乙、丙级战犯进行了审判。自始至终共办案五十二件,其中有对中国人民犯下滔天罪行的谷寿夫、矶谷廉介、酒井隆、高桥坦等四名日军高级将领;有疯狂屠杀中国民众的田中军吉、野田岩、向井敏明、松本洁、三岛光义等凶手。日本宪兵松本洁与三岛光义一个在浙江嘉善、一个在江苏无锡,他们无恶不作,杀人如麻,被当地民众称为活阎王。

设在广州、武汉、上海、台湾等地的九个军事法庭也对乙、丙级战犯进行了逮捕和审理。如田中久一和近藤新八两个陆军中将师团长等,因纵兵屠杀俘虏及强奸、抢劫、滥杀平民,被广州行辕军事法庭处决;宪兵大佐队长膳英熊及大尉中队长古性与三郎等因直接参与抢劫和杀人，被徐州绥署军事法庭枪决；辎重兵中队长增木欣一等因共谋杀害军夫及施酷刑致死人命，被武汉行辕军事法庭处以极刑；陆军少佐营长木村龟登等因杀人与抢劫被沈阳军事法庭严惩……日本战犯的脑壳崩裂，污血喷溅，乒，乓，虽然枪声并不稠密，但毕竟四方都有动静。

从1946年初至1949年1月，全国各地受理案件共计2200余案，处死刑者计145件，处有期或无期徒刑的约有400人。要指出的是，各地的审判工作同样受到国民党高层卖国分子的干扰。冈村宁次在日记中不无为自己评功摆好之意地写道："广州军事法庭一次判处四十人死刑，因太过分，经联络班向国防部恳切要求，乃将被告全部移交上海军事法庭再审，结果四十人全部无罪返国。"冈村宁次却从没有把他指挥日军成千成万地屠杀中国人视为过分。

另如一个叫斋藤弼州的战犯，也就是冈村宁次刚进监狱时，孙典狱长来见他带着的那个翻译。此人霸占了徐州柳泉煤矿，为了逼迫矿工在恶劣的条件下日夜不停地挖煤，他雇用了一些流氓打手，动不动就对矿工施以拳棒与酷刑，致死者被抛入山沟里喂野狗。冈村宁次听说他被判无期徒刑，就出来为他申辩，硬说此人雇用打手是为了保卫矿产，还自制炸药奋不顾身地与来袭的匪贼进行搏斗，俨然是个英雄。判他无期徒刑，是因为有人向煤矿索取钱财被他拒绝，因而虚构罪名诬告他。冈村宁次是有影响力的。他小费口舌，便使无期徒刑改为有期徒刑十年。

各受害国及与日本交战国也都建立了军事法庭，对在各地犯下了罪行的战犯进行了惩罚。大体的情况是：

美国占领区及巢鸭军事法庭：判刑2678人，其中处死501人；

英国占领区军事法庭：判刑818人，执行死刑者240人；

菲律宾军事法庭：判刑197人，死刑80人；

澳大利亚军事法庭：判刑533人，处决120人；

苏联判处了 12 名日本细菌战犯的有期徒刑。另有 969 名日本战犯于后来被引渡到中华人民共和国审判。

疯狂嗜血的战犯终于受到了正义的惩罚。

日本军国主义的战争狂人们祭起滚滚的红火黑烟，夺去了 5000 万亚洲人民的生命，毁掉了无数人和美宁馨的家园，仅在八年全面侵华战争中，就屠杀了我数以千万计的同胞，在我们原本就贫穷落后的国土上又毁掉了 600 多亿美元的财产！而日本由于倾注国力于战争，造成了人民的赤贫，近 200 万人殒命他乡，战争后期本土遭轰炸，亦有 900 万人失去了家园，损失了 95.6 亿日元的财产。日本军国主义发动的这场战争，给亚洲各国人民包括日本人民带来了惨重的灾难，对和平、正义和人道犯下了不可饶恕的罪行。

对此，各国法庭依据一系列关于战争与和平的国际公约、惯例、协议和誓约，对战犯进行广泛的审判，严惩了丧心病狂、罪大恶极的战争元凶，伸张了国际正义，抚慰和鼓舞了各国人民，为死难者复仇雪恨，无论从法律还是从道义上讲，无疑是必须的、正当的，符合各国爱好和平的人民的愿望和要求。

不仅仅如此。对战犯的一系列审判，尤其是国际军事法庭的审判，首次正式判定了侵略战争本身的犯罪性质，而且是最大的国际性犯罪，是全部罪恶的集大成者，一切计划和准备侵略战争的行为和参与者都要负刑事责任。这对于藏在幕后预谋和策动战争的领袖人物是一个威慑。其次，判定了违反人道罪，即"战时或战前对于非武装人民的屠杀、灭种、奴役、放逐及其他不人道的行为，或基于政治的、人种的或宗教的理由而施加的迫害"，都是犯罪行为。这就使得为了战争而发生在战争之前或发生在其本国的犯罪，也同样逃脱不了国际正义的惩戒。这次大审判以实践的方式，把以往的国际公约加以发展，并以法律的形式予以固定，成为国际上确认战争责任、惩治战争罪犯的普遍准则，这对于反对侵略、防止战争、维护和平有着更加深远的意义。

然而，要紧接着说出第二句话：那些疯狂嗜血的战犯全都受到正义的惩罚了吗？

基南说，审判是象征性的，如果对所有的罪犯都进行审判，豁上一辈子也办不到。因此审判是不彻底的。由于美国对日本的单独占领，美国在东京的审判中起到了主导作用，法庭的组织、法官的任命、战犯名单的确定均由麦克阿瑟定夺。作为战胜国之一，作为时代普遍声音的幕前代表，美国部分地反映了千百万人的意愿，保证了东京审判的进行，并富于象征性地处罚了部分罪大恶极的战犯。正因为是象征性的，所以就有了选择性。美国出于愈演愈烈的冷战需要，也是出于麦克阿瑟的一己好恶，美国从一开始就把惩治的锋芒对准与美国交战直接相关的战犯，别的战犯能从轻发落就从轻发落。而对于能为其所用的战犯，哪怕是罪恶昭彰，也不惜代价地予以庇护，对天皇与细菌战犯就是这样。

为了达到目的，美国采用了政治高压、技术干扰等手段，甚至暗纵律师在法庭上胡搅蛮缠，以延宕时日。被告的日、美籍辩护律师有九十多人，日籍律师有不少本身就是激进分子，辩护团的总辩护人清濑一郎原系专为侵略出谋划策的"国策研究会"成员；而美籍律师中有不少人更像是泼赖。1947年2月辩护方的反证阶段开始后，时空就出现了混乱。清濑一郎等人颠倒黑白地说：九一八事变是中国挑起的，成立"满洲国"是民族独立运动，"上海事变"、七七事变、南京大屠杀的责任都在中方，经济掠夺是帮助中国"恢复"和"开发"经济，"大东亚共荣圈"是世界主义的口号。辩护团还煞有介事地召来许多证人，这些证人多是在战争期间活跃的政治家、军人、官僚、财界要员、右翼分子乃至皇族。他们串通一气，表演了一幕幕的丑剧闹剧。

美籍律师一口一个"将军"地称呼着战犯，在一旁挖空心思地帮腔，竟然与战犯们如出一辙地说日本是为了"自卫自存"而战。为了诋毁检察方证人的证言，他们肆意侮辱对方的人格。辩护律师罗格这样斥问田中隆吉："你患精神病了吗？""如果你做出有利于检察方面的证言，你就会免予追究责任，检察官这样许诺过你，对吗？"有的律师甚至蔑视法庭，如史密斯与柯宁汉。在各国法官的强烈要求下，他们先后被取消了辩护的资格。

这里不得不特别注意到，辩护方面的证人竟然有原陆军参谋长、时任国务卿的马歇尔和其他美国高级将领。有的辩护证件竟来自美国国务院。

反证阶段一拖就是近一年。这种不正常的现象引起了各国人民和进步舆论的焦虑与猜忌，他们通过各种渠道发出了呼吁。盟军总部收到国民党政府转来的一份电报，电报是杭州市参议会议长张衡打给蒋介石的。

"查远东国际法庭成立已有两载，对于日本战犯还未有所处决。近且昌言和议，不复提议。及此一旦事过境迁，恐将成为悬案。回顾德国战犯早经分别惩处，两相比较，宽严迥异。日本侵略战争，吾国受害最烈，人民水深火热迄未解除，吾国追维以往，余悸犹存，更应据理力争，以杜乱源，唯图永久和平。爰经提交本会第六次大会第八次会议决议一致通过记录在卷，特电查核采择施行。"

美国给东京审判投下了阴影，蒋介石又何尝没给中国的审判敷衍乌云？张老先生的电报里，责怨之意是显见的。

麦克阿瑟和蒋介石们一意孤行，后来把全部的在押战犯尽悉释放。

中国有两则民间传说：一个说的是有一位东郭先生，连踩死蚂蚁都不忍心，听了狼的乞怜，他把装入布袋中的狼放了出来。另一则是说一位渔夫，在打鱼的时候打上来一只很沉的瓶子，瓶塞打开后，随着一股黑烟钻出来一个魔鬼。当狼和魔鬼露出本相时，人们又设法将它们重新装回到了布袋和瓶子里。麦克阿瑟和蒋介石当然不是心慈手软的东郭与渔夫。但从更大的范围看，或是从历史的角度看，他们又未尝不是与战犯联体欺骗了人民。所以，问题在于，一旦他们作祟的时候，怎样把他们装入布袋与瓶子里。

矛盾与复杂，是世界进程内部的规律和动力。人民懂得这一点。并且人民本身就是最高的法官，人民的理智和情绪判明正义与非正义，给法庭以根据、基础和力量，也给它以制约与压力。远东国际军事法庭的宣判受到了世界舆论积极的肯定和欢迎。苏联《消息报》刊载的论文具有一定的代表性：

"东京审判战犯的结果，无疑是值得肯定的。尽管这次审判毫无理由地拖延了两年半之久，法庭在开审的过程中，时常对被告及其辩护律师表露偏袒之情，后者利用法庭来宣传其嫉视人类的观点和挑衅的企图，但判决书还是令人满意的。……虽然存在许多缺点，判决书还是表达了万千人民的意愿。他们密切地注视着今后的审判，等待着公布严峻而公正的判决。一切真诚的和平与进步之友，一切有志于维护持久与巩固的和平之士，都热诚欢迎国际军事法庭的判决。"

东条英机等七名大战犯被绞死三天后的深夜，三文字正平、飞田美善和市川伊雄三个人身披黑斗篷，乘着夜色突破了美军的严密监视，秘密潜入久保山火葬场。他们钻进一个混凝土的洞穴，屏住呼吸，把东条英机等七名战犯的散碎的骨灰收拢，装入黑色的提包里，又悄悄地溜出来，将骨灰临时藏进了兴禅寺。

原来，七名战犯被绞死后，盟军当日就把尸体拉到火葬场，准备火化后把骨灰扔进太平洋。没等完全火化，偷懒的美国士兵就叫来火葬场的场长飞田美善，命令他将尸骨完全化为灰烬。与此同时，东京法庭的律师三文字正平和林逸郎正在密谋把遗骨运出。

三文字得到飞田的情报，在飞田和邻近火葬场的兴禅寺住持市川伊雄的协助下，把七个战犯的遗骨分别收拾妥当。正当焚香合掌做祷告时，美国士兵闻到了焚香的气味，一拥而入。他们慌忙中将遗骨像麻将牌一样混杂在一起，放入一只黑色的箱子里。美国士兵拿走了这只箱子。

但由于美国士兵的马虎和粗糙，他们把大约有一骨灰盒的中小骨、细骨和骨灰当作垃圾扔进了一个混凝土的洞穴。

三文字、飞田和市川把这些骨灰藏进了兴禅寺。但这里离火葬场太近，藏在这里是危险的。他们三人与战犯的遗属密商后，决定暂时将骨灰挪到位于热海的松井石根家中，然后伺机再移至伊豆鸣泽山的兴亚观音寺。

次年5月3日，三文字等来到松井石根建的兴亚观音寺，对伊丹夫妇说："这是知己者的遗骨，希望能暂时秘藏在这里。在时机到来之前，绝对不能叫任何人知道。"

伊丹夫妇心领神会。他们瞒着自己的孩子们，于深夜在日莲宗塔后面挖了个深穴，藏好骨灰后又在上面栽了些杂草。后来又不断转移地方，时而放在观音后面，时而放进殿堂，都是深夜干的勾当。

十年之后，堂堂正正修起了"七士之碑"，前首相吉田茂题写了碑名。

第九章　抄斩群奸

大汉奸全部落网

1945 年的中秋之夜，上海杜美路 70 号门前的马路上沸沸扬扬，各种款式的轿车鱼贯而来。伪行政院长兼财政部长、上海市长周佛海，伪立法院副院长缪斌，伪浙江省长丁默邨等数百名汪伪高级官员和将领，手执军统局特务头子戴笠的请柬来出席中秋赏月晚宴。花园洋房里灯火灿烂，弦声悠扬，洋溢着浓郁的节日气氛。汉奸们战战兢兢地走了进来，他们都在暗地里琢磨着心狠手毒的蒋介石。

五十余桌佳肴甚为丰盛，高脚酒杯在灯光下熠熠闪烁。酒过三巡，黝黑马脸的戴笠站了起来，用鼻音很重的浙江江山官话说："八年抗战，现已胜利，在座的不少人在抗战期间出任伪职，这当然有各种原因。从今天起，只要能立功赎罪，政府是宽大为怀、既往不咎的……"戴笠的话被热烈的掌声打断了。稍停，他乘着酒兴继续胡言乱语，"解决汉奸问题，政治重于法律。要相信蒋委员长，相信政府。"汉奸们拍红了巴掌。妈拉个巴子，老子好久没那么痛快过了。就像卸了磨盘的驴，这几百名汉奸得意忘形起来，划拳行令，插科打诨，这位绕着手指唱段妓院里流行的小曲，那位把脚搭在凳子上用黑道上的行话找回感觉……这座中美所与军统局的联合办事处里迷迷蒸蒸，一派乌烟瘴气，像烹着一锅掺了烧酒的烂粥。

这次晚宴是戴笠的稳兵之计。

中秋聚宴后的第三天晚上，戴笠手下的一百多个行动小组，把印制精美的请柬又送到了汉奸们的家中。汉奸们咽着唾液按约来到愚园路公馆。岂料这次是"鸿门宴"，公馆的门槛内侧就像有个陷阱，汉奸一进门脸色就变，进来一个变一个。先进来的缩着脖子站成一溜，与后进来的面面相觑，连抱拳施礼的资格都没有了。院里布满了荷枪实弹的军警特务，戴笠黑着脸说："根据国民政府制定的惩治汉奸条例，凡当过特任职、简任职和荐任独立伪职的汉奸，都须按其职守受到检举。从现在起你们都是被捕的人犯，我准备把诸位送到监狱去。"是夜预捕的一百多名汉奸无一漏网。

日本侵华战争爆发后，以国民党副总裁汪精卫为首的一帮民族失败主义者，从重庆辗转昆明逃往越南河内。1938 年 12 月 29 日在香港发《艳电》，公开投向日本怀抱。1940 年 3 月 30 日，汪精卫宣布伪国民政府"还都"南京。是日，汉奸集团头目宣誓就职，并发表宣言和政纲。民族的败类和人渣一下涌了出来。他们给自己设计了一副嘴脸：一身黑绸短打唐装，白草帽，薄底唐装鞋，这是夏天打扮；冬天则是西衣绒短打唐装，毡帽，白袜绒面唐装薄底鞋；而且，外衣的纽扣不结，露着胸脯和腰间横别的盒子枪。这伙卖国求荣的走狗追随其新主子，进行卖国宣传，镇压抗日运动，屠杀中国人民，掠夺沦陷区的经济资源，割他老母身上的肉，放他老父身上的血。

日本投降后，蒋介石委以大小汉奸五花八门的头衔，利用汉奸维持各地"治安"，抵制共产党的军队接收，激起了全国人民的义愤。全国人民积极响应共产党"严惩汉奸，解散伪军"的主张，严办快办汉奸的呼声一浪高过一浪。其实蒋介石恨不能扒了汉奸们的皮。娘希皮！这些徒子徒孙与老子反目，倚仗新主子在大地方搭台子与老子唱对台戏，把老子挤在旮旯里受窝囊气。他何尝不想私仇公报，解却胸中块垒，又骗取民心捞些政治资本，何乐而不为？在美军的援助下，重庆的党政军官员及军队源源不断地被运往南京、上海、北平、广州、杭州等主要城市及交通线，等到完成了对各地的收复和军事部署，无须汉奸维持了，蒋介石就开始对汉奸下手了。

逮捕汉奸基本都是采取诱捕的方法。12 月 5 日，戴笠沿用上海的老一套，借李宗仁北平行营指挥所的名义，在北平东城北兵马司一号举行盛大宴会，向伪华北政务委员会委员长王克敏等大汉奸发出了"敬备菲酌，恭请光临"的请柬。晚上 8 时，正当五十余名大汉奸开怀畅饮至极乐境界，戴笠宣布了逮捕令。王克敏一生过着狂嫖、滥赌、吸毒的糜烂生活，身体早被掏空，精神更是衰弱不堪，一听到他的名字，当即瘫倒在沙发里。戴笠曾指示手下的杀手在煤渣胡同伏击过王克敏，但只打死了他的日本顾问山本荣治，他本人侥幸只受了轻伤。戴笠望着这个险些死于自己枪下的大汉奸说："你有病不必去监狱，可在家听候传唤。"其实，王克敏在投日前，曾以"兹事体大"致电请示蒋介石，宋子文受命复电谓："奉委座谕，北平事可请叔鲁（王克敏字）维持。"也就是说，王克敏当汉奸是蒋介石批准的。戴笠的关照对王克敏是一个刺激，他决定不买这个账："这场祸事是我惹出来的，还是一起去吧。"被押不久便病死狱中。伪华北政务委员会的汉奸首要王揖唐、王荫泰、齐燮元、汪时璟、殷汝耕等尽数被捉，关进炮局监狱。

在此前后，汪精卫的老婆陈璧君、伪广东省长褚民谊在广州被捕，旋即押往南京。伪内政部长梅思平、司法部长李圣吾、经理总监岑德广等在南京被捕。伪山东省长马良、杨毓珣，伪山西省长苏体仁、冯司直、王琅等也分别被捕。

蒋介石搞不过日本人，整汉奸倒相当顺手。只是在汪伪二、三号巨奸陈公博和周佛海那里遇到点麻烦。

抓捕汉奸的行动即将开始时，重庆的《新民报》转发了日本《朝日新闻》的一则消息："北平 29 日电，同盟通讯员发：据《光华日报》特派记者谈，前南京国民政府主席陈公博于 26 日自杀，伤势严重，于 29 日不治而死。"但戴笠很快就侦知了实情，当即与日本方面交涉："陈公博等数人似已逃往日本，是什么人帮助的？"

原来，今井武夫在芷江洽降结束回南京后，就告诉陈公博，关于伪政府要员的处置问题，未能得到"予以宽大处理的确实诺言"。陈公博遂决定亡命日本避风。

在冈村宁次的精心安排下，陈公博于 1945 年 8 月 25 日乘一架破旧的 MC 运输机出逃。同机出逃的还有其妻李励庄、女秘书莫国康、伪军事委员会经理总监何炳贤、安徽省长林柏生、实业部长陈君慧、行政院秘书长周隆庠及日军顾问小川哲雄中尉，共八人。

接近下午 1 时，飞机在日本本州鸟取县西郊的米子机场着陆。机场上满是弹坑和被炸毁的飞机残骸，四周是烈日下炽热的沙滩，寂静无人。小川费了半天劲找到一辆破卡车，把陈公博一行送到米子市政府。他们在那里用手抓着饭团和萝卜咸菜填塞了饥肠。当晚，他们就睡在草席上。为了掩人耳目，陈公博等人改穿日本军服，伪装成复员军人；李励庄和莫国康换上日本妇女干活时穿的裙裤。一副丧家之犬的样子。

几日后，陈公博等人被日本政府接到京都，先住在洛西花园柴田一雄的别墅，因美军第六军随后进驻京都，此地无法藏匿，遂移居到京都附近比较幽静的金阁寺。

9 月 9 日，何应钦向冈村宁次正式提交了《备忘录》，戳穿陈公博假自杀的烟幕，要求日本政府速将陈公博等逮捕归案。20 日，何应钦再次提出引渡陈公博的《备忘录》。重压之下，日本外务省派管理局第二部长大野前往京都。大野吞吞吐吐地对陈公博说：重庆方面频施压力，日本政府做了最大的努力，并非不讲信义；你回国不能说是日本政府的意思，而要由你自己做出如此表示。

陈公博让人往嘴里塞进去个苍蝇，还被逼着说是自己要吃的。落到了这般田地，还有什么说话的心思。他吊丧着脸摇摇头。

离开日本的前一天，近卫文麿以给陈公博死去的母亲办理"七七"佛事为由，到京都与之会面。两个同病相怜的大人物交谈了一个小时，悲凉的气氛中包裹着泪水和叹息。

10月2日，李励庄留在了金阁寺，其他六人被送往米子机场。在国民党政府派遣的C-47号运输机机舱门口，中国宪兵手持名册，点到名的人即被戴上手铐。陈公博愤怒地摇拽着手铐大喊："我不是罪犯！"只感到屁股底下有一双手使劲一掀，他就一头撞进了机舱。

在飞往南京的途中，陈公博口占七律一首：

烽火纵横遍隐忧，

抽刀空欲断江流。

东南天幸山河在，

一笑飞回作楚囚。

陈公博把自己标榜成保护东南地区的"英雄"，但空话永远追不上以往的所作所为。飞机降落后，他们即被送往城南宪兵司令部看守所。不久被移至宁海路25号军统看守所，从此开始了"楚囚"生活。

蒋介石遇到的另一个麻烦事是对周佛海的处置。

周佛海在为日本人效力的后期，也为蒋介石卖过命。太平洋战争爆

258

发后，欧亚美许多国家纷纷对日宣战，日本陷入孤立，渐显颓势。周佛海嗅到了形势的气味，为了自己的后路，背着汪精卫，开始向重庆"请求自首，以便自赎"。周佛海派他帮戴笠安插在伪政府中的军统特务程克祥秘密潜赴重庆，向戴笠陈情。戴笠密报蒋介石，蒋正想利用周佛海的伪军，允准。戴笠加一手，把周佛海的母亲和岳父从湖南接到贵州息烽县做人质。戴笠通过其岳父写信给周佛海，转达他母亲的话：吾儿不必当孝子，但要做"忠臣"。自此，周佛海便与戴笠称兄道弟地鱼雁互通起来。

周佛海开始了"效忠中央"的活动。他通过设在伪财政部上海办事处的秘密电台，不断向重庆输送重要情报。诸如他以访"满洲国"特使的身份，刺探了伪满各方面的情况；随汪精卫赴日参加"大东亚六国会议"，获得了日本国内的经济状况、物资供应以及对付美国进攻的作战计划等情报；1944 年日军进攻贵州的军事部署……都是周佛海"自赎"的银角子。此外，周佛海还为重庆方面保释被捕人员，谋杀既无用又会惹事的"赘疣"。保释如蒋伯诚，此人曾任代理浙江省政府主席，潜伏在租界领导上海统一委员会，指挥潜伏人员开展"地下工作"；谋杀如李士群。

李士群原是中统的小特务，月薪八十元。投靠汉奸集团后，凭着"杀人如麻，挥金如土"的能耐，地位直线上升，1943 年已身兼汪伪特工总部主任、警政部长、清乡委员会秘书长、江苏省长等要职，变成了出将入相的大官。小人得志，气焰熏天，每来往宁沪都要清戒车站，还要列队掌号，劈刀相迎。多数汉奸头目投身敌营后，为留后路，偷偷与军统建立关系，李士群也不例外。但李士群原系中统，与军统关系本不深，权势膨胀后，对重庆的命令更是阳奉阴违。蒋介石与戴笠认为李士群必会成为一只咬主人的狗，遂密令周佛海除掉这个隐患。由于李士群在上海搞绑票杀害资本家、持枪冲击交易市场并常与日本人发生冲突，日本人也有心干掉他。

周佛海正好两头吃糖。他花了一千多万"中储券"巨款，买通日军特高课课长冈村中佐，让他出面借调解李士群与税警总团副总团长熊剑东之间的矛盾为由，将二人请到外白渡桥的百老汇大楼叙谈。周佛海的老婆杨淑慧带着重庆送来的烈性毒药下厨"备菜"。冈村亲捧牛排殷勤相劝，全由不得李士群了。三十六小时后毒性发作，李士群大汗淋漓，瞳孔放大，拔出手枪抵住自己的前额，被他老婆夺下。这个杀人成性的家伙悲声说："我当了一辈子特工，想不到落在了人家的陷阱里。"一年多前，李士群曾在米汤中下毒，整死了他的汉奸打手吴四宝。这是汉奸下场的规律之一种。

怎样处置周佛海，叫蒋介石左右为难。从轻民心不饶，从重今后还有谁会倾力替他卖命？戴笠献上一策：不如先将其软禁起来，随气候冷暖，自有进退之路。允准。周佛海接受戴笠的"劝告"，电呈蒋介石，辞去上海行动总队总指挥的职务，把警察、军队之权及中央储备银行的家当尽数交给了戴笠，偕伪上海市公安局长罗君强、浙江省长丁默邨、周的内弟中央信托公司总经理杨惺华、中央储备银行总务处长马骥良，由戴笠陪同飞往重庆，被幽禁于嘉陵江畔的"白公馆"。"白公馆"依山而建，山涧、瀑布、石崖、小径，秀丽清悠得天然之趣，周佛海等人串门、打牌、读报，倒也怡然自乐。后来听说此处死过不少人，加上日坐愁城心情烦躁，周佛海经要求，又被移居到梅乐斯、贝乐利住的寓所。这里同样是优裕宜人。

周佛海等人被送往重庆保护起来后，全国上下要求惩治这个大汉奸的舆论越来越高涨，国民党统治集团内部也有不少人推波助澜，假手打戴笠。1946年3月，戴笠于南京戴山机毁丧命。周佛海悲叹："雨农死，我亦亡。"是年9月，周佛海等人被解往南京，关进了老虎桥监狱。

在1945年秋冬的肃奸行动中，戴笠前后共捕捉汉奸4692名，其中移交各地高等法院审理者 4292 人，交司法机关审理者 334 人；查封逆产 1456 户。

11 月 23 日，国民党政府正式颁布了《处理汉奸案件条例》。1946 年底为告发汉奸截止日期。

国民政府司法行政部长谢冠生 1948 年 1 月 5 日宣布：据各省市已报汉奸案件经检查办结案内，起诉的为 30828 人，免予起诉的为 20718 人，其他的为 13323 人。审判办结的 25155 案内，科刑的为 14932 人，其中死刑 369 人，无期徒刑 979 人，有期徒刑 13570 人，罚金 14 人。大汉奸陈公博、褚民谊、王揖唐、齐燮元、殷汝耕、梅思平、林柏生、梁鸿志、傅式说等五十余人被判死刑；陈璧君、陈则民、钱谦、周贯虹等近百人被判无期徒刑。周佛海先被判处死刑而被蒋介石赦免，改判无期徒刑；丁默邨被处死；罗君强也被判无期徒刑。

头号巨奸汪精卫已死，对他恨之入骨的蒋介石亦不肯放过，要炸坟焚尸。

1935 年 11 月 1 日，国民党召开四届六中全会，开幕式过后，中央委员们到政治会议厅门前合影。晨光通讯社记者、爱国志士孙凤鸣突然闪出，高呼"打倒卖国贼"，向汪精卫连发三枪。汪精卫中弹倒地。未参加摄影的蒋介石赶来，屈着一条腿，抓住汪精卫的右手说："不要紧，不要紧，不要多说话。"汪、蒋为争权夺利素有倾轧，汪认为是蒋介石下的毒手，他喘着粗气说："蒋先生，你今天大概明白了吧，我死之后，你要单独负责了。"汪精卫经过救治幸免于死。

1938 年至 1940 年，戴笠五次遣杀手行刺汪精卫，从河内杀到南京均未成功，反折了几员大将。但 1935 年留在体内的子弹时刻困扰着汪精卫。后来他到日本取出子弹，但病情急剧恶化，于 1944 年 11 月死在日本，尸体运回南京，葬于梅花山。

1946 年 1 月 21 日，按蒋介石的授意，工兵部队用一百五十公斤烈性炸药炸毁钢筋混凝土构筑的汪坟。棺内，汪精卫的尸体着伪政府文官礼服——藏青色长袍马褂，头戴礼帽，腰佩大绶，上面覆盖一面青天白日满地红旗子；略显褐色的面部呈现出一些黑斑点。别无葬物，只是在汪的马褂口袋里有一张长约三寸的白纸条，上书"魂兮归来"，落款陈璧君。尸体与棺木一并被秘密拉到清凉山火葬场焚化，灰土未存。

应了汪精卫的谶诗："劫石残灰，战后弃骨。"

赴死榜上谁夺状元

大汉奸一个一个纷纷落网，身为伪考试院副院长的缪斌非但安然无恙，反得到了戴笠发给的八万元奖金。缪斌大喜过望，即日在上海绍兴路的家中举行欢宴。但好景不长，1946年2月上旬的一天，几个腰上挂着盒子炮的彪形大汉破门而入，二话没说就将他铐上。缪斌有恃无恐，与家人从容告别："你们只管放心，我是不会死的。"岂料两个月后，他就在监狱里被秘密枪决，成了第一个受审、第一个被处死的大汉奸。此事自有曲奥。

缪斌被解往位于苏州的江苏省高等法院。4月3日下午开庭审判，江苏高等法院刑事第一庭庭长兼陆军总司令部军事法庭庭长石美瑜任审判长，检察官为李曙东。旁听席上坐满了记者及各方人士。法院内外的戒备格外森严，大门前有两个武装法警把着，法庭门口另有四名武装法警及两个徒手法警严守，庭内还有一拨子武装与徒手法警待命。

肥胖的缪斌光颓着脑袋，上身着酱色条哔叽夹袍，下穿藏青色华达呢夹裤，干干净净地立于被告席上。

石美瑜宣布开庭。检察官李曙东宣读起诉书，列举缪斌勾结日本侵略者、通敌谋反、为害本国、担任日军特工和伪府要职达八年之久等一系列罪行。缪斌站在被告席上目不斜视，脸上时而流露出不服与讥诮的神情。

当石美瑜讯问他叛国附逆的罪行时，缪斌不慌不忙地解开一个纸包，取出准备好的材料，为自己辩护说：蒋委员长曾说过，抗战有种种途径，除战场，策反也是重要的工作。本人虽然出任伪职，但身在曹营心在汉，曾与中央军统局暗通消息，为了救国搞软性抗战，做策反工作，谋求以敌制敌，促进敌人自己溃散。

缪斌一边出示有关电报等证件，一边口称"敬之兄"，述说他与何应钦等书信来往的密情。

检察官李曙东从他一开始说这些，就感到情况不妙，当庭加以驳斥，并一再声明不要他陈述这些事，只要他供述在日伪政府任职期间犯下的罪行。

缪斌仍然要按自己的思路说下去。李曙东不断压住他的话头，历陈他的罪行，指责缪斌无非是砌词狡辩，殊无足采。石美瑜不得不匆匆终止审讯，宣布辩论结束，8日下午2时判决。

缪斌回到狱房，心思忽而轻轻地浮上来，忽而沉沉地坠下去。侥幸的心理还是要大一些：我给老蒋办过大事，不能说有功劳，也应该说有苦劳吧。他就这么上来下去地苦熬过了五天。

但4月8日的宣判使他完全惊呆了。石美瑜问过他的姓名、年龄等之后，当庭宣判："被告缪斌通谋敌国，图谋反抗本国，处死刑，褫夺公权终身……"缪斌大呼："判决完全与事实不符，一定要申请复判！"石美瑜说："被告可于十日内向最高法院申请复判。"

为什么缪斌在大汉奸中被捕最晚，一旦被抓就急于判决呢？原来缪斌干的一件事惊动了美国总统。

1945年初，日本败局已定，内阁首相小矶国昭急于同重庆政府媾和，缪斌是个两头都通的暗道，便决定通过他做"谋和"的工作。蒋介石的军统组织想在不战而胜的局势中立个头功，就同意缪斌去东京活动。缪斌深知蒋介石反复无常、不讲信义的禀性，要求戴笠出示一个蒋介石的手令。蒋介石居然就下了一个手令："特派缪斌为代表同日本政府协商和谈。"缪斌把这个手令的抄件揣在怀里，化名"佐藤"，秘密潜往东京，找到了裕仁天皇的亲叔父、在战争中持温和立场的东久迩亲王。

东久迩："重庆将承认天皇吗？"

缪斌："是的。"

东久迩："重庆为何愿与日本谋和？"

缪斌自作聪明地说："重庆不愿看到日本完全被摧毁，因为日本是中国的防浪堤。如果现在缔结和平，我们也能阻止苏联出兵。"

东久迩："鉴于这种事实，即你是由小矶首相接来日本的，为何你首先与我会晤？"

缪斌："在日本除了天皇，没有人可以信赖。我不可能见到天皇本人，所以请求你将我的口信转达给天皇陛下。"

为了使日本内阁相信自己能代表蒋介石，缪斌还出示了蒋的手令。但以军部起主导作用的日本最高战争指导会议否决了缪斌的方案，并将他逐出了国宾馆。缪斌在日本活动了四十天，无功而返。

事情糟就糟在日本投降后，美军在日本内阁的档案里发现了这起被称为"佐藤事件"的文件，麦克阿瑟请示美国总统，答复是不知有此事。麦克阿瑟遂电询蒋介石：为什么瞒着美国与日本单独媾和？蒋介石复电表示绝无此事。蒋介石还要依靠美国打内战，为事情免于败露，蒋下令立即逮捕缪斌，并迅速处死。

缪斌的秘书许庆圻和家属在国民党要员中求请贿赂，甚至把缪斌自己合用的保险汽车送给了何应钦，但一切努力都回天无力了。5月21日中午，缪斌接到最高法院复判的"特种刑事判决"。他浑身战栗，对天长叹："老天啊，为什么一定要置我于死地！"四小时后，他吃了一粒子弹，比大名鼎鼎的巨奸陈公博伏法早了十三天。

缪斌是战后第一个成为刀下鬼的大汉奸，如果从日本侵华战争爆发之时算起，第一个被处决的高级别汉奸，当属汪精卫的主任秘书兼行政院秘书主任黄濬（黄秋岳）。

1937年7月28日，蒋介石在南京中山陵孝庐主持最高国防会议。副参谋总长白崇禧献策说："现在日军七十多艘大小兵舰泊于江阴上游以迄汉口长江中，沪战一起，它们若云集吴淞口，将对我极为不利。我看，应迅速封锁江阴水面最狭处，然后逐一歼灭。"蒋介石允准了这个计划。然而，所有原在长江中下游、武汉以下水域，包括六千名海军陆战队的战舰抢先东行，安然脱离了包围圈。

8月下旬，蒋介石欲亲自到上海前沿防地视察。为了避免日军空袭发生意外，原打算借用英国大使的林肯车前往。但事隔一夜，大概是感到堂堂一国元首搭车巡行有失体面，蒋改变了主意，决定乘自己的车于夜间赴沪。这一念之虑使蒋得以自救，英国大使的车行至无锡挨炸，英国大使替蒋介石负重伤。

显然，这两个高层绝密计划被泄露了。

戴笠经过密查细究，认为黄秋岳最为可疑。在又一次最高国防会议之后，戴笠对黄秋岳进行了"全天候跟踪"。傍晚，黄秋岳来到国民路"五味和"饭馆，当他摘下呢帽挂在衣帽钩上时，跟踪的特工眼睛一亮：衣帽钩上有两顶相同的呢帽！少顷，一个"刀条脸"取下黄秋岳的呢帽扣到头上离去。几天后当黄秋岳与"刀条脸"如是传递情报时，被特工用两顶同样的呢帽掉包。特工人员从帽里皮沿缝中，发现了写满机密情报的纸条。此前，还发现黄秋岳的儿子、在外交部任副科长的黄纪良同汤山镇温泉军政部俱乐部的女招待廖雅权过往甚密。经查，该女为日本人南造云子。戴笠下令逮捕了这三个人。

黄氏父子汉奸、间谍案由军委会组织最高军事法庭审理。他们对所犯罪行供认不讳。蒋介石亲笔签署了对他们的死刑判决书。南造云子的罪行也被侦知。她的第一次得手，是窃获了吴淞口要塞的炮位、地道、明堡等分布情况的军事机密。1932年3月1日，日军以准确的炮火摧毁了要塞的几十门德国造远程大炮，攻占了固若金汤的要塞。另一种说法是，窃获吴淞口要塞情报系汉奸金璧辉所为。

黄秋岳父子被公开处决。南造云子被判无期徒刑，关进老虎桥中央监狱，但不久便神秘失踪。汪精卫公开投敌后，她又出现。有史家认为汪精卫是黄氏父子泄密案的幕后操纵者。1942年4月的一个晚上，南造云子驾车行经上海霞飞路百乐门咖啡厅附近时，三名军统特工将其击毙。

"男装丽人" 生死之谜

北平宣外第一监狱。3月的清晨还很寒峭，一个着灰色囚衣、橄榄色毛料西装裤的女囚，被拉到了狱墙的一角。她四十岁出头，脸部浮肿，上牙已脱落，长期浪荡的生活已毁了她的健康与容貌，但她白皙的皮肤、黝黑的大眼睛和纤小的手，还残留着当年的美。

行刑官令她面壁而立，问："是否要留遗嘱?"女人用男人那样粗硕的嗓音说："我想给长年照顾我的养父川岛浪速留封信。"

她站着写完了信。行刑官核对了姓名，宣布她的上诉被驳回，并宣读了死刑执行书。行刑官令其跪下。一声枪响，子弹从两眉之间穿出。她左眼圆睁，右眼紧闭，满脸的血污已不能辨认。

这个女人就是金璧辉，也就是名声远播的川岛芳子。

金璧辉是清王朝最后一代王族肃亲王之女，排行第十四。三岁时被生父当作"小玩物"，寄养于曾任清室顾问的日本人川岛浪速家中，认川岛为义父，易名川岛芳子。她在畸形的氛围中长大，十多年后，养成

266

了浪荡、疯狂的性格，也出落成一个明眸玉肤、丰乳圆臀的美女。

美女一旦把脑袋夹在裤裆里，她就会变得百倍的聪敏，也就会变得百倍的邪恶和残忍。

金璧辉十七岁那一年，被五十九岁的养父川岛奸污。川岛说："你父亲是个仁者，我是个勇者。我想，如将仁者和勇者的血结合在一起所生的孩子，必然是智勇仁兼备者。"金璧辉在手记里写道："于大正十三年10月6日，我永远清算了女性。"次日一早，她头梳日本式的发髻，身穿底摆带花的和服，拍了一张少女诀别照，即剪了一个男式分头。

从此，她就把脑袋夹进了裤裆。

她说："我恨男人！"她要报复男人，报复世界。她怀着复仇的决心，冲向一个个男人：蒙王甘珠尔扎布、日本陆军军官山贺、联队旗手山家亨、间谍田中隆吉、作家村松、右翼头子头三满、伪满最高顾问多田骏、投机家和巨富伊东阪二……她热烈拥抱他们，疯狂地与他们接吻，在床上翻腾搏杀，她摧毁自己，用灵与肉裂变的残酷武器去俘虏他们、利用他们、撕裂他们。她成功了，在日本她能影响"剃刀"首相东条英机，在中国能在立法院院长孙科手里获取蒋介石下野的机密。她赢得了一大把乱哄哄的头衔，甚至戴起大将的肩牌。她过着挥金如土、荒淫无度的生活。

九一八事变后，金璧辉受日本主子的驱遣返回中国，利用夹在裤裆里的聪敏和美丽，从事间谍活动。

为了转移国际社会的视线，加速"满洲国"的独立，日本陆军特务机关驻上海特务田中隆吉收到板垣征四郎的一份电报，要求他在上海挑起事端，并拨来两万日元经费。田中隆吉拿出一万元交给金璧辉，同她商议了一个诡计。

1932年1月18日下午4时左右，日莲宗山妙法寺的五个僧侣经过上海三友实业公司门前时，该公司受到金璧辉鼓动的几十名工人突然袭击了他们，使三人受伤，有一个叫水上秀雄的不日死亡。受金璧辉策动的宪兵大尉重藤千春以报复为由，组织三十名日本浪人烧毁了三友实业公司，并与中国警察发生冲突，警士田润生遭枪杀。

日本驻上海总领事村井仓松不失时宜地向上海市市长吴铁城提出蛮横要求：一、向日本道歉；二、处罚肇事者；三、负担伤亡者的医疗费和赡养费；四、立即解散抗日团体，取缔排日活动。日舰队司令盐泽幸一当夜对陆战队下达出动命令，进攻日军守区外的闸北。我十九路军修筑街垒工事，奋起反击。一·二八事件爆发。

田中隆吉和金璧辉嫌不过瘾。于是，设便宴把在上海的资本家福岛喜三诱来，用手枪逼着他向三井财团总部发电，请团琢磨理事长要求帝国政府立即出兵。

蒋介石的不抵抗政策，使得事变以签订屈辱的《淞沪停战协定》而告终。

几天后的一个深夜，在烟雾弥漫的舞场上，田中隆吉用毛刺刺的腮帮磨蹭着金璧辉雪白的脖颈，满嘴喷着酒气说："多亏这一击，满洲独立成功了！"

金璧辉参与导演了凌辱中国的一·二八事件，在此之前，她还把婉容皇后从天津秘密挟持到东北，为"满洲国"的成立立下了汗马功劳，可谓身手不凡。七七事变前后，她潜入东北进行策反颠覆活动，与日本驻津特务机关谋划利用汪精卫建立伪政权，并拟将溥仪迎回北平，图谋复辟清王朝。

金璧辉名声大噪起来。报纸上登出她的照片，惊赞"川岛芳子是个天才"，是"活跃在战火中的魔女"；她甚至与风靡第一次世界大战的欧洲女谍玛塔·哈丽齐名，被称为"东方的玛塔·哈丽"。日本作家村松根据她的传奇故事，写了一部叫《男装丽人》的小说，把她塑造成一个身穿特制军服、忙碌于中日两国之间的弄潮儿。此书当时成了风行日本的畅销书。

抗日战争结束后，这个像幽灵一样的女妖失去了神秘的力量。1945年10月10日，一群宪兵闯入金璧辉位于北平东四九条的家中，把她从床上叫起，反绑起双手，蒙上头，押上了警车。直到这时，这个把生命异化为一场闹剧的浪女还透过薄薄的蒙布，与她的秘书互做鬼脸。

戴笠亲自提审金璧辉，想从她嘴里挖出些重要的情报。当金璧辉告发军统特务马汉三曾从她那里搜走一柄九龙宝剑时，戴笠的心一紧。经详细盘问，多年来萦绕他心头的一个疑团终于有了线索。原来，当年孙殿英将东陵盗墓所得九龙宝剑赠给了戴笠，戴笠托马汉三带到重庆孝敬委座，马汉三被日军逮捕后将宝剑献给田中隆吉买得活命，田中隆吉寄存在金璧辉住处，马汉三在逮捕金璧辉时掘地三尺复得宝剑。

此剑修长的剑柄上雕着九条栩栩如生的紫金龙；剑体用镔铁打成，不锈不污，吹毛得过；鲨鱼皮的剑鞘上嵌满红蓝宝石和金刚石，在太阳底下华光灿然。此稀世之宝，是乾隆皇帝的陪葬之物。

戴笠得知古剑下落后，给马汉三传过话去。马汉三仓皇献出宝剑，并附带献上十箱价值连城的书画古董、金银财物，亲自押送到弓弦胡同什锦花园交给戴笠。他向戴笠说了一个保剑历险的故事。聪明绝顶的戴笠笑而不语。可是他没想到，他在飞往南京的途中，座机被马汉三手下安置的高爆力定时炸弹炸毁。戴笠被烧成一截黑灰棒，他左边臼齿上下镶嵌的六颗金牙，使他从另外的十三截黑灰棒中被区别出来。九龙宝剑既是戴笠的死因，也是弄清他的死因的重大线索。

1947年10月8日，河北省高等法院对金璧辉进行了公审。她面施白粉，梳着油亮的短发，穿一件黑呢大衣，毫无愧色地走到被告席上。在受审中，她狡词巧辩，凡对自己有利的问题，即做出回答；对自己的罪行却讳莫如深，反问庭长："你是怎么知道的？"还大言不惭地说："我衷心热爱中国，尽管加入了日本国籍，还是发誓忠于清王朝。"

南京的《中央日报》和东京的《朝日新闻》做了如下报道：

"河北省高等法院于8日公审金璧辉（川岛芳子）时，法庭上出现了严重的混乱局面。因为是公审东方的玛塔·哈丽、著名女间谍川岛芳子，三千多名看热闹的人一齐拥进了小小的法庭。狂热的人群有的把窗玻璃挤碎，有的把椅子踩坏，造成一片混乱。由于无法控制秩序，公审不得不改期。"

经过多次审讯，1947年10月22日，河北省高等法院以汉奸、间谍罪判处金璧辉死刑。

被判处死刑后，她给小芳八郎秘书写了一封长信，无意之间活画出她难堪的人生。她写道："我真的成了小丑，天才的小丑。报纸说，有人建议卖门票，把我当作玩物供人观赏，将收入用来救济贫民。监牢是人生的筛子，筛选出来的人就是伟大的人。像我这样被世人误解的人是很少的。人在临死之前，会变得非常了不起。'花儿献给你……'我的命运使我变成了诗人，我写了很多诗。科长鼻子特别大，人们都叫他大鼻子，人们都管我叫二鼻子，而难友们却叫我'傻哥'。再过五天就是新年了，我真想吃年糕、年糕菜汤和年糕小豆汤。我不愿意同人埋在一起，可以和猴子埋在一起，猴子是正直的动物，狗也是正直的动物。公审那天，法官问我为什么回到北平，我说因为我养的猴子得了痢疾病，大家哄堂大笑。这个庸俗的世界，没有人能理解我珍爱如命的就是猴子。那些要死而没有死成的人，应该成为世上的伟人、圣人，并由他们来进行统治，所以，人们应该常常经历一下内心的死亡线……"

而她并不甘于束手待毙。她发信给其日本养父川岛浪速，哀叹自己为日本尽了力，而今成了一个被人扔下的玩物和小丑。她要川岛给她寄一份伪造的户籍抄本，将第一王子宪章的次女、已加入日本国籍的廉子改为她的名字；另外，把她的出生时间推迟十年。这样，她就可以被证明是有日本国籍的日本人，不能以汉奸论罪；其二，如果她小了十岁，九一八事变前后才是十五六岁的少女，就不可能当"安国军"司令，犯下如此多的重罪。

这种做法不失为一根救命稻草。另一个名噪一时的女间谍李香兰，原被作为文化汉奸判了死刑，后来由于她被证明为日本人，而改判无罪。回国后她把名字改回为山口淑子，还当上了参议院议员。

金璧辉的律师们也在四处活动。她在日本的家庭教师本多松江为证明她是日本人，也在到处奔波，征得了三千人的请愿签名。本多在美国留学时曾与宋美龄有一面之识，但她准备来中国找宋美龄时，听到了金璧辉已被处决的消息。

清晨，监狱围墙里传出一记沉闷的枪声。7时过后，一副担架从监狱的后门抬出。记者们拥了上去，被血污涂盖的脸已无法辨认。日本长老古川大航认领了尸体，给它裹上白毛毯和花布，做完佛事，送往朝阳门外日本人墓地火化。

闹剧并没有就此打住。事后不久，北平的报纸就根据传闻登出消息说，被处决的不是金璧辉，而是同监犯刘凤玲，刘凤玲的母亲被迫以十根金条的代价出卖了女儿的生命。监狱官员先给了刘母四根金条，行刑后，刘母去索要另六根金条时遭殴打，再去则未归家。

金璧辉的哥哥宪立后来回忆说："当时进驻北平的十一战区司令孙连仲的夫人，是清王室的血缘亲族，我决定通过这层关系来营救芳子。孙夫人说：'在行刑的时候，可用替身换下芳子的生命，但需拿出一百根金条疏通关节。'"宪立说到这里想起了什么，便打住了。

271

本多松江做了这样的推测："当我听说死者的耳朵附近长着又密又厚的头发时，我立即想到这是替身，而不是芳子。"

无论怎么说，作为历史的金璧辉已经死了，所以，真实的金璧辉已经死了。这个死者是谁呢？她的衣兜里有几只毛栗子，手里攥着写着绝命诗的纸片。诗曰：

有家不得归，

有泪无处垂，

有法不公正，

有冤诉向谁。

诗是荒谬的。但它却真实地记录了汉奸在寻找灵魂的归宿时，普遍会遇到的难堪。

群奸被钉上耻辱柱

陈公博吸完一支烟，慢腾腾地站起来，穿上深灰布面长衫，又戴好黑呢船形帽。他看了一眼显得不耐烦的法警，夹起两沓卷宗，走出了狱房。当步出苏州狮子口监狱的铁门时，看到有那么多摄影记者和群众围在那里，他一怔神，匆匆地爬上了等候在门外的一辆破旧的马车。在沿街的一片怒骂声中，马车驶往一箭之隔的道前街。

1946 年 4 月 5 日下午，江苏省高等法院开庭公审陈公博。

庭长孙鸿霖询问姓名、年龄、籍贯等，陈一一置答。庭长又问："你有很多财产吗？"陈公博想了想，答道："我要是说没有财产，人家不相信。我要是说有财产，自己不会相信。我所可告人者：我没有房产，没有田产，更没有银行存折。所以，我是否有财产，还是请庭长调查吧!"旁听席上发出了笑声。庭长令陈公博站立一边,由检察官宣读起诉书。

起诉书就陈公博在任伪职期间祸国劣迹之最严重者,列举了他的十大罪状,那就是:缔结密约,辱国丧权;搜索物资,供给敌人;发行伪币,扰乱金融;认贼作父,宣言参战;抽集壮丁,为敌服役;公卖鸦片,毒化人民;改编教材,实施奴化教育;托词清乡,残害志士;官吏贪污,政以贿成;收编伪军,祸国殃民。这实际上就是汉奸集团犯下的主要罪行。

陈公博不服。他从卷宗夹内取出所谓《八年回忆录》,操着广东口音念了一个多小时。接着,对十大罪状逐一加以辩解,说起诉书"不是割裂事实,就是摭拾谣言",非但不承认有罪,反而认为自己的所为是为了保全民族元气,而且这个目的也达到了,因此自己是有功的。庭长以大量的事实证据,驳斥了陈公博的辩解,还当庭播放了他在"满洲国"建国纪念日上的演讲录音。陈公博听到了自己的声音:"中日满三国应携手勇往前进,恭祝'满洲'国运昌旺!"

将近晚上8点,庭长问陈公博还有什么可说。陈公博说:"检察官是江北口音,本人听不懂,唯其中有一言,使我非常感动,就是'《春秋》责备贤者,非服不可';本人当然不敢以贤者自比,可是我早就说过,无论法庭判我什么罪,我都绝对服从的。"他只剩下诡辩了。

一周之后,江苏高等法院宣判陈公博死刑。并告陈公博如有不服,可以书面形式向最高法院上诉。陈公博听到宣判,脸色一灰,语无伦次地说:"本人在公审时,即已声明绝不愿申辩及上诉,当时所以向检察官答辩,乃求内心之安定耳。感谢检察官在起诉书中所言的一切,可表明本人身体清白、人格清白,故本人无论被判何刑,均以绝对服从之态度接受,绝不再行上诉。"

陈公博昏头昏脑的一席话,并不证明他有某种骨节,而实在是他知道自己罪极无赦，实在是出于无奈。他对探监的儿子说："提到政治我真有些伤心了。为了办政治，你的祖父卖尽家产，结果弄得锒铛入狱。我为了政治，今天也免不了身入囹圄。干儿，以后你干什么事都好，只是千万不要再干政治。你要牢记！"

囚室放风时，为了安慰他，褚民谊对他说："我知道你是死刑，我自然也是死刑。"陈璧君也凑上来说："那我自然也是死刑了。"其实不用安慰，既然横竖逃不过死罚，那就每餐吃三碗饭，照常写字看书。

6月3日晨8时许，苏州第三监狱的囚室照例按时打开，囚徒们鱼贯而出，到院子里散步。陈公博应典狱长之求，为其写一副对联："大海有其能容之量，明月以不常满为心。"正当他以博大与从容的姿态写剩三个字时，忽发现几名法警已立于身后。是死期了。写毕最后三个字，他回到自己的囚房，点燃一支烟，换上蓝布长衫、玄色丝袜、黑色皮鞋。做毕，他取出一把常用的茶壶，走到陈璧君的囚室，向她鞠躬，送上茶壶留作纪念。旋又去同褚民谊诀别。

来到法庭，陈公博给家属写了一封遗书，又给蒋介石写了一封信。搁下笔，他与在场的法官法警们一一握手。进入刑场，问哪一位是行刑的法警。法警周本范自报，又握手。旋即背立。枪响。陈公博倒地抽巴起来。同是大汉奸，同样被判了死刑，陈公博等不得减刑，而周佛海能。

周佛海抵达南京宁海路军统看守所的当晚，当局即令其写"自白书"，交代汉奸罪行。随后连续对他进行了五次侦讯。1946年10月21日在朝天宫进行公审。11月7日，南京高等法院宣判周佛海死刑。周佛海提出上诉，仍维持原判。其老婆向司法行政部提出抗告，亦被驳回。

这一段时间里，杨淑慧为了保住丈夫的性命，可算是费尽了心力。她四面奔走，八方求援，找遍了国民党实力人物和军统头子；还曾破费金条，托庞炳勋、孙殿英这些投敌将领，给周佛海出具"于抗日有功"的证明。事情毫无转机。

按国民党政府的法律，抗告被驳回二十四小时后，罪犯即可被拖出去执行。就在这个时候，杨淑慧拿出了最后的一招，果然使情势发生逆转。

杨淑慧找到蒋介石的侍从室主任陈布雷和机要秘书陈方，气急败坏地说："如果佛海真有个三长两短，也别怪我杨淑慧不仁不义！"

陈方连忙问："你是什么意思？"

杨淑慧说："蒋先生曾有一封亲笔信给佛海，信上有这样的话：顷闻君有意回头，不胜欣慰；望君暂留敌营，戴罪立功。至君今后政治前途，余绝对予以保证，望勿过虑为要。信的末尾没有署名，只写了'知名不具'四个字，这是蒋先生的亲笔信，佛海认识他的笔迹。我给这封信拍了照，原信送至香港银行的保险柜封存。如果佛海真的被枪毙了，就不要怪我撕破脸皮了。我要将信公开发表！这样世人就会看清蒋先生的政治道德和信用了。"

陈方劝住了杨淑慧。大年初一，陈方上门给蒋介石拜年，说及此事。蒋闭目沉吟好久，才点了一下脑袋，嘱文官处行文司法院，答呈国府，给周佛海减刑。

经数度公文来往，由陈布雷和陈方再三润色的《准将周佛海之死刑改为无期徒刑》令，以国民党政府主席蒋中正的名义下达。

与其说救了周佛海一命，不如说让他多受了几天罪。一年之后，周佛海心脏病复发，日夜伏在床褥上哼哼，哀叹自己"还是死了好"。1948年2月28日，周佛海在老虎桥监狱的囚室中发出一阵凄厉的惨叫，口鼻流血而亡。一说周佛海为人毒杀。

大王死，朝臣灭。夹在陈公博与周佛海的死期之间，乱枪响处，竖起了一根根焦黄的竹竿，挑着孤零零的招魂幡。

褚民谊是个风流丑角，当上大官后，凭着一时的冲动，常在大庭广众之间踢毽子。有一年开全国运动会，华南选派的一名游泳女选手漂亮而风骚，俗称"美人鱼"，撩得褚民谊按捺不住，竟将自己收拾得油头粉面，为"美人鱼"坐的马车执鞭拉缰，游览南京名胜。1942年出任汪伪驻日大使，日方大灌迷魂汤，组织了五十万人到神户码头迎接，他整日拱着手四出拜会，还拜晤了制造南京大屠杀的元凶松井石根。紧跟着陈公博，一枪从他的背部打入，这个太极拳高手在地上翻腾着打了最后一出太极拳，仰天摊手，做了最后的收势。

帆布行军床把王揖唐抬到法庭公审。听到审判官的声音好生耳熟，他睁眼一看，立马从帆布床上挣扎着坐起来，呵斥道："何承焯，你这个小汉奸！哪有小汉奸审问大汉奸之理？"几句话轰跑了主审法官。延宕了些时日，他被用竹编躺椅抬到监狱后院，声泪俱下地大呼着："求蒋主席开恩啊！"连中七粒冰冷的子弹。

在上海提篮桥监狱刑场，梁鸿志口念"年到六十四，行步移法场"，脑后枪响，两颗门牙从他口中弹出。王克敏在北平炮局监狱服毒而亡，齐燮元在此被枪毙。殷汝耕、梅思平、林柏生先后于南京老虎桥监狱伏法。丁默邨在苏州狮子口下地狱。杨揆一、胡毓坤、姜西国、姚锡九等军事汉奸饮弹雨花台，错落着栽倒在荒草乱石之中。受庇护者如伪天津市长温世珍，解放后被人民政府处以极刑。

这一伙丑类被钉在了历史的耻辱柱上，遗耻万年。

第十章　重塑生命

从铁窗生涯重新开始

孙明斋的脑子里燃烧着家乡山东海阳县的熊熊大火。日军举着火把、端着刺刀横冲直撞；他家的房子在烟火中倒塌了；一只狼狗把他舅舅扑倒在地，咬断了他的气管，又撕碎了尸体；邻里一位抗日战士的母亲被刺刀捅死，心脏被兽兵挖出来吃掉……他站在这人间地狱的边缘，眼中满含仇恨的泪水，双拳越攥越紧，一扭身参加了八路军抗日武装队伍。

"鲁迅先生有句名言：地上本没有路，走的人多了，也便成了路。你要完成好任务！"声音仿佛很遥远。孙明斋点点头。东北公安部部长汪金祥把他送出了自己的办公室。

返回的路上，他努力回忆着汪部长的话。汪部长说：根据中苏两国政府的协议，有一批日本战犯和伪满洲国战犯将移交我国。中央决定成立抚顺战犯管理所，部里派你去担任所长。想着想着，熊熊大火又在脑子里燃烧起来。

两个多月后，也就是 1950 年 7 月中旬的一天，哈巴罗夫斯克俘虏收容所的九百六十九名日本战犯来到一个四周都是农田的小火车站，登上了用运粮货车改装的囚车。火车开动了，战犯们都拥到了两个带铁栏杆的小窗前。火车是在向西开。原来不是遣返回国，而是被解往中国。像土耳其蒸汽浴室一样闷热的车厢里汗水汹涌。

火车穿过一个短短的隧洞，驶入中国的边防小镇绥芬河车站。车站一旁的小山上有一片茂密的小橡树林，寂静中传来蝈蝈的鸣叫声。战犯在这里换乘了中国的旅客列车。中国末代皇帝溥仪也在这里转车，被押解回国。四天后的傍晚，列车在旧抚顺城外的一个小车站停了下来。

战犯们走过一扇巨大的铁门，进入一个四周围着五米高墙的院子。大村忍在跨进大门时，目光正巧与孙明斋相遇合。他连忙垂下了脑袋。他原是这座前伪满监狱的典狱长，熟悉这里的牢房、刑讯室、绞刑室和杀人场。有一间半人高的黑屋子，厚厚的墙里外各三层，叫作"镇静室"，当年那些顽固的中国人和朝鲜人被关在里面，连坐都坐不起来，活活地被闷死、饿死、折磨死。阴飕飕的一股凉气顺着大村忍的脊椎骨直灌到脚跟。头戴战斗帽、佩戴着中将军衔的五十九师团师团长藤田茂，撅起仁丹胡朝大村忍轻蔑地哼了一鼻，昂头挺胸地超了过去。

大村忍很快就会发现，这里已经过了全面整修：新建了礼堂、医院、澡堂等娱乐、卫生场所，监房中都安装了暖气等生活设施。所方给战犯发了新衣裤，还发给他们已经有几年没有使用过的牙刷。

中国共产党以自己的传统和方式，对战犯开始了繁重的改造工作。

也许是粉刷工人的疏忽，监房的墙壁上残留着中国人用血写的遗书和口号，还有一幅笔迹粗硬的画：一个怒目圆睁的抗日战士高举大刀向惊恐的小鬼子砍去。有的战犯在院子里捡到了报纸，《鲜血染红白雪的三肇惨案》等标题燃烧着仇恨与怒火。绝望的情绪像寒冷的季节一样袭击着战犯们的灵肉。暖气锅炉房在他们的眼中成了焚尸房，医务所成了细菌实验室。中将师团长铃木启久生病时，疑心病号饭是杀头前的"送命宴"，盯着碗里的鱼，抹着眼泪自哀自叹道："败战之将不如兵，盘中之鱼随便夹呀！"

胆小得像风前的烛火在颤抖。禀有武士道精神的战犯开始用各种形式进行对抗：他们故意多打饭菜倒进厕所，把所谓粗劣的饭食保留下来，说是要向联合国控告；向他们广播时事，他们用棉花团堵上耳朵，拒绝收听，发的报纸也不看；他们照例向皇宫"遥拜"，吃饭前为天皇祈祷；有一次搞空防演习，有的战犯欣喜若狂，幻想着美国飞机来搭救他们；他们还大声唱起渲叙军国主义精神的歌曲，看管人员进行约束，他们就用日语谩骂看管人员。藤田茂的部下被关押得最多，他在战犯中有相当的号召力。他恶狠狠地叫嚷："我和我的部下不是战犯，而是战俘，关押我们是违反国际法的！"他的喽啰们便跟着闹事。

一天早上，日军特务科长岛村三郎扶着走廊的铁栏杆唱道："看哪，南海连接着自由的天空……"

看守长詹华忠走过来说："大清早你这是干什么？大家现在正在学习。"

岛村三郎粗声粗气地顶撞道："今天是星期日，为什么不能唱歌？"

詹华忠驳斥道："你这样会妨碍大家学习！你为什么不学习？"

他们你一句我一句地吵了起来，各监房的战犯们从门洞里伸出了脑袋。

"你这个蠢货！"岛村三郎骂了一句，便跑到监房角上的厕所里解开裤子蹲了下来，口里还在不住地叫嚷，"人家蹲厕所，你跟着叫唤什么？这就是共产党的礼节吗？"

詹华忠气得脸色发紫。他一把从匣子里拔出手枪，又跺脚将枪插了回去。

詹华忠气冲冲地撞进孙明斋的办公室，把手枪使劲往桌上一搁，硬声硬气地说："我请求调离！这帮狗娘养的，杀了我们这么多人，今天不老实还不准揍他，老子手里的枪干什么用！"

孙明斋递给这位经历过二万五千里长征的老同志一支烟。他能体会到詹华忠的心情，这是一种普遍的情绪。对一些战犯的表现，管教干部们议论纷纷，主张尽快杀了他们。医务人员认为自己是在"给恶狼治伤"。炊事员说："整天给仇敌做饭，难道我比他们的罪还大？"米不淘净，菜不洗净，做好了用脚往监房门口一推，"槽里有草饿不死驴，爱吃不吃。"理发工人理起头来三分钟一个，"瞧你那模样，神气个屁！"

当晚，全所的工作人员都集中在会议室里。气氛是灼烫而紊乱的。经过孙明斋和副所长曲初的努力，大家逐渐冷静下来。孙明斋说："野兽不可能驯服人，而人却能驯服野兽。既然是这样，就有理由肯定：我们共产党人有足够的力量把恶人改造成新人。"孙明斋传达了周总理和东北公安部领导同志的指示，他说："周总理说了，过二十年后再回过头来看我们做的工作，就会更清楚地看到其中的意义和价值。我相信总理比我们站得高，看得远。所以，今天我们要克制住自己的感情，甚至是牺牲一些自己的感情。这样做就如同跟日本鬼子拼刺刀，谁如果怕小鬼子，谁可以打报告调工作。"

听说是打鬼子，一个个的眼睛里都放出了亮光。"噗"，有人还真往手心里吐了口唾沫，摩拳擦掌摆出了架势。

从精神上消灭日本法西斯。大伙研究了教育改造的方案，制定了争取、分化、瓦解、孤立的斗争艺术。

管理所把一百人的校官分为两组：态度比较积极的五十人为一组，比较顽固的为另一组。"进步组"的战犯住在靠里面的四个监房，"顽固组"的战犯住在临门的四个监房。"顽固组"的战犯天天聚在一起玩用纸做的麻将和围棋，一边闹哄哄地玩，一边借题发挥地发牢骚。"进步组"每天都在认真学习，讨论。他们对自己的罪行有了越来越深刻的认识。

"我用这只手曾杀害过中国人民，可是今天，中国人民却使我由鬼变成了真正的人。"

"我们接受审判是理所当然的，我们应该认罪服法。"

晚上，他们以祈祷般的感情唱起了在西伯利亚学会的进步歌曲：

烧光的痕迹，

烧光的痕迹，

在烧光的痕迹上，飘扬着红旗……

这像是手挽着手唱出来的高昂歌曲。这边的歌声还没落，那边就有人撕扯着嗓门唱道："烧光的大粪，烧光的大粪，在烧光的大粪上飘扬起红旗。"

"顽固组"的战犯们放肆地大笑。他们觉得还不过瘾，四个监房便串通起来，主动发起进攻。晚饭后，"顽固组"四个监房的战犯此起彼伏地唱起了日本歌曲。这间监房里传出了《义太夫节》：

"去年秋天得的病……"

那个监房里唱起了《浪花节》：

"这小子不死，也治不好病……"

四个监房的战犯一边像发疯一样地狂呼乱吼，一边有节奏地拼命拍掌、敲打床板，狂乱的声音响彻了整个监狱。

校官、将官、尉官，那些顽固的家伙气焰极其嚣张，他们挥舞着拳头叫喊：

"我是奉天皇的命令来帮助你们维持社会治安的，你们无权关押我们!"

"我效忠天皇的信念是不可动摇的，我宁愿为天皇而死!"

"赶快把我们统统地放了，不然日本政府是不会答应你们的!"

"难忍者忍之，难受者受之，十年后再让太阳旗在这里飘荡！"

藤田茂骄横地说："日本对中国作战，要说有罪，日本人民全都有罪！"他还扬言要自杀。铁警中将司令官濑谷启还写信给儿子，要他"参加日本军队，为天皇效命，为父报仇"。中尉毛高友赋诗曰："敢叫武士蒙羞辱，且看腰刀斩肉泥！"少尉三轮敬一吓唬同伴："谁要是交代罪行，就等于伸出脖子自愿让中国人杀头！"岛村三郎等战犯起草了给毛泽东和周恩来的抗议书，暗中传到各监房进行讨论。

管理所严厉地训斥了战犯的狂妄言行，采取了一系列有力的措施：把岛村三郎等七名闹得最凶的战犯实行单独监押；挑选一批表现好的尉级战犯与将级战犯混合关押；组织系统理论教育；对重点对象，由管教干部分工调查，针对不同心理特点，个别进行政策攻心。

从调查中了解到，二十四名将官中近半数存有自杀念头。管理所严正告诫他们："自杀是懦夫的行为，是抗拒认罪的行为，死后也同样要治罪！"

岛村三郎被关在单人监房中，一会儿为自己的行为感到自豪，一会儿感到恐惧。他感到精神很累，就木木地坐在地铺上，呆呆地望着从窗口投进来的一动不动的阳光出神。他听到门响。佩戴着中尉军衔的张绍纪指导员走了进来。

张绍纪穿着锃亮的黑色筒靴。他走到地铺边坐下，把一沓白纸和一支铅笔推给岛村三郎。"岛村，"他的神情严肃而声音柔和，"把你所犯的罪行写出来交给我，尽可能写得详细点。"

"我没有什么罪恶，前几天在礼堂我已经说过了。"

张绍纪依然是不温不火地说："如果是这样的话，那就请把你自以为做得对的所有事情详细地写出来。"

岛村三郎原以为今天又少不了要吵一架的，这下只能把憋足了的邪气泄掉。张绍纪是原伪满洲国总理大臣张景惠的次子，曾与其父亲一道被关押在伯力战犯收容所，照顾他年迈的父亲，回国后摇身一变成了共产党的军官，战犯们这才弄清张中尉的身份，他原来是隐藏在他们鼻子下面的共产党员。岛村三郎刚知道这件事时，对共产党产生了巨大的恐惧，也把张绍纪看成一个了不起的神秘人物。

岛村三郎默默地把纸和笔往张中尉的身边推了推。

"那好吧，"张中尉站了起来，"等你想写的时候再写吧！"

张绍纪走后，岛村三郎抬头看了看墙壁高处挂着两个监房共用的照明灯的窟窿，拿起笔在白纸上唰唰地写下一行字："我绝对不写！你怎么样？"他把纸折起来，踩着垫高的被子，把纸条从窟窿里扔进了隔壁监房。

不一会儿，窟窿里扔过来一张纸条，上面写道："我也不写，我把纸和铅笔都扔到走廊上去了。"

一天过去了。两天过去了。又一天过去了。岛村三郎把脸贴在布满冰花的窗玻璃上，看着房影慢慢地爬过石子铺的小路和汽车的辙印。他希望太阳不要移动，恐怖的夜不要来临，但没有什么力量能够阻碍大自然按照自己的规律运行。他回到地铺边坐下，望着狱墙发呆。苍茫的暮色降临了。

他仿佛听到一阵阵惨叫声。他想起来了，他在特务机关时，不分昼夜地把抗日军民抓来，进行刑讯拷问。坐电椅，灌凉水，用烧红的铁棍烙身体，把厚纸做的衣服裹在赤裸的身体上点火烧……他听到了刺耳的惨叫，闻到了皮肉焦煳的气味。他看到一个燃烧着的火人笔直地向他跑来——

岛村三郎克制不住地从地铺上猛然站立起来。他想起来了，他在任伪肇州县副县长时，指挥部下在县城外的冰天雪地的丘陵地枪杀了三十名抗日联军的战士。在震耳的枪声中，烈士们倒进了事先挖好的坑里。

火药的硝烟还没散尽，两名狱卒便跳下坑去，"当当"地从死者血糊糊的脚上砸下铁镣，然后泼上汽油，在上风头点燃了大火。当熊熊烈火卷进土坑的一刹那，尸堆中突然发出"哇"的一声惨叫。一个火人冲出大火，笔直地向他跑来，相距还差三米的时候，火人倒了下去，翻滚了几下不动了。

次日早晨，岛村三郎从墙窟窿里向隔壁监房扔过去一张纸条，写道："深感羞耻，我已改变想法，准备写材料。"

墙那边也扔过来一张纸条："如果你写，那么我也写吧。"

除恶要除根，治病要治本。管理所采用摆事实、算细账、揭内幕的教育方式，集中力量，把斗争的锋芒对准这些神佛迷信加皇道、武士道精神的大杂烩，对准了军国主义思想和反动的世界观，猛力攻击和摇撼战犯们的精神支柱，扫除笼罩在他们眼前和心头铁枷般的浓云密雾，使他们重新认真思考人生与社会，一步一步地从邪恶与愚顽中走出来，看到和清算自己过去犯下的罪恶，同时又看到光明和希望。

学习文件、讨论、出墙报、看电影……像春风细雨对于荒芜而没有完全死灭的土地，被静静地吸收着。没有完全僵死的视觉和思维，渐渐长出了淡紫色的嫩芽，紧紧包裹着心灵的冰雪在融化，初露的泥土显得脏浊而驳杂，但良知在其中慢慢地复苏了。

他们已经能够依据事实进行观察和思考。他们看到了被铁蹄和烈火蹂躏的中华大地，伤痕累累，血泪成河；他们认可了天皇是个大地主的残酷事实；他们看到了自己像只被皮绳驱策着的恶犬的凶残而可怜的形象。当在《广岛》《混血儿》《原子弹》《战火中的妇女》等影片中，看到自己国土上的失业、饥饿、流浪、斗争和血泪，看到在美军统治下产生的五十万"胖胖女郎"、数以百万的混血儿和性病患者时，悔罪的泪水浸湿了他们的衣襟和枕头。

中将师团长岸川健一患了癌症，管理所专门为他做适口的饮食，看守员孙世强、孟广岐处处细心地照料他，给他倒屎倒尿，他想他再也没有心思和力量像过去那样向天皇遥拜了。士官宫岛司在院子里玩球失手打碎了玻璃，管教员刘长东走过来，脱口便问："手碰伤了没有？"岛村三郎从妻子的来信中，得知自己的儿子被汽车撞死了，管教员崔仁杰陪他坐了一个晚上，同他交谈，关照他说："这几天你好好休息休息，可以到特别灶去吃饭。"长井手茂得了脏器神经症，痛得在床上打滚，被送往抚顺矿务局医院治疗，他一步也不能走，医生温久达把他从一楼背到三楼，他从一楼哭到三楼，泪水湿透了温医生的衣服。病愈后他说："天皇只用一分五厘钱的征兵邮票，就把我赶到侵略中国的战场为他卖命，我的生命不如一匹军马值钱。在中国，我禽兽般野蛮的暴行使难以计数的中国妇女、儿童失去了亲人，我的双手沾满了中国人民的鲜血。今天我作为罪恶滔天的战犯得了病，中国政府却花了很大的力气使我恢复了健康。我是一个有良心的人，我不能对中国政府的仁德和天皇的罪恶视而不见。"高血压、瘫痪病、肺结核、梅毒得到了积极耐心的治疗。视力衰退的战犯配上了眼镜，掉牙的战犯配上了牙，腿残的战犯装上了假腿。

监房仿佛变得宽敞明亮起来。图书室产生了强烈的磁力。医务室充满了人间的鸟语花香。文体娱乐场所传出了阵阵欢笑声。

饭菜是充足可口的，每天晚餐的面食变着花样——烤面包、馒头、花卷、面条、豆沙包子、肉馅包子、油煎饼、糖三角等，一个星期没有重样。战犯们还吃到了自己种的菜豆和养鸡产的鸡蛋。

永富博之用镶上的牙齿嚼着香喷喷的花生米。他想起在山西闻喜县白石村的一次扫荡中，他用刺刀扎进一个中国平民的嘴，刺穿咽喉，割下舌头，把牙齿全部打掉的情形。泪水从他的眼眶里涌了出来。

"895号！"看守员在监房门口低声叫道。

岛村三郎乘上一辆用卡车改成的囚车，车上用胶合板隔出四小间。车子跑出一公里左右，在一座较大的建筑物前停了下来。他被带进这座建筑左侧靠里面的一间屋子。

一进屋，迎面扑来一股热气。屋中央的火炉吐着火苗，上面坐着一把圆形水壶，烧开的水在噗噗地响。靠窗户整齐地摆着三张写字台。检察官张仪走了进来，他个子很高，有二十七八岁。

"请坐。我叫张仪。"他很简洁，"你是从何时参加侵略中国的战争的？"

"1934 年 5 月 2 日，我为了上大同学院来到满洲。"岛村三郎故意回避"侵略"这个字眼。

"那么，把你来华后的履历谈一谈吧！"

"在前些天交的笔供里，我把情况都写进去了。"

张仪哈哈冷笑一声，从黑皮包里取出"笔供"："就这么简单？"

岛村心神不定地说："我是按贵国的要求写的。"

张仪检察官用日语将岛村三郎的供述材料念了一遍，然后猛力一拍桌子，厉声训斥道："你这是什么态度！在中国犯下的侵略罪行，你必须认真交代！"

苏联移交给我国政府的战犯，其犯罪地点遍及各沦陷区，调查工作是相当浩繁艰巨的。公安司法部门从各地调集了大量人员，除了到受害地点找被害群众进行调查，一部分检察官、书记员、翻译员、办事员来到管理所，一边收集证据，一边开始对战犯进行侦审。管理所周围的所有大建筑，都成了审讯室、办公室和宿舍。房源不足，在管理所院内的空地上，临时搭起了许多帐篷。

在第一次受审后，岛村三郎同监的几个战犯都认定："如果坦白了，就难免一死。"在后来的审讯中，岛村一直抱着这样的念头，进行消极的对抗。但在检察员有力的证据和机智的盘问面前，他的防线一层层地被攻破、摧毁。

9 月中旬的天空是晴朗明净的。千余名穿着黑衣服的战犯走进运动场，黑压压地坐了一片。检察官们坐在台上。肩头戴着金色中校肩章的孙明斋站了起来："坦白检举大会现在开始，首先由古海忠之坦白罪行。"

日本投降时，古海忠之担任"满洲国"总务厅次长，是文职战犯中职务最高的一个。他似乎悄悄地整过装。他登上讲台，郑重地低头行礼，拿出了讲稿。

古海忠之以沉甸甸的语调，交代了自己在"满洲国"十年之中，参与策划各项政策法令、实行经济掠夺、推行鸦片的种植和销售、实施法西斯战争宣传等罪行。他说了约一个小时。最后说道："过去，我认为使中国人民遭受种种苦难、悲惨和不幸，是为了日本的利益，也是为了自己光宗耀祖。我现在认识到，我简直是人面兽性的魔鬼，是一个失去人性的不知羞耻的魔鬼。我向中国人民衷心地谢罪，心甘情愿地接受中国人民所给予的任何判决。"

古海忠之讲完后，年轻的士兵和下层军官们纷纷争先发言，情绪激烈，声泪俱下地揭露着他们的上司犯下的罪行。

对于争取自由的人，

我的回答是：

鲜血磨亮了我的刀锋；

"残酷"这两个字怎么能够形容？

我是个杀人的魔鬼，

万恶的畜生……

坚冰被冲破了，水流奔涌，越涌越急。冰块被水流推着走，在水流中起落沉浮。冰块的边缘在水流中融化，成了水流的一部分。汛期来临了。

曾扬言要自杀的藤田茂也开始悔罪。当他知道天皇的真面目后，以愤怒和憎恨的感情说："原来被我当作最神圣的并为之舍身尽忠的天皇，根本不是日本国民的杰出象征，而是一个大地主、大骗子。"他从家信中得知自己的姐姐和五个亲戚死于原子弹，只要一看这类题材的电影，就痛哭流涕，他说："我曾经认为，美国占领日本是不幸中的一幸。我想错了。美帝国主义给日本人民带来了沉重的灾难。"远藤三郎率"前日本军人访华代表团"来到管理所，他在与藤田茂会见时，本想安慰安慰这位曾同他在侵华战争中并肩作战的老伙伴。见面还没开口，藤田茂就站起来忏悔自己的罪行，反过来劝告对方："侵华战争中，你们也在中国，也都应该反省啊！"到接待室，远藤三郎小声地说："这里是最叫人羞愧难当、最叫人冒汗的地方！"

铁窗外几度春花秋叶。小野寺抱腿坐在炕上，埋着脑袋又叹了一口气。

"你这是怎么了，总是唉声叹气的？"岛村三郎同小野寺广原、上坪铁一同监一室。小野寺没有搭理岛村。

上坪替小野寺回答说："小野寺在审讯中碰到了暗礁，正在苦恼之中呢。"

这句话引起小野寺的一丝苦笑："完了！岛村，你有什么妙法吗？这可是检验有没有真交情的时候呀。"

为了搞清小野寺在大连任警部时是否参与过镇压共产党策划的一次放火行动，先后曾换了三名检察员。

岛村问："实际上到底是怎么回事呢？"

小野寺无可奈何地摇摇头道："我真是不知道啊！那天早晨我确实

没去，可有人硬要说我参加了那次逮捕行动。"

岛村又问："明天你准备怎么回答检察员呢?"

小野寺脸色阴郁地说："真不知该怎么回答。我无法证明没有参加那次行动。明天是关键时刻，看来我只好承担下来了。唉!"

审讯工作已接近尾声，总结性文件已经完成，明天就要在材料上签字了。

"你这个态度恐怕也不正确。"上坪大概是想不出什么别的办法，就换了种方式安慰道，"我是肯定要被处死刑了。我曾在鸡宁逮捕过十三名谍报人员，交给石井部队供细菌实验用啦。"

岛村接着说了一句："你也只不过如此吧，还抵不上我的十分之一呢!"

第二天，岛村三郎把自己的"罪恶总结书"交给了检察官张仪。这是一份长达一百三十多页的材料。检察官一张张翻阅着，问道："怎么，都写好了?"

"写好了。通过写这份罪行综合材料，深深感到自己是个犯了严重罪行的人。"

岛村三郎第一次说出了认罪的心里话。认罪是从黑暗走向光明的一座桥梁，岛村踏上了这座桥梁。

几个月之后，检察官把岛村三郎罪行材料中文本及检察官的意见书交给他，说："你看过之后，如果事实没有出入，可以签字画押。"

他从"岛村三郎是有名的伪满特务领导人之一"，一口气看到"本人请示给予被告严厉惩办"。不祥的阴云笼罩住他苍白的脸。

战犯分成几个组，在运动场的各个角落平整土地、砌花坛。春天明亮的阳光照在身上暖融融的，战犯们干得很卖力，脸上沁出了粒粒汗珠。小野寺推着装满砖石的小斗车走过来，边卸车边说："后院挖土的伙伴在大声嚷嚷，他们挖出了一具白骨。"

岛村三郎的脸转向大村忍。大村忍用手背擦了擦鼻尖上的汗，鼻尖抹上了泥土。他神情闪烁地说："当时突然废除了治外法权，这座监狱建得很匆忙，大概没有清理好坟地。"

到中午的时候，花坛砌好了，剩下的事就是拣一个好日子种花了。战犯们说笑着走向盥洗场。他们突然安静下来。盥洗场旁放着一张桌子，桌子上摆着一具洗得干干净净的白骨。孙明斋所长和张绍纪上尉神情庄肃地站在桌旁。那是一具十四五岁的少女骨骼，额前有一个小窟窿。先到的战犯们都面对着这具少女的骨骼低着头默哀。岛村三郎等战犯也参加了进去。大家听到身后传来急促的跑步声和战犯村上勇次带着哭腔的叫声："张先生！又发现一根手指骨，也是小女孩的！"

吃午饭的时候，上坪铁一哑声说："我这两只手是沾满了中国人民的鲜血的啊！"他把饭碗推到一边，深深地伏下了头。

大村忍也低下头说："我每夜都从墙壁中听到中国人受刑时的惨叫声。"

下午，岛村三郎到另一间监房继续看案卷。四十厘米厚的案卷分为三册，其中有解放后新县长的调查报告；有岛村三郎当年签字的旧公文和"请功报告书"；而被害者及其亲属写的控诉材料最多，有三四百份。

"野兽般的日本鬼子岛村三郎，对待中国人的生命像对待猪狗一样，竟用刀活活把人砍死！"

"请求政府将日本鬼子岛村三郎处死，为死去的亲人报仇！就是将他大卸八块，也不解我心头之恨！"

岛村三郎抖抖索索地翻开新的一页。这是肇州县文化村一位杨氏老太太的控诉材料。

"我今年七十五岁，身边无依无靠，全靠乡亲们的帮助才活到现在。

是孙警佐把俺的独生子抓走的，当时俺两眼发黑，趴在炕上哭了三天三夜。后来听村长说，岛村副县长这个家伙把俺儿用刀活活劈了。日本鬼子真狠心啦！早先俺家穷，没给儿子娶上媳妇。儿子死了，俺只好孤零零地一个人到处要饭。当官的，请答应俺的恳求，一定要把那个当副县长的日本鬼子枪崩了，好给俺儿报仇啊！"

岛村三郎一下扑到窗前，双手抓住铁栏杆猛摇着，泪流满面地大声呼喊："老大娘，请惩罚我吧！"

一群觅食的麻雀被惊起，扑簌簌地飞向空荡荡的天空。

监狱里的"皇帝"

身后传来刺耳的拉铁闩和上锁的声音。溥仪木愣地站在窗口。他的岳父荣源走过来，把帮他领的黑色裤褂、被褥和洗漱用具递过来让他过目，然后凑近窗栏往外看，像是宽慰他似的低语道："瞧，全是穿军装的。没错儿，这准是一所军事监狱。不像马上会出什么危险，不然何必发牙刷、毛巾呢。"

在苏联期间，溥仪深感自己罪责重大，每天诵经念咒、占卜问卦，祈求神灵保佑他永远不要回国。被押解回国的路途上，他一直恍恍惚惚、神经兮兮的，满脑子只有一个意识："死到临头了。"

溥仪看了一眼新领来的东西，一个标着"981"的牌子显得分外扎眼。他蹙起眉头。关在同室的三个侄子及二弟溥杰拢了过来。

"伙食挺好的。别是什么催命宴吧?"不谙世故的侄子小固神道道地说。

"不会，那种饭里有酒。"荣源同样是神道道的，不同的是摆出他那个年龄应有的很有把握的样子，"我们看下顿，如果下顿饭还是这样，就不会是催命宴。没听说连吃几顿那个的。"

291

结果什么也没发生。他们和一般战犯不同，吃的是小灶，每周有两次炖小鸡，间或还有大铁盆盛的炖猪肉、流油的大包子、炸油饼、牡蛎或鲜蟹熬白菜，主食是大米饭或馒头。还发给香烟。与此同时，发给他们三本书——《新民主主义论》《中国近百年史》和《新民主主义革命史》，让他们轮流看，或者一人念大家听。一切都让他们感到新鲜，包括倒马桶。

中国的末代皇帝从此成了 981 号战犯，开始了铁窗生涯。

溥仪在与日本关东军订立密约的时候，倒没觉着受到了什么大的刺激。现在要让他倒马桶，他却当作是上辱祖宗、下羞子嗣的要命事。明天轮到他值日了，倒马桶？倒马桶！他在炕上翻来覆去，浑身像长满了刺。

活到四十多岁，溥仪从没干过叠被、铺床、倒洗脸水的事，甚至没给自己洗过脚、系过鞋带，饭勺、刀把、剪子、针线这类东西，连碰都没碰过。现在他陷入了十分狼狈的境地。早晨起来，胡乱地卷起被子。他把牙刷插入口中，发现没蘸牙粉，身后传来压低的嗤笑声。他回头来，见别人已经吃完早饭回来了。

几日后的一个上午，他在院子里散步，孙明斋所长恰巧迎面走来，同溥仪打过招呼，从上到下地把他打量了好一阵。溥仪感到全身发毛，低头看看自己的衣服，再看看别人。同样的衣服，别人穿得整齐干净，而他却邋里邋遢：口袋扯了半边，上衣少一枚扣子，膝上沾了一块墨水，两只裤腿也长短不一。

溥仪低声说：“我这就整理一下。回去就缝口袋、钉扣子。”

“你衣服上的褶子是怎么来的呢？”孙所长微笑着说，“你可以多留心一下别人怎么生活。能学习别人的长处，才能进步。”

进了抚顺管理所后，他的魂就像不在身上，身体里像奔窜着一群在铁夹下逃生的断尾巴老鼠，金属的响动立即会使他联想到酷刑和枪杀。昨天夜里，他被铁门声惊醒，隔壁的监房好像带走了什么人。"共产党终于对我们下手了！"他被自己的这个想法折磨了一夜。其实，是伪四平省长老曲的疝气又肿大起来，所里派人连夜把他送往了医院。

溥仪暗暗将孙所长的话琢磨个透，似乎看到了一线活命的希望。而且，大概是看在他原来是个皇帝的分上，倒马桶的事也让别人给代劳了。这些给了他很大的鼓舞，他寻思着要干出件出色的事情表现表现自己。

这个念头在心中积了很久。这天又是在散步的时候，旁边几个人的议论引起了他的注意，他们正在谈论着抗美援朝战争，谈论着给志愿军捐献飞机大炮的事。溥仪心头一亮。他随身带着一只黑皮箱子，里面装着珍珠、翡翠、白金、黄金首饰、金怀表等，还有占卜用的"舍利"和"诸葛亮神课"。其中有一套乾隆皇帝用的三颗田黄石印章，由三根田黄石链条连接在一起，雕工极为精美，属无价之宝。溥仪决定献出这三颗印以显示自己的觉悟。

这天，孙所长陪着一个人来巡视。溥仪暗地里掂量掂量这人的来头，觉得是个机会。两个人来到溥仪的监房跟前，溥仪迎在门口，向那人深鞠了一躬，说道：

"请示首长先生，我有件东西，想献给人民政府……"溥仪托着乾隆的田黄石印递给他。

那人不接，只点了点头："你是溥仪吧？好，这件事你跟所方谈吧。"

于是溥仪写了一封信，连同石印一道交给看守员，请他转送给所长。石印送出去后，溥仪整天等着动静，但犹如石沉大海，多日杳无音信。大概是让看守员给私吞了吧！他愤然不满起来。在苏联送出去东西还有回报呢。送给苏联将军珠宝和雪茄，将军就准备丰盛的俄式菜请他

293

喝酒，酒是七十度的，粗壮的红胡子将军递给溥仪一只约装有四两酒的大茶杯，一再举意干杯。溥仪哪有这个酒量？细颈瓶怎能扛得住啤酒桶的猛撞？再三推辞。红胡子不乐意了，坚定不移地说，干杯是对斯大林的友好表示，否则是不友好！溥仪捏着鼻子喝了几口。他带着的医生黄子正赶紧给他注射强心剂。这也比被不明不白地私吞了强。他愤然地想。

溥仪每天都在细察矮墩墩的刘看守员。不料有一天，所长在院子里对溥仪说："你的信和田黄石的图章，我全看到了。你从前在苏联送出去的那些东西，现在也在我们这里。不过，对于人民来说，更有价值的是人，是经过改造的人。"

学习文件、写坦白材料、读报、听广播、上课、谈话，还有就是思考，在监房里坐着或躺着，用足够多的时间思考。不紧不慢的改造工作，使溥仪身边的小家族起了变化。

溥仪的眼镜腿掉了，他让小瑞拿给过去的随侍大李去修。大李手巧，会捣鼓各种小玩意儿。小瑞回来了，磨磨叽叽地说大李没工夫。在新年晚会上，犯人自编自演一些小节目。小秀、小固和大李上台说"三人快板"，数落讽刺发生在犯人中间的笑话。溥仪边听边笑。笑容很快变成了呆痴的表情。快板讽刺起在管理所里偷偷念咒求神的人。一股怒火在溥仪的胸中升起。这些人过去都受到我的恩宠，对我俯首帖耳，恭顺有加，小秀和小固还都是亲王的后代，他们怎么竟然讽刺起我来了呢？再往下听，他们又开始讽刺一种人。这种人进了监狱，明白了许多道理，政府拿他当人看，"但他仍要给别人当奴才"，"百依百顺地伺候别人"，结果不能帮助别人改造，反而"帮助别人维持主子架子，对抗改造"。这明明是在指惇亲王的后人小瑞。溥仪不禁暗怜起小瑞来，同时也得到了些许的安慰。

开过晚会后，大李、小秀和小固在院子里不露面了。小瑞也很少出来，溥仪的脏衣服集了一堆，小瑞也没拿去洗。

这天轮到溥仪值日，蹲在伙房的栏杆边上接饭菜，由小瑞传递。临了，小瑞悄悄塞给溥仪一张叠成小块的纸条。溥仪不动声色。饭后，他装作上厕所，坐在屋角矮墙后的马桶上，偷偷打开纸条：

"我们都是有罪的，一切应该向政府坦白。我从前帮您藏在箱底的东西，您坦白了没有？自己主动交代，政府一定宽大处理。"

仿佛一记冷棍当顶砸下，胸中来不及升起怒火，一股寒气便当顶压向全身。他们都变了。他们开始认真地学习，开始向所方讲出过去的一切。溥仪靠着墙根孤零零地想。众叛亲离。他们会揭发我。共产党真厉害。"主动交代，可以宽大处理。"冥暗中这句话像一盏橘色小灯，照着似有似无的小路。溥仪伸出手要抓住这盏小灯。他一把抓住了组长老王的手："我有件事要向政府坦白。"

溥仪交出了四百六十八件幻烁着珠光宝气的首饰。回到监房，他受到了表扬："老溥是个聪明人，一点儿不笨。他争取了主动。其实，政府掌握着我们的材料，比我们想象的还要多。"在苏联的时候，他们还悄悄地称我"上面"，回国后称我"先生"。现在，他们心安理得地对我称起"老溥"来了。"老溥"，哼，听上去扎耳、滑稽，但总比"八杂市"强多了。有人在背后管我叫"八杂市"，把我比成哈尔滨买卖破烂的地方。

溥仪被旧臣和仆从推拥着，开始反省坦白自己的罪行，揭露日本战犯的罪行。

他学会了缝洗被子、糊纸盒。

1935 年 4 月，溥仪以"满洲国"皇帝的身份访问日本。横滨港上空有百架飞机编队欢迎。裕仁亲到东京车站迎接。由裕仁陪同检阅军队。参拜"明治神宫"。慰问在侵华战场挨了打的伤兵。溥仪晕乎了，在与裕仁天皇母亲作别时，眼中含满了无耻的泪水。

回长春后，他把担任伪满高级官员的日本人和中国人统统召集起来，信誓旦旦地在大放厥词：

"为了满日亲善，我确信：如果日本人有不利于'满洲国'者，就是不忠于日本天皇陛下，如果满洲人有不利于日本者，就是不忠于'满洲'皇帝；如果有不忠于'满洲'皇帝的，就是不忠于日本天皇，有不忠于日本天皇的，就是不忠于'满洲国'皇帝……"

如果说 1932 年签订《日满议定书》是迫于压力，这时候溥仪却已经心甘情愿地做傀儡了。日本人在东北进行屠杀、掠夺、贩毒、细菌武器的研制和使用，阴谋发动全面侵华战争……这一切罪行，都与溥仪集团这个帮凶有着密切的联系。检察人员根据残余的伪满档案材料统计，由伪满军队直接杀害的抗日军民就有六万多人。

东北人民的控诉和仇恨从四面八方而来，像烈火，像洪水，像酷寒或炎热的气候。溥仪的旧臣甚至侄子、妹夫也加入了进去。老万在检举材料里写道："晚上我入宫见溥仪，他向我出示一张纸条，内容是令全满军民与日本皇军共同作战，击溃来侵之敌。"小瑞写道："他用的孤儿，有的才十一二岁。工作十七八小时，吃的高粱米咸菜，尝尽非刑，站木笼、跪铁链、罚劳役，曾有一个孤儿被打死。"大李写道："他把大家都教成他的帮凶，如果要打某人，别人没有动手，或动作稍慢一点，他就认为是结党袒护，那未动手打的人，要被打得厉害多少倍。"

溥仪看到了自己犯下的累累罪行，似乎变得勇敢了一些。他在最后一份检举材料上签完字，走在甬道上，超越恐惧的心中充满了懊悔和悲伤。"天作孽，犹可违，自作孽，不可活！"

而孙明斋所长却对他说："何必如此消极？应当积极改造，争取重新做人！"

法国记者斯梯林·温德尔这样描述了这位傀儡皇帝的前半生：

　　世界上的光辉是无意义的，这句话是对一个关在红色中国的抚顺监狱里、等待判决的政治犯人一生的写照。在孩童时期，他穿的是珍贵的衣料，然而现在却穿着旧损的黑棉布衣服，在监牢的园子里独自散步。五十年前，他的诞生伴随着奢华的节日烟火，但是现在牢房却成了他的住处。他在两岁时做了中国的皇帝，但以后中国的六年内战把他推下了皇帝宝座。1932 年对于这位"天子"来说，又成为一个重要的时期：日本人把他扶起来做"满洲国"的皇帝。第二次世界大战以后，人们再也没有听到关于他的什么事，一直到现在这张引人注意的照片报道他的悲惨的命运为止……

战犯在镜子面前的表达

　　抚顺露天矿大坑的东部，有一座住着一千多户人家的村镇，地名叫平顶山。南满抗日义勇军在这里打了一个漂亮的歼灭战。义勇军转移后，日军包围了村镇。兽兵端着刺刀，"呀呀"地号叫着，挨门挨户地把手无寸铁的男女老幼一个不剩地赶到村外的山坡上。全村的三千人聚齐了，汽车上的兽兵揭去了蒙着六挺机枪的黑布。刹那间由人头组成的黑土地低下去一大截，血雾升腾，蒙住了灰色的天空。

　　兽兵们扑了上去，粗重的皮鞋下溅起血水。一把亮晃晃的刺刀划破了孕妇的肚子，挑出未出生的婴儿。"小小的大刀匪！死啦死啦的！"接着，兽兵将六七百栋房子泼上汽油全部烧光，用大炮轰崩山土压盖尸体，又在四周拉上了刺网。

297

当年平顶山人烟茂，

一场血洗遍地生野草，

捡起一块砖头，

拾起一根人骨，

日寇杀死我们的父母和同胞，

血海深仇何时能报！

　　唯一的幸存者是一个名叫方素荣的七岁小女孩。1956 年 3 月末的一天，原野上厚厚的积雪在阳光照射下渐渐融化，营造出白蒙蒙的暖意。汽车在雪野上疾驰，车厢里传出伴着手风琴和口琴的歌声。歌声渐渐变得低抑，后来就消失了。

　　汽车在矿山的一座托儿所门前停住。车门打开，日本战犯垂着脑袋走下车来。

　　战犯们正在大接待室里喝茶休息，崔仁杰中尉拿着纸和铅笔，陪同一位面庞黝黑的小个子妇女走进来。崔中尉说："她是这座托儿所的所长，叫方素荣。下面请她以亲身的经历控诉侵略者的野蛮暴行。"战犯们的脸上闪烁着惊慌，他们大多知道平顶山大屠杀。

　　方素荣的脸上没有一丝笑容，而又异常生动。她静静地走上讲台，开始讲述日军屠戮平顶山的经过。

　　"事情就像发生在昨天，"方素荣一字一泪清晰地说，"鬼子端着刺刀闯进我家，父亲跳出窗口，没跑几步就被打死了。走出家门，前前后后都是街坊，爷爷领着我和弟弟，妈妈抱着我还不会说话的小弟。鬼子和汉奸吆喝着说去照相。我问爷爷，照相是什么。爷爷把一个高粱秆风车塞到我手里，说别问了，别问了……"

　　枪弹像雨点一样扫来，背朝机枪的母亲和她怀抱的婴儿被打穿，倒了下去。拉着孙女的爷爷刚回过头去，也咚的一声倒在地上。爷爷的腹部中弹，他挣扎着爬到方素荣身边，把她压在自己身下。热乎乎的鲜血流到她的脸上和手上。子弹穿透爷爷的尸体，在她的身上打伤了七处。巨大的恐怖使幼小的心灵忍住疼痛，装成死人。

枪声沉寂，响起了痛苦的呻吟声。刺刀一个挨一个地戳，一息尚存的生命发出最后的惨叫。弟弟抱着爷爷的腿，"哇"地哭出声来。跑过来的兽兵用刺刀一下戳进了弟弟的脑袋，从她的面前扔出好远。

说到这里，方素荣哽泣不止，拿出手帕捂住眼睛。

"从弟弟的头上喷出鲜红的血和豆腐脑似的血色浆汁。这情景老是晃动在我眼前。"

兽兵走了，夜幕紧跟着降临了。万籁俱寂中，偶然响起一两声轻弱而凄厉的呻吟和呼唤。方素荣苏醒过来，在爷爷冰冷沉重的胸膛下哭了一夜。第二天早晨，她从爷爷的身子下爬出来，踏上一条荒僻小道，带着浑身血块和伤痛，大声哭着下了山。她被一位不相识的赶车大叔藏在干草下带回家。为了避免鬼子的追究，大叔白天把她藏到高粱地里，晚上再接回家。

方素荣就这样在高粱地和黑夜里苦度了三年！

"我为什么会遭到这个灾祸呢？我爷爷和妈妈都是心地善良的人，我父亲每天都在矿上做工。你们说我三岁的弟弟和刚刚生下的小弟犯了什么罪？为什么这样残杀他们呀？"

方素荣泣不成声。战犯们也都低着头哭出了声。

"今天看到你们这些罪犯，恨不能一口把你们咬死！日本投降时，我大声哭喊，要把日本鬼子全都杀掉，为爷爷和妈妈报仇雪恨。"她扫了一眼战犯听众，这时已冷静些了，"我现在是一名共产党员。党告诉我说，日本兵是罪人，同时又是受害者，为了防止再次发生侵略战争，我们必须同日本人民团结起来。我相信党的话是正确的，为此，我可以永远不计我个人的冤仇。"

一个普通的青年女性，以巨大的气度表示出宽恕！

大村忍、小野寺广原、上坪铁一……日本战犯齐刷刷地跪倒在讲台前，双手撑地，痛哭流涕地深表谢罪。他们的灵魂受到了双重的惩罚。

为了促进悔罪，加速改造，根据周总理的指示，1956 年 2 月至 8 月，管理所组织战犯走出监狱，到社会的大课堂去接受教育。这个穿着一色的蓝制服的庞大队伍，从抚顺开始，经历了沈阳、鞍山、长春、哈尔滨、天津、武汉、杭州、上海、南京、北京等十一个城市、九十九个单位。每到一处，他们都受到深深的震动，留下悔罪的眼泪。

在长春，战犯们参观了日军细菌武器工厂的残迹，又参观了在它的废墟上建起来的第一汽车制造厂；细菌战犯榊原秀夫现场述说用炼人炉杀害我无辜同胞的惨景，战犯们列队炉前，摘下帽子，落泪默祷。离开武汉时，曾占据湖北的三十九师团全体战犯联名向省市人民委员会写了悔罪信；曾在山东犯下罪行的五十九师团战犯路过济南时，也向全省城乡人民写下了请罪书。到了杭州，参观了在日军杀人场上建起的麻纺厂，战犯们纷纷忏悔，有十四名战犯当场要求处死他们；来到浙江旅馆，他们站在被褥前流着眼泪，迟迟不肯上床，"过去用血蹄践踏了中国洁白的土地，今天不忍再用血体玷污洁白的行李"。在哈尔滨住进一座设有放映大厅的俄式大饭店，丰盛的午餐席上竟有名贵的松花江鲈鱼，因为这是当年诱骗抗日名将马占山的地点，许多战犯望着鲈鱼黯然泪下。他们走一路哭一路，面对大地哭，捧着黄土哭，望着河水哭。他们相信那里面有受难者的冤屈，他们哭，忏悔，谢罪！他们生命中的盐被大量开采出来。

在各地参观的过程中，战犯们亲身体验到千疮百孔的中国大地上发生的沧桑巨变。当年日本人将鞍山的"昭和制钢所"移交给国民党军队时，轻蔑地说了一句："留给你们中国人种高粱去吧"。差点就言中了，国民党军队盗卖机器、拆毁厂房，一片蒿草丛生的荒凉景象。而现在站在他们面前的是浑身散发着工业气息的钢铁巨人。生产全部恢复，还新建了无缝钢管厂、薄板厂、大型洗煤厂，年产量达到中华人民共和国成立前三十一年的总产量。伪满国务院总务厅次长兼企划局局长古海忠之咋舌感叹："惊人！惊人！"这位经济侵略专家信服地连称"惊人"。

机床厂、棉纺厂、电气仪器厂、汽车制造厂……巨大的惊叹号打满了他们的脑门。

战犯们感叹着，对比着，思索着。清新而自信的工人新村，使他们联想起伪满工人的臭油房和贫民窟；文明整洁的市容，使他们联想起旧城市游荡着妓女、阿飞和乞丐的阴暗街道；焕发着健康的精神的文化宫和游艺场，使他们想起乌烟瘴气的赌场、夜总会和鸦片馆；宁静而充满阳光的养老院，使他们回忆起沿街乞讨、冻死路旁的日本孤苦老人；参观妇女（妓女）劳动教养院，日本的"胖胖女郎"和混血儿就浮现在眼前；托儿所红润活泼的孩子，与旧时代卖儿卖女的广告牌形成了鲜明的对比。

深幽浊暗的矿井下，矿工在过去是"四块石头夹住的一块肉"。而今，清新的气流迎面而来，矿工的眼前亮堂了。

战犯们感受到了矿工眼里的光线。

这支穿着蓝制服、异常安静的队伍，每到一处参观，除接待人员陪同外，无人受到惊动。只有一次例外。当战犯乘坐着三十余辆大客车来到长春电影制片厂时，大门前已是人头攒动，其中还有一些穿着时装或古装的化了装的演员。战犯们先是有些诧异，但很快就搞清了，人们是抱着好奇的心理，来观赏溥仪的。聚在溥仪身边的伪满战犯的心态也颇具戏剧性，他们发现人们是在看溥仪，便迅速地闪出一片空隙，以扩大众人视野。戴金丝边眼镜的溥仪则自动走出队列，或左或右地转着身

301

子，以满足观者的鉴赏。日本战犯与中国人形貌相似，衣着相同，又不说话，所以即使是这次也没有人察觉他们是日本人。

在几年的改造过程中，战犯们人性泯灭冰冷僵死的心又渐渐变成了一块肉，一块搏动着的肉。灵魂的疼痛使他们克制不住自己。他们需要表达。

罪行回忆录这样抽象的文字，已不足以表达血肉之躯的冲动和感情了。于是他们采用艺术的方式，写纪实小说和话剧，这样的作品共写了二百二十二件。另外还有诗歌、散文等一百余件。

剧本大部分是根据日文报刊上的材料创作的。《火》《内滩村》《原爆之子》《民族之歌》《反战和平》等十几出话剧和歌舞被他们自己搬上舞台。

歌舞剧《原爆之子》拉开了幕布：

巨大的火球。花岗岩在熔化。可怕的冲击波掠过。这一切过去了。城市的废墟间躺满了半裸的尸体，冒着浓烟。未死的人在歇斯底里地哭喊，他们张开双臂，臂下垂挂着脱落下来的长长的皮肤。一匹马孤零零地站在路上，它呈紫红色，它的皮被烧掉了，它摇摇晃晃走了几步。一个惊恐万状的村民跑过来，他们向他伸出手要水喝。他看到他们的皮肤像面条似的挂在脸上、膀臂上。他把一块小小的西瓜皮敷在一个小小的伤口上，他救不活这座城市，甚至止不住这个小小的伤口。黑暗降临了，夜空的星星亮得出奇。一个年轻人伸着手要水喝，他朦胧的知觉在呼唤："爸爸，爸爸……"

他轻轻地死去。

这就是战争恶魔的本相!

短暂的寂静被狂乱的声波炸得粉碎。"反对帝国主义!""反对侵略战争!"台上台下的呼喊声被泪水打湿了,沉重而有力。

藤田茂老泪纵横,他把脸捂在血腥未消的两只手中,变了调的呜咽仿佛从地底下挤了出来:"这就是我们疯狂侵略的结果,这就是我们带给中国人民和日本人民的灾难!"

下一场该轮到活报剧《侵略者的失败》了。活报剧取材于英国侵略埃及失败后,发生在英国议会中的一场辩论。溥仪兴奋极了,着意修饰了一番:内穿箭牌白府绸衬衣,外套是在东京法庭上穿过的藏青色西服,脚上是一双英国惠罗公司产的皮鞋。他上场扮演一位英国左派工党议员。

"英国人"的辩论开始了。老润扮外交大臣劳埃德,他有一只硕大的鼻子,加上恼恨、忧惧、矜持而又无可奈何的表情,活活是个失败的外交大臣。工党左派议员共有十几人,占据着舞台的正面,保守党议席则在舞台的侧面,而且人数也少,显得灰溜溜的。戏演了十多分钟,溥仪在用心等着说他的那段台词,神情木讷地坐在那里等。坐在他身边的老元悄悄地提醒他:"你别老那么愣着,来点动作!"溥仪赶紧欠欠身子,就势一抬头,感到台下观众的目光全都集中在他身上,心里一打滑,便五迷三道地慌乱起来。正晕乎着,老元碰了他一下:"你说呀。该你说几句驳劳埃德了!"溥仪非常突然地噌一下站起来,面对信口开河的劳埃德,一时竟忘了台词。情急生智,只见他用英语大声喊道:"NO!NO!NO!……"劳埃德的话被打断了,两眼直溜溜地看着溥仪。溥仪想起了下面的台词:"劳埃德先生,请你不要再诡辩了,"溥仪一手叉腰,一手指着劳埃德,"事实这就是可耻,可耻,第三个还是可耻!"

台下响起一片掌声,台上的左派议员们异口同声地呐喊:"滚下去!

滚下去！"象征着战争的外交大臣连滚带爬地跑下了舞台。

阳光下的审判

沈阳。不是二十五年前那个黑夜里的沈阳，而是在冉冉上升的太阳照耀下的沈阳。

1956年6月9日上午8时30分，在东北科学院的宽敞明亮的礼堂里，随着一声"起立"的号令，审判长袁光将军身穿笔挺的军装，正义凛然地走进审判大厅。他踏着厚厚的地毯，登上审判台，在蒙以金丝绒的高背椅上落座。他身后雪白的墙壁正中，高悬着中华人民共和国国徽。审判台下正中是用栏杆分成四个小隔断的被告席。周围的旁听席上坐满了全国各民主党派和人民团体的代表、沈阳各界人民群众的代表、新闻记者，还有专程赶来的中国人民政治协商会议全国委员会的代表。

曾在战场上与日军浴血搏杀的袁光将军，此时胸中交织着风雷与潮汐。他收紧下颏，挺直腰脊，克制住自己。一副眼镜的后面仍燃烧着怒火。他又稳定了一下情绪。

整个大厅里寂静无声。整个世界似乎也是。

"最高人民法院特别军事法庭现在开庭！"

这饱含着痛苦、欢欣、羞辱和自信的声音，这饱含着中国历史的声音，仿佛来自深深的地下，又仿佛来自高阔的天庭；从前与未来，仿佛在这一刻聚合了。屏息凝神的大厅为之动容——也许还有我们这个世界。

孟冬的北京，天寒地冻。香山卧佛寺的一座别墅里却热气蒸腾。参加审判日本战犯的检察院、法院和司法部的人员在最高人民法院副院长高克林的率领下，正紧张地研究法律、起草文件、查阅卷宗、熟悉案情，进行着艰巨而复杂的工作。

中华人民共和国成立不久，她要在她自己这张白纸上画最新最美的图画，她刚刚动笔，才饱蘸过几笔春华秋实，她还有许多许多的东西没来得及画，包括还没来得及颁布一套较完整的法律。肩头的担子是繁重的。大家不分昼夜地苦钻攻关，并特地请曾担任远东国际军事法庭的法官梅汝璈等人做顾问，研究起草一个既合乎中国国情、又有国际惯例根据的《关于处理在押日本侵略中国战争中战争犯罪分子的决定》。第一稿的文字渐渐被删改得所剩无几。

在决定的起草过程中，周总理几次听取汇报，做了许多重要的指示。一位负责同志曾提出，苏联红军进入东北，没收了日本在东北的资产和财物，同时向纳粹德国提出赔偿战争损失，建议在文件中写上要求日本政府赔款的条款。总理思索了片刻，意味深长地说："这个款，不要赔了。赔款还不是日本人民的钱，政府还能拿出钱来吗？"周总理的深刻与远大后来为历史所证实。董必武和彭真曾多次对准备工作进行直接指导，强调坚持以事实为依据、以法律为准绳的原则。廖承志是"日本通"，曾两次到卧佛寺给全体人员做报告，详细介绍日本的历史和现状，帮助大家理解审判的意义和背景。

1956 年 4 月 25 日第一届人大常委会第三十四次会议，专门列项通过了这个决定。决定对战犯的处理提出了六项原则及其他有关规定，为审判提供了法律依据。

在此前一年的 9 月，侦查工作业已完成。经证实，这批战犯犯有侵夺我国主权，策划、推行侵略政策，进行特务间谍活动，制造细菌武器，施放毒气，屠杀、抓捕、奴役和毒化我国人民，强奸妇女，大量掠夺我国的物资财富，毁灭城镇乡村，驱逐和平居民等罪行。仅以主要罪行的统计，在他们的主谋或参与下，烧毁和破坏房屋 78000 多处又40000 多间；掠夺粮食 3700 多万吨，煤炭 2.22 亿吨，钢铁等金属 3000多万吨；杀害和平居民及被俘人员 857000 多人，制造了潘家戴庄、北瞳、巴木东、三肇等 30 余起重大惨案。这批战犯杀害被俘人员的手段是极其残忍的，住冈义一曾在太原赛马场两次把被俘的 340 余名中国人当作训练新兵的活靶，一刀一刀活活扎死。有的战犯杀死中国人，取出人肝和人脑吃掉。

每一个战犯的手上都残留着杀人的快感和余悸。

白兰花开的时候，审判的准备工作全部就绪。

铃木启久、藤田茂、长岛勤、鹈野晋太郎、上坂胜、船木健次郎、佐佐真之助、榊原秀夫等八名战犯，在乱刀子般的目光戳杀下，战战兢兢地走上被告席。

袁审判长以平静的语调通知被告："你们在庭审过程中，有权向证人和鉴定人发问，除辩护人为你们辩护，你们还可以自己辩护。你们还有最后陈述的权利。"当时虽没有刑法和刑事诉讼法，但根据最高人民法院规定的组织法，给予了被告人充分的法律权利。于开庭前五日，便将起诉书副本及日文译本送达被告人，辩护律师也同他们见了面。律师、翻译都是一流的。

国家公诉人宣读了起诉书，列举了八名战犯在中国犯下的坚决执行侵略战争政策、严重违反国际法准则和人道原则的罪行。

下午进行罪行调查，第一个被讯问的是藤田茂。

藤田茂在任师团长期间，训示部下用活人做靶进行"试胆教练"，下令"俘虏杀掉算入战果"，强迫和平居民"踏探地雷"，等等，犯下多种罪行。当指控他在山西安邑县的上段村杀害一百余名无辜村民的罪状时，法庭传召幸存者张葡萄出庭做证。张葡萄又像落回到那口井里，她的身边躺着她公公、婆婆、丈夫和年仅四岁的女儿的尸体。她也被打伤。她一手捂着永难愈合的伤口，一手伸向眼前的战犯，这只手痛苦地抓挠着，它抓疼了大厅里所有人的心。白发苍苍的老人啊，你的痛苦就是整个中国大地的痛苦。中国的天空战栗着，这个夏季的大雨为你而下！

二十年后，藤田茂回忆起这一幕时说："满含愤怒对我的罪行进行控诉的张葡萄，是个满头白发的老婆婆。她的姿态我今生到死也忘不了。这位老婆婆的一家大小全部被日军杀光，她自己躲在井里才得以幸免。她含泪控诉时的悲伤、憎恨、痛苦，一齐在脸上表露无遗。在愤怒到极点时，要奔过桌子这一边来抓我，她内心的愤恨是多么深刻啊！我终于认为我是侵略者。"所以，当时他深深地低下了头颅。

在八名战犯中，罪恶最严重的要算一一七师团中将师团长铃木启久了。他曾指挥制造了六起大惨案，其中的潘家戴庄大惨案，杀死一千二百余村民，内有六十三名孕妇、十九名正在吃奶的婴儿；他手下的兽兵还丧尽天良地逼迫儿子活埋父亲、弟弟活埋哥哥。

四十四岁的农民周树恩走上证人席。他以满腔的悲愤控诉道："真是天理难容啊！我一家十二口人，那天被杀害了六口。村子里的血带着泥土稠稠地往村外流，粮食牲畜被洗劫一空。那个惨啊……"

周树恩详细痛陈了大屠杀的经过。"我也是从埋人的坑里逃出来的呀！"边说边解开衣服，露出了遍体伤痕。

袁光审判长厉声问道："被告铃木启久，以上证词有没有不实的地方？"

"饶命！饶命！"铃木启久"扑通"一声跪倒在地，脸部神经抽搐，下意识地翕动着嘴唇，"这完全是事实，我诚恳地谢罪……"

其他六名战犯也都犯有许多严重的罪行。如：上坂胜曾制造杀害八百余名和平居民的河北定县北疃村惨案；船木健次郎曾下令施放毒气伤害四百余名学生与居民；鹈野晋太郎曾残酷地砍杀多名我被俘人员；榊原秀夫是731部队的支队长，曾参与培植细菌、繁殖跳蚤、捕养老鼠，积极准备细菌战，并在活人身上进行细菌武器的实验。他们的罪行都得到了证实。

　　整整一百年前的 1856 年，继英国发动第一次鸦片战争以后，英、法在俄、美的支持下，发动了规模更大的第二次鸦片战争。殖民主义者带着大炮、鸦片、十字架和口香糖，驾着战舰来到中国，驻扎在京城、口岸、通都大邑和要塞上，任意地烧、杀、抢、骗，尽可以把中国人看作奴隶、野人和枪靶子。他们在中国的日历上留下了数不清的"国耻日"。他们与道光帝、西太后、奕劻、李鸿章、袁世凯、段祺瑞、蒋介石订立了成堆的不平等条约。中国的大地被迫负载起那些耻辱的字眼：利益均沾、机会均等、门户开放、租界、关税抵押、领事裁判权、驻军权、筑路权、采矿权、内河航行权、空运权……伤一头驴赔美金百元，杀一条人命偿美金八十元，强奸中国妇女则不受中国法庭审判！

　　一个叫巴特雷的法国上尉，随英法联军参与了劫掠焚烧圆明园的暴行。回国后，他把罪行当作功勋夸耀，想从法国大文豪雨果那里得到赞美之词。

　　富于正义感的雨果以激愤的诗笔，给巴特雷写了一封信。由于这封信用雄浑、瑰艳、锐利的笔锋深刻地剥露了侵略者的丑恶嘴脸，批判了它的深重罪行，极富象征意义，这里不妨用较长的篇幅如实抄转：

　　　　先生，你征求我对远征中国的看法。你认为这次远征干得体面而漂亮。你如此重视我的想法，真是太客气了。在你看来，这次在维多利亚女王和拿破仑皇帝旗号下进行的远征中国的行动是法兰西和英格兰共享之荣耀。你希望知道我认为可在多大程度上对英法的这一胜利表示赞同。

　　　　既然你想知道，那么下面就是我的看法。

　　　　在地球上某个地方，曾经有一个世界奇迹，它的名字叫圆明园。艺术有两个原则：理念和梦幻。理念产生于西方艺术，梦幻产生于东方艺术。如同巴黛农是理念艺术的代表一样，圆明园是梦幻艺术的代表。它荟集了一个民族的几乎是超人类的想象力所创造的全部成果。与巴黛农不同的是，圆明园不但是一个绝无仅有、举世无双的杰作，而且堪称梦幻艺术之崇高典范——如果梦幻可以有典范的话。你可以去想象一个你无法用语言描绘的、仙境般的建筑，那就是圆明园。这梦幻奇景是用大理石、汉白玉、青铜和瓷器建成，青松木作梁，以宝石点缀，用丝绸覆盖；祭台、闺房、城堡分布其中，诸神众鬼就位于内；彩釉熠熠，金碧生辉；在颇具诗人气质的能工巧匠创造出天方夜谭般的仙境之后，再加上花园、水池及水雾弥漫的喷泉，悠闲信步的天鹅、白鹮和孔雀。一言以蔽之：这是一个以宫殿、庙宇形式表现出的充满人类神奇幻想的、夺目耀眼的宝洞。这就是圆明园。它是靠两代人的长期辛劳才问世的。这座宛如城市、跨世纪的建筑是为谁而建？是为世界人民。因为历史的结晶是属于全人类的。世界上的艺术家、诗人、哲学家都知道有个圆明园，伏尔泰现在还提起它。人们常说，希腊有巴黛农，埃及有金字塔，罗马有竞技场，巴黎有巴黎圣母院，东方有圆明园。尽管有人不曾见过它，但都梦想着它这是一个震撼人心的、尚不被外人熟知的杰作，就像在晨昏中，从欧洲文明的地平线上看到的遥远的亚洲文明的倩影。

这个文明现已不复存在。

一天，两个强盗走进了圆明园，一个抢劫，一个放火。可以说，胜利是偷盗者的胜利，两个胜利者一起彻底毁灭了圆明园。人们仿佛又看到了因将巴黛农拆运回英国而臭名远扬的埃尔金的名字。

当初在巴黛农所发生的事情又在圆明园重演了，而且这次干得更凶、更彻底，以至于片瓦不留。我们所有教堂的所有珍品加起来也抵不上这座神奇无比、光彩夺目的东方博物馆。那里不仅有艺术珍品，而且还有数不胜数的金银财宝。多么伟大的功绩！多么丰硕的意外横财！这两个胜利者一个装满了口袋，另一个装满了钱柜，然后勾肩搭臂，眉开眼笑地回到了欧洲。这就是两个强盗的故事。

我们欧洲人自认为是文明人，而在我们眼里，中国人是野蛮人，可这就是文明人对野蛮人的所作所为。

在历史面前，这两个强盗分别叫作法兰西和英格兰。但我要抗议，而且我感谢你给我提供了这样一个机会。统治者犯的罪并不是被统治者的错，政府有时会成为强盗，但人民永远也不会。

法兰西帝国将一半战利品装入了自己的腰包，现在还俨然以主人自居，炫耀从圆明园抢来的精美绝伦的古董。我希望有一天，法兰西能够脱胎换骨，洗心革面，将这不义之财还给被抢掠的中国。

在此之前，我谨做证：发生了一场偷盗，作案者是两个强盗。

整整过了一百年后，站起来的中国人民在自己的法庭上对强盗进行世纪性的审判。中国人民不再是任人宰割的羔羊，强盗也不再是胜利者。强盗跪下了。

岛村三郎被带上了被告席。摄影机镜头长时间地对准他。工作人员跑前跑后，无声地忙碌着。

"你对起诉书有什么意见？"

"没有。这里起诉的事实，只是我在十一年中所犯罪行的一部分。"

"现在你对过去的罪行有什么想法？"

岛村三郎明白，旁听席上的各界代表都在密切地注视着他的认罪态度。他长嘘了一口气，为了方便翻译，他用缓慢的语速说出自己的心情。

"1939年，我在三江省依兰县镇压了共产党。我亲临现场指挥了这场镇压。警察署阴暗的看守所关满了'囚犯'，我走进牢房视察，命令警察严刑拷问，用什么刑罚都可以，一定要让他们彻底招供。

"警察的咆哮、皮鞭抽打皮肉和被害者痛苦的惨叫声飞出了黑牢窗口冰冷的铁栏杆。

"我无动于衷地听着这些惨叫，甚至把这当成一种乐趣。仅仅在这次刑讯拷问中，我就残害了四名中国人宝贵的生命。我对他们视如猪狗。前些年听说自己的长子死了。收到妻子来信的那天，我跑到运动场的一个角落里失声痛哭。人心都是肉长的。然而我当年则是一个魔鬼，一个不通人性的魔鬼，当年我残杀了那么多善良人们的儿女，却从未落过一滴眼泪。"

说到这里，包含着人性的眼泪涌出了他的眼眶。他停顿了一下，稍稍地抬起脸。

"当年，我满怀帝国主义的野心，杀害中国的和平居民，任意侮辱、迫害他们，掠夺他们的财产，并把这些通通当作效忠天皇的业绩。我是个地道的人面兽心的鬼子，这就是我这个侵略者的本质，也是日本帝国主义的本质。

"经过中国人民多年无微不至的关怀和耐心教育，我现在从内心深处忏悔自己在十一年中犯下的严重罪行。我是个死有余辜的战争罪犯，我没有资格活在人世间，所以请——"

他往后退了几步，猛地跪倒在地毯上，泣不成声地请求判处死刑。

"请审判长对我严厉惩办。"他一手按着膝盖，站了起来，向审判长深深行了一个九十度的鞠躬礼。然后，他把身子猛然转向旁听席。

"各位旁听代表！"他放开喉咙大声喊了起来。他想把自己真诚的请罪心情告诉他们，要求人民严厉惩办他。一名离他最近的卫兵急忙跑到他身边，制止了他激烈的举动。

继6月9日开庭审判铃木启久、藤田茂等八名日本战争罪犯后，7月1日起，特别军事法庭在沈阳又开庭审判武部六藏、古海忠之等二十八名日本战犯，岛村三郎也在其中。这二十八名战犯在伪满洲国行政、司法、警察等机关和宪兵队中担任不同的重要军政职务，分别犯有积极执行日本帝国主义的侵华政策、操纵伪满洲国傀儡政府、僭夺我国国家主权、违反国际法准则和人道原则等严重罪行。此间，特别军事法庭在太原开庭审判前日本军政人员城野宏等八名战犯。这八人都是双重战犯，分别以日本军政官吏等不同身份，参加侵略战争，犯下严重的罪行；日本投降后又加入阎锡山的军队，直接参与了反革命内战，犯下了新罪。此外，于6月11日在太原开庭审判富永顺太郎战争犯罪和特务间谍犯罪案。

沈阳后一次的审判长为贾潜。太原的审判长是朱耀堂。

对这四批战犯的起诉书中列举的犯罪事实，是以大量的人证、物证和书证等为依据的。如铃木启久一个人犯下的各项罪行，即为被害人及被害人亲属的控诉书181件、证人的证词45件、查讯笔录89件、调查报告1件、照片38张等证据所证实。武部六藏等二十八名战犯的罪行则由以315件档案书刊、360证人证词、642件控诉书以及被告人的供词等大量材料为依据。

在庭审调查中，溥仪作为证人出庭，详细揭露了武部六藏和古海忠之等战犯在东北犯下的罪行。他痛陈道："在伪满，我是没有实权的。

统治和支配伪满的实权者，是武部六藏和他的辅佐者伪满总务厅次官古海忠之。伪满的所有政策法令的制定和实施，都是由他们召开日本关东军第四课课长、伪各部日本人次长参加的火曜会做出决定，成为不可动摇的铁案后，再经伪满洲国务会议和伪参政会议通过，并向我做形式上的报告，经我形式上的'裁可'而发表实施。"

溥仪还做证说："伪满各部的次长、各省副省长、各县副县长都是日本人，他们都受武部六藏的直接指挥，而又都把持着实权。这就构成了日本人从中央到地方的严密的控制网。"

溥仪说的都是事实。他用不着撒谎，不像在东京做证时，他虚脱、浮荡，揪着心为自己的性命担忧，说了不少假话，出了不少丑，甚至为了否认给土肥原和南次郎写的勾结信，有意改变字体，糟蹋了酷似乾隆御笔的那一手好字。美国律师气得大喊大叫："你把一切罪行都推到日本人身上，可是你也是罪犯，中国政府会惩罚你的！"溥仪被打击得晕头转向，他激动地大声咆哮："我可是并没有强迫他们，把我的祖先当他们的祖先！"他的咆哮引起了哄堂大笑。连苏联检察官也失望地说："这是个卑鄙无耻的家伙。"

庭审调查结束后，开始辩论。国家公诉人指出，被告人的罪行已被充分证实，为伸张正义，维护我国神圣不可侵犯的主权，维护世界和平，请求对战犯以严惩。接着，各被告人的律师为他们进行了辩护。如律师徐平为铃木启久、藤田茂辩护说，他们虽是日军的高级指挥官，但他们是在战地指挥官的指令下行动的；另外，他们均有较好的悔罪表现，考虑到这些因素，请法庭从宽判处。公诉方与辩护方还在一些问题上发生了温和的争执。辩论不能谓激烈，但以其不可缺少的构件，保证了我国特别军事法庭这部新机器简单而有效的运转。

被告充分享受到了他应有的权利。

古海忠之在最后陈述中说："我深深地认识到我所犯下的重大罪行，

313

我真心地向中国人民谢罪。对于我这样一个令人难以容忍的犯罪分子，六年来，中国人民始终给我以人道主义待遇，同时给了我冷静地认识自己罪行的机会。由于这些，我才恢复了良心和理性。我知道了真正的人应该走的道路。"

铃木启久说："我诚恳地谢罪。"

藤田茂说："我要改过自新。"

武部六藏因病不能到庭，法庭特派审判员到被告人床头进行讯问，国家公诉人和被告辩护人也一同前往。这一举动，使武部六藏感激涕零，说："中国政府对我的照顾，是不能用笔墨和语言表达的。"

最后审判的日子终于来到了。审判大厅里鸦雀无声，气氛庄严而肃穆。台上是审判长和两名审判员，台前是由检察官组成的国家公诉人小组，辩护律师小组在右侧，旁听席的位置占得满满的。面对审判台，战犯位于大厅的中央。

所有的人都站立着。

审判长宣读着判决书。他的声音里包容着一个民族古老而崭新的精神和姿态，如同九百六十万平方公里国土那样深厚和广大，如同上下五千年的历史那样深远和苍劲。他的声音具有巨大的震撼力、穿透力和持续的力量，不像气体和声波，而像一座刻满了方块字的丰碑。豪迈与痛苦，自信与忧患，光明与黑暗，未来与从前，这座丰碑的一面朝向灿烂的阳光和白羽红脚的美丽鸽群，另一面投下了沉重的阴影。

日本译文间错着宣读。岛村三郎全神贯注地倾听着，要让每一个字在身体里打上印记。不知过了多久，他感到双腿麻木了，像没有知觉的木棍。但他从中国人过去的苦难中汲取了力量，直挺挺地站着，一动不动。不知过了多久，站在他后面的堀口正雄晕倒在鹿毛繁太身上，又撞到他的身上。岛村三郎使劲地挺了挺腰，用肩膀支撑住鹿毛繁太。

岛村三郎看了看卫兵。卫兵目不转睛地一动不动。

审判长庄严的声音……

岛村三郎的两条腿已无力支撑堀口正雄身体的压力，脑子里像钻进了一群蜜蜂似的嗡嗡响。两名卫兵跑过来，把堀口正雄带出了法庭。

审判长提高了嗓门：

"对这些战争犯罪分子本应严厉惩办，鉴于各被告人在关押期间不同程度的悔罪态度和各被告人的具体犯罪情节，根据中华人民共和国全国人民代表大会常务委员会关于对日本侵略中国战争中战争罪犯的处理决定第一条第二项的规定，本法庭对各被告人做出如下判决……"

对四批四十五名职位高、罪恶大，或职位虽低但罪行严重、情节恶劣的主要战犯的判决情况是：

1. 被告人武部六藏处有期徒刑 20 年；

2. 被告人古海忠之处有期徒刑 18 年；

3. 被告人斋藤美夫处有期徒刑 20 年；

4. 被告人中井久二处有期徒刑 18 年；

5. 被告人三宅秀也处有期徒刑 18 年；

6. 被告人横山光彦处有期徒刑 16 年；

7. 被告人杉元一策处有期徒刑 18 年；

8. 被告人佐古龙右处有期徒刑 18 年；

9. 被告人原弘志处有期徒刑 16 年；

10. 被告人岐部与平处有期徒刑 15 年；

11. 被告人今吉均处有期徒刑 16 年；

12. 被告人宇津木孟雄处有期徒刑 13 年；

13. 被告人田井久二郎处有期徒刑 16 年；

14. 被告人木村光明处有期徒刑 16 年；

15. 被告人岛村三郎处有期徒刑 15 年；

16. 被告人鹿毛繁太处有期徒刑 15 年；

17. 被告人筑谷章造处有期徒刑 15 年；

18. 被告人吉房虎雄处有期徒刑 14 年；

19. 被告人柏叶勇一处有期徒刑 15 年；

20. 被告人藤原广之进处有期徒刑 14 年；

21. 被告人上坪铁一处有期徒刑 12 年；

22. 被告人蜂须贺重雄处有期徒刑 12 年；

23. 被告人堀口正雄处有期徒刑 12 年；

24. 被告人野崎茂仆处有期徒刑 12 年；

25. 被告人沟口嘉夫处有期徒刑 15 年；

26. 被告人志村行雄处有期徒刑 12 年；

27. 被告人小林喜一处有期徒刑 12 年；

28. 被告人西永彰治处有期徒刑 12 年；

29. 被告人铃木启久处有期徒刑 20 年；

30. 被告人藤田茂处有期徒刑 18 年；

31. 被告人上坂胜处有期徒刑 18 年；

32. 被告人佐佐真之助处有期徒刑 16 年；

33. 被告人长岛勤处有期徒刑 16 年；

34. 被告人船木健次郎处有期徒刑 14 年；

35. 被告人鹈野晋太郎处有期徒刑 13 年；

36. 被告人榊原秀夫处有期徒刑 13 年；

37. 被告人城野宏处有期徒刑 18 年；

38. 被告人柏乐圭二处有期徒刑 15 年；

39. 被告人菊地修一处有期徒刑 13 年；

40. 被告人永富博之处有期徒刑 13 年；

41. 被告人住冈义一处有期徒刑 11 年；

42. 被告人大野泰治处有期徒刑 13 年；

43. 被告人笠实处有期徒刑 11 年；

44. 被告人神野久吉处有期徒刑 8 年；

45. 被告人富永顺太郎处有期徒刑 20 年。

服刑期从拘押期起算，一日抵一日。

在沈阳审判期间，王子平将军来到抚顺市伪满时期日本女子中学的礼堂，代表最高人民检察院检察长张鼎丞，宣布对第一批三百三十五名次要的或悔罪表现较好的战犯宽大处理，免予起诉，立即释放，交由我国红十字会遣送回国。

名字念完了，被点到名的人感动得哭成一片。有一个心声终于脱口而出：

"中国万岁!"

他们感谢中国政府和人民给了他们新的生命。这生命不再是一柄刺刀、一只凶兽，而是在疯狂泼洒后留住的宝贵的一滴水。它是脆弱的，但它能反射阳光，能吸收和感受真实的人的生活。他们要小心地捧着它走上新生的道路。他们捧着它的姿势，就是"悔罪"。

此后又有两批战犯获释。三批共计一千零一十七人。

溥仪于 1959 年获特赦。特赦令还没宣读完，他已经痛哭失声。祖国啊，我的祖国啊，你把我造就成了人！

其他伪满战犯亦在此前后获释。

审判圆满贯彻了"惩办极少数，宽释大多数"的方针以及一个不杀的原则。既有惩罚，也有感化，又有告诫。

它更深刻的意义在于：从本质上认识战争。

它更深刻的意义在于：高扬中国的国格。

它更深刻的意义在于：结束就是开始。

获释的战犯们来到天津抗日烈士纪念馆，向死难烈士献上花圈。他们再一次跪下，再一次宣誓，不少人再一次放声大哭。

　　汽笛长鸣，"兴安丸"号客轮驶离了天津塘沽新港。前战犯离开了"再生之地"，离开了"第二个故乡"，他们和前来迎接的亲属全都站在甲板上，与岸上送行的人们挥泪告别。船长高木武三郎站在驾驶舱的窗前，久久地凝视这一幕。他的眼圈热了，嘴里嘟囔了一句："这种惜别的场面真少见。"

　　夏季的海面上起伏跳荡着无边的阳光。高木武三郎接过舵盘，把航速控制在五节以内。

补　记

前战犯田村贞直回到家中，年逾七旬的白发老母一把拉住儿子，昏花的老眼在儿子的脸上停留了很久。她用一双布满褐斑的手，颤颤巍巍地摸着儿子的脸、上肢、两腿，最后跪在地上，抱住儿子的双脚哽咽起来。儿子双手倒背，两腿叉开，挺高胸脯，展示着健康的体格。母子的眼泪无声地打湿了一块地面。

当晚，田村贞直向全家人讲述起狱中生活和悔罪的心情。全家人静静地听着，彻夜未眠。

"中国在哪个方向？"母亲问。

儿子指给了她。

从此以后，这位母亲睡觉的时候就面朝中国的方向。

做一个有良知的人是幸福的。生活在和平的环境中是幸福的。经历过两种心路历程、经历过战争与和平的前战犯们对此有着深入骨髓的体验。归国后，他们成立了"中国归还者联络会"，总部设在东京，五十四个支部分布在各都、道、府、县。该会的宗旨是"反对侵略战争，维护世界和平，促进日中友好"。他们通过演讲座谈、文艺演出、撰稿出书等形式，反省自己在中国犯下的罪行，揭露日本军国主义侵华的本质，反对复活军国主义。他们为发展中日友谊而热情奔走，为推进世界和平而四处呼吁。

从 20 世纪 50 年代起，"中归联"发起了查找中国烈士遗骨的活动，组织查询、募捐、签名、护送遗骨回国。烈士是指被劫掳到日本折磨致死的中国劳工。刘连仁是孤独的幸存者，被发现后，"中归联"的会员们自动地保护在他的周围，以防不测，直到把他送回祖国。藤田茂获特赦回国后，担任了该会的会长，致力于该会的事业，曾六次护送遗骨及率团访问中国。周恩来总理亲切地接见了他，高度赞扬他为中日友好做出的贡献。周恩来赠给他一套中山装。

岛村三郎写了《中国归来的战犯》一书，详细描述自己在狱中思想感情的转化过程，控诉了日军的兽行。铃木启久也以忏悔的笔调追忆了日军制造的地狱般的情景：

过去美丽茂密的大森林，现在变成了头上长了一块块秃疮一样丑陋的山岭。什么景致也没有了，只剩下烧得焦黑的枯树杂乱无章地站在那里，鸟雀不知飞往何方了，悦耳的鸟鸣声已经绝迹。农家的房屋一间也不剩，昔日的和平村庄变成一片片黑褐色的焦土。那一株株焦黑的枯树，仿佛在那里低着头哭泣；那一堵堵断垣残壁，仿佛心里埋藏着千仇万恨。过去林间、村旁的河流，河水被烧焦的枯枝败叶、破衣烂裳堵塞了，从河床里溢出来，流向四面八方。原来那种仿佛情侣私语般潺潺的流水声，现在已经变成了日本鬼子的哭诉声……连一个人影也没有，村庄变成了人声绝、禽声断、冷冰冰毫无表情的旷野了。

此类书籍，还有《战犯》《天皇的军队》《虏囚记》《壁中自由》《诞生》等十五种。

"中归联"的举动受到了来自各方面的巨大压力。失业，讥笑，谩骂，恫吓。"中归联"不屈服，他们"一定要做一个正直的人活下去，就是破釜沉舟也要干到底"！岛村三郎在《中国归来的战犯》一书的后记中写道："我们刚回国的时候，报纸、杂志的大量篇幅中出现了'洗脑'这个新词汇，对我们的自我改造极尽讽刺挖苦之能事。我们决心写作，把在中国关押反省的真相告诉关心我们的广大日本国民。在战争中，作为军队、警察和官署等国家机构中的一名成员，对于奉上级命令所犯的战争罪行要不要负责任，中国用道理来启发说服，使我们获得了正确的认识。这不是什么'洗脑'，而是使我们在良心上受到自我谴责。"

"中归联"坚定地往前走，坚持反战争、求和平的正义斗争。有人拍摄《大日本帝国》这样一类美化军国主义的反动电影，他们就拍摄《再生之地》这样抨击侵略战争的影片。20世纪80年代，有人在巢鸭监狱原址为东条英机等甲级战犯建招魂碑，他们就自费建立"中华人民共和国牺牲者慰灵塔"。有人鼓动复活日本军国主义，他们决心站到反战和平、恢复日中邦交的三千万人签名运动的最前列。他们跑到政府部门，举着南京大屠杀的照片高喊：

"你们看，照片上的凶手就是我！"

战败的老兵、漏网的战犯来到秘葬着七名甲级战犯残存遗骨的伊豆鸣泽山兴亚观音寺，向"七士之碑"默哀。他们手持念珠和香烛，把死者生前喜欢抽的"将军"牌香烟供在牌位前，焚香礼拜。他们抱着石碑痛哭流涕。

在七名战犯被绞死的十三周年忌辰，冈村宁次来到这里，祭怀他在士官学校时的同期生、侵华的亲密伙伴。

"今日在此兴亚观音寺，由原第七方面军有志国际善邻俱乐部和陆军士官学校第十六期生共同主办的已故土肥原、板垣两将军逝世十三周年追悼会，不胜感慨。

"土肥原贤二君出生于冈山县，板垣征四郎君出生于岩手县。自幼立志成为军人，双双就学于仙台陆军幼年学校，继而经过陆军士官学校，于明治三十七年任陆军少尉，之后先后毕业于陆军大学。自此以后屡屡晋升，最后任陆军大将……

"在审判中，两君均以坚毅的态度光明磊落地表明自己的信仰。无奈，在战胜国的横暴面前，正义的主张最后受到蹂躏。两君怀着为国家的将来担忧、为日本民族的复兴与亚洲的和平而祝愿的心意，从容地接受了刑罚……

"我们三人怀着相同志趣以来，曾发誓生死与共。然而战争结束后，只有我一人幸存……"

被蒋介石偷偷放掉的罪大恶极的战犯，从来就没有放弃他罪恶的信念。他要借尸还魂了。

那些在东京法庭和南京国民党法庭受到审判的战犯并没有被正义所征服，因为他们面对的法庭具有含混、矛盾的性质，缺乏明确、清晰的正义的理性。因此，战犯们把审判看作是胜者的审判，而并不把它看成是正义的审判。他们从未悔罪。他们抱着幽暗的法西斯感情、种族主义的就义感，抱着阴险的复仇愿望去赴死，去服刑；他们罪恶的理想仍然紧紧地拧成一股，坚持着黑暗的力量。历史不会重演，但是如果幻想它不会出现任何反复，则是极为危险的。

"归还者"们一次次来华"探亲"。他们是以学生的虔诚来拜望恩师的。他们渴望恩师能去日本看看。矢奇新二为了筹集接待费用，与妻子省吃俭用，每月都要攒下几千日元。妻子不幸去世，他再婚时故意问后妻："这笔钱该怎么处理？"妻子回答："继续存。"他们把多年辛勤积攒的二十万日元全都献给了"中归联"。藤田茂第五次来华时说：

"我已经八十多岁了，希望先生们能满足我的这一愿望，否则恐怕我再也没有机会来面请了。"

1984 年 10 月下旬，秋风染红了岚山的枫叶。在这收获的季节，以后任所长金源为团长、孙明斋为顾问的原抚顺、太原管理所代表团来到了日本。"中归联"打出了鲜明的横幅：

"热烈欢迎老师！"

"中归联"会员们沉浸在感激的心情之中，不顾年事已高，携儿带女地来看望、叙情，昼夜围拥在代表团下榻的饭店四周和房间门前。八十三岁的三宅秀也早晨 6 点从兵库县赶到大阪国际饭店，此时代表团已去京都，他即追随到京都；九十岁的歧部与平原准备在东京的欢迎晚宴上致辞，因患了感冒未能遂愿，代表团回国时，他无论如何也要叫他的女儿搀着他到机场送行；山口伊藏在自己栽种的果园里精心选摘了三十多斤新鲜熟透的葡萄和橘子，千里迢迢送到了代表团的住地。他们有一种共同的表达："终于见到了恩师，深感激动。"这是一种报答式的给予，给予中包含着精神的索求。

这样的亲情已播入了广大的血缘。佐藤福次的夫人从北海道千里风尘赶到仙台，捧着丈夫的遗像跪在丈夫的恩师面前，痛哭失声地说："丈夫活着的时候很想再见见恩师们，说说感谢的话。今天我代他向先生们致谢了。"此情此景重现了八年前的一幕。当时金源随中日友好代表团访日，一位夫人捧着丈夫的灵牌来到会场，无限深情地说："我丈夫预定于今晚来拜见先生，这是他盼望多年的事。现在，让他的亡灵实现他的愿望吧！"原来，这位"归还者"为了筹措接待经费，计划于当天举行两次演讲，在下午去演讲会的途中不幸遇车祸故去。武部六藏、古海忠之等人的夫人和子女都来了。他们是遵从逝者遗嘱来表达怀念和感激之情的。

藤田茂的儿子是一位出色的外科专家，他激动地对孙明斋和金源说："家父生前常对我们讲中国人民的人道主义精神。正是家父的教导，使我也成为中日友好的倡导者和维护者。"他说，1980年的藤田茂溘然长逝，弥留之际，特意嘱咐把周恩来送的中山装穿在了身上。

说到这里，藤田茂的孙子藤田宽向前跨了一步，眼中含满泪水宣誓："我要牢记爷爷的遗训，绝不能让前辈的悲剧命运重演，一生要为日中友好而奋斗！"

战争、灾难、和平、友谊，这些字眼深深地刻在了血液之中，一代一代往下流传。

他们的意愿反映着历史的必然和民族的心声，然而，他们不能代表每一个日本人。

在正午的阳光下，有人站着做梦，在以"忘却"的方式歪曲那场千古劫难的面貌，收藏好罪恶的种子——战争罪犯狂妄的激情和野心。

历史的教训在于不吸取历史的教训。

战争的幽灵仍在我们这个星球上徘徊。那场战祸对人类的生命、财产、精神、智能造成了极大的摧残和扭曲。巨大的创伤还在流血，弱肉强食的侵略战争就又迫不及待地祭起了烽火，制造着新的灾难。

1950年至1953年的朝鲜战争吞噬了300万人的生命；1964年至1973年的越南战争死亡100万人；1970年至1978年的柬埔寨战争使22万人丧命；1979年至1989年的阿富汗战争让100到150万人成为冤鬼；1990年的海湾战争风暴又使数以万计的生命告别了人间……

整整一个世纪被战争抽打得遍体鳞伤！

但愿这一切是侵略战争的恶魔寿终正寝前的苟延残喘，而不是对一次更大灾祸的预演或预言，不是我们这个星球末日即将来临的预言。战争技术已经发展到这样的程度：无论谁要发动战争，他都会想到，他是否决定自杀，是否准备同时毁掉自己的民族。

历史痛苦地呻吟着，穿过滚滚硝烟，踏着熊熊烈火走到今天。

联合国大会通过一项决议，宣布反法西斯战争胜利整整半个世纪的1995年为纪念第二次世界大战死难者国际年，并于10月18日召开纪念大会。人类需要提醒自己。

中国说：永远记住历史的教训，中日两国人民要挽起手来迈向新的世纪。

日本说：日本要脱胎换骨，对战争谢罪，清算历史上的罪恶，迎接21世纪光明的未来。

日本还有一种声音说：日本没有侵略别人，它进行的是一场自卫的战争。它拯救了亚洲。

历史对未来充满信心，而又深怀忧虑。

20世纪末，有人给即将到来的新世纪描绘了一个充满理性的美好前景：它将是一个光辉灿烂的世纪，科学将进入社会和私人生活，赋予一切以行为准则；科学使人的力量增强百倍，人与自然将挽手创造一个温馨富足的大家庭。愚蠢的仇恨、血腥的征杀、苦难和贫困将被19世纪统统带走，抛入过去的年代——无底的深渊。

转眼又是百年。

又一个新世纪的脚步声越来越清晰了。

图书在版编目 (CIP) 数据

东方大审判 ：审判侵华日军战犯纪实 ／ 郭晓晔著.
-- 2 版. -- 北京 ：中国文史出版社，2024.1
（中国专业作家纪实文学典藏文库. 郭晓晔卷）
ISBN 978-7-5205-4188-6

Ⅰ. ①东… Ⅱ. ①郭… Ⅲ. ①纪实文学-中国-当代
Ⅳ. ①I25

中国国家版本馆 CIP 数据核字（2023）第 136167 号

责任编辑：薛未未

出版发行：**中国文史出版社**

社　　址：北京市海淀区西八里庄路 69 号院　邮编：100142
电　　话：010-81136606　81136602　81136603（发行部）
传　　真：010-81136655
印　　装：廊坊市海涛印刷有限公司
经　　销：全国新华书店
开　　本：720×1020　1/16
印　　张：21　　　　字数：281 千字
版　　次：2024 年 1 月第 2 版
印　　次：2024 年 1 月第 1 次印刷
定　　价：68.00 元